KB271797

조선후기 가사의 동향과 모색

조선후기 가사의 동향과 모색

조선후기 가사의 동향과 모색

서 영 숙

도서출판 역락

서 문

"가사 연구의 명맥이 끊어지는 줄 알았는데, 다시 이어지게 되었다."

1992년 8월, 필자가 가사로 박사학위 논문을 냈을 때 심사위원장으로 오신 조동일 교수님의 말씀이시다. 필자의 논문이 그럴 만큼 연구사적으로 대단한 의의가 있다는 칭찬보다는 그간 소홀했었던 가사 연구를 앞으로 치열하게 계속해 나가라는 격려로 받아들였다. 사실 그때까지 가사 연구는 다른 시가 갈래에 대해 비교적 소홀한 대접을 받고 있었다. 이는 가사 갈래 자체가 지니고 있는 다양하고 복합적이며 이질적인 성격 탓이리라. 그 후 어언 10여 년, 그간 한국문학 연구의 지평은 많이도 바뀌어 수많은 가사 연구자와 연구물이 쏟아져 나왔다. 필자는 그 중 특히 조선후기 서사적 가사와 여성가사에 주된 관심을 기울이면서 그 한 구석 자리를 꾸준히 지키는 것으로 겨우 그 소임을 잇고 있다.

이 책의 글들은 그런 관심과 책임 속에서 쓰여진 것으로, 주로 조선후기 가사에 나타난 다양한 동향과 모색의 양상을 그 구조적 특징과 서술방식을 중심으로 분석·고찰하고 있다. 조선후기 가사는 양반을 중심으로 향유되던 가사가 중인 이하 평민으로까지 확대되면서 그 이전의 이념, 규범, 이상 지향의 속성들을 더 이상 지속하기 힘들게 되었다. 평민들의 반이념, 반규범, 현실 지향의 속성들이 가사에 파고들어서 가사를 다양하게 변화시켜 나갔다. 도덕과 자연을 주 제재로 삼던 가사가 적

나라한 본능과 감정, 다양한 인간의 모습과 구체적인 생활상 등을 다채롭게 다루기 시작하면서 그 영역을 무한히 확대할 수 있었다. 또한 이전의 안정과 조화를 노래하던 가사가 갈등과 고민을 토로하기 시작하였다.

이 책에서 살펴본 가사들은 이러한 변화의 양상을 그대로 잘 드러내는 것으로서, 그 양상에 따라 다음과 같이 3부로 나누어 구성하였다.

제1부 다양한 서술방식의 구현과 모색

가사는 당초 "있었던 일을 확장적 문체로, 일회적으로, 평면적으로 서술해 알려서 주장하는" 문학으로서 화자의 사상과 경험을 청자에게 전달하는 것을 목적으로 창작, 향유되었다. 그러나 그 서술방식은 점차 단순한 평면적 서술의 양상을 벗어나 다양한 방식을 구현하였고, 특히 조선후기에 이르면 화자의 일방적 발언 중심이었던 데에서 토론, 문답, 우회적 형상화 등 청자를 배려하는 여러 가지 방식이 모색되었다. 송강의 <성산별곡>과 <속미인곡>은 이러한 변화의 가운데 지점에서 가사의 의사 소통방식의 비중을 화자에서 청자로 전환케 하는 데 중추적 구실을 한 것으로 판단된다. 이 책이 조선후기 가사를 대상으로 하고 있음에도 그 이전에 창작된 두 작품을 서두에 놓은 것은 두 작품의 이런 문학사적 위치 때문이다.

이후 조선후기 가사 중 다양한 서술방식을 구현하고 모색한 작품의 대표격으로 '오륜가사'를 택했다. 오륜가사 역시 종래의 직접교시 방식에다 간접제시 방식과 토론·문답 방식을 복합하는 다양한 서술방식을 사용함으로써 가사가 더 이상 교화의 도구가 아니라 흥미와 관심의 대상이 될 수 있음을 보여주고 있다. 또한 '여성일대기 가사'를 통해 여성이 여성 자신의 삶을 얼마나 다양한 서술방식으로 구현해내고 있는가를 살폈다. 여성일대기 가사는 가사가 자기 체험의 고백 문학일 뿐만 아니라, 다른 사람의 일생이나 사건에 대한 기술과 형상화 문학으로 나아가고 있음을 보여준다. 가사의 서술방식에 나타난 이러한 동향과 모색은 조선후기 사회의 이질화, 다원화 현상의 반영이면서, 문학의 상업화·대중화 추세 속에서 생존을 위한 전략이었다고 평가할 수 있을 것이다.

제2부 문제적 인물의 형상화와 소설적 변모

조선후기 가사의 동향 중 주목할만한 것으로 문제적 인물의 형상화와 소설적 변모를 들 수 있다. 여기에서 문제적 인물이란 사회의 전통적 이념과 배치되거나 변화에 부적응 현상을 빚고 있는 인물들로서 조선후기에 이르면 이들 인물을 주인물로 그려내고 있는 가사가 대거 등장한다. 이를 '인물중심 가사'라 명하고 그 형상화 방법에 대해 살펴보았다. 인물중심 가사의 경우 문제적 인물을 희화적 표현, 대화를 통한 장면의 전개 등 다양한 기법으로 형상화함으로써 인물이 가사 속에서 생동하게 하고 있다. 이는 당대의 문란해져 가는 사회 현실에 대한 작가층의 고민을 반영하는 것이면서, 기발한 소재와 흥미적 요소를 요구하는 독자들의 취향을 받아들인 것으로 생각된다. 아울러 인물중심 가사의 한 부류인 '노인가류 가사'와 <노처녀가>의 형상화 방법을 구체적으로 분석하였다. '노인가류 가사'는 조선후기 사회에 부각되기 시작한 향락과 유흥의 세태를 직접적으로 드러내면서, 이에 어떻게 대응하고 처신해 나가는 것이 사람다운 삶인지를 다양한 시각으로 보여 주고 있으며, <노처녀가>는 서사적 구성을 통해 가사가 본래 지니고 있는 교술적 주제의식과 전통적 이념의 동요를 효과적으로 형상화하고 있다.

이들 가사류에서 공통적으로 추출되는 양상이 바로 가사의 서사화 경향이며, 이를 극대화한 것이 곧 '가사의 소설적 변모'이다. 가사의 소설적 변모는 봉건 사회의 해체 과정을 겪고 있던 조선후기라는 특수한 시대적, 사회적 상황에 대응한 필연적 양상이라고 할 수 있다. 가사는 문제적 인물을 형상화하거나 주인물의 생애를 일대기화함으로써 서사성을 강화하든지, 아예 서사적 가사를 산문화하거나 기존 가사의 뒷이야기를 허구화함으로써 소설로 전환하였다. 이렇게 가사가 소설화되는 양상은 문학사적으로 볼 때 매우 중요한 현상 중의 하나로서, 양면적으로 평가될 수 있다. 즉 소설 독자를 확대하고 새로운 소설 기법을 마련했다는 긍정적 의의와, 가사가 점차 가사 고유의 속성에서 멀어짐으로써 가사의 외적 형태를 상실하는 한 요인이 되었다는 부정적 의의를 함께 지닌다고 할 것이다.

제3부 여성의 삶에 대한 성찰과 자각

고전문학 중에서 여성이 주체가 되어 여성의 삶과 인식을 그려낸 여성 자신의 문학은 아마도 가사 만한 것이 없을 것이다. 여성은 처음에는 남성의 가사를 모방 수용하다가 차츰 자신들의 문학으로 가꾸어 나갔다. 특히 여성에 대한 억압은 여전한 반면, 여성의 의식은 높아져 가던 조선후기에 여성은 가사를 통해 자신들의 삶에 대한 성찰과 자각을 표현해냈다. 「근대전환기 가사에 나타난 여성의 삶과 인식」은 바로 이러한 급격한 시대 변화의 소용돌이 속에 여성이 처한 상황을 여성 자신 또는 남성은 어떻게 달리 인식하고 있는지를 분석함으로써 근대전환기 문학의 좌표와 현재 우리 문학의 지향점을 가늠하고자 하였다. 특히 대표작이라 할 수 있는 <싀골색씨 설은타령>은 시골의 사대부 여성들이 개화라는 새로운 상황을 맞아서 신, 구 가치관의 이중적 억압으로 인한 갈등과 좌절, '여성도 사람'이며 '사람노릇'을 해야 한다는 자각을 담아내고 있다는 점에서 주목된다.

'여성일대기 가사'는 여성가사가 점차 한 개인의 삶에 대한 소박한 기록에서 여성 전체의 삶에 대한 진지한 성찰로 나아가고 있음을 보여주며, 사회의 구조적 모순에 대한 여성의 다양한 의식을 그에 부합되는 독특한 문학적 구조로 형상화해냄으로써 높아진 여성의식과 근대적 의식을 내포하고 있다. 김부인과 괴똥어미의 일생을 독특한 구조로 형상화하여 대조적으로 보여주고 있는 '복선화음가류 가사'는 복선화음의 주제를 청자 스스로 깨닫게 할 뿐만 아니라 청자들로 하여금 자신의 내부에 억눌려 있는 또 다른 자아의 모습을 분출하게 하는 효과를 자아낸다. <신가전>은 조선후기 한 여성의 혼인에 얽힌 비극적 삶과 이에 대한 의식을 서사적 전개방식을 통해 핍진하게 드러내고 있어 여성가사의 진전된 면모를 보여준다.

조선후기 가사의 이러한 동향과 모색은 시대적 상황 변화에 대한 적극적인 대응 속에서 이루어진 것으로, 그만큼 조선후기 이후 사회의 전통적인 윤리와 가치가 심각하게 도전 받고 있음을 보여 주는 반증이라 할 수 있다. 근대의 새로운 이념과 문학 양식이 자리잡기 시작할 무렵, 선동적 이념과 생활방식에 대해 진지하게 고민하고, 이를 작품에 담기 위해 실험과 모색을 거듭했던 가사의 변모는 문학사적으로 주목할 만한 현상이라 하겠다. 비록 가사라는 갈래 자체는 존속의 위기를 맞게 되었지만 그 과정 속에서 보여 준 여러 가지 시도는 본격적인 근대문학 갈래 속에 지속되고 있다고 보아야 할 것이다. 앞으로 이러한 논의를 뒷받침하기 위해서는 조선전기 가사와의 비교, 나아가 가사 발생 이후 근대에 이르기까지 각 시대별 변모양상에 대한 종합적인 연구가 후속되어야 하리라고 본다.

필자가 지금까지 소를 닮은 느릿한 걸음으로나마 꾸준히 학문이라는 외길을 벗어나지 않고 걸어올 수 있었던 데에는 곁에서 지켜봐 주신 너무나 많은, 학문의 그리고 인생의 스승들이 계셨기 때문일 것이다. 특히 학부에서부터 대학원 박사 과정까지 치밀한 연마의 과정을 닦게 해 주셨던 세 분의 지도교수님—성기열·조동일·사재동 교수님과, 한국학술진흥재단의 연구과제로 가사 산실의 현장에 숨쉬고 있는 자연과 사람의 호흡을 학문과 함께 느낄 수 있도록 이끌어주신 조선대학교의 여러 교수님들의 가르침은 평생 잊지 못할 것이다. 우둔하고 용렬하여 평소에 미처 표현하지 못했었는데, 지면을 통해서나마 깊이 고개 숙여 감사의 마음을 바친다. 아울러 졸고를 흔쾌히 받아들여 아담한 책으로 꾸며 주신 도서출판 역락의 이대현 사장님과 편집부 장은미 선생께도 감사 드리고, 공부하는 아내와 엄마를 둔 탓에 늘 마음 고생, 몸 고생을 하고 있는 남편과 원이·두리에게 사랑을 전한다.

2003년 11월 15일
북한산 자락 효동누실에서

서영숙 삼가 씀

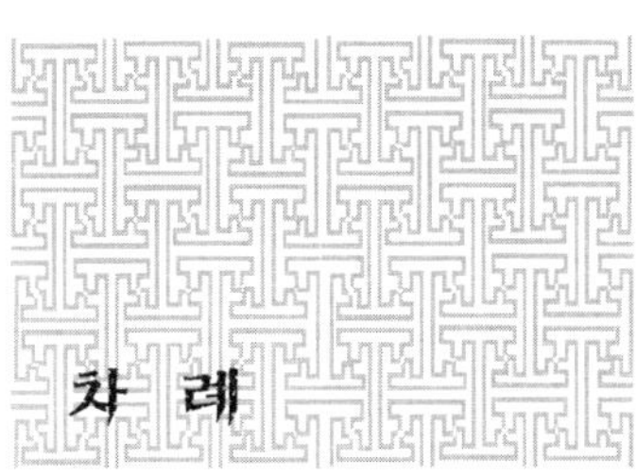

차 례

제1부

다양한 서술방식의 구현과 모색

1 | <성산별곡>의 서술방식 분석

1. 머리말

<성산별곡>은 송강 정철의 가사 작품 중 유독 그 작자뿐만 아니라 창작 연대, 작품 내 인물 등에 대해서 논란이 많이 일고 있는 작품이다.[1] 그래서인지 작품의 형식적, 내용적 특성에 관한 논의는 다른 작품에 비해 매우 한산한 편이다. 그러나 <성산별곡>은 주·객의 문답을 통해 성산에서 즐기는 자연인의 풍류를 드러낸 작품으로서, <상춘곡>, <면앙정가>를 잇는 자연문학의 봉우리로 상찬할 만하다. 특히 이 작품이 대화(문답)체 서술로 되어 있다는 점은 단순한 교시적 문하으로 여겨지던 가사의 문학적 가치를 높이는 데 크게 기여하였다.

가사는 <서왕가> 이래로, 많은 작품이 작가가 독자(청중)에게 나타

---

1) <성산별곡>에 대해서는 김사엽,『교주 송강가사』, 문호사, 1959; 강전섭,「<성산별곡>의 작자에 대한 존의」,『장암지헌영선생 화갑기념논총』, 1971; 강전섭,「<성산별곡>의 작자고증」,『모산학보』4·5합집, 모산학술연구소, 1993; 서수생,「송강의 성산별곡 창작연대」,『어문학』24, 1971; 박준규,「성산의 식영정과 성산별곡」,『국어국문학』94, 1985; 정익섭,「<성산별곡>의 재고」,『학산조종업박사 화갑기념논총』, 1990; 김선기,「<성산별곡>의 세가지 쟁점에 대하여」,『고시가연구』5, 한국고시가문학회, 1998 등에 의해 그 작자 및 창작연대에 관한 논란이 거듭돼 왔고 조세형,「송강가사의 대화전개방식 연구」, 서울대 석사학위논문, 1990; 최상은,「조선전기 사대부가사의 미의식: 자연을 대상으로 한 작품을 중심으로」, 성균관대 박사학위논문, 1991 등에 의해 그 문학적 우수성이 확인되었다.

내고자 하는 주제를 화자의 일방적 언술이 아닌, 대화체 형식을 통해 전달함으로써 작품의 의미 결정에 독자의 적극적인 참여를 이끌어내 왔다. 이는 가사가 청중을 상대로 낭송되며 작품의 완성에 청중의 호응이 크게 반영되는 연행적 특성을 지닌 데에서 온 것이라 생각된다. 대부분의 가사가 서두에 청중 내지 독자를 부름으로써 대화의 상대자를 인식하고 있는 점은 가사의 이러한 관습에서 형성되었다고 할 수 있다.[2]

대화체 서술은 둘 이상의 인물을 내세워 그들의 의견을 독자들에게 제시함으로써 독자로 하여금 그 중 어느 하나에 동조하도록 하는 판단의 여지를 주고 있다. 그러나 대화를 나누는 인물에 주·종 관계를 설정함으로써 독자를 은연중에 주인물의 생각에 동조하도록 유도하고 있음을 볼 수 있다. 이는 가사가 작자의 주장을 독자에게 알리는 문학이라는 점에서 보다 고도화된 설득의 방법으로 택해진 것이라 생각된다.[3]

<성산별곡>은 이와 같은 대화체 수법을 통해 우회적인 주제 전달 방법을 사용한다는 점에서 논자들의 의견이 일치하나, 구체적인 대화의 양상에 대해서는 상당한 견해차를 보이고 있다. 뿐만 아니라 작품의 대화의 주체나 대상이 구체적으로 지시하는 것과 대화가 전개되는 양상에

---

2) 梅溪 曺偉가 <만분가>를 입으로는 퉁소 소리를, 양발로는 腰鼓를, 손으로는 玄琴을 타며 불렀다는 <雜同散異>의 기록이나, 東岳 李安訥, 鳴皐 任珗이 女娘이 美人詞를 부르는 것을 듣고 지은 시 등에서 가사의 연행성을 짐작할 수 있다. 또한 얼마 전까지도 부녀자들이 화전놀이를 가서 화전가를 화답하며 놀았다든지, 정월 보름을 전후해 가사놀이를 하였다든지 하는 사실로도 가사가 청중 앞에서 연행되던 문학임을 확인할 수 있다. 임기중,『역주 조선조의 가사』, 성문각, 1979, 16면; 사재동, 「충남지방의 내방가사 연구」,『어문연구』8, 어문연구학회, 1972, 138-140면; 권녕철,『규방가사 연구』, 이우출판사, 1980, 21면; 권녕철·주정원,『화전가 연구』, 형설출판사, 1981, 30-43면 참조.

3) 가사는 '있었던 일을 확장적 문체로, 일회적으로, 평면적으로 서술해 알려 주어서 주장'하는 교술장르에 속하나, 작품에 따라 서정적, 서사적, 극적 성향을 강하게 드러내는 복합적 성격을 띠고 있음을 볼 수 있다. 송강의 작품 중 <속미인곡>, <성산별곡>은 특히 주제의 효과적 전달을 위해 극적, 서사적 서술방식을 사용한 것으로 생각된다. 조동일, 「가사의 장르 규정」,『어문학』21, 한국어문학회, 1969.

대해서도 여러 이견이 대두되어 있는 상태여서 이에 대한 자세한 재검
토가 필요하다. 이에 이 논문에서는 <성산별곡>의 서술방식을 분석하
며 나아가 이러한 서술방식이 어떠한 의미를 차지하고 있는지 밝혀 보
고자 한다. 자료는 『주해 가사문학전집』[4])에 실려 있는 작품을 대상으로
한다.

2. 작품내적 화자와 인물

　<성산별곡>은 대화 자체의 전개 방식보다는 대화의 두 주체 내지
찬미 대상이 실제 인물 중 누구를 지칭하느냐에 논의가 집중되어 왔다.
대체로 주인을 서하당 내지 석천으로, 손님을 송강으로 보고 손님이 주
인과 그의 삶에 대해 말하는 것으로 보는 견해가 지배적이다.[5]) 이에 비
해 주인 자신이 자문자답하는 것으로 보는 견해도 있다.[6]) 이 두 견해는
<성산별곡>의 작자가 송강 정철이냐, 아니면 석천 임억령이냐 하는 논
쟁과 맞물려 있다.[7]) 그러나 이들 견해는 모두 작품 내에 손님과 주인의

---

4) 김성배 외 편저, 『주해 가사문학전집』, 집문당, 1961초·1981재.
5) 박준규는 송강이 서하당 김성원을 찬미한 것으로, 정익섭은 송강이 석천 임억령을
　　찬미한 것으로 보고 있다. 박준규, 앞의 논문, 18-19면; 정익섭, 앞의 논문, 9-22면
　　참조.
6) 강전섭, 「<성산별곡>의 작자 고증」, 『모산학보』 4·5합집, 모산학술연구소, 1993,
　　25면 참조.
7) 강전섭, 앞의 논문, 1971과 1993 참조. 강전섭은 <성산별곡>을 송강 정철이 아닌
　　석천 임억령의 작으로 보면서 그 근거를 <송강가사> 간행 이전의 문헌에 송강의
　　작품이란 언급이 전혀 없는 점과 작품의 내용이 송강의 한시 시상, 생활보다는 석
　　천의 한시 시상, 생활에 부합되는 점이 많은 사실 등을 들고 있다. 그러나 이 작품
　　이 석천의 작품이란 언급도 전혀 찾을 수 없을 뿐만 아니라, 작품 내용도 석천의
　　영향을 받은 사람에 의해 지어졌다면 얼마든지 석천의 한시나 생활과 부합될 수
　　있으므로 석천 작의 근거로 보기에는 미흡하다.

문답을 서술하는 화자의 존재를 인지하지 않고 있다. 작자는 손님도 주인도 아닌 작품내 화자의 역할을 하고 있으며, 두 인물의 대화를 직접화법 또는 간접화법으로 청자에게 전달하고 있다.[8] 작품의 첫 부분을 인용해 살펴보기로 하자.

> 엇던 디날손이 성산의 머물며서
> 棲霞堂 息影亭 主人아 내말듯소
> 人生 世間의 됴흔 일 하건마난
> 엇디 한 江山을 가디록 나이 녀겨
> 寂寞 山中의 들고 아니 나시난고
> 松根을 다시 쓸고 竹床의 자리 보와
> 져근덧 올라안자 엇던고 다시보니
> 天邊의 떤난구름 瑞石을 집을사마
> 나난닷 드난양이 主人과 엇더한고

이 부분에서 청자는 세 가지 다른 목소리를 듣게 된다. 첫째는 화자가 두 인물 중 발화자를 지시하는 말인 "엇던 디날손이 성산의 머물며서"이고, 둘째는 화자가 직접화법으로 제시하고 있는 손님의 말인 "서

---

8) 최근에 와서 화자의 존재를 따로 설정하고 있는 논문들이 나오고 있으나, 조세형은 화자를 손님이 극화된 것으로 보고 일부 손님과 주인의 논쟁이 벌어지는 것으로 본다는 점에서, 김광조, 최상은은 구체적인 대화 전개양상에서 필자의 견해와 차이가 있다. 조세형, 앞의 논문, 1990, 51-67면 참조. 김광조, 「조선전기가사의 장르적 성격 연구—시적 담화의 유형분석을 중심으로」, 서울대 석사학위논문, 1987, 77-78면 참조. 최상은, 앞의 논문, 1991, 110-113면 참조. 한편 <성산별곡>의 어법을 김신중 역시 '작중의 서정적 자아와 주인공을 별도의 인물로 설정하여 작자는 棲霞堂 息影亭 주인으로 표현된 주인공의 모습을 통해 자신의 소망을 피력하는 간접 화법을 구사'하고 있다고 보고 있어 필자의 생각과 유사하다. 그러나 <성산별곡>의 어법 모두가 간접화법으로 되어 있는 것이 아니라, 손님의 말은 직접화법으로 주인의 말은 간접화법으로 구별하여 서술돼 있는 것으로 보아야 할 것이다. 김신중, 「송강 가사의 시공상 대비적 양상」, 『고시가연구』 2·3합집, 한국고시가문학회, 1995, 52 면 참조.

하당 식영정 ~ 들고아니 나시난고"이고, 셋째는 화자가 장면 설명과 함께 간접화법으로 제시하는 주인의 말 "송근을 다시 쓸고 ~ 주인과 엇더한고"이다. 여기에서 가장 논란이 되고 있는 것은 셋째 목소리이다. 이를 지금까지 대부분의 논자들은 손님의 계속된 발화로 보고 있으나[9] "송근을 다시 쓸고 ~ 엇던고 다시보니"는 인물에 의해 직접 발화된 것이라기보다는 화자의 설명어이다. 이때 화자가 장면 설명을 붙이면서 발화자의 지시 없이 제시하고 있는 "천변의 떤난구름" 이하의 말들은 화자에 의해 간접화법으로 전달된 말이라고 볼 수 있다.[10] 그렇다면 이 화자가 간접화법으로 전달하는 말은 바로 앞에서 직접화법으로 전달한 손님의 말과는 엄밀히 구별되는 것으로서 손님의 물음에 대한 주인의 응답으로 보는 것이 타당할 것이다.

이렇게 볼 때 이 작품은 화자가 손님과 주인의 문답을 통해 주인의 삶과 생각을 청자에게 전달하는 것으로 생각된다. 그러나 두 인물 중 손님의 말은 주인의 생각을 이끌어내기 위해 질문을 하고 그를 들어주고 호응하는 보조적 역할만 하고 있고 주인의 말이 대부분을 차지하면서 주인의 생각과 삶의 방식을 드러내는 수된 역할을 맡고 있다.

여기에서 화자는 손님보다는 주인에게 더 심정적 일치를 하고 있으며 손님의 입장보다는 주인의 입장에 서고자 함을 알 수 있다. 손님의 말에는 일일이 "어떤 디날 손이 성산의 머물며서"나 "손이셔 주인다려 닐오대"와 같은 발화 주체를 설명하고 있는 데 비해 주인의 말에는 이

---

9) 조세형, 앞의 논문, 56면; 최상은, 앞의 논문, 111면 참조.

10) 간접 화법은 직접 화법이 작중 인물의 말을 조금도 바꿈이 없이 전달하는 것이 아니라 화자의 입장에서 채색하고 가감하여 전달하는 어법으로서, 대명사와 시제를 화자의 입장으로 바꾸고 내용을 첨삭하거나 발언의 배경에 대한 해설을 덧붙이기도 한다. 그러므로 간접 화법은 작중 인물의 말을 화자가 적절하게 요약하여 청자에게 알려 줄 수 있는 장점이 있다. 김천혜, 앞의 책 참조. <성산별곡>에서의 주인의 밀도 실세 주인의 말을 그대도 옮긴 것이리기보다는 화자에 의해 침식된 것으로서 사계절로 잘 정리되어 있는 것이 그 좋은 증거이다.

를 생략함으로써 화자의 진술과 주인의 진술이 섞여 있기 때문이다.[11] 이는 판소리계 소설에서 화자의 시점이 주인물의 시점과 섞여서 서술되는 방식과 비슷한 양상이라고 할 수 있다.[12]

이러한 양상은 이 작품이 작자가 어느 인물의 삶과 생각을 독자에게 효과적으로 알리기 위해, 화자가 주인과 손님의 문답을 청자에게 전달하는 방식으로 서술했기 때문에 나타난 것이라고 할 수 있다. 곧 이 작품의 작자 내지 작품 내 화자는 주인물과 분리되어 있다. 화자가 주인물과 동일인이라면 구태여 화자를 따로 설정할 필요도, 주인물을 객관화시켜 지칭할 이유도 없었을 것이다. 이 작품에서 화자가 주인물과 동일인이라면 "손이셔 주인다려 닐오대"가 아니라, "손이셔 이내다려 닐오대"와 같이 표현했을 것이다. 물론 주인의 말은 주인이 손님에게 직접 대답한 말이 아니라 화자가 손님과 주인의 행위를 서술한 뒤, 곧이어 주인의 생각을 자신의 말로 바꾸어 서술한 것이다.

실제로 <성산별곡>의 주인의 대답을 보면 주인 스스로가 그렇게 말했다고 보기에는 지나치리만큼 자신의 은일 행위에 대한 칭송이 드러나 있다. 그러므로 이를 종래의 평자들은 손님이 묻고 '다시 보고', 스스로 대답한 자문자답으로 본 것이다.[13] 그러나 이 작품이 손님과 주인 두

---

11) 이러한 어법은 작중인물의 의식을 그대로 옮기는 것이 아니라 화자 나름대로 요약하고 채색하여 간접으로 표현하는 '간접적 내적독백(자유간접화법)'으로 볼 수 있지 않을까 한다. 자유간접화법에서는 '그는 생각했다'나 '그녀는 다음과 같이 느꼈다'와 같은 화자 설명어를 붙이지 않으며, 1인칭 대명사 '나'는 3인칭의 '그'나 '그녀'로 바꾸어 말한다. <성산별곡>에서 주인의 말 중 '나'를 '주인', '산옹' 등으로 표현하는 것이 그 좋은 예이다. 김천혜, 앞의 책, 151-161면; 제랄드 프랜스, 『서사학: 서사물의 형식과 기능』, 최상규 역, 문학과지성사, 1988, 76-79면 참조.

12) 김병국은 판소리계 소설의 서술 특성을 '서술자의 존재가 드러나기도 하고 약화되기도 숨기도 해서, 서술자의 목소리와 시점, 인물의 목소리와 시점이 다양하게 조합됨으로써 상호침투 내지 공존'한다고 보고 있는데, 이러한 현상은 서사적 가사에서도 나타난다. 김병국, 「고대소설 서사체와 서술시점」, 『한국고전소설연구』, 이상택·성현경 편, 새문사, 1983, 109면 참조.

인물을 설정해 놓고 서두를 손님의 물음으로 시작하고 있는 이상, 그에
이어 주인의 대답이 나오는 것이 당연한 이치이다.[14] 이를 손님 또는 주
인의 자문자답으로 보는 것은 작품 내용에 의한 이차적 해석일 수는 있
어도, 작품 형식상으로는 엄연히 손님과 주인의 문, 답으로 이루어져 있
고 이들의 문답을 별개의 화자가 청자에게 전달하고 있는 것이다. 이때
화자는 주인의 삶과 생각을 보다 미화하여 청자에게 전달할 목적으로
주인의 대답을 재정리하고 가감, 윤색해 낸 것이다.

　이러한 서술 방식을 통해 우리는 자연스레 이 작품의 작자와 대상인
물을 추정해 볼 수 있다. 우선 이 작품의 화자이면서 작자는 서하당, 식
영정 주인이 아니라 그를 잘 알고 있으면서 그의 삶과 생각을 경외하는
사람임이 분명하다. 그러므로 이 작품의 작자를 송강 정철이 아닌 석천
임억령으로 보는 데에는 무리가 있다. 송강이 성산에서 석천, 서하당 등
과 교유하면서 그들의 삶과 생각에 대해 잘 알고 있었을 뿐만 아니라
선망과 존경을 품고 있었을 터이므로 송강이 그들 중의 한 사람을 위해
이 작품을 짓기는 그리 어려운 일이 아니다. 단 주인물인 서하당, 식영
정 주인을 서하낭 심성원으로 보아야 할 것인지 석천 임억령으로 보아
야 할 것인지는 여전히 가늠하기 어렵다.[15]

---

13) 조세형, 앞의 논문, 56-67면 참조. 조세형은 <성산별곡>이 극화된 화자인 손님의
　　시점으로 주인의 삶이 사계절로 나뉘어 서술되다가 후반부에 가서 손님과 주인의
　　논쟁이 벌어지며 술로써 푸는 것으로 분석하고 있으나, 주인의 삶을 경외하며 서
　　술하던 손님이 주인과 논쟁을 벌인다는 것은 납득하기 어렵다.
14) 김동욱이 소개한 『雜歌』에 의하면 <성산별곡>을 '此鄭松江之所製 盖說江山行
　　樂之趣 伸言幽雅閒逸之(情) 四時之鋪 賓主之對 句語之妙 辭音轉委 吾東方歌曲
　　之律呂矣'라고 평가하고 있는데, 이 작품이 '賓主之對'로 구성되어 있다고 본 편
　　자의 견해를 무시할 수 없으리라고 본다. 김동욱, 「임란전후 가사연구」, 『한국가요
　　의 연구 속』, 이우출판사, 1975, 143면 참조.
15) 『石川集』에서는 '嘗愛昌平星山洞 水石之勝 卜築就居 扁其堂曰棲霞亭曰息影 有
　　記文及題詠諸詩 及還海南猶往米棲息 松江鄭相公作星山別曲以美之 至今播諸歌
　　詠'(정익섭, 앞의 논문, 10면 재인용), 『棲霞堂遺稿』에서는 '松江尤加敬 每呼以霞

손님은 주인의 말을 이끌어내기 위한 보조적 인물 내지 가상적 장치에 불과하므로 구체적으로 누구를 지시하는지를 판가름하는 것은 별 의미가 없다. 지금까지는 손님을 송강으로 봄으로써 송강이 자신보다 연상 또는 스승인 서하당, 석천에게 반말을 쓸 수 있는지가 문제시되었는데 이렇게 본다면 전혀 논란의 여지가 없다. 송강은 작자이면서 작품 내화자로 서하당, 식영정 주인의 생각과 삶을 독자와 청자에게 전하고 있을 뿐이다. 단 화자의 말로 일방적으로 서술하는 것이 아니라 손님과 주인의 문답을 직, 간접적으로 청자, 독자가 듣도록 전개함으로써 우회적인 주제 전달 방법을 쓰고 있다.

3. 발화의 주체와 성격

이제 화자가 두 인물인 손님과 주인의 발화를 어떻게 전개하고 있는지, 화자를 통해 드러난 주인의 생각과 삶은 어떠한지를 자세히 검토해 보기로 하자. 발화의 주체에 따라 작품 전체의 단락을 나누어 보면 다음과 같다.

1) 화자 + 손님: 손님이 주인에게 산중 생활을 하는 이유를 물음.
"엇던 디날 손이 성산의 머물며서 ~ 적막 산중의 들고 아니 나시난고"
2) 화자 + 주인: 주인이 성산의 경치와 삶을 사계절로 나누어 대답하고 손

丈 爲有星山別曲行于世'(정익섭, 앞의 논문, 15면 재인용)라고 하여 <성산별곡>을 각기 석천 임억령과 서하당 김성원을 위해 지은 것이라고 서술하고 있어, 어느 하나를 논증자료로 삼기 어렵다. 그러므로 이에 대한 논의는 미루어 두기로 한다. 단 이 작품이 강전섭의 주장(강전섭, 앞의 논문, 1982, 56-58면; 앞의 논문, 1993, 13-24면)대로 석천의 시상과 유사한 점이 많음을 볼 때 석천의 시를 바탕으로 재창작한 것이 아닐까 한다. 특히 석천의 <偶題>란 시에 '星山'이란 부제가 붙어 있는데, 이를 가사로 재창작하면서 <성산별곡>이란 제목을 달았을 수도 있다.

님에게 이 골의 진선인 학을 만났는지 물음.
　"송근을 다시 쓸고 죽상의 자리 보와 ～ 요대 월하의 행혀 아니 만나산가"
　3) 화자 + 손님: 손님이 주인에게 그대가 진선이라고 대답함.
　"손이셔 주인다려 닐오대 ～ 그대 권가 하노라"

　이렇게 볼 때 손님과 주인의 생각은 처음에는 상반되나 나중에 가서 동화되는 것으로 나타나 있다. 즉 손님은 세간 사람으로서 산중 생활을 이해하지 못하던 사람이었으나 주인의 산중 생활에 대해 이야기 듣고 난 뒤 이를 이해하게 된다. 손님의 생각은 자세히 언급돼 있지 않으므로 확실히 단언하기는 어렵지만 1)에서 "인생 세간의 됴흔 일 하건마난 / 엇디 한 강산을 가드록 나이 녀겨 / 적막 산중의 들고 아니 나시난고"하고 물음으로써 세간의 일도 좋은 일이 많은데 구태여 산중 생활을 하는 데 대해 의아해하는 것으로 되어 있다.

　이에 대해 주인은 산중 생활을 사계절로 나누어 설명하면서 자신의 모습을 청문고사의 소평, 염계, 태을진인, 소식, 이태백에 비견하고 있다. 또한 2)의 마지막 부분에서 이런 산중 생활과 상반되는 세간 생활에 대한 자신의 생각을 단적으로 드러내고 있다. 즉 손님의 생각과는 달리 "엇디한 시운이 일락배락 하얏난고 / 모랄일도 하거니와 애달음도 그지 업다", "인심이 낫가타야 보도록 새롭거날 / 세사는 구름이라 머흐도 머흘시고"하며 세간 생활을 부정적으로 보고 있다. 이에 3)에서 손님은 "그대 권가 하노라"면서 주인이 바로 이 골의 眞仙임을 이해하게 되는 것이다.

　화자는 손님과 주인의 문답을 청자에게 전달해주는 매개자의 구실을 하고 있다. 즉 화자는 세간 사람과 산중 사람의 중간에 있으면서 그들을 연결시켜 주는 고리의 구실을 하는 것이다. 그런데 화자가 손님의 말과 주인의 말을 전달하는 데 있어 뚜렷한 차이가 있다. 손님의 말은 발화의 주체를 분명히 지시하고 그의 말 그대로로 서술하는 데 비해, 주인의 말은 그런 지시 없이 화자의 말로 바꾸어 서술하고 있다.

산중 생활을 하는 이유에 대한 손님의 질문에 주인이 그 자리에서 즉시 자신의 생활을 사계절로 나누어 대답했다고 보기 어렵다. 이는 화자가 주인의 의식 또는 말을 자신의 입장에서 정리하여 서술한 것이다. 2)에서 나오는 "송근을 다시 쓸고 죽상의 자리 보와 / 져근덧 올라안자 엇던고 다시 보니 / 주인과 엇더한고"라든가 "잡거니 밀거니 슬카장 거후로니 / 마암의 매친 시람 져그나 하리나다 / 거믄고 시읽언저 풍입송 이야고야 / 손인동 주인인동 다 니저바려셰라"와 같은 상황 설명은 바로 주인 자신의 말이라기보다는 화자에 의해 덧붙여진 것이라고 할 수 있다. 또한 "청문고사랄 이제도 잇다 할다"와 같은 주인의 생활에 대한 평가는 주인 스스로가 자신에게 내린 것이라 하기보다는 다른 사람이 화자의 주인에 대한 평가로 보는 것이 자연스럽다.

화자가 이렇게 손님의 말은 직접화법으로, 주인의 말은 간접화법으로 서술하면서 주인의 말에 자신의 생각을 투영하고 있는 것으로 볼 때, 화자는 손님과 주인의 중간에 있으면서도 주인의 입장에 훨씬 기울어져 있음을 알 수 있다. 어쩌면 화자는 손님이면서 주인처럼 행세하는 사람처럼 여겨진다. 즉 원래는 세간 사람이었으나 이 작품을 읊을 당시에는 산중 사람 행세를 하는, 그러면서도 세간에 대한 미련을 완전히 떨치지 못하는 사람이 아닐까 한다.

2)의 마지막에 나오는 "잡거니 밀거니 슬카장 거후로니 / 마암의 매친 시람 져그나 하리나다 / 거믄고 시읽언저 풍입송 이야고야 / 손인동 주인인동 다 니저바려셰라"에서 "마암의 매친 시람"과 "손인동 주인인동 다 니저바려셰라"의 주체는 손이나 주인이라기보다는 화자 자신이라 생각된다. 손님은 세간 사람으로서 '인생 세간에 좋은 일이 많다'고 생각하는 사람이고, 주인은 산중 사람으로서 '산옹의 부귀'를 누리고 있는 사람이다. 그러므로 이 시름은 세간 사람이었으나 산중 생활을 하고 있

는 화자의 시름으로서 주인의 말을 전하는 데에 저절로 배어든 것이라 할 수 있다. 그러나 화자 역시 술에 취함으로써 맺힌 시름, 특히 세간과 산중 사이에서의 고민을 잠시나마 잊게 되었던 것이다.

이렇게 볼 때 작자인 송강 정철은 작품 내 화자의 처지와 성격에 가장 가깝게 여겨진다. 실제로 정철은 다른 작품에서도 이런 갈등과 고민을 종종 드러내 보이는 것을 볼 수 있다. 이는 星山 四仙이라고 불리는 석천 임억령, 서하당 김성원, 제봉 고경명, 송강 정철이 함께 읊은 <息影亭題詠> 중 <水檻觀魚> 4수를 비교해 보면 뚜렷이 드러난다.16)

吾方憑水檻	나는 강가 정자에 있고
鷺亦立沙灘	백로는 모래밭에 있네
白髮雖相似	흰 머리는 서로 비슷하나
吾閑鷺不閑	나는 한가해도 백로야 그러리. (석천 임억령)
潛伏於幽穴	그윽한 구멍에 잠복해 있다가
遊揚于淺灘	얕은 여울에서 노니는구나
已知魚自樂	이미 물고기가 스스로 즐거워함을 아니
重覺我之閑	거늡 나의 한가함을 깨닫겠네 (서하당 김성원)
在藻相忘水	마름 밑에 있을 때는 물을 잊은듯하더니
跳波逆上灘	물결 위에 뛰어 올라 여울을 거슬러 올라가네
俯看風定處	바람이 잔잔해진 곳을 굽어 보니
濠上意俱閑	호상의 장주처럼 마음이 한가하구나 (제봉 고경명)
欲識魚之樂	물고기 노니는 그 낙을 알고 싶어
終朝俯石灘	아침 내내 돌여울을 내려다 보네
吾閒人盡羨	남들이야 이 몸의 한가함 부럽다지만

---

16) 시 원문과 번역은 이재석, 「성산정각을 매개로 한 문학적 교환과 그 역사적 의미—식영정과 서하당을 중심으로」, 고려대 교육대학원 석사학위논문, 1988, 52-53면에서 재인용한다.

猶不及魚閒　　물고기만큼 한가하지는, 못하다네 (송강 정철)

여기에서 보면 송강을 제외한 석천, 서하당, 제봉은 모두 정자의 난간에서 물고기를 내려다보며 '吾閒', '我之閒', '意俱閒'이라고 자신의 마음이 지극히 한가해졌음을 표현하고 있다. 그야말로 자연과 시적 화자가 하나가 되는 경지에 이르렀음을 나타내는 것이다. 그러나 송강만은 '猶不及魚閒'이라고 함으로써 남들은 자신의 한가함을 부러워하지만 실제로 자신은 그리 한가하지 못하다고 토로하고 있다. 이는 성산 사선 중 송강은 다른 세 사람과 완전히 동화되지도 못할 뿐만 아니라, 지극한 한가로움을 즐기는 신선의 경지에 자신을 몰입하지 못한 채 여전히 갈등하고 있음을 보여 주는 것이라 할 수 있다. 이러한 갈등이 <성산별곡>에서는 "마암의 매친 시람"으로 표현되고 있는 것이다.

결국 <성산별곡>은 산중 생활을 이해하지 못하는 세간 사람들에게 산중 생활의 참된 맛을 이해시키기 위해 쓰여진 작품임을 알 수 있다. 그러나 <상춘곡>이나 <면앙정가>와 같이 산중 사람이 화자가 되어 직접 자신의 심회를 펼치는 것이 아니라, 세간 사람과 산중 사람의 문·답을 제3자가 전하는 간접적 표출 방식을 쓰고 있다. 화자의 이야기 속에 세간 사람이 산중 사람의 생활을 이해하게 되는 과정을 서술함으로써, 청자 내지 독자인 세간 사람들은 은연중에 작품내의 세간 사람(손님)처럼 산중 사람(주인)의 생활과 생각을 이해하고 존경하게 되는 것이다.

이는 <상춘곡>이나 <면앙정가>에서 청자(독자)들이 갖게 될지도 모를 거리감, 이질감을 청자(독자)와 같은 입장에 있는 손님을 작품 내에 설정하고 그와 대화를 나눔으로써 없애고자 하는 보다 고도화된 설득의 방식이라고 할 수 있다. <상춘곡>에서도 "홍진에 뭇친분네 이내생애 엇더한고"라고 세간 사람들에게 묻고 있기는 하지만 이 물음은 청자의 대답을 전혀 기대하지 않는 일종의 자기 과시와 다름없는 언술이다.

이런 점에서 <성산별곡>은 <상춘곡>이나 <면앙정가>의 은일가
사로서의 면모를 이어받으면서도 세간과 단절되어 있는 것이 아니라 세
간과 대화를 나누며 세간의 이해와 동의를 구하고 있는 전환을 이루고
있다. 이는 산중 사람으로서의 고압적 자세를 낮추고 세간 사람을 받아
들이는 자세로서, 보다 많은 세간 사람(청자, 독자)들의 호응을 얻을 수 있
지 않았을까 한다.

4. 서술방식의 차이와 의의

<성산별곡>은 화자에 의한 상이한 두 인물의 문답체 서술로 이루
어져 있다. 이처럼 작자가 작품내 화자가 되어 직접적으로 자신의 생각
을 제시하지 않고 별개의 인물을 통해 간접적으로 전달하는 방법은 작
품의 의미 완성에 청자(독자)의 몫을 남겨 둠으로써 자연스레 청자(독자)
의 활발한 호응을 이끌어내고 있다.

<성산별곡>은 송강의 작품 중 대화체 서술로 되어 있는 또 하나의
작품 <속미인곡>과는 달리 두 인물의 대화를 매개하고 있는 화자가 따
로 존재하고 있다. <속미인곡>에서 이질적 두 인물의 대화가 뚜렷한
대립을 보인 채 해결을 보이지 못하는 것은 이들의 대화를 조절하는 화
자가 없기 때문이라고도 할 수 있다.[17] <성산별곡>에서의 인물 역시
손님은 세간 사람이고 주인은 산중 사람으로서 이질적이나, 세간 사람
으로서 산중 생활을 하고 있는 화자에 의해 그 대립이 완화, 해결되고
있는 것이다. 또한 인물 중 손님은 질문을 던지고 주인의 대답을 듣기만

---

17) <속미인곡>과 <성산별곡>에 나타나는 대화양상의 차이점에 대해서는 졸고,
「<속미인곡>과 <성산별곡>의 대화양상 분석」, 『고시가연구』 2・3합집, 1995
에서 자세히 분석한 바 있다.

하는 태도를 취하고 있기 때문에 대화가 주인에 의해 주도되고 있어 주인의 생각이 자연히 해결로 제시되고 있다. 결국 화자에 의해 손님이 주인의 생각과 삶을 이해하게 되는 해결을 취함으로써 청자는 자신도 모르게 손님의 입장에 놓여 그 해결을 수긍하게 되는 것이다.

그러면 <성산별곡>이 <속미인곡>과 달리 화자를 따로 설정하는 대화방식을 취한 이유는 무엇일까? 이는 <속미인곡>에서는 인물 중 어느 하나가 작자의 분신일 수 있지만, <성산별곡>에서는 인물 중 어느 하나도 작자 자신일 수 없기 때문이다. 그러므로 작자는 내포 작자로서 작품내 화자의 역할을 맡게 된 것이라 할 수 있다. 그러나 작자의 분신이기도 한 화자는 중립적 입장에 있지 못하고 인물 중 주인의 생각에 많이 기울어져 있다. 이는 화자가 주인의 생각과 삶을 이해하고 이를 청자에게 전달하려는 입장에 있기 때문이라고 할 수 있다. 화자가 손님의 말은 직접 화법으로 전달하여 자신과 거리감을 두는 반면, 주인의 말은 간접 화법으로 바꾸어 전달하여 자신과의 거리를 좁히는 것은 바로 화자의 이런 입장 때문이라고 할 수 있다.

그런데 화자는 주인의 생각을 주인의 말 그대로 전달하는 것이 아니라 자신의 말로 바꾸어 전달하고 있기 때문에 주인의 말 속에는 화자의 생각이 은연중에 배어들게 된다. 이때 화자는 세간 사람들에게 산중 사람의 삶과 생각을 전달하는 입장에 있음에도 불구하고 두 세계에서 시름하는 자신의 모습을 완전히 감추지 못하고 있다. 그 시름은 술에 취함으로써 '조금' 풀렸을 뿐 완전히 해소된 것은 아니며, 신선은 '그대'일 뿐 손님이나 화자와는 여전히 별개의 존재이다. 즉 손님이나 화자는 주인의 세계를 이해는 하지만 완전히 동화되지는 못한다. 화자는 산중 생활을 경외하기는 하지만 세간에 대한 미련을 떨치지 못하고 있다. 결국 이 작품은 세간 사람에게 산중 사람의 삶과 생각을 이해시키는 목적은 달성하고 있으나 두 세계 사이에서 빚어지는 화자의 시름까지 해소시키지는 못하고 있는 것이다.

<성산별곡>이 이러한 대화 방식을 통해 산중 사람의 생각과 생활을 알리는 것은 같은 주제를 형상화하고 있는 <상춘곡>이나 <면앙정가>에 비해 일면 진전된 것이라 할 수 있다. <상춘곡>이나 <면앙정가>가 세간 사람의 생각을 전혀 고려하지 않고 자신들의 생각을 알리는 데에만 치중하고 있는 데 비해, <성산별곡>은 일단 청자(독자)의 대부분인 세간 사람을 작품 내 인물로 설정함으로써 청자(독자)들의 관심을 집중시키고 있다. 청자(독자)들은 화자의 일방적인 말을 듣기만 하는 것이 아니라, 작품 내 인물을 통해 묻고 듣게 되는 것이다. 결국 <성산별곡>은 앞 시대의 은일가사에 비해 한 걸음 더 세간 사람에게 다가감으로써 세간과 산중의 거리를 좁히고 있는 것이다. 이는 작자가 완전한 산중 사람이 아닌 세간 사람이면서 산중 사람을 잘 이해하는 이였기에 가능했으리라 본다.

이와 같이 <성산별곡>은 세간과 산중 생활 사이에서 시름하는 작자의 내면세계를 형상화한 작품으로서, 작품의 대화체 서술은 이질적 징서와 세세로 분얼되어 있는 개인과 사회의 모습을 효과적으로 드러내주고 있다. 또한 이 작품은 조선 전기와 후기의 전환기에 놓여 있으면서, 화자 중심의 일방적 서술방식으로 되어 있던 가사가 청자를 중시하는 서술방식으로 옮겨가는 데 중추적 구실을 한 것으로 생각된다.

이제 <성산별곡>의 서술방식이 가사의 다양한 서술방식 속에서 어떠한 위치를 차지하고 있는지 살펴보기로 하자. 작품 내에 청자를 불러들임으로써 청자의 호응을 이끌어내는 대화체 서술은 <성산별곡>에서 갑자기 시도된 것이라기보다는 그 이전부터 이미 누적되어 온 가사의 관습으로 생각된다. 가사의 효시로 논의되고 있는 <서왕가>나 <상춘곡> 모두 작품 내에서 화자가 청자를 향해 말을 건네고 있을 뿐만 아니라 이후 대부분의 가사들이 서두에서 대화의 상대자인 청자를 부르는 것은 이러한 관습의 일단이라고 할 수 있다. 그러나 화자가 청자를 어느 정도 인식하며 어떤 방법으로 사상을 전달하느냐에 따라 다음과 같이 몇 가지 갈래로 구분된다.

1) 화자의 일방적 발언 – 독백, 방백
2) 화자를 통한 인물간의 대화
3) 화자의 개입 없는 인물간의 대화
4) 화자와 청자의 호응적 발언

1)은 청자를 거의 인식하지 않는 화자의 일방적 발언으로서 독백 내지 방백으로 이루어진다. 서두에서 청자를 부르는 것은 관습적 어구일 뿐 청자를 대화의 상대자로 끌어들이는 것은 아니다. 독백은 화자 자신에게 하는 발언으로서 청자가 엿듣는 방법이고, 방백은 청자를 향한 발언이나 청자는 듣기만 하는 방법이다. <사미인곡>이 전자에, <상춘곡>, <노처녀가>가 후자에 속한다고 할 수 있다.

2)는 화자의 발언을 직접적으로 하지 않고 인물간의 대화를 통해 간접적으로 하는 방법이다. 1)보다는 화자의 독점적 역할을 어느 정도 줄임으로써 청자와의 거리를 좁히고 있다. 청자는 화자가 설정해 놓은 한 인물에 자신을 투사하여 화자의 말을 들음으로써 은연중에 화자의 생각을 받아들이게 된다. <성산별곡>이 여기에 속하며 <누항사> 등 조선후기 많은 가사들이 작품 내에 대화를 삽입함으로써 일부 이러한 방식을 꾀하고 있다.

3)은 화자가 전혀 개입하지 않고 인물간의 대화를 통해 청자(독자) 스스로 주제를 판단하게 하는 방법이다. 1), 2)에 비해 화자의 역할이 최소화되어 있어 청자의 작품에 대한 적극적 참여에 의해 의미가 완성된다. <속미인곡>이 대표적 작품이라 할 수 있고 이후 <거사가>, <갑

민가> 등이 이러한 수법을 잇고 있다.

4)는 매우 독특한 형태로서 작품 내에 청자가 제2화자가 되어 나타나는 경우이다. 이는 마치 일인 연극에서 관객을 향한 화자의 말에 관객이 대꾸하는 형태와 같다. 청자(독자)는 작품 내에 끼어든 청자에 자신을 동일시함으로써 자신도 모르는 사이 작자가 의도한 주제를 받아들이게 된다. <서왕가>가 이러한 기법을 쓰고 있고 조선후기 많은 <화전가>류 가사에서 그 면모를 찾을 수 있다.

여기에서 가사의 서술방식은 초기에는 1)의 화자의 일방적 발언 방식이 대부분이었으나 송강에 의해 2)와 3)의 대화를 통한 간접적 제시 방식이 계발되었고, 후기에 와서 점차 2), 3), 4)의 방식이 확대, 보편화되었던 것이 아닌가 한다. 이는 가사가 본래 화자와 청자 사이에서 연행된 문학으로서, 주제를 보다 효과적으로 전달하기 위해 다양한 서술 방식을 사용했으며 화자에게 놓여있던 비중이 점차 청자에게로 옮아가는 변화가 일어났음을 짐작하게 한다. 송강의 <성산별곡>은 이러한 변화의 가운데 지점에서 그 비중을 화자에서 청자로 전환케 하는데 중추적 구실을 한 작품으로 다시금 높이 평가하지 않을 수 없다.

5. 맺음말

이 논문에서는 <성산별곡>의 서술방식을 면밀히 분석해 보고 이러한 서술방식이 내포하고 있는 의미를 살펴보았다. <성산별곡>은 작가가 독자에게 전달하고자 하는 주제를 화자의 일방적 언술이 아닌 인물 간의 대화를 통해 우회적으로 제시하는 대화체 서술로 되어 있다. 이러한 대화체 서술은 의미의 완성에 청자(독자)가 적극적으로 참여할 수 있는 여지를 줌으로써 보다 많은 청자(독자)의 관심과 호응을 이끌어내고 있다.

<성산별곡>은 화자를 통해 주·객의 문답을 전달함으로써 세간 사람들에게 산중 사람들의 삶과 생각을 이해케 하며, 화자의 두 세계 사이에서의 시름을 드러내고 있다. 청자(독자)는 화자에 의해 같은 해결에 이르도록 유도되고 있다. 작자 송강은 이 중 작품 내 화자에 자신을 일치시켜 자연과 하나가 되는 신선의 경지를 동경하면서도, 여전히 현실에 대한 시름으로 갈등하고 있음을 보여 준다. 이 작품의 이러한 서술방식은 두 가지 이상의 이질적 관념 내지 삶의 모습을 그대로 드러내는 데 적합한 방식으로서, 당대 사회의 변동으로 인한 이질화, 다양화 양상을 반영하고 있다.

<성산별곡>의 서술방식은 청중을 상대로 낭송하던 가사의 연행적 특성에서 형성된 것으로, 이후의 가사가 화자 중심의 서술방식에서 청자를 중시하는 서술방식으로 전환케 하는데 중추적 구실을 한 것으로 생각된다. 단 이 논문에서 이루어진 성과는 <성산별곡>만을 대상으로 한 미시적인 것이어서 앞으로 전체 가사의 서술방식과 의미에 대한 논의로 확대함으로써 재차 검증되어야 하리라고 본다.

참고 문헌

강전섭. 「<성산별곡>의 작자에 대한 존의」. 『장암지헌영선생 화갑기념논총』. 1971. (『한국고전문학연구』. 대왕사. 1982에 재수록)

＿＿＿. 「<성산별곡>의 작자고증」. 『모산학보』 4·5합집. 모산학술연구소. 1993.

권녕철. 『규방가사연구』. 이우출판사. 1980.

권녕철·주정원. 『화전가연구』. 형설출판사. 1981.

김광조. 「조선전기가사의 장르적 성격연구-시적 담화의 유형분석을 중심으로」. 서울대 석사학위
　　　논문. 1987.

김동욱. 「임란전후 가사연구」. 『한국가요의 연구 속』. 이우출판사. 1975.

김병국. 「고대소설 서사체와 서술시점」. 『한국고전소설연구』. 이상택·성현경 편. 새문사. 1983.

김선기. 「<성산별곡>의 세 가지 쟁점에 대하여」. 『고시가연구』 5. 한국고시가문학회. 1998.

김사엽. 교주 『송강가사』. 문호사. 1959.

김성배 외 편저. 『주해 가사문학전집』. 집문당. 1961.

김신중. 「송강 가사의 시공상 대비적 양상」. 『고시가연구』 2·3합집. 한국고시가문학회. 1995.

김천혜. 『소설구조의 이론』. 문학과지성사. 1990.

박성의. 『송강·노계·고산의 시가문학』. 현암사. 1968.

박일용. 「<만분가>의 형상화 형태」. 『한국고전시가작품론 2』. 집문당. 1992.

박준규. 「성산의 식영정과 성산별곡」. 『국어국문학』 94. 국어국문학회. 1985.

＿＿＿. 「송강 정철의 누정제영고-성산동의 식영정제영을 중심으로」. 『고시가연구』 2·3합집.
　　　한국고시가문학회. 1995.

사재동. 「충남지방의 내방가사 연구」. 『어문연구』 8. 1972.

서수생. 『한국시가연구』. 형설출판사. 1970.

＿＿＿. 「송강의 성산별곡 창작연대」. 『어문학』 24. 한국어문학회. 1971.

서영숙. 「<속미인곡>과 <성산별곡>의 대화양상 분석」. 『고시가연구』 2·3합집. 한국고시가문
　　　학회. 1995.

서원섭. 「사미인곡계 가사의 비교연구」. 『가사문학연구』. 형설출판사. 1978.

이재석. 「성산정각을 매개로 한 문학적 교환과 그 역사적 의미-식영정과 서하당을 중심으로」.
　　　고려대 교육대학원 석사학위논문. 1988.

임기중. 『역주 해설 조선조의 가사』. 성문각. 1979.

정대림. 「<성산별곡>과 사대부의 삶」. 『한국고전시가작품론 2』. 집문당. 1992.

정익섭. 「<성산별곡>의 재고」. 『학산조종업박사 화갑기념논총』. 1990.

조동일. 「가사의 장르 규정」. 『어문학』 21. 한국어문학회. 1969.

조세형. 「송강가사의 대화전개방식 연구」. 서울대 석사학위논문. 1990.

최규수. 「송강 정철 시가의 미적 특질 연구-작품 수용양상을 중심으로」. 이화여대 대학원 박사논
　　　문. 1996.

최상은. 「조선전기 사대부가사의 미의식: 자연을 대상으로 한 작품을 중심으로」. 성균관대 박사학위 논문. 1991.

최성호. 「성산별곡연구」. 『국어국문학연구』 7. 원광대. 1981.

최한선. 「성산별곡과 송강 정철」. 『조선조 시가의 존재양상과 미의식』. 반교어문학회 편. 도서출판 보고사. 1999.

제랄드 프랜스. 『서사학: 서사물의 형식과 기능』. 최상규 역. 문학과 지성사. 1988.

2 | <속미인곡>의 서술방식 분석

1. 머리말

<속미인곡>은 송강 정철의 작품으로서, 그 뛰어난 수사와 절실한 의미로 인해 오랫동안 주목되어 왔다.[18] 특히 그 서술방식이 대화체로 되어 있다는 점은 단순히 일방적 교시 문학으로 여겨지던 가사의 문학적 가치를 높이는 데 크게 기여하였다. 가사는 <서왕가> 이래로, 많은 작품이 작가가 독자(청중)에게 나타내고자 하는 주제를 화자의 일방적 언술이 아닌, 대화체 형식을 통해 전달함으로써 작품의 의미 결정에 독자의 적극적인 참여를 이끌어내 왔다. 이는 가사가 청중을 상대로 낭송되며 작품의 완성에 청중의 호응이 크게 반영되는 연행적 특성을 지닌 데에서 온 것이라 생각된다.[19] 대부분의 가사가 서두에 청중 내지 독자를 부름으로써 대화의 상대자를 인식하고 있는 점은 가사의 이러한 관

---

18) <속미인곡>은 이미 조선후기부터 홍만종, 김만중, 김춘택 등에 의해 찬사를 받아 왔고, 현재에 이르러서도 정재호, 조세형 등에 의해 그 문학적 가치가 높이 평가되어 왔다. 정재호, 「<속미인곡>의 내용 분석」, 『한국가사문학론』, 집문당, 1982; 조세형, 「송강가사의 대화전개방식 연구」, 서울대 석사학위논문, 1990.

19) 임기중, 『역주 해설 조선조의 가사』, 성문각, 1979초·1989중, 16면; 사재동, 「충남지방의 내방가사 연구」, 『어문연구』 8, 어문연구회, 1972, 138-140면; 권녕철, 『규방가사연구』, 이우출판사, 1980, 21면; 권녕철·주정원, 『화전가연구』, 형설출판사, 1981, 30-43면 참조.

습에서 형성되었다고 할 수 있다.

대화체 서술은 둘 이상의 인물을 내세워 그들의 의견을 독자들에게 제시함으로써 독자로 하여금 그 중 어느 하나에 동조하도록 하는 판단의 여지를 주고 있다. 그러나 대화를 나누는 인물에 주·종 관계를 설정함으로써 독자를 은연중에 주인물의 생각에 동조하도록 유도하고 있음을 볼 수 있다. 이는 가사가 작자의 주장을 독자에게 알리는 문학이라는 점에서 보다 고도화된 설득의 방법으로 택해진 것이라 생각된다.[20]

그런데 <속미인곡>은 이와 같은 대화체 수법을 사용한다는 점은 인정되고 있지만, 대화의 주체가 누구인지, 대화가 어떻게 진행되고 있는지, 대화를 통해 작가가 드러내고자 한 의도가 무엇인지 등에 대해서는 자세한 논의가 이루어지지 않고 있다. 뿐만 아니라 몇몇 기존 논의를 살펴볼 때 그 대화의 주체와 양상에 대해 의견의 일치를 이루지 못한 상태에 있다. 이에 이 논문에서는 <속미인곡>에 나타난 서술방식을 자세히 분석하고, 가사의 여러 가지 서술방식 중 <속미인곡>이 차지하는 위치 및 의의 등에 대해 밝혀 보고자 한다. 자료는 『주해 가사문학전집』[21]에 실려 있는 작품을 대상으로 한다.

---

20) 가사는 '있었던 일을 확장적 문체로, 일회적으로, 평면적으로 서술해 알려 주어서 주장'하는 교술장르에 속하나, 작품에 따라 부수적으로 서정적, 서사적, 극적 성향을 강하게 드러내는 복합적 성격을 띠고 있음을 볼 수 있다. <속미인곡>은 특히 주제의 효과적 전달을 위해 극적 서술방식을 사용한 것으로 생각된다. 조동일, '가사의 장르 규정」, 『어문학』 21, 한국어문학회, 1969 참조.

21) 김성배 외 편저, 『주해 가사문학전집』, 집문당, 1961초·1981재.

2. 발화의 주체와 성격

2.1 기존 논의의 검토

<속미인곡>은 화자의 개입 없이 인물간의 대화로만 이루어져 있다. 이때 발화의 주체가 몇 명이며, 그들의 대화는 어떻게 진행되는가에 대해 자세히 논의하기 위하여 번거롭더라도 작품 전편을 행마다 번호를 매겨 살펴보기로 하자.

1) 뎨 가는 더 각시 본듯도 한더이고
2) 天上 白玉京을 엇디하야 離別하고
3) 해 다 뎌 져믄 날의 눌을 보라 가시난고
4) 어와 네여이고 이내 사셜 드러보오
5) 내 얼굴 이 거동이 님 괴얌즉 하냐마난
6) 엇딘디 날 보시고 네로다 녀기실새
7) 나도 님을 미더 군뜨디 젼혀 업서
8) 이래야 교태야 어자러이 구돗떤디
9) 반기시난 낫비치 녜와 엇디 다라신고
10) 누어 생각하고 니러 안자 혜어하니
11) 내 몸의 지은 죄 뫼가티 싸혀시니
12) 하날히라 원망하며 사람이라 허믈하랴
13) 설워 플텨혜니 造物의 타시로다
14) 글란 생각마오 매친 일이 이셔이다
15) 님을 뫼셔이셔 님의일을 내알거니
16) 믈가탄 얼굴이 편하실적 몃날일고
17) 春寒苦熱은 엇디하야 디내시며
18) 秋日冬天은 뉘라셔 뫼셧난고
19) 粥早飯 朝夕뫼 녜와갓티 세시난가
20) 기나긴 밤의 잠은 엇디 자시난고
21) 님다히 消息을 아므려나 아사 하니

22) 오날도 거의로다 내일이나 사람 올가
23) 내 마음 둘 대 업다 어드러로 가잣말고
24) 잡거니 밀거니 놉픈 뫼해 올라가니
25) 구롬은 카니와 안개난 므사 일고
26) 山川이 어둡거니 日月을 엇디 보며
27) 咫尺을 모라거든 千里를 바라보랴
28) 찰하리 믈가의 가 뱃길히나 보쟈 하니
29) 바람이야 믈결이야 어둥져 된뎌이고
30) 샤공은 어대 가고 뷘 배만 걸렷나니
31) 江天의 혼자 셔셔 디난 해랄 구버보니
32) 님다히 消息이 더욱 아득한뎌이고
33) 茅簷 찬 자리의 밤듕만 도라오니
34) 半壁 靑燈은 눌 위하야 발갓난고
35) 오라며 나리며 헤뜨며 바자니니
36) 져근덧 力盡하야 픗잠을 잠간 드니
37) 情誠이 지극하야 꿈의 님을 보니
38) 玉가탄 얼굴이 半이나마 늘거세라
39) 마암의 머근 말삼 슬카장 삷쟈하니
40) 눈물이 바라 나니 말인들 어이 하며
41) 情을 못다하여 목이 조차 몌여하니
42) 오뎐된 鷄聲의 잠은 엇디 깨돗던고
43) 어와 虛事로다 이 님이 어대 간고
44) 결의 니러안자 窓을 열고 바라보니
45) 어엿븐 그림재 날 조찰 뿐이로다
46) 찰하리 싀여디여 落月이나 되야 이셔
47) 님 겨신 窓 안해 번드시 비최리라
48) 각시님 달이야카니와 구잔비나 되쇼셔

　여기에서 보면 <속미인곡>은 일단 지나가는 각시를 발견하고 말을
붙이는 한 여인과 이에 대해 자신의 사설을 털어놓는 '각시'와의 대화로
이루어져 있다고 할 수 있다. 그런데 이들의 대화가 구체적으로 어떻게

진행되는지, 어느 대목을 누가 발화한 것인지에 대해서는 의견이 분분한데, 대체로 다음과 같은 세 가지 주장이 엇갈려 있다. 말을 붙이는 한 여인을 갑녀, 각시를 을녀로 칭하여 살펴보기로 하자.

    ㄱ) 갑녀 - 을녀 - 갑녀[22]
    ㄴ) 갑녀 - 을녀 - 갑녀 - 을녀 - 갑녀[23]
    ㄷ) 갑녀 - 을녀 - 병녀 - 을녀 - 갑녀 - 을녀 - 병녀[24]

ㄱ)은 김사엽, 이병기 등에 의해 분석되어 오랫동안 별 이의 없이 받아들여져 왔다. 갑녀의 말은 1)에서부터 13)까지이고, 을녀의 말은 14)에서부터 47)까지이며, 마지막 갑녀의 말은 48)이다. 갑녀와 을녀는 모두 임에게서 버림을 받은 여인으로 서로가 친분이 있던 사이라고 한다. 갑녀가 자신이 임에게서 사랑을 잃은 것이 지나치게 교태를 부린 자신의 죄 때문이라며 하늘도 사람도 원망할 수 없고 단지 조물의 탓으로 돌린다고 하자, 을녀는 그런 생각 말라며 위로하고 자신의 마음에 맺혀 있는 임에 대한 절절한 그리움을 털어놓으며 차라리 죽어 낙월이나 되어서 님의 창밖에 비치고 싶다고 한다. 이에 갑녀가 을녀에게 차라리 궂은 비나 되시라고 말하는 것으로 맺고 있다고 보고 있다.

그러나 이렇게 보면 서두 부분에서 "뎨 가는 뎌 각시 본 듯도 흔뎌이고"와 "어와 네여이고 이 내 스셜 드러 보오"가 갑녀 혼자 자문 자답한 것으로 어색하기 짝이 없다. 이 작품 전체가 한 화자에 의해 서술된 것이 아닌, 두 화자의 대화체로 서술된 것으로 보는 이상, 이 부분은 두 여인 갑녀와 을녀가 길에서 만나 서로 상대를 확인하고 말을 건네는 것

---

22) 김사엽, 『교주 송강가사』, 문호사, 1959, 100-113면; 이병기, 「송강가사의 연구」, 『진단학보』 4-7, 진단학회, 1936-1937 참조.
23) 정재호, 앞의 논문, 1982, 72-75면.
24) 조세형, 「송강가사의 대화전개방식 연구」, 서울대 석사학위논문, 1990, 26-37면.

으로 보아야 한다. 또한 13)까지를 갑녀의 사설로 보고 그 이하를 을녀의 사설로 볼 경우 갑녀와 을녀는 입장과 처지가 거의 비슷한 존재가 되고 만다. 둘 다 임에게 버림받은 존재로 자신의 하소연을 하는 데 급급할 뿐이다. 그러나 이 작품이 작자가 자신이 임에게서 버림을 받은 사정과 임에 대한 그리움을 하소연하기 위해 쓰여진 것이라는 점을 볼 때, 갑녀와 을녀 모두 임에게 버림받는 존재로 보는 데에는 무리가 있다. 즉 임에게 버림받은 한 여인이 그렇지 않은 여인에게 자신의 사연을 털어 놓는 것으로 보는 것이 자연스럽다.

ㄴ)은 정재호 등에 의해 제기된 것으로 갑녀 1)~3), 을녀 4)~13), 갑녀 14), 을녀 15)~47), 갑녀 48)로 분석되고 있다. 여기에서 갑녀와 을녀는 서로 잘 아는 사이로, 갑녀는 을녀보다 손아래 인물이지만 을녀에게 고차원의 충고를 할 수 있는 인물이라고 한다.[25] 갑녀가 지나가는 을녀를 불러 세우며 해가 다 저물었는데 누구를 보러 가느냐고 묻자, 을녀가 갑녀를 알아보고 자신이 임에게서 버림받은 것이 님을 믿어 지나치게 교태를 부린 자신의 탓이라고 한다. 이에 갑녀가 다시 그런 생각 말라며 임에게 맺힌 일이 있기 때문이라고 하자, 을녀가 자신이 임을 모셔 보아 잘 안다며 임에 대한 걱정과 그리움을 털어놓으며 죽어서 낙월이 되어 임의 창 안에 비치고 싶다고 한다. 그러자 갑녀가 달보다는 궂은 비가 되라고 응수하는 것으로 되어 있다.

이 주장은 일단 ㄱ)에서 제기된 자문 자답의 문제점을 갑녀와 을녀의 대화로 분리해 보고 있다는 점에서 설득력이 있다. 그런데 4)에서 13)까지의 을녀의 사설을 듣고 난 뒤, 갑녀가 말을 받는 부분이 어디까지인

---

25) 정재호는 위 논문에서 이러한 착상이 송강이 창평의 외로운 낙향 생활의 현실에서 그와 대화를 나눈 수하의 한 인물에서 힌트를 받았을 가능성을 제시하며, 실제로 송강이 전후미인곡을 창작할 즈음 교유하였다는 李希參과 같은 인물을 예로 들고 있다.

가에는 다시 논쟁의 여지가 있다. 정재호는 갑녀가 말한 부분을 "글란 싱각마오 미친 일이 이셔이다"만으로 보고 있다. 갑녀는 을녀가 임에게서 버림받은 이유가 을녀의 죄 때문이 아니라 임 주위의 여러 사정들로 인해 임에게 맺힌 일이 있기 때문이라고 위로하는 것이다. 하지만 갑녀가 을녀의 말을 부정하고 위로하면서 이렇게 짧게 말하고 만다는 것은 어딘지 어색하다. 갑녀가 임에게 맺힌 일이 있다고 자신있게 말을 할 수 있는 것은 갑녀가 현재 임을 모시고 있어 임의 일을 잘 알고 있기 때문이 아닐까 한다. 그렇게 본다면 갑녀의 말은 다음 말들로까지 이어지는 것으로 보아야 자연스럽다.

ㄷ)은 조세형에 의해 주장된 것으로 갑녀 1)~3), 을녀 4)~13), 병녀 14), 을녀 15)~23)의 "내마음 둘대업다"까지, 갑녀 23)의 "어드러로 가잣말고", 을녀 24)~47), 병녀 48)로 분석되고 있다. 여기에서는 갑녀와 을녀 외에도 병녀라는 여인이 추가되어 있다. 갑녀는 단지 을녀의 진술을 유도해내고 듣기만 하는 소극적 역할을 하는 데 비해, 병녀는 을녀와 더불어 논쟁을 벌이고 이질적인 시각을 드러내고 있다고 한다. 즉 갑녀는 1)~3)을 통해 이후 13)까지의 을녀의 사설을 이끌어내고 있고, 다시 23)의 "어드러로 가잣말고"를 통헤 이후 47)끼지의 을녀의 진술을 유도히고 있다고 보는 것이다. 또한 갑녀와 을녀는 대등한 관계를 유지하는 반면에 병녀는 을녀와 상하에 가까운 관계를 보여 준다고 한다.26)

ㄷ)의 주장은 기존 견해와 두 가지 점에서 차이가 있다. 우선 23) "어

---

26) 조세형은 갑녀는 을녀에게 "혼뎌이고", "가시논고" 등과 같은 평어를 쓴 데 비해, 병녀는 "이셔이다"와 같은 경어를 쓴 점을 그 근거로 들고 있다. 그러나 이 작품의 화자들이 쓰고 있는 어법에는 모두 가까운 사이에서 흔히 쓰일 수 있는 평어와 경어가 섞여 있을 뿐만 아니라, 운율을 유지해야 하는 가사의 특성상 정식 어법을 제대로 갖추어 쓰기 어렵다는 점에서 경어 사용 정도를 기준으로 화자를 가르는 데에는 무리가 있다. 즉 "가시논고"와 "이셔이다"가 하나는 대등한 관계에서 다른 하나는 상하관계에서 확연히 구별돼 사용된다기보다는 둘 다 상대방에게 어느 정도의 예우를 갖춰 하는 말로 보아야 할 것이다.

드러로 가쟛말고”를 갑녀가 을녀의 방향에 대한 질문으로 보고 이후 이어지는 서술을 이에 대한 을녀의 대답으로 보는 것이다. 그러나 이 말의 앞 뒤 부분을 읽어보면 문맥의 흐름이 아주 자연스럽게 연결되고 있어 그 한 어구만 똑 떼어 다른 화자가 발화했다고 보기가 어려울 정도이다. 즉 “님 다히 소식을 아므려나 아쟈ᄒ니 / 오늘도 거의로다 ᄂᆡ일이나 사람 올가 / 내ᄆᆞ음 둘ᄃᆡ업다 어드러로 가쟛말고 / 잡거니 밀거니 놉픈뫼희 올라가니”에서 보면, 이 부분은 임으로부터의 소식을 알려 줄 사람을 종일토록 기다리다 아무도 오지 않자 마음을 둘 데 없어 무작정 길을 나서 어디로 가야할지 몰라 방황하는 을녀의 내면을 아주 잘 표현하고 있다. 이때 “내ᄆᆞ음 둘ᄃᆡ업다 어드러로 가쟛말고”의 “어드러로 가쟛말고”를 따로 떼어 내어 갑녀가 묻는 것으로 보는 것은 너무나 어색하다. 이는 갈 곳 조차 없어 배회하는 여인 을녀가 ‘내 마음 둘 데 없으니 어디로 간단 말인가’ 하고 혼자 한탄하는 탄식으로 보아야 한다.

다음 ㄱ), ㄴ)과 달리 ㄷ)은 갑녀와 을녀 외에 병녀를 설정해 놓고 있다. 즉 ㄱ)과 ㄴ)에서 갑녀의 말로 보고 있는 14) “글란 싱각마오 믹친 일이 이셔이다”와 마지막 48) “각시님 ᄃᆞᆯ이야 ᄏᆞ니와 구준비나 되쇼서”를 갑녀나 을녀와는 아래 처지에 있는 또 다른 여인 병녀의 말로 보는 것이다. 그러나 이 주장은 작품의 서두 부분이 갑녀와 을녀 두 여인이 만나 대화를 나누는 것으로 되어 있고 제3의 인물에 대한 언급은 전혀 나오지 않는다는 점에서 받아들이기 어렵다. 작자가 제3의 인물을 염두에 두고 있었다면 만남의 장면에서부터 등장시켰을 것이다. 그런 설정 없이 두 여인의 대화가 이어지는데 제3의 인물이 느닷없이 끼어 들어 을녀의 말을 부정하는 것은 매우 부자연스럽다.

2.2 논쟁의 문제와 해결

이렇게 놓고 볼 때 <속미인곡>의 대화 양상을 분석한 기존 견해는 모두 약간의 문제점을 내포하고 있다. 특히 다음 대목은 기존 견해에서 각기 을녀, 갑녀, 병녀의 발화로 엇갈리게 잡음으로써 논쟁을 불러일으키고 있어, 다시 자세히 살펴볼 필요가 있다.

> 내몸의 지은죄 뫼가티 싸혀시니
> 하날히라 원망하며 사람이라 허믈하랴
> 설워 플뎌혜니 造物의 타시로다
> 글란 생각마오 매친일이 이셔이다
> 님을 뫼셔이셔 님의일을 내알거니
> 믈가탄 얼굴이 편하실적 몃날일고
> 春寒苦熱은 엇디하야 디내시며
> 秋日冬天은 뉘라셔 뫼셧난고

이중 문제의 대목은 중간 부분에 어조가 바뀌는 부분인 "글란 생각마오 매친일이 이셔이다"이다. 이는 앞에서 "내몸의 지은죄 뫼가티 싸혀시니 / 하닐히라 원밍하며 사림이라 허믈하라 / 설워 플뎌혜니 造物의 타시로다" 하고 자신이 임으로부터 버림받은 이유를 자신과 조물의 탓으로 돌린 을녀의 말을 부정하는 것이다. 이 구절을 ㄱ)에서는 을녀가 계속하는 말로, ㄴ)에서는 갑녀가 위로하는 말로, ㄷ)에서는 갑녀나 을녀와는 다르게 아래 신분에 있는 병녀의 말로 보고 있다. 그러나 일단 이 구절이 을녀가 말한 것을 부정한다는 점에서 을녀가 아닌 다른 인물의 말임이 확실하다. 그러므로 ㄱ)의 견해는 받아들이기 어렵다. 그렇다면 이 인물이 작품의 맨 처음에 나오는 "제 가는 뎌 각시 본듯도 한뎌이고 / 천상 백옥경을 엇디하야 이별하고 / 해 다 뎌 져믄 날의 눌을 보라 가시난고"를 말한 갑녀와 농일하나 그렇지 않느냐를 판단하는 것만이 남는다.

갑녀의 말로 미루어 볼 때 갑녀는 을녀를 알고 있는 사람이다. 또한 갑녀는 을녀가 천상 백옥경에 있었다는 사실도 알고 있다. 갑녀와 을녀가 주고받는 말투는 그들이 거의 동등한 신분에 있었던 관계임을 말해 준다. 즉 갑녀와 을녀는 서로 완전한 평어도 경어도 아닌 반경어법인 '하오'체를 사용하고 있다. 그렇다면 갑녀는 을녀와 같이 비슷한 신분의 사람으로서 을녀의 사정을 잘 알고 있는 사람으로 보아야 할 것이다.[27] 갑녀가 서두에서 을녀에게 묻는 "천상 백옥경을 엇디하야 이별하고 / 해 다뎌 져믄 날의 눌을 보라 가시난고"는 그 이유를 모르고 하는 질문이 아니라 알고 있으면서 나무라듯이 묻는 언사라고 볼 수 있다. 예를 들면 죄를 지어 감옥에 와 있는 사람에게 '그 좋은 곳을 놔두고 왜 이런 곳에 와 있느냐'와 같은 어조의 물음이라고 할 수 있다. 을녀가 갑녀의 그런 핀잔에도 불구하고 "어와 네여이고 이내 사설 드러보오" 하며 자신의 고민과 속사정을 솔직히 털어놓는 것으로 보아 두 사람의 사이가 그리 먼 관계가 아님을 짐작할 수 있다.

이렇게 볼 때 을녀의 사설을 듣고 난 뒤의 응답인 문제의 대목은 당연히 갑녀가 말한 것으로 보아야 한다. 첫 대목의 "눌을 보라 가시난고"와 이 대목의 "매친 일이 이셔이다"는 다같이 존칭어간 '시'를 사용하고 있어 두 대목의 어법은 결코 다르지 않다. 또한 두 인물의 만남과 대화에 이어져 갑자기 제3의 인물의 말이 끼어 든다는 것은 전혀 예기치 못하던 어색한 상황으로 생각된다. 그러므로 이 대목을 새로운 인물인 병녀의 말로 보는 ㄷ)의 견해도 받아들이기 어렵다. 결국 이 작품은 두 인

---

27) 정재호는 갑녀를 을녀를 친밀히 알고 있을 뿐만 아니라 충고를 할 수 있는 손아래 인물로 보고 있으나, "어와 네여이고 이내 사설 드러보오"는 아랫사람에게 하는 것이라기보다는 동등한 신분의 친구에게 한 말로 보는 것이 더 자연스럽다. 정재호, 앞의 논문, 80면 참조.

물—갑녀와 을녀가 길에서 우연히 만나 주고받는 대화로 되어 있다는 ㄴ)의 견해가 타당하며, 두 사람은 서로 알고 지내던 비슷한 신분의 사람이라고 할 수 있다.

그런데 문제의 대목에서 갑녀가 한 말이 어디까지인가 역시 다시 검토할 필요가 있다. 즉 ㄴ)의 논의에서는 갑녀의 말을 "글란 생각마오 매친 일이 이셔이다"만으로 보고 있는데 갑녀가 그렇게 단정적으로 말할 수 있는 이유가 이어지지 않고 있어 여간 석연치 않다. 이는 갑녀의 말을 그 다음 두 줄 – "님을 뫼셔이셔 님의 일을 내 알거니 / 믈가탄 얼굴이 편하실 적 몃날일고"까지 연장시켜 본다면 쉽게 해결할 수 있다. 즉 갑녀는 자신이 임을 모시고 있어서 임의 일을 잘 알고 있기 때문에 그렇게 말할 수 있는 것이다. 을녀가 자신이 임에게서 버림받은 이유를 하늘 탓도 사람 탓도 아닌 조물의 탓이라고 하자 갑녀는 그게 아니라 임과 주변 사람사이에 맺힌 일이 있기 때문이라고 반박하는 것이다. 또한 자신이 임을 모시고 있어 임의 일을 잘 알고 있는데 그런 맺힌 일들 때문에 임의 물 같은 얼굴이 편하실 적이 없다고 부연해서 강조한다.

이 두 줄을 기존의 견해대로 을녀의 말로 본다면 그 다음 어절들에서 을녀가 "훈한고열은 엇디하야 디내시며 / 추일동친은 뉘라셔 뫼셧난고"하며 임이 어떻게 지내시는지 몰라 안타까워하는 것과 여기에서의 "님의 일을 내 알거니"하고 단정하는 것은 서로 모순이 된다. 그러므로 이는 을녀가 아닌 갑녀의 말로 보아야 문맥상 자연스럽다. 결국 갑녀의 두번째 말은 "글란 생각마오 매친 일이 이셔이다 / 님을 뫼셔이셔 님의 일을 내 알거니 / 믈가탄 얼굴이 편하실 적 몃날일고"까지 보아야 한다.

이렇게 볼 때 갑녀는 현재 천상백옥경에서 임을 모시고 있는, 을녀와 비슷한 신분의 사람임을 알 수 있다. 또한 갑녀는 예전의 을녀와 임과의 관계나 을녀가 버림받게 된 사정에 대해서도 잘 알고 있다. 임을 모시고 있기 때문에 님의 일을 알고 있으며, 을녀가 한 말이 살못되었나는 것을 자신있게 부정할 수 있는 것이다. 그러나 임이 을녀를 멀리 하게 된 원인에 대한 갑녀와 을녀의 생각은 차이가 있다. 즉 을녀는 그 원인을 자신의 죄, 또는 조물의 탓으로 받아들이는 데 비해, 갑녀는 무언가 맺힌 일이 있기 때문이라고 한다. 이는 자신이 임을 모시고 있어 아는데 물 같은 얼굴을 지닌, 연약한 임이기에 그 맺힌 일을 제대로 풀지 못하고 시달리며, 그로 인해 을녀를 내칠 수밖에 없었다는 것이다.

이렇게 비슷한 신분에 있지만 상반된 생각을 가지고 있는 두 사람의 만남과 대화는 자연스럽게 논쟁으로 연결된다. 단 이 작품에서 두 인물의 대화가 동등하게 전개되지 않고 을녀를 주인물로 하여 그의 말에 초점을 맞추고 있기 때문에, 작가의 의도는 을녀의 고민과 생각을 부각시키는 데 있음을 알 수 있다. 즉 갑녀는 을녀에게 논쟁의 실마리를 던짐으로써 을녀의 한탄을 이끌어내는 보조적 인물로 설정돼 있을 뿐이다. 그러므로 독자는 주로 을녀의 말에 귀를 기울이며 은연중에 그의 생각과 태도를 수긍하고 동조하게 된다.

그러나 갑녀의 말들은 짧기는 하지만 을녀의 이러한 생각과 태도와는 전혀 상반된 것이어서 결코 예사롭게 넘겨 버릴 수는 없는 성질의 것이다. 이 작품이 사미인곡보다 더욱 뛰어난 작품으로 평가되며 인기를 얻을 수 있었던 것은 바로 을녀의 소극적이며 우유부단한 말로만 이루어져 있은 것이 아니라, 이를 나무라고 일침을 가하는 적극적이고 단호한 갑녀의 말이 있기 때문이 아닌가 한다. <사미인곡>이 한 여인의 말로만 일방적으로 이루어져 있어 독자에게 약간의 지루함과 진부함을 주는 데 비해, <속미인곡>은 을녀와는 전혀 다른 성격의 인물인 갑녀를 끼워 넣음으로써 독자에게 낯설음과 충격을 주고 있는 것이다.28)

---

28) <사미인곡>과 <속미인곡>에 대한 이러한 인상은 독자의 한 명인 필자의 것이면서 당대 독자들에게도 거의 비슷하지 않았을까 한다. <속미인곡>이 홍만종이나 김만중 등에 의해 더 높은 평가를 받은 것은 그 구체적인 증거라고 할 수 있다. 또

2.3 새로운 분석

이제 앞의 논의를 바탕으로 <속미인곡>의 발화의 주체와 양상을 정리한 후, 대화의 상대인 갑녀와 을녀는 각기 어떠한 태도와 생각을 지니고 있는지 작자는 이들의 대화를 어떻게 전개시키며 독자는 이를 어떻게 받아들일 수 있는지, 자세히 검토해 보기로 하자. 발화의 주체에 따라 단락을 나누어 보면 다음과 같다.

> (a) 1)~3) 갑녀: 을녀가 방황하는 이유를 물음.
> "데 가는 더 각시~ 눌을 보라 가시난고"
> (b) 4)~13) 을녀: 임이 자신을 버린 이유를 자신의 죄와 조물 탓이라고 함.
> "어와 네여이고 ~ 조물의 타시로다"
> (c) 14)~16) 갑녀: 그런게 아니라 임에게 맺힌 일이 있기 때문이며 임은 그런 일들로 편할 날이 없다고 함.
> "글란 생각마오 ~ 편하실 적 몃날일고"
> (d) 17)~47) 을녀: 임을 걱정하고 임의 소식을 기다리나 허사라면서 차라리 죽어서 낙월이 되겠다고 함.
> "춘한고열은 - 번드시 비최리리"
> (e) 48) 갑녀: 달은 그만두고 궂은 비가 뇌라고 함.
> "각시님 달이야 카니와 구잔비나 되쇼서"

우선 갑녀는 임을 잊지 못해 해가 다 저물도록 배회하는 을녀를 그리 탐탁해 하지 않는 태도를 지니고 있다. 갑녀는 을녀가 천상 백옥경에 있던 이임을 알고 있으며 을녀와 말을 스스럼없이 주고받을 정도로 가까운 관계에 있는 듯이 설정돼 있다. 그렇다면 갑녀는 어떠한 인물인가?

한 <사미인곡>이 형식과 내용 면에서 여성가사에 흔한 '자탄가'와 그리 다르지 않다는 점두 독자들에게 <속미인곡>보다는 깊은 인상을 주기가 어려웠으리라 생각한다.

(c)에서 보면 갑녀는 임을 모시고 있어서 임의 일을 잘 알고 있다. 그러나 갑녀가 을녀가 기다리던, 임이 보낸 사람으로는 생각되지 않는다. 왜냐하면 을녀와 갑녀의 만남이 서두에서 아주 우연히 이루어지고 있기 때문이다. 즉 갑녀는 임의 심부름으로 을녀를 찾아간 것이 아니라 길을 가는 길에 우연히 만난 것이며, 그러기에 그 얼굴을 알아보는데, 약간의 시간을 지체하게 되는 것이다.

을녀가 임에게서 버림받은 이유를 을녀는 자신의 탓, 조물의 탓으로 보는 운명론적 태도를 지니고 있는 데 비해, 갑녀는 이런 태도를 부인하며 임에게 맺힌 일이 있다고 함으로써, 임과 임을 모시고 있는 주변 사람들 탓임을 시사하고 있다. 즉 을녀의 임에 대한 사랑이 임의 버림에도 불구하고 무조건적이고 절대적이라고 한다면, 갑녀의 임에 대한 태도에는 주변 상황에 대한 통찰과 이에 대해 적절히 대응하지 못하는 임에 대한 비판의식이 서려 있음을 알 수 있다. 이러한 두 여인의 태도는 (d)의 마지막 을녀의 말과 (e)의 갑녀의 말에서 여실히 드러난다. 을녀가 "찰하리 싀여디여 낙월이나 되야이셔 / 님겨신 창안해 번드시 비최리라"하고 임을 만나지 못하는 고통을 죽음 이후에라도 풀고자 하는 기대를 나타내자, 갑녀는 "각시님 달이야카니와 구잔비나 되쇼셔"하며 을녀의 생각에 핀잔을 주고 있다.

이는 을녀와 갑녀의 가치관을 드러내는 단적인 대목으로서, 두 사람의 임에 대한 태도를 각기 상징하는 낙월과 궂은비의 대비적 이미지에 대해서는 누누이 논의돼 왔다.[29] 낙월이 온화하고 원만한 이미지로서 임에 대한 무한한 사랑의 확대를 의미한다면, 궂은 비는 음산하고 모진

---

29) 박성의, 『송강·노계·고산의 시가문학』, 현암사, 1968, 66-67면; 서수생, 『한국시가연구』, 형설출판사, 1970, 296면; 정재호, 앞의 논문, 1982, 78-80면 참조. 이들은 한결같이 달보다는 궂은 비가 을녀의 심정을 더 절실히 나타내는 것으로 보고 있으나, 필자는 달은 온화함과 무한정한 베풂을 상징하는 을녀의 마음을, 궂은 비는 원망과 저주를 상징하는 갑녀의 마음을 표현한 것이라 생각한다.

이미지로서 임에 대한 원망의 비화를 의미한다고 할 수 있다. 을녀는 죽음을 통해서라도 자신의 임에 대한 변함없는 사랑을 드러내며 임에게 베풀고자 한다면, 갑녀는 임에 대한 사무침 때문에 죽는다면 임에게 괴로움을 줌으로써 풀어야 한다고 생각하고 있다. 여기서 우리는 을녀에게서는 온순하고 순종적인 여인상을, 갑녀에게는 적극적이고 저항적인 여인상을 보게 된다. 을녀가 모든 것을 임에게 의지하고 임에게서만 삶의 의미를 찾는 비주체적인 여인의 모습을 보여준다면, 갑녀는 이러한 을녀의 모습을 매우 못마땅하게 생각하고 있는 것이다. 그러므로 줄곧 "글란 생각마오 매친일이 이셔이다", "각시님 달이야카니와 구잔비나 되쇼셔"와 같이 을녀의 말을 부정하는 것이다.

이처럼 <속미인곡>은 비슷한 신분에 있으나 처지와 생각은 전혀 다른 두 여인이 주고받는 대화로 전개함으로써 극적 긴장과 흥미를 주고 있는 작품이다. 두 여인의 대화는 그 이질성으로 인해 사뭇 논쟁적 성격을 띠고 있다. 작가는 두 여인의 논쟁을 보여주기만 할 뿐 그에 대한 해결을 제시하지 않고 있어 이 논쟁을 독자들에게까지 연장시키고 있다. 자신을 버린 임을 계속 연모하며 사랑을 베풀 것이냐, 자신을 알아주지 않는 임을 원망하며 그에 대한 대가를 치르게 할 것이냐는 당대에도 그리고 현재까지도 해결할 수 없는 영원한 고민거리이다. 이 작품이 정치적, 남성적, 시대적 테두리를 벗어나서 모든 사람에게 사랑의 노래로 여겨지며 활발히 전승될 수 있었던 것은 바로 이러한 주제와 형식 덕분이라고 할 수 있다.

작자는 을녀를 주인물로 설정함으로써 다소 을녀에게 동조하며 을녀의 생각과 태도를 자신의 것인 양 보이려고 하고 있지만, 갑녀의 짧으면서도 정곡을 찌르는 말들은 을녀의 긴 넋두리를 일시에 뒤엎고 그런 생각과 태도를 회의케 하는 힘을 지니고 있다. 이 작품이 사랑을 잃은 모든 사람들, 사랑을 하는 모든 사람들에게 아낌을 받을 수 있는 이유는 그들이 바로 갑녀 아니면 을녀이며 또는 갑녀이기도 하고 을녀이기도 하기 때문일 것이다. 작자 자신도 의식하지 못하는 순간에 그의 내부 속에서 갑녀와 같은 생각이 불쑥 불쑥 일고 있었을지도 모를 일이다. 그러므로 갑녀와 을녀는 두 이질적인 인물일 수도 있지만 한 인물 내부의 갈등하는 두 자아일 수도 있는 것이다. 그 중에 어느 것이냐를 확정짓는 것은 불필요한 작업일 뿐이다. <속미인곡>은 한마디로 그 이질성, 논쟁성, 다양성을 그대로 드러내며 그에 대한 해결에 독자들을 끌어들이고 있는 작품이며, 그러한 요소 때문에 불후의 노래가 될 수 있었던 것이 아닌가 한다.

그런데 작자가 <사미인곡>에 이어 다시 <속미인곡>을 쓰면서 <사미인곡>과 달리 이러한 대화방식을 택한 이유가 무엇일까? <사미인곡>은 한 화자의 독백으로 연군의 정서와 발분의 정서를 함께 드러내[30] 자아의 분열과 갈등을 그대로 보여준다면, <속미인곡>은 이 갈등을 이질적 두 인물에게 갈라놓아 작자의 분신이라고 할 수 있는 을녀로 하여금 일관된 연군의 정을, 다른 인물인 갑녀로 하여금 발분의 정을 각기 표출하게끔 한 것이다. 이렇게 함으로써 작자 자신의 연군의 정서를 더욱 효과적으로 드러내고자 하는 의도가 아니었을까 한다. 그러나 그럼에도 불구하고 갑녀의 부정적 정서를 함께 설정함으로써 자신의 이러한 정서가 도전받고 있음을 나타낸다. 자신은 끊임없이 임을 향하고 있지만 주위에는 그렇게 생각하지 않는 이들도 있음을 보여주는 것이다. 이는 독자의 한 명일 수 있는 임에게 더 절실한 호소의 효과를 가지기는 하나, 작자 자신이 감추려 함에도 불구하고 자신도 이러한 발분의 정으로 흔

---

30) 박일용은 유배가사의 두 정서를 연군적 정서와 발분적 정서의 교합으로 보면서 <사미인곡>과 <속미인곡>을 '발분의 정을 극단적으로 감추고 연군의 정을 극단적으로 강화시켜 표현한 것'으로 평가하고 있으나 두 작품 역시 두 정서가 갈등을 일으키는 것으로 보아야 하지 않을까 한다. 박일용, 「<만분가>의 형상화 형태」, 『한국고전시가작품론2』, 집문당, 1992, 608-609면 참조.

들리고 있음을 시사해주는 것이라 할 수 있다. 곧 작자 자신도 자신의 사랑의 방법에 대한 확신을 가지지 못하고 갈등하고 있음을 은연중에 드러내는 것이라 할 수 있다.

이렇게 볼 때 <속미인곡>은 <사미인곡>과 마찬가지로 임에 대한 연모와 원망의 갈등을 주제로 하면서, <사미인곡>이 한 사람의 이중적 목소리로 노래하던 것을 두 사람의 상이한 목소리로 변주함으로써 그 효과를 극대화하고 있는 것이다. 이로 인해 청자(독자) 또한 두 사람 중 어느 하나에 자신을 투사하여 다른 하나와 대화를 나눔으로써 올바른 사랑의 방법을 모색할 수 있게 되는 것이다. 이런 점에서 <속미인곡>은 <사미인곡>보다 더욱 공교한 표현과 절실한 의미를 지니고 있다('語益工而意益切'<旬五志>)는 홍만종의 평가를 다시 확인하게 된다.

3. 서술방식의 차이와 의의

가사는 청중 앞에서 창으로 부르거나 일정한 율조에 맞춰 음영하는 방식으로 여행되던 문학으로서, 작품의 서술방식도 이러한 연행 방식에 알맞게끔 이루어져 있다. 가사가 마치 청중을 앞에 놓고 말을 하듯이 이루어져 있는 점이라든지, 둘 이상의 화자에 의한 대화로 이루어져 있는 점 등이 모두 여기에서 온 것이라 할 수 있다.

작품 내에 청자를 불러들임으로써 청자의 호응을 이끌어내는 대화체 서술방식은 <속미인곡>에서 갑자기 시도된 것이라기보다는 그 이전부터 이미 누적되어 온 가사의 관습으로 생각된다. 가사의 효시로 논의되고 있는 <서왕가>나 <상춘곡> 모두 작품 내에서 화자가 청자를 향해 말을 건네고 있을 뿐만 아니라 이후 대부분의 가사들이 서두에서 대화의 상대자인 청자를 부르는 것은 이러한 관습의 일단이라고 할 수 있다. 그러나 화자가 청자를 어느 정도 인식하며 어떤 방법으로 사상을 전달하느냐에 따라 다음과 같이 몇 가지 갈래로 구분된다.

> a) 화자의 일방적 발언 – 독백, 방백
> b) 화자를 통한 인물간의 대화
> c) 화자의 개입 없는 인물간의 대화
> d) 화자와 청자의 호응적 발언

a)는 청자를 거의 인식하지 않는 화자의 일방적 발언으로서 독백 내지 방백으로 이루어진다. 서두에서 청자를 부르는 것은 관습적 어구일 뿐 청자를 대화의 상대자로 끌어들이는 것은 아니다. 독백은 화자 자신에게 하는 발언으로서 청자가 엿듣는 방법이고 방백은 청자를 향한 발언이나 청자는 듣기만 하는 방법이다. <사미인곡>이 전자에, <상춘곡>, <노처녀가> 등이 후자에 속한다고 할 수 있다.

<상춘곡>의 예를 들면 화자는 서두에서 "홍진에 뭇친 분네 이내 생애 엇더한고 / 녯사람 풍류랄 미찰가 못미찰가"하고 말을 건네며 묻고 있기는 하지만, 청자의 의견이나 청자의 대답을 전혀 기대하지 않고 자신의 발언을 계속하고 있다. 마지막 부분에서 "아모타 백년행락이 이만한달 엇더하리"라고 득의만만한 모습을 보이는 것은 이러한 화자의 태도에서 온다고 할 수 있다. 이런 서술방식에서는 청자는 형식적, 수동적으로 존재만 할 뿐, 화자의 대화 상대자로서의 구실을 하지 못한다. 다만 작품 외에서 작품에 대한 평가를 할 수 있을 뿐이다.

b)는 화자의 발언을 직접적으로 하지 않고 인물간의 대화를 통해 간접적으로 하는 방법이다. a)보다는 화자의 독점적 역할을 어느 정도 줄임으로써 청자와의 거리를 좁히고 있다. 청자는 화자가 설정해 놓은 한 인물에 자신을 투사하여 화자의 말을 들음으로써 은연중에 화자의 생각을 받아들이게 된다. <성산별곡>이 여기에 속하며 <누항사> 등 조선

후기 많은 가사들이 작품 내에 대화를 삽입함으로써 일부 이러한 방식을 꾀하고 있다.

<성산별곡>에서 화자는 주인과 손님의 문답을 청자에게 전달함으로써, 청자로 하여금 무의식중에 손님의 입장이 되어 주인의 생각에 동화되도록 하는 서술방식을 사용하고 있다. 즉 서두에서 "엇던 디날 손이 성산의 머믈며서 / 서하당 식영정 주인아 내 말 듯소 / 인생 세간의 됴흔 일 하건마난 / 엇디 한 강산을 가디록 나이 녀겨 / 적막 산중의 들고 아니 나시난고"하고 화자가 손님의 물음을 서술한다. 이에 대한 주인의 대답이 화자에 의해 서술된 뒤 마지막에 "손이셔 주인다려 닐오대 / 그대 권가 하노라"하고 화자가 손님의 말을 전함으로써 끝나고 있다. 이런 서술방식에서 화자는 자기의 말을 청자에게 직접적으로 하기보다는 객관적 전달자의 입장을 취함으로써, 청자는 비교적 작품을 거리를 두고 작품을 평가할 수 있는 여지가 주어진다.[31]

c)는 화자가 전혀 개입하지 않고 인물간의 대화를 통해 청자(독자) 스스로 주제를 판단하게 하는 방법이다. a), b)에 비해 화자의 역할이 최소화되어 있어 청자의 작품에 대한 적극적 참여에 의해 의미가 완성된다. 시금까지 살펴본 <속미인곡>이 대표적 작품이라 할 수 있고 이후 불완전하기는 하지만 <거사가>, <갑민가> 등이 이러한 수법을 잇고 있다.

<거사가>를 보면 단 두 부분 "어화 저거사의 하는거동 괴이하다"와 "거사님 하는말이"를 제외하고는 거의 모두 작품 내 두 인물 거사와 과부의 대화로만 장면이 전개되고 있다. 한 대목을 보면 "이산중에 깃을 드려 목탁으로 정을부터 / 산채를 캐여먹고 음일을 몰랏더니 / 아모리 갈라한들 오신각시 갈길없다 / 사면을 살펴보니 만류할이 뉘잇는가 / 거사

---

31) <성산별곡>의 서술방식에 대해서는 졸고, 「<성산별곡>의 서술방식 분석」, 『한국문학논총』 31, 한국문학회, 2002 참조

님아 거사님아 내사정 드러보소 / 청춘팔짜 기박하여 이내몸 과부되니 / 가부를 이장코저 명산을 두로차자"하고 화자의 개입 없이 거사와 과부가 대화를 나누며 옥신각신하는 모습이 잘 그려져 있다. 이런 서술방식에서 청자는 극화된 인물의 대화를 듣고 아무런 간섭도 받지 않고 자유롭게 인물들의 행동에 대한 평가를 하게 된다.

d)는 매우 독특한 형태로서 작품 내에 청자가 제2화자가 되어 나타나는 경우이다. 이는 마치 일인 연극에서 관객을 향한 화자의 말에 관객이 대꾸하는 형태와 같다. 청자(독자)는 작품 내에 끼어든 청자에 자신을 동일시함으로써 자신도 모르는 사이 작자가 의도한 주제를 받아들이게 된다. <서왕가>가 이러한 기법을 쓰고 있고 조선후기 많은 <화전가>류 가사에서 그 면모를 찾을 수 있다.

<서왕가>(其一)을 보면 화자에 의해 서두부터 거의 마지막 부분까지 서술되다가 마지막 부분에 청중들의 말이라 생각되는 "어와 슬프다 우리도 인간애 나왔다가 / 염불말고 어이할고 남무아미타불"하는 대목이 나온다. 화자에 의한 일방적 서술로 마무리를 한다면 "어와 중생님네 인간에 나왔으니 / 부지런히 염불하소 남무아미타불"하여야 자연스러울 것이다. 그러나 청중의 말을 작품 내에 끌어들임으로써 청중이 은연중에 동화되도록 하는 서술방식이라고 할 수 있다.

가사의 서술방식은 대체로 초기에는 a)의 화자의 일방적 발언 방식이 대부분이었으나 송강에 의해 b)과 c)의 대화를 통한 간접적 제시 방식이 계발되었고, 후기에 와서 점차 b), c), d)의 다양한 서술방식이 확대, 보편화되었던 것이 아닌가 한다. 이는 가사가 본래 화자와 청자 사이에서 연행된 문학으로서, 주제를 보다 효과적으로 전달하기 위해 여러 가지 서술 방식을 사용했으며 화자에게 놓여있던 비중이 점차 청자에게로 옮아가는 변화가 일어났음을 짐작하게 한다. 송강의 <속미인곡>은 이러한 변화의 가운데 지점에서 그 비중을 화자에서 청자로 전환케 하는

데 중추적 구실을 한 작품으로 다시금 높이 평가하지 않을 수 없다.

4. 맺음말

<속미인곡>은 작가가 독자에게 전달하고자 하는 주제를 화자의 일방적 언술이 아닌 인물간의 대화를 통해 우회적으로 제시하는 대화체 서술로 되어 있다. 이러한 대화체 서술은 의미의 완성에 청자(독자)가 적극적으로 참여할 수 있는 여지를 줌으로써 보다 많은 청자(독자)의 관심과 호응을 이끌어내고 있다. 이 논문에서는 이 작품의 서술방식을 면밀히 분석해 보고 그 의미를 파악한 뒤, 가사문학의 여러 서술방식 중 이 작품이 지니고 있는 위치와 의의를 살펴보았다.

<속미인곡>은 화자의 개입 없이 이질적인 입장에 있는 두 인물인 갑녀와 을녀의 논쟁을 통해 작자의 임에 대한 연모와 원망의 정서 사이에서의 갈등을 표출하고 있고, 청자(독자)를 이 논쟁으로 이끌어들이고 있다. 이 작품의 이러한 서술 방식은 두 가지 이상의 이질적 관념 내지 삶의 모습을 그대로 드러내는 데 저합한 방식으로서, 당대 사회의 변동으로 인한 이질화, 다양화 양상을 반영하고 있다.

<속미인곡>의 서술 방식은 청중을 상대로 낭송하던 가사의 연행적 특성에서 형성된 것으로서, 이후의 가사가 화자 중심의 서술방식에서 청자를 중시하는 서술방식으로 전환케 하는데 중추적 구실을 한 것으로 생각된다. 단 이 논문에서 이루어진 분석과 논의는 한 작품만을 중심으로 한 미시적인 것이어서 앞으로 전체 가사의 서술방식과 의미에 대한 자세한 논의로 확대함으로써 재차 검증되어야 하리라고 본다.

참고 문헌

권녕철. 『규방가사연구』. 이우출판사. 1980.

권녕철 · 주정원. 『화전가연구』. 형설출판사. 1981.

김광조. 「조선전기가사의 장르적 성격연구-시적 담화의 유형분석을 중심으로」. 서울대 석사학위
　　　논문. 1987.

김동욱. 「임란전후 가사연구」. 『한국가요의 연구 속』. 이우출판사. 1975초 · 1978삼.

김병국. 「고대소설 서사체와 서술시점」. 『한국고전소설연구』. 이상택 · 성현경 편. 새문사. 1983
　　　초 · 1991칠.

김사엽. 『교주 송강가사』. 문호사. 1959.

김성배 외 편저. 『주해 가사문학전집』. 집문당. 1961초 · 1981재.

김신중. 「송강 가사의 두 측면」. 제9회 전남고문화심포지움 발표요지 『송강 정철의 생애와 문학』.
　　　한국고시가연구회. 1994.

박성의. 『송강 · 노계 · 고산의 시가문학』. 현암사. 1968.

박일용. 「<만분가>의 형상화 형태」. 『한국고전시가작품론 2』. 집문당. 1992.

사재동. 「충남지방의 내방가사 연구」. 『어문연구』 8. 1972.

서영숙. 「성산별곡의 서술방식 분석」. 『한국문학논총』 31. 한국문학회. 2002.

서수생. 『한국시가연구』. 형설출판사. 1970.

서원섭. 「사미인곡계 가사의 비교연구」. 『가사문학연구』. 형설출판사. 1978.

이문규. 「<속미인곡>소고」. 『한국고전시가작품론 2』. 집문당. 1992.

이병기. 「송강가사의 연구」(其一)-(其三). 『진단학보』 4-7. 진단학회. 1936-7.

임기중. 『역주 해설 조선조의 가사』. 성문각. 1979초 · 1989중.

정재호. 「<속미인곡>의 내용분석」. 『한국가사문학론』. 집문당. 1982.

조동일. 「가사의 장르 규정」. 『어문학』 21. 한국어문학회. 1969.

조세형. 「송강가사의 대화전개방식 연구」. 서울대 석사학위논문. 1990.

최상은. 「조선전기 사대부가사의 미의식: 자연을 대상으로 한 작품을 중심으로」. 성균관대 박사학
　　　위논문. 1991.

제랄드 프랜스. 『서사학: 서사물의 형식과 기능』. 최상규 역. 문학과지성사. 1988.

3 오륜가사의 서술방식과 의미

1. 머리말

오륜가사는 조선시대 통치이념인 유교의 중심사상이라고 할 수 있는 오륜을 일반 대중에게 교화, 훈계하기 위하여 서술하고 있는 가사를 말한다. 오륜을 서술하고 있는 시조에 대해서는 많은 연구가 이루어져 있으나,[32] 오륜가사에 대한 연구는 자료 발표, 소개만 이루어져 있을 뿐, 큰 진척을 보이지 못하고 있다.[33] 이는 오륜가사가 시조에 비해 미적 형상화의 측면에서 뒤떨어져 문학적 가치가 높지 못하다는 인식과, 대부분의 오륜가사가 유사한 체제와 내용으로 이루어져 작품의 독창성이나 작가의 개성을 찾아보기 어렵다는 생가에 기인하는 듯하다.

최근에 와서 박연호의 연구를 통해[34] 오륜가사의 사적 전개 양상과 사회적 의미가 밝혀져, 오륜가사에 대한 이러한 인식이 어느 정도 전환되는 추세에 있다. 그러나 그의 연구는 오륜가사의 한 계열이라고 할 수 있는 <오륜행록>, <초당문답> 등을 제외한 채 논의하고 있을 뿐만 아

---

32) 오륜시조에 대한 자세한 논의는 김용철, 「훈민시조연구」, 고려대 석사학위논문, 1990 참조.

33) 오륜가사에 대한 연구사로 박연호, 「교훈가사 연구의 현황과 과제」, 『상산정재호 박사 화갑기념논총 한국가사문학연구』, 태학사, 1995 참조.

34) 박연호, 「19세기 오륜가사 연구」, 『19세기 시가문학의 탐구』, 고려대 고한연 편, 집문당, 1995.

니라, 오륜가사의 문면을 통해 드러난 작가의 창작 목적, 사회적 의미만을 관심에 두고 있어, 오륜가사의 문학적 형상화 방법이나 작품의 실현화 양상35) 등 작품 내적인 질서와 의미까지는 밝혀내지 못하고 있다.

한편 근래에 들어 가사집 <초당문답>이 집중적인 고찰 대상이 되고 있는데,36) 이는 <초당문답>이 그간 학계에서 주목해 온 <우부가>, <용부가>, <백발가>를 포함하고 있을 뿐만 아니라, 일정한 편집 의도에 따라 소재 작품들을 재창작함으로써 전체 작품의 연관성을 고려하고 있기 때문일 것이다. 이들 연구는 대체적으로 <초당문답>을 일련의 유기적 구조를 갖춘 장편가사로 간주하여, <우부가>, <용부가>를 독립적 작품으로 보고 논해온 주제, 사회적 의미 등에 대한 선행 연구들을 비판적으로 검토하고 있다.37) 그러나 <초당문답>의 중심 부분이 여전히 오륜 항목의 서술에 있음에도 불구하고, 이를 오륜가사의 맥락 속에서 읽어내지 못하고 있는 점이 아쉽다. 이에 이 논문에서는 오륜가사의 문학적 형상화 방법을 그 서술방식을 통해 면밀히 고찰하고, 여기에 내재해 있는 의미를 살펴보고자 한다. 이는 오륜가사가 지니고 있는 문학적 가치와 의의를 밝혀내는 데 어느 정도 기여할 수 있으리라 본다.

---

35) 실현화 양상이란 작품을 이해할 때 텍스트 자체의 진술 양식만을 문제삼는 것이 아니라, 텍스트에 관여하는 창작자와 수용자의 만남에 의해 구체화되는 양상을 말한다: 김학성, 「가사의 실현화 과정과 근대적 지향」, 『근대문학의 형성과정』, 한국 고전문학연구회 편, 문학과지성사, 1983 참조.

36) 김유경, 「연작가사 <초당문답가>의 짜임과 주제 연구」, 『연세어문학』 27, 연세대 국어국문학과, 1995과 권순회, 「<초당문답가>의 이본 양상과 주제적 의미」, 『19세기 시가문학의 탐구』, 고려대 고한연 편, 집문당, 1995 등 참조.

37) <우부가>, <용부가>에 대한 선행 연구로는 조동일, 「문학연구방법」, 지식산업사, 1980; 정재호, 『한국가사문학론』, 집문당, 1982; 송재소, 「이조후기 가요의 한 특징」, 『백영정병욱선생 환갑기념논총』, 신구문화사, 1982; 김문기, 『서민가사연구』, 형설출판사, 1983; 김대행, 「<우부가>의 주제와 시대성 논의 반성」, 『개신어문연구』 제5·6집 합병호, 충북대 개신어문연구회, 1988; 김대행, 『시가시학연구』, 이대출판부, 1991 등 참조.

2. 오륜가사의 서술방식과 의미

오륜가사는 오륜의 내용을 독자에게 이해, 설득시켜야 한다는 점에서 독자의 동조와 호응을 의식하지 않을 수 없었으리라 생각되는데, 그런 이유에서인지 오륜가사의 서술방식은 아주 다양한 형태를 띠고 있다. 작자가 어떤 방식으로 자신의 목소리를 드러내느냐에 따라 오륜가사의 서술방식을 나누어 볼 때 직접교시형, 간접제시형, 토론·문답형의 세 가지 방식이 나타남을 알 수 있다.[38]

직접교시형이란 작자가 자신의 생각을 일방적으로 독자에게 말하는 방식으로서, 독자는 듣기만 할 뿐 능동적인 참여가 배제되어 있다. 간접제시형이란 작자의 생각을 직접 드러내지 않고, 인물의 성격, 행동을 예로 들어 보여 줌으로써 자신의 생각을 간접적으로 나타내는 방식이다. 이때 독자는 비교적 자율적 판단에 따라 자신의 생각을 결정하게 되는 자유가 주어진다. 토론·문답형이란 작자가 직접 나서거나 작중 인물을 내세우거나 해서 다른 인물과 생각을 주고받음으로써 결론을 도출해내는 방식을 말한다. 독자는 작자의 말을 직접 듣기보다는 작중 인물들의 토론, 문답을 들음으로써 자신의 판단을 하게 된다.

오륜가사는 이 세 가지 방식 중 어느 한 방식을 사용하기도 하고 두 가지 이상을 복합하여 사용하기도 한다. 그 서술방식을 대체로 살펴본 결과 직접교시형, 직접교시형 + 간접제시형, 토론·문답형 + 직접교시

---

38) 김대행은 규범류 가사의 표현 유형을 주제적 제시와 형상화로 나누고, 그 사적 의미를 각기 규범의 경직성과 그 해체 양상으로 보고 있다. 주제적 제시는 직접교시형에, 형상화는 간접제시형에 해당한다. 그런데 그의 용어는 문학 작품이 모두 형상화이면서 주제적 제시임을 생각할 때 표현 유형을 구별하는데 그리 적절치 못할 뿐만 아니라, 토론·문답형과 같은 경우는 언급하지 않고 있어 이를 포함하여 쉽게 구별, 인지할 수 있는 용어로 대체해 보았다. 김대행, 「도덕적 인간과 본능적 인간: 규범류 가사의 인간관」, 『시가시학연구』, 이대출판부, 1991 참조.

형 + 간접제시형의 세 계열이 나타나 있다. 각 계열의 대표적 작품으로 곽시징의 <오륜가>, 이기원의 <오륜행록>, 작자 미상의 <초당문답>을 살펴보기로 하겠다.

2.1 직접교시형: 곽시징의 <오륜가>

곽시징(1644-1713)의 <오륜가>는 강전섭 교수의 소장본으로, 현전 오륜가사 중 제작 연대가 가장 오래된 것으로 고증된 작품이다. 곽시징은 숙종 때 왕자 사부를 지낸 도학 군자로서, 지방 관장(利仁道 察訪)이 되어 민중을 계몽하고 교화하기 위해 이 <오륜가>를 저술한 것으로 전해진다.[39] 곽시징의 <오륜가>는 '서사 - 부자유친 - 군신유의 - 부부유별 - 장유유서 - 붕우유신 - 결사'의 체제에 총 275행(550구)으로 이루어져 있다. 오륜가사의 대부분이 이런 체제를 따르고 있으며, 이 체제는 20세기까지 계속되었음을 알 수 있다.[40]

<오륜가>는 '부자유친'을 제일 처음에 놓고 '붕우유신'을 맨 마지막으로 하는 '연쇄적 질서'를 갖추고 있다. 이 차례는 소학의 내편 중 명륜의 서술순서를 따른 것으로 그 중 어느 하나를 빼거나 다른 것을 보탤 수 없으며 순서를 바꿀 수도 없다. 다만 어느 조목을 길게 늘이거나 짧게 줄일 수 있을 뿐이다.[41] 각 조목은 우선 윗사람의 도리와 처신

---

39) 강전섭, 「전 곽사부의 <오륜가>에 대하여」, 『한국시가문학연구』, 대왕사, 1986, 142면 참조.

40) 박요순, 「20세기 가사고 - 오륜가를 중심으로」, 『한남어문학』 14, 1988 참조.

41) 조동일, 앞의 책, 161면 참조. 조동일은 작품의 시간적 질서를 연쇄적 질서, 삽화적 질서, 유기적 질서로 나누고 있는데 이 구분은 오륜가사의 서술 방식을 구별하는 데에도 유용하다. 삽화적 질서란 작품의 각 부분이 독립적이어서 빼거나 보태거나 순서를 바꾸어도 무방한 경우를 말하고 유기적 질서란 각 부분의 관계가 선후, 인과 관계를 맺고 있어서 그 중 어느 하나를 빼거나 보태거나 순서를 바꿀 수 없는 경우를 말한다.

을 서술하고, 다음에 아랫사람의 도리와 처신을 서술했으며 마지막으로 이 교훈에 어긋난 행실을 한 부정적 인물의 처사를 들어 경계를 하고 있다. 이는 직접교시형에도 일부분이기는 하지만 간접제시형의 어법이 쓰이고 있음을 볼 수 있는데, 이보다 후대에 나온 <오륜행록>, <초당문답>에서 부정적 인물들 편을 따로 독립시켜 놓은 것도 결코 우연하게 형성된 것이 아님을 추정케 해 준다. 그러므로 곽시징의 <오륜가>는 편제상으로 오륜가사의 전형적 작품이라 할 수 있으며 다른 계열의 작품보다 훨씬 소박하고 단순한 서술방식을 사용하고 있음을 알 수 있다.

한편 처지와 상황에 따라 지시 어법이 달리 나타나는 것을 볼 수 있는데 이는 작자가 독자들을 어떤 부류로 상정하고 작품을 썼느냐에 따라 달라지는 것으로 생각된다. 즉 '부자유친' 조목에서 보면 부모의 도리를 서술할 때 상대방에게 '… 하라'라고 시키기보다는 스스로에게 다짐하는 듯한 어법으로 되어 있는데 이는 작자가 부모의 입장에 있을 뿐만 아니라 독자 역시 부모의 입장에 있는 이들이기 때문일 것이다. 이런 어법은 자칫 직접교시형이 줄 수 있는 반발감을 줄이고 독자의 동감을 구하기에 효과적이라 할 수 있다. 예를 들면 다음과 같다.

> (24) 사랑도 ᄒᆞ려니와 인도를 가르칠제
> (25) 무론남녀 교훈할제 힝실을 비와셔라
> (26) 효자튱신 예의넘치 일신의 근본이라
> (27) 사ᄂᆡ ᄌᆞ식들은 박긔셔 가르쳐셔
> (28) 글할놈 글시기고 활쏠일놈 활쏘이고
> (29) 과업을 심서하면 입신양명 ᄒᆞ리로다[42]

한편 자식의 도리는 '… 하고', '… 말며'의 어법을 쓰고 있어 위의 경우와 대조적이다. 이는 다음과 같이 나타나 있다.

---

42) 인용은 강전섭의 앞 논문에서 하며, 번호는 강전섭이 붙여 놓은 행수를 말한다.

(57) 부모혹 노심흐스 걱정을 과이흐면

(58) 화긔로리 간흐나니 됴용이 간흐다가

(59) 꾸짓거늑 치시거든 둘려흐고 원망말며

(60) 지셩으로 싸라가셔 다시 읍간흐면

(61) 부자간 지셩으로 자연이 감동흐여

(62) 그른일 후회흐고 올흔일 씨닷눈니

이처럼 <오륜가>는 오륜의 실천방법을 작자가 일방적으로 독자에게 서술, 전달하는 방식을 택하고 있어, 다른 어떤 방식보다도 작자의 의도가 뚜렷이 드러난다. 독자가 설혹 다른 생각을 갖고 있다 할지라도 반론을 제기할 수 있는 여지가 작품 자체에는 전혀 주어져 있지 않다. 이러한 서술방식은 획일적이며 전체적인 사고의 반영으로서, 다른 계열의 서술방식보다 비교적 이른 시기부터 나타났으리라 생각된다.[43] 비록 이념을 문학적으로 형상화하는 데에 있어서는 다른 계열의 수준에 못 미치고 있지만, 경험에 바탕을 둔 사실적 표현과 적절한 비유, 예시 등은 이후 다른 계열의 오륜가사가 발생하는 데 밑거름이 되고 있다.

2.2 직접교시형 + 간접제시형: 이기원의 <오륜행록>

<오륜행록>은 螺叟 李基遠(1809 순조9~1873 고종10)의 후손인 李殷弼 씨의 家傳本으로 현재 강전섭 교수가 소장하고 있는 작품이다. 강전섭 교수가 이기원의 <농가월령>을 발표, 소개하면서 함께 수집한 <오륜행록>의 서지 사항을 간단히 소개한 이후로,[44] 거의 언급이 되지 않다가 최근 <초당문답가>가 집중적으로 연구되면서, <초당문답가>의 이

---

43) 김대행, 앞의 책, 207-208면 참조.

44) 강전섭, 앞의 책, 310면 참조. <오륜행록>은 『역대가사문학전집』 26, 임기중 편, 여강출판사, 1992에 실려 있다.

본 중 하나로 소개되었을 뿐[45] 별도의 연구가 이루어진 바 없다. 이들은 <오륜행록>을 작자와 연대 미상의 작품으로 보고 있으나 <오륜행록>의 말미에 '이나수집'이라고 기재되어 있는 점으로 보아 <오륜행록>은 이나수의 문집 중 일부로, 작자를 나수 이기원으로 보아도 무방하리라 본다. 설사 <오륜행록> 전부를 이기원 스스로가 창작했다고 볼 수는 없다 하더라도 <오륜행록>의 편집 내지 개작자로 보는 데에는 큰 무리가 없다.[46]

더욱이 이기원은 고종 11년(1874) 公州 儒生 吳永台 등의 陳情書에 의해 그 孝學 兼備함이 추천되는데, 그 진정서에는 '訓養子弟 獎勸宗族 敎亦多術 故訓蒙有嘉言善行之錄 正家有友愛敦睦之書 內焉而女子閨範之諺 耕焉而有農家月令之篇 積案盈箱'[47]이라고 기록하고 있다. 여기에서 農家月令之篇이라는 대목으로 <農家月令>을 이기원 작으로 추정하는 것이 인정된다면, '嘉言善行之錄, 友愛敦睦之書, 女子閨範之諺'이 <오륜행록>류를 지칭한 것으로 볼 수 있지 않을까 한다. 이렇게 본다면 <오륜행록>은 18세기의 직접교시형으로 이루어져 있던 곽시징의 <오륜가>의 뒤를 이어, 오륜의 교시적 덕목에 구체적인 인물을 형상화하여 경계

---

45) 권순회, 앞의 논문, 343면 참조.
46) <오륜행록>이 본래 <초당문답>처럼 문답구조로 짜여 있던 것을 직접적 교훈형태로 바꾼 것이냐(김창원, 「18-19세기 향촌 사족의 가문결속과 가사의 소통」, 『19세기 시가문학의 탐구』, 332면 참조), <오륜행록>과 같은 직접적 교훈 형태에서 <초당문답>과 같은 문답구조로 나아갔겠느냐(권순회, 앞의 논문, 353면 참조)는 논쟁의 여지가 있다. 그러나 <초당문답>과 같은 문답구조로 되어 있는 이본은 모두 20세기 초에 집중해 있고, 이본에 따라 문답구조가 없거나, 엉성한 점으로 미루어 원래부터 문답구조로 되어 있었다고 보기 어렵다. 그러므로 <오륜행록>은 직접적 교훈형태인 <오륜가>류에 <우부편>, <용부편>, <치산편>이 덧붙어 이루어졌으며, 이후 <백발편>, <개몽편> 등이 덧붙어 <초당문답>류가 형성되었다고 보는 것이 무리가 없다. 단 <우부편>, <용부편> 등이 기존 작품이냐, 새로 창작한 작품이냐는 단정하기 어렵다.
47) 강전섭, 앞의 책, 312면에서 재인용.

하고 있는 간접제시형 <우부편>, <용부편>이 처음 나타난다는 점에서 그 문학사적 위치와 가치는 재평가되어야 하리라고 본다.

<오륜행록>은 부자편(편명 없음), 사군편, 부부편, 부인잠, 장유편, 총론, 우부편, 용부편, 치산편의 총 9편에 542행(1084구)으로 이루어져 있다. 이는 곽시징의 <오륜가>의 체제에서 크게 이탈해 있음을 알 수 있다. 우선 오륜 중 '붕우유신' 조목이 빠져 있고, <부인잠>, <우부편>, <용부편>, <치산편>이 추가되어 있다. 즉 <오륜행록>에 와서는 작품의 질서가 <오륜가>에 나타나는 연쇄적 질서를 탈피하여 삽화적 질서로 바뀌어져 있다. 이는 오륜의 규범이 종래의 강력한 통제력을 잃고 있는 현상의 방증으로서도 생각할 수 있으리라 본다.

특히 <오륜가>와는 달리 <부인잠>을 따로 설정해 놓고 <부부편>에서는 주로 남자의 도리와 처신을, <부인잠>에서는 부인의 도리와 처신을 따로 서술하고 있어, 여자의 행실에 큰 비중을 두어 서술하고 있는 것이 주목된다. 즉 <오륜가>는 부부의 도리를 고루 서술하고 있는 데 비해, <오륜행록>에서는 여자의 도리에 더욱 비중을 두고 서술함으로써, 그만큼 여성에 대한 제재와 교화가 더 긴박하게 여겨졌던 사정을 짐작할 수 있다. <부부편>이 33행, <부인잠>이 47행으로 되어 있어 <부인잠>이 훨씬 많이 서술되어 있는 것은 그러한 생각의 일단이라 할 수 있다. 이때 여자에 대한 인식은 여자는 본디부터 관대하지 못한 존재로 본다든지, 여자의 재능이나 학식을 불필요한 것으로 보고 있어 매우 남성 중심적이다.[48] 이는 여성가사에 두드러지게 나타나는 여성중심적 인

---

48) <부인잠>의 한 예를 들면 "여중군자 부질업고 규중호걸 쓸찌읍고 / 글짜ᄒ고 아난쳬난 친쳑불화 쑨이로다 (중략) 팔쩌 불힝ᄒ여 가군이 무도커던 / 니고집 셰지말고 승슌ᄒ기 위쥐ᄒ소 / 가군이 바리거던 시부모를 의지ᄒ고 / 부모자식 다ᄋᆸ거던 봉졔ᄉ나 극진ᄒ소 / 공자갓튼 셩인네도 삼디츌쳐 ᄒ야짜네 / 하물며 소장부야 유졔무졔 싱각할"라고 하여 여성이 무고한 채로 소박 구박을 당하더라도 팔자로 알고 자기 소임만 다할 것을 종용하고 있다.

식과 매우 대조되는 것으로 실제 여성 독자들이 이런 서술에 쉽게 동조했으리라곤 여겨지지 않는다.

<오륜행록>에서도 우부편과 용부편을 제외한 나머지 조목은 직접교시형으로 이루어져 있다. 직접교시형으로 이루어진 조목의 서술방식은 <오륜가>와 유사하게 우선 윗사람의 도리와 처사를 말한 후에, 아랫사람의 도리와 처신을 읊고 있는데, <오륜가>와 다른 점은 부정적 인물의 예가 빠져 있으며, 어법은 <오륜가>가 '… 하라'인 데 비해 '… 하소'로 높이고 있다는 점이다.

이는 그만큼 작자의 태도가 <오륜가>에 비교해 볼 때 완화되었음을 보여주는 것이라 할 수 있다. 작자가 독자에 비해 우위의 입장에 있던 <오륜가>와는 달리 거의 동등한 위치에서 호소하는 입장을 취하고 있기 때문이다. 한편 오륜 조목의 서술에서 조금씩 들던 부정적 인물의 예를 아예 빼버린 점은 <우부편>과 <용부편>을 따로 설정하여 서술하기 위한 계획에서 온 것으로 생각된다. 이로 미루어 볼 때 이 <오륜행록>은 단순히 <오륜가>에 기존의 <우부편>과 <용부편>을 덧붙인 것이 아니라 전체 체제를 염두에 두며 새로 고안해 서술한 작품임을 알 수 있다.

이런 짐에서 <오륜행록>의 특성은 <우부편>과 <용부편>에 있다 할 수 있는데, 이 작품의 제목을 오륜가라 하지 않고 <오륜행록>이라고 붙인 것은 이러한 차별성을 뚜렷이 하기 위한 것이 아닌가 한다. 또한 구체적인 행실록임을 내세워 단순한 노래가 아니라 소설적 독서물임을 표방함으로써 독자의 호기심을 이끌어 내기 위한 방편일 수 있다. 이는 가사가 소설과의 독자 확보 경쟁에서 소설을 닮아가고 있는 현상의 하나라 할 수 있을 것이다.[49]

---

49) 졸고, 「조선후기 가사의 소설적 변모양상」, 『한국서사문학사의 연구 5』, 사재동 편, 중앙문화사, 1995 참조. 특히 '복선화음가류 가사'가 시집가는 딸을 훈계히면

<우부편>에서는 서두에 "닉말삼이 광언이나 져화상을 귀경호소"라고 하며 앞에서 한 말의 예증으로서 우부를 들고 있다. 우부는 남촌활양 망동이, 져근너 곰성원, 산너머 썽싱원 세 사람으로서 이들의 신분이 무엇이냐는 종전까지 양반, 중인, 상민 세 계층을 대변한다는 설이 유력하게 받아들여졌으나,[50] 최근에 세 사람 모두 양반일 것이라는 주장이 제기된 바 있다.[51] 세 사람의 명칭으로 근거해 볼 때 한량과 생원의 지칭을 쓰는 점으로 미루어도 그 신분이 양반일 가능성이 높다. <용부편>에서는 '저부인'과 '남더문밧 쎙덕어멈'이 나오는데, 이들 역시 평민이라기보다는 양반집 부인으로 생각된다. 그녀의 행동을 비난하면서 "이야기칙 소일이요 희담퍼셜 뿐이로다",[52] "무슌꼴의 싱튜긔로 머리쓰고 드러눕고" 등의 표현을 볼 때 이런 행동은 여유 있는 양반 여성에게나 가능한 행동으로 생각되기 때문이다.

그러므로 <오륜행록>의 작자는 <우부편>을 통해서는 양반 남성

서 자신의 일생과 괴똥어미의 일생을 간접적으로 제시함으로써 독자들의 관심을 모았고 심지어는 '괴똥어미전' 등의 소설 표제로 유통되었다는 점도 같은 양상으로 설명할 수 있다.

50) 정재호, 앞의 책, 107-112면 참조.

51) 강명관, 「우부가 연구」, 『상산정재호박사 화갑기념논총 한국가사문학연구』, 태학사, 1995 참조. 개똥이를 지칭하는 '남촌한량'은 남산 근처의 무반을 나타내며, 꼼생원이 '대종손 양반자랑'을 한다든지, 꾕생원이 "거들어거려 흐는말이 대장부의 기상으로 동내존장을 몰라보고 이소능장 욕하기" 등의 행위를 하는 점으로 미루어 세 인물은 양반층을 사회적 위상에 따라 상·중·하로 나눈 것이라 보고 있다. 또한 조선후기 교훈가사가 대부분 가문 구성원간의 유대 강화를 통한 가문의 회복이나 가정 윤리의 회복에 관심의 초점을 두고 있다는 점에서도 이 작품이 양반 계층의 문제를 다루고 있는 것으로 보아야 하리라 생각한다. 박연호, 「<초당문답가>의 지향과 창작기반」, 상산 정재호 박사 화갑기념논총 『한국가사문학연구』, 135면 참조.

52) 채제공(1720-1799)의 <女四書序>에 "近世閨閤之競 以爲能事者 惟悖說是崇", 이덕무(1741-1793)의 <士小節>에 "諺飜傳奇 不可耽看 廢置家務 怠棄女紅 至於與錢而貰之 沈惑不已 傾家産者有之" 등의 기록에서 당시 양반 여성들이 소설을 탐독해 집안일을 소홀히 했음을 알 수 있는데, 이는 뺑덕어멈의 행동과 일치한다. 大谷森繁, 『조선후기 소설독자 연구』, 고대민족문화연구소, 1985, 78-84면 참조.

들을, <용부편>을 통해서는 양반 여성들을 경계하기 위하여 이 작품을 썼으리라 생각된다. 그런데 문제는 이 <오륜행록>이 작자의 의도대로 독자들에게 받아들여졌을까 하는 것이다. 이후에 이 작품이 <초당문답>으로 확대되어 수많은 이본을 형성하면서 필사 또는 간행되었다는 점은 이 작품이 교훈에 대한 동감 이외의 다른 요소가 독자들에게 크게 작용했으리라는 점을 생각지 않을 수 없다. 문학이 교훈과 흥미의 양면적 기능이 있어야 독자에게 효과적으로 다가갈 수 있다는 점을 생각할 때 이 작품은 우부편, 용부편이 있음으로 해서 더욱 인기를 누릴 수 있었던 것이 아닌가 한다. 그렇다면 이 작품의 주제는 단순히 작자의 의도만을 살피는 데서 그칠 것이 아니라, 작품 자체가 드러내는 의미 또는 독자가 작품을 통해서 받아들이는 의미가 무엇인지를 살펴보아야 하리라고 본다. 이 작품이 일반적인 <오륜가>의 서술방식을 이탈하고 간접제시적 서술방식을 택하고 있다는 점에서도 <오륜가>의 주제와는 다른 방향의 의미가 내포되어 있다고 보아야 할 것이다.[53)]

즉 <오륜행록>은 오륜을 교시적으로 서술한 앞부분과 오륜을 실행

---

53) 이 작품의 주제는 대체로 두 방향으로 나뉘어 논란이 되어 왔다. 하나는 '경계'라는 것이고, 다른 하나는 표면적으로는 경세이지만, 이면적으로는 기존 규범에 대한 비판이라고 보는 견해이다. 주로 정재호, 김대행이 전자의 주장을, 조동일, 김문기가 후자의 주장을 하고 있다. 근래에 김유경, 권순회 등이 후자의 견해를 비판하면서 작품의 주제를 우부편과 용부편만을 따로 살필 것이 아니라 <초당문답> 전체의 유기적 짜임에서 검토하여 다시 '경계'로 보아야 한다는 견해를 밝히고 있다. 그러나 <초당문답>의 유기적 짜임에서 이 작품의 주제를 논해야 한다는 견해는 <초당문답>이 독립된 가사들을 모아 놓은 가사집이 아니라 유기적 관계를 갖춘 한편의 장편 가사라는 것이 입증되어야 가능한데, <초당문답>의 성격상 그렇지 못하다는 점에서 받아들이기 어렵다. 설혹 이 작품이 일련의 유기성을 갖고 있다 할지라도 각 편의 독립성은 여전히 유지되고 있기 때문에 부분의 주제는 그 나름대로 여전히 유효하다고 보아야 한다. 부분은 전체의 일부로서만 존재하는 것이 아니라 각 부분 자체로도 의의가 있기 때문이다. 또한 전체 주제는 각 부분이 대립, 갈등을 일으켜 형성되는 것이지, 전체 주제 안에 부분의 주제가 일괄적으로 소속된다고 판단하는 것은 그야말로 경계해야 할 태도이다.

하지 않은 사람들의 행동을 간접적으로 제시한 뒷부분이 그 서술방식의 차이로 인해 갈등을 일으키고 있다. 직접적으로 교시한 앞부분의 주제에서는 작자의 의도가 독자에 의해 달리 파악될 여지가 없다. 그야말로 오류의 실천에 대한 권계이다. 그러나 간접적으로 제시한 뒷부분은 작자가 자신의 의도를 직접적으로 내비치지 않고 있다는 점에서 독자들에게 판단의 여지가 남겨져 있다. 물론 작자는 오류를 실천하지 않는 데에 대한 경계의 목적으로 이 부분을 서술하고 있지만 독자들 중에는 이를 그대로 주제로 받아들이지 않는 이들도 있다. 즉 독자들 중에는 이 작품 중 앞부분을 읽지 않고 이 부분만을 읽는 이도 있을 것이며, 앞부분의 주제에 대해서 불만을 갖고 있다가 이 부분에 와서야 불만을 해소하며 흥미를 일으키는 이도 있을 것이다.

그렇다면 이 뒷부분을 통해 실현화된 의미와 독자들이 갖게 되는 흥미는 무엇일가? 이는 두 가지 측면에서 생각할 수 있다. 하나는 주인물인 우부와 용부에 대한 비판적 시각이고 다른 하나는 그들에 대한 동정적 시각이다. 독자가 이들을 비판적으로 바라보며 즐길 수 있는 이유는 이 우부와 용부가 양반이라는 데 있다. 규범의 수호자이어야 할 양반의 탈규범은 그 자체만으로도 규범의 모순을 드러내주는 현상이라 할 수 있다. 가장 도덕적이어야 할 양반의 탈규범, 그리고 양반의 몰락은 평소 양반의 허세에 못마땅해 하는 이들의 쾌감을 이끌어내기에 충분하다.

이에 비해 주인물을 동정적으로 바라보며 즐기는 독자도 있으리라 생각되는데 이들은 주인물인 우부와 용부의 행동을 통해 억눌렸던 자아를 분출시키며 규범의 해체 현상을 즐기는 것이 아닐까 한다. 우부와 용부는 규범과 이성의 눈에서 보면 부정적 인물임에 틀림없지만, 현실과 본능의 측면에서 보면 거침없고 대담한 인물로 비쳐진다.[54] 독자들 스

---

54) <용부편>에 보면 "게을슬언 시아반이 악독할스 시어미라 / 요악한 아오동세 여호 갓튼 시앗연의 / 거세도다 남노여복 들며날며 흠부덕의 / 여긔져긔 스셜이요 구석

스로는 규범에 얽매여 그런 행동을 하지는 못하지만 우부와 용부는 감히 그런 틀에 매이지 않고 그것을 부수고 있다는 점에서 과히 혁신적이라 할 수 있다. 이들은 지나치게 권위적이어서 개인의 자유를 억압하는 비현실적인 규범과 사회에 대한 반발과도 연결된다.

이처럼 우부, 용부의 부정적 행동에 대한 비난보다는 그들의 탈규범적 행동을 즐기며 그들이 발을 딛고 있는 규범의 모순과 비현실성을 비판하는 독자도 그리 적지 않으리라 생각되는데, 여기에서 독자에 의해 받아들여진 의미를 추출할 수 있지 않을까 한다. 즉 이 작품은 작자의 의도와는 달리 규범의 수호자인 양반의 비리를 비난하고 그들의 몰락을 즐기거나, 주인물의 본능적 행동을 통해 규범으로 억눌려 있던 자아를 분출하며 규범의 비현실성에 대한 비판으로 독자들에게 실현화되고 있음을 일면 부정하기 어려울 것이다.[55] 이 작품의 우수성과 가치는 작자가 일방적으로 독자들에게 주제를 강요하는 것이 아니라 우회적으로 형상화함으로써 다양한 독자들의 논쟁을 야기하고 있는 점에 있다. 이 작품의 주제가 문학 연구자들에게 논란을 일으키는 것도 바로 이러한 연유에서이다.

이러한 서술방식이 사용된 것은 그만큼 사회가 앞 시기의 경직, 단일하던 사회에서 다양하고 이질적이며 흥미를 추구하는 사회로 이행되

구석 모함이라 / 가군이나 미더쩐이 십별지목 되여셔라 (중략) 엿장스 쩍장스난 아기펑게 그르잡고 / 물너압 씨앗압흔 슨합품 지지기라" 등의 대목이 나오는데, 이는 시집살이하는 여자라면 누구나 느낄 수 있는 마음이요 고난으로서 같은 처지의 여자로서는 비난보다는 공감이 가는 요소라 생각된다.

55) 김대행은 이러한 부정적 형상화가 대상과의 이질감을 확인하고자 하는 태도로서 인간주의적 태도와는 무관한 것이기 때문에 근대적 시민 정신과 관계를 짓기가 어려우며 단지 오락 지향적인 경향의 표출로 이해해야 한다고 주장하고 있다.(김대행, 앞의 책, 236-238면 참조.) 그러나 이때 이질감의 대상이 양반의 부정임을 고려한다면 근대 시민정신과도 연관되며, 단순한 오락지향이 아니라 풍자와 비판 정신이 내재해 있는 것으로 보는 것이 타당하다고 생각한다

어 간 데에서도 그 원인을 찾을 수 있을 것이다.[56] 즉 19세기의 문학적
분위기는 유흥적 성격의 시가가 유행하고 소설이 성행하여 이미 많은
독자를 확보하고 있는 상태여서, 이전의 교시적인 서술 형태의 오륜가
사로서는 독자에게 쉽게 호응을 얻기가 어려웠을 것이기 때문에 이런
류의 작품이 생겨난 것이 아닌가 한다.

2.3 토론·문답형 + 직접교시형 + 간접제시형: <초당문답>

<초당문답>은 <오륜행록>에 <백발편>, <역대편>, <지기편>, <개
몽편>, <경신편>, <낙지편>이 덧붙여져 있는 가사집으로, <오륜행록>
보다는 늦은 시기에 편집, 제작된 것으로 생각된다.[57] 그런데 <초당문
답>은 작자가 이들 작품을 아무 의도 없이 무질서하게 모아 놓은 것이
아니라 일정한 틀을 마련하여 완결된 짜임새를 갖추려고 애쓴 흔적이
보인다. 그러나 그러한 의도에도 불구하고 각 편이 유기적인 관련을 보
이기보다는 독립적인 성격을 더 강하게 띠고 있을 뿐만 아니라, 작자의
태도 또한 일관되지 않다는 점도 이 작품이 유기적 질서를 갖추고 있다
고 보는 데 무리가 있다.

즉 이들 작품들은 <오륜행록>과 마찬가지로 삽화적 질서로 되어
있다. 이본에 따라 편차가 들쭉날쭉한 것은 이를 여실히 증명해 준다.
이 작품의 순서는 <백발편> - <역대편> - <지기편> - <오륜편> - <개

---

56) 김대행, 앞의 책, 238면 참조.
57) 권순회, 앞의 논문, 340-347면에 의하면 <초당문답가>의 이본으로 15종을 들고
    있는데, 이 중 토론·문답형식을 띠고 있지 않은 <오륜행록>을 포함하는 것은
    문제가 있다. <초당문답가> 계열은 연대 미상의 필사본을 제외한 이본들 모두가
    20세기 초에 필사, 간행된 것으로 이 계열의 작품이 발생한 것은 19세기 말경이라
    생각한다. 이 논문에서는 <초당문답>(규장각본, 『주해 초당문답가』, 박이정출판
    사, 1996)을 대상으로 하며 인용시에는 이 책의 면수를 표기한다.

몽편> - <우부편> - <용부편> - <경신편> - <치산편> - <낙지편>
으로 되어 있는데, 이중 토론·문답형의 서술방식이 나타나는 곳은 <백
발편>과 <개몽편>이다. 이 두 편이 직접교시형과 간접제시형으로 되
어 있는 나머지 작품을 연결하는 고리 역할을 하고 있어 전체가 토론·
문답으로 여겨지게끔 서술되어 있다. 그러므로 이 여기에서는 토론·문
답형으로 되어 있는 이 두 작품을 중심으로 살펴보면서 오륜가사가 <초
당문답>에서 굴절, 변화된 의미를 찾아보는 것이 좋을듯하다.

<백발편>은 작품내 화자가 춘일에 초당에 누워 낮잠을 자다가 한
노옹이 구걸하는 데에서 잠이 깨 그와 문답을 나누는 것으로 되어 있다.
이 작품의 대부분은 <노인가>와 매우 유사한데, 군데군데 이를 토론·
문답형으로 바꾸기 위한 작자의 윤색이 나타난다. 즉 서두에서부터 "용
모도 초췌ᄒ여 행색도 수상ᄒ고 모양좃차 괴이ᄒ다" 까지는 초당주인이
노옹에 대해 관찰한 것으로서 작자에 의해 첨가된 말이라 할 수 있으나
"뉘탓스로 늘것는지 기력업셔 탄식ᄒ며—그중에도 입으랴고 비백불난
노릭ᄒ네"까지는 기존의 <노인가>를 차용한 부분이다. 즉 이는 초당주
인의 눈으로 본 일 노옹의 모습과 행위가 아니라 젊은이들의 눈에 비친
노인들의 일반적 모습을 형상화한 것이다.

다시 "성명은 거 누시며 거주은 어딕메뇨 ~ 남의 풍사 전혀밋고 문
전걸식 어이ᄒ노"에서 작자의 윤색부분이랄 수 있는 초당주인의 물음이
있고 "져노인의 거동보소 허희탄식 기가막혀"라는 서술자의 목소리가
나온 다음에 노인의 대답이 나온다. 그런데 노인의 대답 중 "여보쇼 주
인네야 걸객보고 웃지마소 ~ 사지백체 셩ᄒ오니 무삼일을 겁을닐가"까
지는 작자가 첨가한 일 노옹의 대답이나, "우리도 청춘시절 부모덕의 편
이길여~" 이하는 <노인가>의 일부로서 노인들이 젊은이들에게 경계
하는 말로 되어 있다. 이처럼 <백발편>이 전체 가사집의 서두편으로
일부 부분이 보완되기는 했으나 여전히 초당주인과 일 노옹의 문답이라

기보다는 노인들이 젊은이들에게 하는 말로 되어 있다. 이는 이 작품이
<노인가> 등으로 유전되는 것을 <백발편>으로 고쳐 놓았다는 점을
추정케 한다.58)

이후 <역대편>의 서두는 "어화세상 배판후의 역대성쇠 들어보소"
하고 있어 화자와 청자가 정확히 나타나 있지 않으나 <지기편>의 서두
에서는 다시 "여보시오 주인양반 이너말슴 들어보소" 라고 하여 초당주
인과 노옹간의 대화임을 나타낸다. 그런 후 '오륜'을 서술한 뒤에 <개
몽편>에서 논쟁이 시작된다. 즉 서술자의 해설로 "일소년 너다라셔 핀
잔쥬며 ᄒᆞ는말니"로 시작한후 일 소년이 "그잔말 고만두고 진담누설 듯
기실에 ~ 백년간사 인인수라도 우락즁분미백년을"라고 노인의 말(오륜)
에 대해 비판하자59) 노인이 다시 "가련타 져소년아 천성이라 ᄒᆞ지마소
~ 광부말도 가리ᄂᆞ니 헛도이 듯지마소"하고 응수하고 있다. <백발편>
은 단순한 문답인 데 비해 <개몽편>에서는 토론이 야기되고 있다는 점
이 홍미롭다.

소년과 노인이 벌이는 논쟁은 오륜에 대한 인식의 차이점을 여실히
보여준다. 즉 소년이

> 孔孟兩聖 아니라도 졔쳔셩이 어디갈가
> 글잘ᄒᆞ고 아ᄂᆞ니는 悖理ᄒᆞ일 모다ᄒᆞ데
> 時體디로 ᄒᆞ여가지 옛格式이 迂闊ᄒᆞ데
> 三綱五倫 모른디도 먹고입고 못홀손야 (154면)

---

58) <노인가>와 <초당문답>중의 <백발편> 중 어느 작품이 먼저인가는 쉽게 단정하
    기 어려우나, <백발편>에 나타나는 화자의 목소리가 단일하지 않다는 점은 <백발
    편>이 <노인가>를 저본으로 윤색하였을 가능성을 보여준다. 이때 <노인가>에서
    는 늙어서 후회하지 말고 젊었을 때 실컷 먹고 놀자고 되어 있으나, <백발편>에서
    는 이를 경계하는 것으로 바뀐 것도 홍미롭다.
59) 이때 '소년'이 느닷없이 나타나고 있는 점도 전체를 유기적인 짜임새로 보기에는
    어색한 부분이다. 이 편의 앞부분에서는 초당주인과 노옹만 있었는데 이 편에 와
    서 듣고 있는 다른 사람이 있었다는 것은 의외의 상황이다.

하며 옛 격식이나 규범을 비판하며 '時體'대로 할 것을 주장하는 반면,
노인은

> 父母妻子 君臣間과 兄弟叔姪 上下間의
> 스룸노룻 ᄒᄌᄒ면 별리가 업슬손가 (157면)

하며 '法' 즉 삼강오륜으로 벼리를 삼을 것을 주장하고 있다. '時體'를
현실로, '法'을 규범으로 바꾸어 본다면 이들의 논쟁은 현실을 중시하는
태도와 규범을 중시하는 태도의 논쟁인 셈이다. 여기에서 서술자인 초
당주인은 비교적 객관적 입장을 취하고 있음을 알 수 있다. 즉 소년과
노옹의 토론을 구경하고 있는 셈이다.

　이렇게 토론·문답의 형식으로 가사를 서술하는 수법은 작자의 일
방적 언술에 의해 주제를 전달하는 것이 아니라, 둘 이상의 인물을 내세
워 그들의 의견을 독자들에게 제시함으로써 독자로 하여금 그 중 어느
하나에 동조하도록 하는 판단의 여지를 주고 있다. 그러나 대화를 나누
는 인물에 주종관계를 설정함으로써 독자를 은연중에 주인물의 생각에
동조하도록 유도하고 있음을 볼 수 있다. 이는 가사가 작자의 주장을 독
자에게 알리는 문학이라는 짐에서 보나 고도화된 설득의 방법으로 택해
진 것이라 생각된다.

　여기에서 소년의 목소리는 일부 독자들의 목소리를 대변한다고 할
수 있다. <오륜행록>에서 독자의 견해가 숨어 있을 뿐 전면에 나서지
못했다고 한다면, <초당문답>에서는 독자의 견해를 소년의 입을 통해
대리적으로 형상화하고 있다는 점이 특징이다. 이는 <오륜행록>을 고
찰하면서 독자가 작품을 받아들이는 방향에 다양한 갈래가 있다고 한
것이 결코 잘못된 읽기가 아님을 방증해 주는 것으로도 볼 수 있다. 즉
소년의 항변에 나타나 있는 것처럼 오륜을 비현실적이며 무용한 것이
며, 인생이 무상하니 규범에 얽매이기보다는 삶을 즐겨야 한다고 생각

하는 독자들이 존재하는 것이다. 이를 설득하기 위하여 우부와 용부의 예를 보이고 다시 <경신편>, <치산편>, <낙지편> 등으로 군자의 도리를 역설하고 있으나 독자가 쉽게 설복당하리라고는 생각되지 않는다.

물론 작자는 이러한 논쟁을 통해 오륜이 여전히 유용함을 깨닫게 하려 하고 있지만 그것은 외면적 의미일 뿐, 독자와 현실 상황은 이를 그대로 수용하지 않고 있음을 작품 자체가 드러내고 있는 것이다. 작자가 오륜가사의 일반적 서술방식인 직접교시형으로 작품을 서술하지 않고 특이한 서술방식인 토론·문답형으로 서술한 것은 이러한 상황을 반영한 것이라 볼 수 있다. 그러므로 이 작품의 주제 역시 작자의 의도만을 강조할 것이 아니라 규범과 현실의 갈등, 규범을 인식하는 태도의 다양성과 논란 정도로 보는 것이 더 온당하지 않을까 한다.

이처럼 토론·문답형 서술은 의미의 완성에 독자가 적극적으로 참여할 수 있는 여지를 줌으로써 보다 많은 독자의 관심과 호응을 이끌어내고 있다. 이러한 서술 방식은 두 가지 이상의 이질적 관념 내지 삶의 모습을 그대로 드러내는 데 적합한 방식으로서, 당대 사회의 변동으로 인한 이질화, 다양화 양상을 반영하고 있다. 19세기 말 20세기 초 개화와 수구가 갈등을 겪는 상황에서 많은 토론·문답형 가사와 산문이 생겨난 것은 결코 우연이랄 수 없을 것이다.[60]

---

60) <소경과 안즘방이문답>, <갑을문답>, <숭고생과 개화생 문답>, <인력거군 수작>, <뒤장이 수작> 등 신문 잡지에 게재된 많은 시사토론문, <ㅈ유종> 등 대화·토론체 소설, 토론가사의 일면을 지니고 있는 '화전가류 가사' 등의 활발한 창작을 들 수 있다. 조동일, 『한국문학통사』 4, 지식산업사, 1986, 322-327면. 졸고, 「여성가사와 소설의 관련양상 연구」, 낙은강전섭선생 화갑기념논총 『한국고전문학연구』, 창학사, 1992, 273면 참조.

3. 맺음말

이상에서 오륜가사의 서술방식을 세 계열로 나누고, 그 대표적인 작품을 중심으로 서술방식과 의미를 살펴보았다. 작자가 일방적으로 독자에게 오륜의 내용을 지시하는 '직접교시형'으로 이루어진 곽시징의 <오륜가>는 작자가 독자보다 우위의 입장에 서서 연쇄적 질서로 서술하고 있어 독자에게 반론의 여지가 주어져 있지 않다. 이는 획일적이고 전체적인 사고의 반영으로 오륜가사 중 가장 이른 시기에 나타나 20세기 초까지 계속되었다.

'직접교시형'에다 '간접제시형'을 복합하고 있는 이기원의 <오륜행록>은 삽화적 질서로 서술하고 있어서 '오륜' 서술의 틀이 완화돼 있을 뿐만 아니라 작자가 독자와 비교적 대등한 입장에 서서 문학적으로 형상화하여 서술하기 때문에 독자에게 나름대로의 판단의 여지가 주어져 있다. 특히 간접제시형으로 된 <우부편>과 <용부편>에서 작자는 부정적 인물을 경계하기 위한 의도에서 서술하고 있지만 독자는 이를 양반 계층과 사회규범에 대한 비판으로 받아들일 여지가 있다는 점에서 논쟁을 불러일으킨다. 이는 오륜을 비롯한 유교 이념의 경직성이 해이해지고 사고 방식과 삶의 양상이 다양화된 현상의 반영으로 생각되는데, 19세기 무렵 대중의 큰 호응을 얻었다.

마지막으로 이 두 가지 서술방식에 '토론·문답형'을 첨가하고 있는 <초당문답>은 삽화적 질서이면서도 전체적인 연관성을 꾀하고 있다는 점에서 의의가 있다. <백발편>과 <개몽편>을 통해 주인과 노옹, 소년과 노옹의 토론·문답을 전개함으로써 독자들의 이견을 작품내 인물의 목소리로 끌어들이고 있다. 독자가 작품 내 인물 중 어느 한쪽에 동조하면서 토론에 함께 참여할 수 있다는 점에서 '간접제시형'의 경우보다 보다 진전된 논쟁을 야기시킨다. 이는 사회의 변동으로 인해 두 가지 이상의 이질적 관념이 크게 대립, 갈등하고 있는 상황을 반영하는 것으로서 19세기말 20세기 초에 많은 이본을 형성하며 인기를 누렸다.

오륜가사의 이 세 가지 서술방식은 단순한 선·후 관계에 놓이면서 발전해 왔다고 단정할 수는 없으나 대체적인 작품의 경향과 추세가 단일형에서 복합형의 방향으로 이루어져 왔다고 할 수 있을듯하다. 이러한 변모는 문학작품이 작자와 독자의 관계 속에서 구현해내는 다양한 양상을 잘 보여주는 것으로서 오륜가사뿐만 아니라 여성가사 중 계녀가사를 포함한 대부분의 교훈가사의 전개와도 거의 같이 하리라 생각된다. 이에 대한 폭넓은 고찰은 후일로 미루어 둔다.

참고 문헌 ||||

I. 자 료

<오륜가>(곽시징). 필사본. 강전섭 교수 소장. (강전섭. 『한국시가문학연구』. 대왕사. 1986)
<오륜행록>(이기원). 필사본. 강전섭 교수 소장. (『역대가사문학전집』 26. 임기중 편. 여강출판사. 1992)
<초당문답>(작자미상). 필사본. 규장각본. (정재호. 『주해초당문답가』. 박이정출판사. 1996)

II. 논 저

강명관. 「우부가 연구」. 『상산정재호박사 화갑기념논총 한국가사문학연구』. 태학사. 1995.
강전섭. 『한국시가문학연구』. 대왕사. 1986.
권순회. 「<초당문답가>의 이본양상과 주제적 의미」. 『19세기 시가문학의 탐구』. 고려대 고한연 편. 집문당. 1995.
김광조. 「<우부가> 화자의 대상 인물에 대한 태도와 그 표현방식」. 『한국고전시가작품론 1』. 집문당. 1992.

김대행. 「<우부가>의 주제와 시대성 논의 반성」.『개신어문연구』5·6 합병호. 충북대 개신어문
　　연구회. 1988.

＿＿＿.『시가시학연구』. 이대출판부. 1991.

김문기.『서민가사연구』. 형설출판사. 1983.

김용철. 「훈민시조 연구」. 고려대 석사학위논문. 1990.

김유경. 「연작가사 <초당문답가>의 짜임과 주제 연구」.『연세어문학』27. 연세대 국어국문학과.
　　1995.

김창원. 「18-19세기 향촌사족의 가문결속과 가사의 소통」.『19세기 시가문학의 탐구』. 고려대 고
　　한연 편. 집문당. 1995.

김학성. 「가사의 실현화 과정과 근대적 지향」,『근대문학의 형성과정』, 한국고전문학연구회 편, 문
　　학과지성사. 1983.

박연호. 「19세기 오륜가사 연구」.『19세기 시가문학의 탐구』. 1995.

＿＿＿. 「교훈가사 연구의 현황과 과제」, 「<초당문답가>의 지향과 창작기반」.『상산 정재호박사
　　화갑기념논총 한국가사문학연구』. 1995.

박요순. 「20세기 가사고: 오륜가를 중심으로」.『한남어문학』14. 1988.

서영숙. 「여성가사와 소설의 관련양상 연구」. 낙은 강전섭선생 화갑기념논총『한국고전문학연구』.
　　창학사. 1992.

＿＿＿. 「조선후기 가사의 소설적 변모양산」,『한국서시문학사의 딤구 5』. 사새농 편. 중앙문화사.
　　1995.

송재소. 「이조후기 가요의 한 특징」.『백영정병욱선생 환갑기념논총』. 신구문화사. 1982.

정재호.『한국가사문학론』. 집문당. 1982.

조동일.『문학연구방법』. 지식산업사. 1980.

＿＿＿.『한국문학통사』4. 지식산업사. 1986.

大谷森繁.『조선후기 소설독자 연구』. 고려대 민족문화연구소. 1985.

4 | 여성일대기 가사의 서술시점과 방법

1. 머리말

가사는 그 개방성과 확장성으로 인해 조선후기에 이르면 인접한 서사 갈래의 기법을 적극적으로 수용하여, 율문인 점을 제외한다면 소설과 거의 차이가 없는 작품들이 창작, 전승되기도 한다.[61] 이렇게 조선후기 가사가 서사성을 강화하는 가운데 두드러지는 경향중의 하나가 여성주인물의 일생을 일대기화하여 서술하는 가사들이다. 이는 주로 여성주인물의 일생을 '출생 - 성장 - 혼인 - 고난 - (고난해결)'[62]의 일련의 순서로 일대기화하여 기술하는 것으로 여성가사[63]의 대다수가 이러한 전개

[61] 가사의 갈래에 대해서는 조윤제가 형식은 시가이고 내용은 문필이라고 규정한 이후, 그 복합적인 성격으로 인해 많은 논란이 거듭되었다. 즉 율문으로 된 수필(이능우), 주관적 서정적 가사와 객관적 서사적 가사로 양대별(장덕순), 서정 · 서사 · 교술적 성격의 복합(김학성, 윤석창), 중간 · 혼합적 갈래(김흥규), 교술(조동일) 등의 견해가 그런 고민에서 나온 것이다. 필자는 가사는 교술 갈래에 속하면서도 서정성과 서사성을 복합적으로 지니고 있는 문학으로 보고자 하나, 이러한 논의가 이 논문의 목적은 아니므로 유보해두기로 하고, 여기에서는 그 중 서사성이 두드러지는 작품을 고찰 대상으로 삼는다.

[62] 이 중에서 '고난해결'은 작품에 따라 빠져 있는 경우가 많아 필수적인 단락은 아니다. 그러나 출생과 성장, 혼인, 고난 단락은 모든 작품에 공통적으로 나타나 있는 것으로서 여성일대기 가사의 핵심을 이루며, 여성일대기 가사를 다른 가사와 변별케 하는 특징적 요소라 할 수 있다.

[63] 여성가사의 작자는 거의 대부분이 작자명을 밝히지 않고 있어서 원작자의 성별을 가리기 어렵다. 그러나 오랜 세월에 걸쳐 여성들에 의해 읽히고 필사되는 동안에

방식을 취하고 있다. 이는 주인물의 전기 형태를 띠고 있는 대부분의 고
전소설과 유사한 전개방식으로 되어있어 두 갈래의 관련 양상을 살피는
데 중요한 대상이 된다.

이 논문에서는 이렇게 여성주인물의 일생을 일대기화하여 서술하고
있는 가사들을 '여성일대기 가사'라고 명명하고,[64] 이들 가사들의 서술
시점과 방법을 고찰하고자 한다. 여성일대기 가사는 자신 또는 자신들
의 경험에 바탕을 두고 쓰였기 때문에 거의 대부분 일인칭으로 서술되
어 있다. 즉 어떠한 방식으로건 서술자인 '나'와 '우리'는 작품 내에 참
여하고 있으며, 독자들에게 서술자의 존재가 인지된다. 이 서술자가 작
중인물 특히 주인물과 어떠한 관계에서 이야기를 이끌어나가며, 그 이
야기는 구체적으로 어떠한 방법으로 전개되느냐 하는 서술시점과 방법
에 대한 고찰은 작품의 주제나 작자의 의식, 독자의 반응 등을 이해하고
추정하는 데 좋은 잣대가 된다. 또한 이 논의를 통해 여성일대기 가사가
다른 갈래와 변별되는 특징이 무엇이며, 한국문학사 속에서 차지하고
있는 가치와 의의는 무엇인지 등을 가늠하는 데 시사점을 줄 수 있으리
라고 본다.

이 논문에서 다루고자 하는 여성일대기 가사의 주요 작품을 개관하
면 다음과 같다.[65]

원작자의 개성을 읽고 여성의 작품인 것처럼 독자들에게 수용되었다면 그 작품은
여성가사라고 해도 무방하리라고 본다. 그러므로 여성가사란 작가 또는 작가군이
여성으로 되어 있거나, 그렇지 않다 할지라도 작품내적 화자가 여성으로 되어 있
고, 여성들에 의해 주로 향유되어 온 가사까지 포함하는 포괄적인 의미로 사용하
고자 한다. 졸고,『한국 여성가사 연구』, (국학자료원, 1996), 11면 참조.
64) 졸고, 「여성일대기 가사의 구조와 의미」,『개신어문연구』12, (개신어문연구회, 1995).
65) 여성일대기 가사는 시점에 따라 주인물, 관찰자, 복합시점으로 나눌 수 있고, 주인
물이 겪는 고난의 성격에 따라 이별류, 사별류, 시집살이류로 구분할 수 있다. 표
의 '시점'과 '고난'에 이를 구분하여 표시하였다. 또한 작품구조를 열린 구조(기대
우위형, 좌절우위형), 닫힌 구조(행복한 결말형, 불행한 결말형), 복합 구조(병렬 구
조형, 액자 구조형)로 나눌 수 있는데 이를 '구조 유형'에 약호로 표시하였다. ◯ 표

작품명	수록문헌	시점	서사	출생	성장	혼인	고난	해결	결사	구조유형
리씨회심곡	규신, 1	주인물	○	○	○	○	사별		○	열린·기대
여자탄	규신, 2	주인물	○	○	○	○	시집		○	열린·좌절
창회곡	규신, 13	주인물	○	○	○	○	시집		○	열린·기대
정부인자탄가	규신, 14	주인물	○	○	○	○	시집		○	열린·기대
과부가	규신, 46	주인물	○	○	○	○	사별		○	열린·기대
쳥승가	규신, 48	주인물	○	○	○	○	사별		○	열린·기대
이부가	규신, 49	주인물	○		○	○	사별		○	열린·기대
상사몽	규신, 52	주인물	○	○	○	○	사별		○	열린·좌절
이별가	규신, 53	주인물	○	○	○	○	이별		○	열린·기대
원별이회곡	규신, 69	주인물	○		○	○	시집		○	열린·기대
여자탄식가	규Ⅰ, 2.3	주인물	○	○	○	○	시집		○	열린·좌절
망부석이별곡	규신, 56	주인물	○	○	○	○	이별	○	○	닫힌·불행
여탄가	규신, 60	주인물	○	○	○	○	이별	○		닫힌·행복
망부가	규신, 62	주인물	○	○	○	○	이별	○		닫힌·행복
상사곡	규Ⅰ, 4.4	주인물	○	○	○	○	이별	○		닫힌·행복
신가전	숭전	관찰자	○	○	○	○	시집	○	○	닫힌·불행
부녀가	규신, 5	관찰자	○	○	○	○	시집	○	○	닫힌·불행
한별곡	규신, 44	복합	○	○	○	○	시집	○		복합·액자
복선화음가	규Ⅰ, 1.4	복합	○	○	○	○	시집	○	○	복합·병열
화전가	서민	복합	○		○	○	사별	○	○	복합·액자

는 작품에 해당 단락이 있는 경우를 말한다. '규신', '규Ⅰ', '숭전', '서민'은 작품이
게재돼 있는 문헌의 약호이고, 문헌약호 뒤의 숫자는 해당 문헌에 기재된 차례 번
호를 말한다. 문헌은 차례대로 다음과 같다. 권녕철 편저, 『규방가사: 신변탄식류』,
(효성여대 출판부, 1985), 권녕철 편, 『규방가사 Ⅰ』, (한국정신문화연구원 고전자료
편찬실, 1979); 박요순, 「가사 <신가전>고」, 『숭전어문학』 6, (숭전대, 1977); 김문
기, 『서민가사 연구』, (형설출판사, 1983). 앞으로 자료를 인용할 때에는 '규신', '규
Ⅰ', '숭전', '서민'의 약호와 차례 번호 또는 면수를 기재하기로 한다.

2. 서술 시점과 방법의 다양성

여기에서는 우선 여성일대기 가사의 서술 시점을 주인물 시점과 관찰자 시점으로 나누고, 그에 따른 서술 방법을 살펴보기로 한다. 주인물 시점이란 서술자가 사건 내 주인물의 입장에서 작품을 서술해 나가는 경우이고, 관찰자 시점이란 서술자가 사건 내 또는 외에서 자기가 아닌 다른 인물의 이야기를 서술해 나가는 경우를 말한다.[66]

(2.1) 주인물 시점

주인물 시점의 작품은 대부분 자신의 지나간 일생을 회고하면서, 현재의 자신의 처지를 한탄하는 경우이다. 여성일대기 가사의 대다수 작품이 이에 속한다. 그 중 <정부인자탄가>, <상사몽>, <망부석이별곡> 등을 택해 이들 작품들이 이야기를 어떠한 방법으로 전개해 나가는지 살펴보기로 하자.

---

66) 소설의 경우 서술 및 시점 이론에 있어 상당히 정치하고 다양한 이론이 계발되어 있으나, 가사의 경우에는 전무한 상태이다. 이 논문에서는 가사의 경우 어떤 시점과 서술 방법을 사용하고 있는지를 살펴보는 것이 주 목적이므로, 방대한 소설의 서술 및 시점 이론을 고찰하는 것은 유보해두기로 한다. 소설 시점 이론에 의하면 가사는 모두 1인칭 시점에 해당하며, 세부적으로 1인칭 서술자가 주인물로 참여하느냐, 부인물(관찰자)로 참여하느냐 또는 서술자가 전지적이냐, 제한적이냐 등으로 나뉜다고 할 수 있다. 그러므로 이 논문에서는 이러한 기존 시점 이론을 참작하되 가사의 경우에 맞추어 크게 주인물 시점과 관찰자 시점으로 나누어 살펴보기로 한다. 이 밖에 두 가지 시점 중 하나를 일관되게 사용하지 않고 두 가지 이상의 시점을 복합하여 병렬하거나 한 가지 시점 안에 다른 시점을 포괄하는 액자 서술을 사용하는 경우도 있는데 이를 복합시점이라 칭하기로 한다. <한별곡>, <화전가>, <복선화음가> 등이 이에 속하나 여기에서는 고찰하지 않기로 한다. (앞의 표 참조)

1) 제한적 서술과 전지적 서술의 혼합

일인칭 주인물 시점의 경우 엄격히 서술할 경우 주인물 자신이 접하지 못한 다른 인물들의 사고와 행동에 대해서는 서술할 수 없게 마련이다. 그러나 서술자는 때로는 제한적으로, 때로는 전지적으로 그 태도를 바꾸며 작품을 전개해 나간다.[67] <정부인자탄가>(규신, 14)는 '출생에서부터 성장 - 혼인 - 신행 - 현구례 - 시집살이 - 아버지방문 - 근행 - 시댁'의 과정으로 되어 있어 신행 전, 후에 지어진 것으로 생각된다. 주인물의 입장에서는 자신의 출생부분이나 부인물의 생각은 모르는 것이 당연하나, 서술자는 출생, 양육 등 경험이 미치지 못하는 부분까지 전지적으로 서술하고 있다. 예를 들어 보기로 하자.

> 십식을 치와 탄싱ᄒ여
> 아달쌀 분간업시 쥬옥갓치 ᄉ랑하여
> 아푼ᄌ리 가라가며 치우면 치울시라
> 더우면 더울시라 만단슈션 골몰중도
> 줌시라도 안이잇고 져졀먹여 줌을지고
> (중략)
> 몸간슈도 졍히하고 육칠시라 ᄌ라나셔
> 비단명쥬 침ᄌ질과 마푼무명 물이기를
> 죠리잇기 가라치며 (규신, 169-170면)

여기에서 보면 "탄싱ᄒ여"의 주체는 '나'이지만 "ᄉ랑하여", "가라가며", "안이잇고 져졀먹여 줌을지고" 등의 주체는 서술자의 어머니로서,

---

67) 김천혜는 소설의 시점을 1인칭과 3인칭으로 대별하고, 다시 화자가 인간적이냐, 신적이냐에 따라 '객관적 시점'과 '전지적 시점'으로 세분하고 있는데, 이때 인간으로서 보고 듣고 겪은 것만 서술하는 경우를 '객관적'이라고 하기보다는 '제한적'이라고 하는 것이 나으리라고 본다. 김천혜, 『소설 구조의 이론』, (문학과지성사, 1990), 109-110면 참조.

이 부분은 전지적으로 서술되고 있다. 또한 "주라나셔"의 주체는 '나'이
지만 "가라치며"의 주체는 역시 어머니이다. 이렇게 일인칭 주인물 시
점에 의해 서술하면서도 전지적 태도를 취함으로써 자신의 출생, 성장
부분에 대해 독자에게 자세한 정보를 제공하려는 의도를 나타내고 있
다. 이는 실수나 잘못이라고 보기보다는 일인칭 주인물 시점의 한계를
극복하려는 하나의 '표현수단'으로 보아야 할 것이다.[68] 이 작품에서는
이렇듯 어머니와 관련된 대목에서 전지적 서술이 많이 나타나는데, 이
는 어머니의 자신에 대한 사랑을 좀더 구체적으로, 독자들에게 보여주
려는 서술자의 의도에 의한 것이라 할 수 있다. 즉 서술자가 신행을 가
는 날, 서술자는 자신의 입장에서의 슬픔보다는 주로 어머니의 입장에
서 서술자를 떠나 보내는 마음을 안타깝게 서술하고 있다.

> 방안은 빈방이요 니단여든 화초밧티
> 주최도 업셔지니 쥬야로 압퓌비인
> 그간중 그회표를 뉘이셔 위로할고
> 방안이 잇난듯고 졍지안이 오난듯다
> 눈이삼삼 결여잇고 꿈이종종 보일시라
> 이십년 키우공이 헛부고 가소롭디 (규신, 172면)

　여기에서 "그간중 그회표를 뉘이셔 위로할고"는 서술자의 말이며,
"방안이 잇난듯고 졍지안이 오난듯다"와 "이십년 키운공이 헛부고 가소
롭다"는 어머니의 내적독백[69]이랄 수 있는 부분이고, "눈의상상 결여잇

---

68) 김천혜는 이러한 경우를 1인칭 전지적 시점이라고 보고, 이러한 전지적 서술은 작
　　가가 언제나 1인칭 화자가 체험한 것보다 더 많은 사실을 독자에게 전달하려는 욕
　　구를 가지고 있기 때문에 생겨난다고 보고 있다. 필자는 이러한 전지적 서술은 구
　　태여 1인칭, 3인칭으로 구별되지 않는 보편적인 것으로 보고자 한다. 가사의 서술
　　에 이러한 '전지적'서술이 많이 나타나는 것은 '전'이나 '소설'의 영향이라 생각된
　　다. 김천혜, 앞의 책, 114-171면 참조.
69) 화자가 작중인물의 말을 제시하는 방법으로는 자유직접화법, 직접화법, 자유간접

고 꿈이종종 보일시라"는 서술자의 생각이다. 이와 같이 한 장면을 서술하면서 서술자 자신의 생각과 어머니 자신의 생각이 교체되어 나오는 것은 서술자가 어머니의 마음속을 전지적으로 표현하고자 하기 때문이다.

그러나 다른 부인물들 ─ 아버지, 시부모, 시댁 친척들 등을 서술할 때는 전지적으로 서술하지 않고, 제한적으로 서술하고 있는 점이 대조적이다. 이는 서술자가 어머니와는 강한 일치감을 느끼는 대신에, 그 외 사람들과는 이질감을 느끼기 때문에 그러한 표현을 나타낸다고 볼 수 있다. 즉 현구례(見舅禮)를 드릴 때에 자신을 들여다보는 구경꾼을 묘사하면서 서술자의 눈에 비친 그들의 외모나 말만을 서술할 뿐이지, 그들 자신의 생각은 나타내지 않는다. 이렇게 서술자가 감정적 일치를 일으키는 인물에는 전지적으로, 이질감을 일으키는 인물에는 제한적으로 서술함으로로써, 청중(독자)들은 주인물을 중심으로 하여 전체적인 이야기를 이해하게 되는 것이다.

> 늘건분여 절문분여 이칸쳥이 둘느셔셔
> 니힝지만 살펴보니 바꼼바꼼 보난눈언
> 고질밧고 얄모하다
>   (중략)
> 얄모할수 늘건이난 옆퓌쓸쓴 드려안즈
> 힌이를 드려니고 이목괴비 드려보며
> 며나리도 잘도밧다 그티도 조컨이와

화법, 간접화법의 네 가지로 나눌 수 있다. 자유직접화법은 작중인물이 자신의 말로 말하는 경우이고, 직접화법은 화자가 작중인물의 말을 직접적으로 전달하는 경우이며, 자유간접화법은 작중인물이 말한 것을 화자가 3인칭으로 보고하는 경우이고, 간접화법은 화자가 작중인물의 말을 간접적으로 전달하는 경우이다. 이 때 내적독백은 자유직접화법의 하나로 문장화되기는 하되, 발화는 하지 않는 마음 속 생각을 말하는 것으로서, 마음속 생각이 발화된 독백(직접화법에 속함)과 구별된다. 제럴드 프랭스, 『서사학: 서사물의 형식과 기능』, 최상규 역, (문학과지성사, 1988), 76-79면 참조.

얼골도 아럼쌉다 (규신, 174면)

이에 비해 <상사몽>(규신, 52)은 전지적 서술을 거의 사용하지 않고
있어 매우 사실적으로 여겨진다. 이 작품은 출생, 성장 부분은 자신의
출생, 성장에 관한 이야기가 아니라, 모든 사람에게 통용될 수 있는 사
실만 간략히 열거하고, 곧장 자신의 기억과 경험 영역인 십오세로 넘어
간다. 중신아비가 찾아 왔을 때에도 보지 못한 것을 본듯이 서술하는 것
이 아니라, 모르는 것을 남겨둔 채 서술한다. 이러한 서술은 독자들에게
호기심을 유발하며, 마치 사건이 현재에 일어나는 것과 같은 착각을 일
으키게끔 하는 효과를 자아낸다. 다음 대목은 중신아비와 아버지가 의
논을 하는 장면이다. 서술자는 이 장소에 있을 수가 없으므로 엿들은 것
으로 표현한다.

> 문틈으로 엿드러니 가새도 요부하고
> 행신집이 그집이라 수근수근 주고받고
> 둘이앉아 의논할제 십칠세가 나이든가
> 일변은 반갑드라 (규신, 411면)

서술자는 또한 임의 죽음을 예시하는 꿈을 꾸는데, 이미 임의 죽음
을 다 겪고 난 후에 작품을 서술하는 서술자가 이 꿈이 임의 죽음에 대
한 예시라는 것을 모를 리가 없다. 그런데도 주인물은 철저하게 사건의
진행 결과에 대해 모르는 것으로 되어 있다. 이는 서술자가 작품내 주인
물과 완전히 분리되어 있음을 말해준다. 주인물은 그 꿈을 오히려 임이
팔도감사가 되거나 영의정이 될 꿈으로 엉뚱하게 예측을 한다. 이렇게
서술자가 철저하게 중립적 태도를 취함으로써 독자는 긴장감을 가지고
작품에 몰입하며, 다음 상황의 전개를 기다리게 된다.
모든 사건의 결과를 다 알고 있는 서술자가 작품에 깊이 관여함으로

써 작품의 과거성을 드러내는 작품은 그만큼 독자와 작품간의 거리감을 조성한다. 그러나 서술자가 되도록 관여하지 않고, 주인물의 제한된 시야에 의해 사건을 진행함으로써 독자는 작중 사건을 현재에 일어나는 것처럼 느끼고 작품에 몰입하게 되는 것이다. 이렇게 과거에 이미 일어난 사건이 아니라 현재에 진행되고 있는 것처럼 느끼게 하는 것은 <상사몽>의 독특한 서술방식에 의한 것이라 할 수 있다. 즉 죽어가는 낭군의 옆에서 이를 지켜보는 주인물의 모습을 마치 지금 일어나는 것과 같은 느낌을 주게끔 서술하고 있다.

애고애고 어찌할고 만약에 낭군님이
회춘을 못하시고 영원히 가신다면
이내신세 어찌할고 흐르나니 눈물이라
그날밤을 세운후에 동방이 밝아오니
숨소리도 끊어지고 전신이 굳어진다
애고애고 내팔자야 이내신세 어찌할고 (규신, 414면)

여기에서 보면 낭군이 막 임종하기 전까지도 주인물은 임의 죽음을 알지 못하고 "만약에 낭군임이 회춘을 못하시고 영원히 가신다면"하고 가정법을 쓰고 있다. 또한 임의 죽음 장면도 "숨소리도 끊어지고 전신이 굳어진다"고 하며 이미 기정화된 사실이 아니라 현재 진행형으로 서술하고 있어 더욱 더 사실감을 준다. 이렇게 주인물 시점에 있어서 전지적 서술과 제한적 서술은 각기 작품에 과거성과 현재성을 부여하며, 작품을 읽는 독자들로 하여금 제한적 서술에 의한 작중인물에 더욱더 현실감을 느끼게 하는 효과를 자아낸다.

한편 <망부석이별곡>(규신, 56)과 같은 작품은 주인물 시점에 의해 자신의 출생과 혼인, 남편과의 이별을 죽 서술한 뒤, 결말 부분에 가서 느닷없이 관찰자 시점에 의한 서술로 시점의 전이가 일어나는 특이한

경우이다. 이 경우도 주인물 시점에 의해 작품을 서술할 경우, 주인물의
죽음과 그 이후의 일을 서술할 수 없는 제한이 있기 때문에 그 부분에
전지적 서술을 사용한 것으로 생각할 수 있다. 몇 대목을 예로 들어 살
펴보기로 하자.

> ㄱ) 석양을 비겨안즈 만단정회 하난말이
>   전생의 조혼인연 후생의나 미자볼가
> ㄴ) 그러다가 다시본이 미인은 어디가고
>   한강중유 석양중의 일편석이 안잣도다…
> ㄷ) 천추만세 후익라도 이내간장 싸인회포
>   천산만산 기록하고 이내몸을 다려다가…
> ㄹ) 학사난 전장의 가 돌아오지 안이하고 부인은 일염 생각하고 산에 올라
>   가 관해을 바라보다가 돌기 되엿난이라 (규신, 442면)

ㄱ)은 주인물 시점에 의해 주인물 자신이 임을 그리워하며 앉아 있
는 모습을 그리고 있고, ㄴ)은 주인물이 망부석이 된 모습을 전지적으로
서술하고 있다. 그러다 다시 ㄷ)에 와서는 주인물 시점으로 후생에서 인
연을 계속하길 바라는 마음을 적고 있다. ㄹ)은 작자가 덧붙이 말로서
작품의 대상인물이 자신이 아닌 다른 인물임을 실명해 주는 말이라 할
수 있다. 결국 이 작품은 다른 인물의 이야기를 주인물 시점에 의해 서
술한 작품으로, 가사에 있어서 서술자와 주인물의 분리를 보여 주는 좋
은 예라고 할 수 있다. 이는 주로 관찰자 시점에 의해 출생에서부터 죽
음까지의 완결된 이야기로 되어 있는 소설에 비해, 주인물 시점을 의지
하면서도 한 인물의 출생에서부터 죽음까지 일관되게 서술해 보고자
한, 가사의 새로운 서술형태라고 볼 수 있다. 이는 물론 가사와 소설과
의 밀접한 연관 속에서 이루어졌으리라는 점을 시사해 준다.

2) 장면묘사와 상황묘사의 교체

서술자는 작품을 서술해 나갈 때 해설과 요약, 장면묘사와 상황묘사를 적절히 배합하여 사건을 진행시킨다.[70] <정부인자탄가>의 경우를 계속 살펴보자. 이 작품은 대개 요약과 장면묘사의 교체로 연결되거나, 요약과 상황묘사의 교체로 연결된다. 앞의 경우가 서사성에 치우치는 전개라면, 뒤의 경우는 서정성에 치우치는 전개라고 할 수 있다. 또한 앞의 경우가 객관적 서술이라면, 뒤의 경우는 주관적 서술이라고 볼 수 있다.

이 작품에서는 혼인 장면이 나오지 않는다. 이는 서술자가 혼인 장면보다는 그 준비과정과 혼인 이후 신행의 아픔을 더욱 중요하게 인식하고 있기 때문이라고 생각된다. 장면중심의 묘사는 신행 장면과 현구례 장면에 주로 사용되고, 상황중심의 묘사는 근행과 시댁에 돌아오는 대목에 사용되었다. 다음의 인용 부분은 현구례 후 아버지와 작별하고 나서 처음 시댁의 안손님들을 만나는 장면이다. 여기에서 시어머님의 자상한 배려와 의복을 가지가지 들추어내는 새댁들의 점잖치 못한 행동들이 객관적으로 잘 묘사되어 있다. 이를 이렇게 자세히 묘사한 것은 그 장면이 서술자에게 그만큼 인상이 깊었기 때문일 것이다. 또한 이러한 장면묘사는 독자들에게도 마치 현재에 벌어지고 있는 일인듯이 생생하게 느끼도록 하는 효과를 준다. 독자들은 서술자의 말을 통해서가 아니라, 시어머님과 새댁들의 말을 통해서 그들의 성격을 직접 파악하고 판단하게 되는 것이다.

---

70) 여기에서 장면묘사란 서술자가 직접 나서지 않고 인물들의 행위, 대화 등을 통해 장면을 객관적으로 묘사하는 것을 말하고, 상황묘사란 서술자가 직접 나서서 주인물의 심리 상태나 사건의 배경 상황 등을 묘사하는 것을 말한다. 여성가사의 경우 서사적 작품이라 할지라도 사건의 전개와 함께 주인물의 서정적 표출이 큰 비중을 차지하고 있는 것을 볼 수 있다.

> 문안인로 드려셔셔 간난거실 다본후이
> 문을닷고 혼초안즈 소리업시 우려노니
> 거룩하신 시모임은 시슈물을 손조들고
> 니방이 드려와서 손을줍고 하신말슴
> 우지마라 부모동싱 싱각이야
>   (중략)
> 도련도 곱기하고 깃다리도 얌전하다
> 져희가정 눈을쥬면 입수겨리 오무리며
> 싼들뻔들 외나구나 (규신, 174면)

이후 친정을 그리워하는 대목과 근행가는 대목에 이르러서는 상황 묘사로 연결된다. 여기에서는 상황을 객관적으로 보여주기보다, 주관적으로 자신의 심회를 알리는 데 더 치중하고 있다.

> 이슴식 지닌후이 근힝기를 치송할지
> 시부임 비힝셔고 고존빈 압시우고
> 가든길노 나셔가니 반갑기가 측양업니
> 수로 빅니기리 갈더난 가족드니
> 올쎠난 멈도멀다 소즈쳠미 격벽감이
> 우화등천 하난거시 이갓치 드하든기 (규신, 176면)

이렇게 여성일대기 가사는 대체로 서술자가 거리감을 느끼는 인물들의 행위는 장면묘사로, 감정적인 일치를 느끼는 인물들의 행위(주로 주인물의 행위)는 상황묘사로 나타냄을 알 수 있다. 즉 다른 인물들의 행동은, 객관적으로 제시하고 자기 자신의 심회는 주관적으로 알리고자 하는 의도에서 이러한 서술 방식이 택해졌다고 생각된다. 이렇게 장면묘사와 상황묘사를 교체하며 사건을 전개시켜 나가는 방식은 독자들로 하여금 작품에 대한 몰입을 차단하거나 유도하면서 서술자가 드러내고자 하는 의도를 효과적으로 전달해 준다. 이는 또한 판소리에서 창과 아니리의 반복을 통해 긴장과 이완의 효과를 자아내는 것[71]과 비슷한 서술방식으로서, 판소리와 가사가 다같이 청중을 상대로 구연된 서사적 운문 양식이었기에 갖게 된 공통점이 아닌가 한다.

2.2 관찰자 시점

관찰자 시점의 작품은 여성일대기 가사가 자기 체험의 고백 문학일 뿐만 아니라, 다른 사람의 일생이나 사건에 대한 기술과 형상화 문학임을 보여준다. <부녀가>와 <신가전>을 중심으로 그 서술방법에 대해 살펴보기로 하자.

1) 직접적 논평과 간접적 제시의 안배

관찰자 시점의 작품은 관찰대상의 인물을 서술자가 독자에게 직접적으로 설명, 논평하기도 하고, 간접적으로 제시하기도 하면서 서술자의 대상 인물에 대한 견해와 인상을 나타낸다. 직접적 논평은 서술자가 대상인물에 대한 서술자의 견해를 직접적으로 드러내는 것이고, 간접적 제시는 대상인물의 행위, 말을 중심으로 묘사하여 직접적인 서술자의 판단은 되도록 드러내지 않는 경우이다. 물론 어떠한 장면을 선택하느냐에 따라 서술자의 주관이 섞여 있기는 하지만, 그 인물의 됨됨이에 대한 평가를 서술자가 직접 하느냐 독자에게 맡겨두느냐에 따라 직접적인지 간접적인지 가늠할 수 있을 것이다. <부녀가>(규신, 5)의 경우를 예로 들어 보기로 하자.

<부녀가>는 언뜻 보면 주인물의 서술인지, 관찰자의 서술인지 구

---

71) 김흥규, 「판소리의 서사적 구조」, 『판소리의 이해』, 조동일·김흥규 편, (창작과비평사, 1978초·1979재), 116-126면 참조.

별할 수 없을 만큼 애매하게 되어 있다. 이 작품의 서두에 보면 "어와우
리 분여들아 이닉원졍 드러보소"(규신, 120면)라고 하고 있어 같은 여자들
에게, 자신의 사정을 하소연하는 가사로 보이기 때문이다. 그러나 이후
서술에서, 서술자는 주인물을 자기자신으로 보는 것이 아니라, 관찰의
대상으로 서술하고 있다. 우선 생남하는 부모와 딸낳은 사람을 대조적
으로 묘사하여 보여주면서, 딸 낳은 사람과 아기가 제대로 대접을 받지
못하고 구박과 눈치를 맞는 상황을 간접적으로 제시하고 이에 대한 서
술자의 견해를 드러내 직접적으로 논평하고 있다. 작품의 몇 대목을 예
로 들어 살펴보자.

> ㄱ) 딸난분이 거동보소 집안건구 눈치보와
>   딸난줄 아라치고 건기줄이 무엇인고
>   상주부졍 가리잔코 졋던밥 귀논술이
>   희복부여 정신업다 (규신, 121면)
> ㄴ) 가른흐다 여즉심명 날찌붓틈 구박마즈
>   죽지안코 스라날지 덧기실타 우름소리
>   뒤지거라 구박밧고
>   (중략)
>   남의분별 가의입서 금옥갓지 고휘길너
>   어진사휘 가리닌이 혼닌범졀 츠릴젹의
>   본심잇난 부모들현 금지옥엽 길너닉야
>   여공즈질 줄가릇쳐 (규신, 121-122면)
> ㄷ) 그무엇슬 가릴손야 양반이나 상놈이나
>   지취거나 쳔냥주면 닉딸주지
>   (중략)
>   천양달나 하든딸을 빅양이다 허혼흐야
>   된듯만듯 츌가하야 숨일신힝 뒤밋좃츠
>   건구들기 쥬즁한니 불숭흐다 여즉신명 (규신, 122면)

여기에서 보면 ㄱ)은 딸난 사람과 딸로 난 아기가 구박을 받는 상황을 외부관찰 서술에 의해 간접적으로 제시하고 있다. 그러나 ㄴ)에 오면 "남여분별 가이업셔 금옥갓치 고휘길녀" 하면서 딸이라도 남녀구별 없이 잘 길러 출가시켜야 한다는 서술자의 주장을 직접적인 논평으로 서술하고 있다. 다음 ㄷ)에 오면 다시 아버지에 의해 딸이 돈에 팔려 시집을 가는 모습을 간접적으로 제시하고 있다. 또한 시집을 가서도 "범갓탄 시아밧이"와 "여시갓탄 널근시모", "벌쩌갓탄 시누졸기", "말믜같은 여러동셔", "방졍마젼 우릿가장"(규신, 122-123면)에 의해 시댁에서 쫓겨나고, 친정에서도 "죽더라도 졔집귀신 살더라도 그집사람"(규신, 123면)이라는 말과 함께 거부되는 여자의 모습 역시 간접적으로 제시한다. 결국 이 여자는 방랑의 길을 떠나게 되는데, 이에 서술자는 "가른하다 여즈팔즈 죽듸르 팔즈로다"(규신, 123면)라는 논평의 말로 끝맺고 있다.

이렇게 이 작품의 작자는 아들도 딸도 없는 한 여자로서, 딸 가진 부모들에게 딸이라도 중하게 여기라는 자신의 주장을 알리기 위해, 어떤 불행한 여자의 이야기를 직접적 논평과 간접적 제시 방식을 적절히 안배하며 서술하고 있다. 이렇게 대상인물에 대해 직접적 논평과 간접적 제시를 안배하여 서술하는 경우, 서술자가 직접적인 설명과 논평만으로 자신의 견해를 주장하는 것보다 훨씬 효과적으로 독자들을 감동시키고 설득시킬 수 있다. 즉 간접적으로 제시하는 경우 사건의 진행이 더욱 자세하고 생생하게 전달됨으로써, 독자들은 서술자의 일방적 목소리를 통해서가 아니라 스스로의 판단에 따라 대상인물을 받아들이며 동정 또는 비판을 하게 되는 것이다.

그러므로 직접적 논평과 간접적 제시를 적절하게 안배하여 관찰자 시점에 의해 작품을 서술함으로써, 서술자는 많은 독자들의 호응을 얻을 수 있을 뿐만 아니라, 작품을 통하여 자신이 독자에게 기대하는 효과를 쉽게 달성할 수 있었을 것이다. 또한 서술자와 독자의 가치관이 달라

지고, 시대 상황이 변화하면서 독자들이 관찰대상 인물을 서술자의 원
래의 의도와는 다른 방향으로도 받아들이기도 하면서 토론과 논쟁을 일
으키며 활발히 유통될 수 있었던 것이 이런 방식으로 서술된 작품들의
공통점이라 할 수 있다. 조선후기에 <용부가>, <우부가> 등의 관찰자
시점에 의한 가사가 많이 창작된 것은 이렇게 상이한 독자들의 기대를
서로 다른 방향에서 충족시켜 줄 수 있었기 때문일 것이다.[72]

2) 주인물과의 거리 조절과 시점의 전이

주인물 시점에서 부분적으로 일어난 서술자와 주인물의 분리는 관
찰자 시점에 의한 작품에서 본격적으로 이루어지게 된다. 대표적 작품
으로 <신가전>을 들 수 있는데, 이 작품은 한 여자의 기구한 일생을
어머니와 딸의 두 세대에 걸쳐 전개하는 독특한 서술방법을 지니고 있
다. 즉 이 작품의 서술은 크게 두 부분으로 나뉘는데 앞부분에서는 서술
자가 주인물의 어머니인 한림댁 부인에게 자신을 동일시하고 있으며,
부인이 죽은 이후인 뒷부분은 주인물과 동일시하고 있다. 그러다가도
부분 부분 객관적 묘사가 필요할 때에는 다시 관찰자의 위치로 돌아가
고 있다.

이러한 시점의 전이는 서술자가 가사 속에서 소설적 전개를 꾀하려

---

72) 조선후기에 쓰여진 <우부가>, <용부가> 등은 많은 이본을 형성하고 있으며 그
 표현 방식과 주제의 독특함으로 인해 많은 주목을 받아 왔다. 이들 작품은 작자가
 일방적으로 독자들에게 주제를 강요하는 것이 아니라 우회적으로 형상화함으로써
 독자들의 다양한 논쟁을 야기하는 점에 가치가 있다. 이는 그만큼 사회가 앞 시기
 의 경직, 단일하던 사회에서 다양하고 이질적이며 흥미를 추구하는 사회로 이행되
 어 간 데에서도 그 원인을 찾을 수 있으리라고 본다. <우부가>, <용부가>에 대
 해서는 많은 연구가 이루어져 왔는데, 대표적인 것으로 조동일, 『문학연구방법』,
 (지식산업사, 1980); 정재호, 『한국가사문학론』, (집문당, 1982); 김문기, 『서민가사
 연구』, (형설출판사, 1983); 김대행, 『시가시학연구』, (이대 출판부, 1991) 등을 들
 수 있고, 졸고, 「조선후기 인물중심 가사의 서술방법 연구」, 『국어국문학』 112, (국
 어국문학회, 1994)에서도 살펴본 바 있다

고 했던 데에서 온 혼돈이라고 생각되는데, 이 혼돈은 오히려 작품 자체의 독특한 효과를 자아내는 데 큰 몫을 맡고 있는 것으로 여겨진다. 즉 서술자는 다른 인물의 이야기를 서술해 나가면서, 마치 자신의 이야기를 하듯 이끌어 나감으로써 독자를 자신의 이야기에 몰입시키고 있다. 이렇게 '나'로 서술되는 이야기는 독자와의 거리를 없애고 독자로 하여금 바로 그들 자신의 이야기인 것처럼 여기게 하는 힘을 지니고 있다. 한편 이따금 서술자 자신을 드러냄으로써 이야기가 지나치게 주관적으로 흐르는 것을 억제하고 짐짓 객관적 태도로 사건의 추이를 전망하기도 한다.

<신가전>에서 제삼자인 관찰자로서의 서술자의 존재가 확연히 드러나는 곳은 '서두'와 '결말'부분이다. 서두에서 서술자는 우선 가사의 관용어구인 "어와 스람들아 이니말숨 들어보소"(251면)라고 하여 독자의 반응을 유도하고 있다. 그러나 곧 "한님딕 마즈라가 유복무남 동녀쏠을 두고 세상없손 지동녀로 금옥갓치 길러니여"(251면)하며 관찰자 서술로 이야기를 시작하고 있다. 결말에서도 이야기를 마친 후 "셰상즈최 아조 업시 인싱 이갓ᄒ니 모드신 부인니 사치를 슝샹말고 뉴슌ᄒ기 본심이니 열스의 물을가져 빅연경조 ᄒ오소셔"(258면)라고 독자에게 훈계의 말을 하고 있다.

그러나 곳곳에서 서술자는 주인물과 자신을 동일시하여 서술함으로써 서술의 착종이 이루어지고 있는데 그 단적인 예가 딸이 중이 된 후 나이 구십이 되어 죽는 것을 다음과 같이 서술한 것이다.

> 션싱의계 공슈하고 즈나끼나 아미타불
> 쳔호나이 구십이라 일조의 병이드러
> 무인이월 쵸스일의 이니몸 숨싄혀지니
> 치농의 입관ᄒ여 더운불의 츤직되니
> 슬프고 슬프도다 (숭전, 258면)

이처럼 주인물의 죽음을 주인물 자신이 서술할 수 없음에도 불구하고, "이니몸 숨끈혀지니"라고 함으로써 시점의 혼돈을 보이고 있다. 이러한 시점의 혼돈은 이 작품이 주인물 서술의 가사로서 관찰자 서술의 소설을 지향하고 있기 때문에 이루어진 결과라고 생각된다. '소설과 같은 긴장과 재미를 주는 가사'의 창작이 이 작품의 작자의 의도가 아니었을까. 그러기에 소설의 관찰자 서술을 표방하면서도 시종 주인물에 서술자를 동일시함으로써 남의 이야기인데도 내이야기인 것처럼 느끼게 하는데 이 작품의 독특함이 있다.

<신가전>은 가사가 소설을 닮고자 하는 변모과정 중에 창작된 작품으로서 가사체 소설이라고 할만하다. 이는 비록 본격적인 소설과는 큰 차이가 있지만 가사에 친숙한 독자들에게 소설과 같은 재미를 느끼게 하는 데에 부족함이 없었으리라고 생각된다. 이전의 율문으로서의 가사와 산문으로서의 소설은 각기 독자적이고 관습적인 서술 방법을 지녀 왔다. 자신의 경험을 있는 그대로 서술하던 일인칭 시점의 가사와 있을법한 타인의 경험을 허구적으로 구성하던 삼인칭 시점의 소설은 이러한 가사체 소설을 통해 혼합되어 독특한 형태를 이루게 되었다고 생각된다. 그리하여 종래의 가사나 소설과는 다른 재미와 공감을 부여하고 있는 것이다. 가사에서 이러한 형태의 작품이 생겨났다는 것은 가사가 더 이상 자신의 체험적 고백이라는 신변적 이야기에만 머물러 있지 않고, 다양한 타인의 이야기의 허구적 구성으로 그 영역을 확장시키고 있음을 보여준다.

3. 맺음말

　이상에서 여성일대기 가사를 서술자가 누구이며, 작중인물과 어떠한 관계를 맺고 있느냐에 따라 주인물 시점, 관찰자 시점으로 나누어 그 구체적인 서술방식에 대해 살펴보았다. 주인물 시점의 작품에서는 서술자가 자신의 이야기를 상황묘사와 장면묘사를 적절히 교체하여 서술함으로써 독자들로 하여금 사건의 진행을 생생하게 받아들이게끔 조절하고 있다. 또한 제한적 서술과 전지적 서술을 혼합하여 서술함으로써 작중인물에 현실감을 부여하면서 주인물의 일대기를 완성해낸다.

　관찰자 시점의 작품에서는 서술자 자신이 아닌 다른 사람의 이야기를 직접적 논평과 간접적 제시 방식을 적절히 안배하여 독자에게 설명하거나 제시한다. 직접적으로 논평하는 경우, 독자들은 주인물에 비판적 거리를 갖게 되고, 간접적으로 제시하는 경우, 독자들은 주인물을 생동감 있게 느끼면서 그의 행동에 대한 긍정적, 부정적 판단을 나름대로 하게 된다. 또한 서술자는 관찰자 시점을 취하면서도 상황에 따라 주인물과 자신을 동일시하거나 분리하기도 하고, 시점을 전이하는 등 다양한 방법을 통해 소설에 근접하는 양상을 보여 준다.

　이 두 가지 시점의 작품들에서 주인물 시점의 작품에서는 서술자와 주인물간의 부분적인 분리가 일어나고, 관찰자 시점의 작품에서는 완전한 분리가 이루어진다. 여성가사에서 이렇게 서술자와 주인물과의 분리가 일어난다는 것은 사실적 경험문학으로서의 여성가사가 상상에 의한 허구문학, 특히 소설과의 접촉 속에서 일어난 변이라고 생각된다. 더구나 이 논문에서는 미처 다루지 못했지만 이 두 시점을 복합한 병렬 서술이나 액자 서술의 작품들도 나타나는데, 이들 작품들은 가능한 서술방법을 다양하게 결합해 보여 줌으로써 독자들의 큰 호응을 불러 일으켰고 소설과 같은 좋은 독서거리가 되었으리라 생각된다.

비록 근대 이후 여성가사 갈래 자체는 그 존립 기반을 상실하고 말았지만 여성가사가 보여 준 다양한 서술 시점과 방법은 근대문학의 형성 과정에 있어서 중요한 위치에 있다고 할 수 있을 것이다. 앞으로 여성가사에 나타난 서술시점과 방법이 다른 가사의 경우에는 어떻게 나타나며, 일반적인 서사문학과는 어떠한 차이점이 있는지 등에 대한 연구를 통해 여성가사의 특성을 구명하는 작업이 계속되어야 하리라고 본다. 더구나 여성가사의 서술시점과 방법은 소설을 통해 밝혀진 일반적인 서술 이론과는 달리 독특한 세계를 구현하고 있어 이에 대한 정치한 서술 이론의 확립이 시급한 실정이다. 또한 여성가사가 근대문학 속에 어떻게 수용 또는 변용되고 있는지 등에 대한 공시적, 통시적 연구를 통해 한국문학에 있어서 전통의 문제도 한 단계 끌어올릴 수 있어야 할 것이다.

참고 문헌

I. 자 료

권녕철 편(1979). 『규방가사I』. 한국정신문화연구원 고전자료편찬실.

권녕철 편저(1985). 『규방가사: 신변탄식류』. 효성여대 출판부.

김성배외 3인 편저(1961초·1981재). 『주해 가사문학전집』. 집문당.

임기중 편(1987-1992). 『역대 가사문학전집』 8, 16, 22. 여강출판사.

II. 논 저

권녕철(1986). 『규방가사 각론』. 형설출판사.

김기동(1968). 「가사의 소설화 시론」. 『동국대학교 논문집』 3·4. 동국대.

김대행(1991).『시가시학연구』. 이화여대 출판부.

김문기(1983).『서민가사 연구』. 형설출판사.

김준오(1993).「장르의 생성・발전・소멸」.『수당 김석하선생 고희기념논집 한국문학사 서술의 제
　　　문제』. 단국대학교 출판부.

김천혜(1990).『소설구조의 이론』. 문학과지성사.

김흥규(1978초・1979재).「판소리의 서사적 구조」.『판소리의 이해』. 조동일・김흥규 편. 창작과
　　　비평사.

민　찬(1994).「조선후기 우화소설의 다층적 의미구현양상」. 서울대 박사학위논문.

박요순(1977).「가사 <신가전>고」.『숭전어문학』 6. 숭전대.

서영숙(1992a).「서사적 여성가사의 전개방식 연구」. 충남대 박사학위논문.

______(1992b) .「여성가사와 소설의 관련양상 연구」.『낙은 강전섭선생 화갑기념논총 한국고전문
　　　학연구』. 창학사.

______(1995).「여성일대기가사의 구조와 의미」.『개신어문연구』 12. 개신어문연구회.

______(1996).『한국여성가사연구』. 국학자료원.

______(1994).「가사의 소설화 방식 연구: <신가전>, <괴똥전>, <쏙독각시젼>을 중심으로」.
　　　『다곡 이수봉박사 정년기념 고소설연구논총』. 경인문화사.

______(1994).「조선후기 인물중심 가사의 서술방법 연구」.『국어국문학』 112. 국어국문학회.

정재호(1982).『한국가사문학론』. 집문당.

조동일(1969).「가사의 장르 규정」.『어문학』 21. 한국어문학회.

______(1971).「18・19세기 국문학의 장르 체계」.『고전문학연구』 1. 한국고전문학연구회.

______(1980).『문학연구방법』. 지식산업사.

최원식(1977 겨울).「가사의 소설화 경향과 봉건주의의 해체」.『창작과 비평』 46. 창작과비평사.

제럴드 프랭스(1988).『서사학: 서사물의 형식과 기능』. 최상규 역. 문학과지성사.

제 2 부

문제적 인물의 형상화와 소설적 변모

1 | 조선후기 인물중심 가사의 서술방법 연구

1. 머리말

조선후기 가사는 서사 갈래의 융성과 더불어 그 서사적 성격을 강화시켜 나갔을 뿐만 아니라, 몇몇 작품의 경우 율문인 점을 제외하면 소설과 거의 차이가 없을 정도로 소설화하기도 했다.[73] 이는 가창되던 가사가 점차 낭독물로 바뀌면서 나타난 현상으로서, 가사에 질적인 변화를 가져와, 가사의 대중화·서민화에 큰 역할을 했으리라 생각된다. 뿐만 아니라 서사 갈래 — 특히 소설 자체에서도 가사의 이러한 변모에 적지 않은 자극을 받았으리라 여겨진다.

서사 갈래인 소설이 교술 갈래인 가사와 구분되는 가장 큰 특징은 개성적 인물이 등장하여 다른 인물 또는 현실과 갈등을 일으켜 이것이 해결되기까지 다양한 사건이 벌어진다는 점이다. 조선후기 가사에도 이러한 양상이 나타나는데, 특히 이전에 흔하지 않던 특정한 인물 유형을 제목으로 삼고, 그러한 인물들의 독백이나 행동을 집중적으로 서술하는 작품들이 눈에 띄게 다수 창작, 전승되고 있다. <노처녀가>, <과부가>, <노인가>, <노부인가라>, <우부가>, <용부가>, <거사가> 등이 그

---

73) 가사의 소설화에 대해서는 김기동(1968), 최원식(1977 겨울)의 선행 논문이 있으며, 필자도 졸고(1992b), (1994)를 통해 그 연관성을 살펴본 바 있다.

것이다. 이들 가사들은 주인물의 외모, 성격 등을 개성적으로 형상화하여 보여줄 뿐만 아니라, 그들의 행동을 단편적이나마 이야기로서의 틀을 갖추어 제시함으로써 그 서사적 특징을 강화해 놓고 있다. 이 논문에서는 이들 일군의 가사들을 '인물중심 가사'[74]라 칭하고, 이들 가사의 서술방법[75]과 소설과의 관련양상 등에 대해 논의하고자 한다.

인물중심 가사는 서술자가 주인물을 어떠한 시각으로 바라보느냐에 따라 세 종류로 나누어 볼 수 있다. 첫째는 서술자가 주인물과 일치하거나 동일시하여 서술하는 긍정적 시각이고, 둘째는 서술자가 주인물과 거리를 두고 비판적 태도로 서술하는 부정적 시각이며, 마지막은 인물의 행동에 긍정적, 부정적 논평을 삼가면서 있는 그대로의 모습만을 사실적으로 그려내는 중립적 시각이다.[76] 각각의 경우의 대표적 작품을 들어 그 서술방법을 살펴보기로 하자.

2. 긍정적 시각의 작품

긍정적 시각의 작품으로는 <노처녀가>, <과부가>, <노인가> 등이 있다. 이들 작품은 대개가 일인칭 주인물 시점으로 서술되어 있어 청

---

74) 소설에서는 인물에 중점을 두는 소설을 인물소설, 성격소설, 초상소설 등으로 부르고 있는데, 이는 서사적 가사에도 적용할 수 있으리라고 본다. 김천혜(1990: 179-180) 참조.
75) 서술방법이란 서술자가 독자에게 이야기를 전달하는 방식으로서 시점, 구성, 문장 기술 등을 총괄하는 용어로 사용한다.
76) 소설 이론에서 작중인물의 유형을 긍정적 인물, 부정적 인물, 중립적 인물로 나누기도 하는데(김천혜 1990: 182), 긍정적·부정적·중립적이란 판단은 인물 자체의 속성이라기보다는 서술자나 독자의 가치관에 죄우되는 것이므로 '시각'이라는 용어를 쓰기로 한다. '시각'은 서술자가 인물을 바라보는 가치판단적 태도를 말하는 것으로서, 서술자가 사건을 서술하는 위치, 능력 등을 총괄하는 용어인 '시점'과 구별하여 사용하고자 한다.

자나 독자로 하여금 동일시 또는 동조적 반응을 일으키도록 설정돼 있
는 것이 일반적이다. 조선전기 대부분의 가사가 이러한 시점에 의해 쓰
여졌다고 볼 수 있다. 그러나 조선후기 가사에 오면 같은 일인칭 주인물
시점이라 하더라도 인물 묘사에 희화적 표현을 사용한다든가, 인물의
대사나 행동을 그대로 보여 주는 '장면 묘사'[77]를 통해 청자나 독자로
하여금 완전한 동일시를 이루는 것을 막고 객관적 거리감을 형성하게
한다. 이러한 거리 형성은 서술자와 주인물의 분리에서 오는 것으로 가
사가 소설적인 변모를 하는 데 가장 중요한 요인으로 작용한다.

　<노처녀가>는 두 가지 유형이 전한다. 하나는 사십세의 노처녀가
양반의 허위의식, 가난 등의 이유로 시집을 가지 못하는 데에 대한 원망
과 탄식을 읊은 것이고, 다른 하나는 오십줄에 들은 불구의 노처녀가 시
집 못 감을 탄식하다가 이를 스스로 해결하려는 의지를 보이면서 모의
결혼을 거행함으로써 주위 사람들을 감동시켜 드디어 소원을 성취한다
는 것이다. 전자를 <노처녀가>(I), 후자를 <노처녀가>(II)라고 한다면
<노처녀가>(II)는 <노처녀가>(I)의 탄식 부분에 인물의 성격과 행위를
형상화하여 덧붙임으로써 서사성을 강화한 것이라고 할 수 있다.[78] <노
처너기>(II)는 이러한 득성으로 인해 단편소설집 『삼설기』[79]에 실릴 수
있었으리라 생각되는데, 이는 당시 서사적 가사가 소설과 거의 비슷한

---

77) 서술자가 문장을 기술하는 방법을 요약, 논평, 장면묘사, 상황묘사의 넷으로 분류
　　할 수 있다. 장면묘사란 사건 진행을 대화와 행동의 묘사로 자세하게 서술하는 것
　　이고, 상황묘사란 인물의 외모나 성격, 사건의 배경, 사물의 성격 등을 서술하는
　　것이다. 김천혜(1990: 130-141)는 상황묘사 대신에 '기술'이라는 용어를 쓰고 있으
　　나 '서술'과 혼동을 주므로 상황묘사로 바꾸어 부르는 것이 좋을듯하다.
78) <노처녀가>(I)은 『규방가사 I』(권녕철 편 1979)과 『주해 가사문학전집』(김성배 외
　　3인 편 1961초, 1981재) 등에, <노처녀가>(II)는 『규방가사: 신변탄식류』(권녕철 편
　　저 1985) 등에 실려 있다. 앞으로 이들 자료집에서 자료를 인용할 때에는 각기 '규
　　I', '주해', '규신'의 약호와 인용 면수를 적기로 한다.
79) 『삼설기』(경판본, 김동욱 편 1973), 『삼셜긔』(구활자본, 우쾌제 편 1984) 등의 이본
　　이 있다.

취급을 받고 읽혔던 것을 보여준다.

<노처녀가>(I)의 노처녀는 사십의 나이라 해도 "원산가튼 푸른눈섭 세류가튼 가는허리"(규 I, 126면)를 지닌 아름다운 자태로 묘사되어 있는 데 반해, <노처녀가>(II)의 노처녀는 이미 오십줄에 들고 얼굴까지 얽었으며 한 눈, 귀, 한 손, 한 다리가 성치 못한 불구로 되어 있다. 그러나 그 비극적 상황에도 불구하고 희화적인 표현을 택함으로써, 일반적인 통념에 대한 강한 반발을 드러낸다.

> 니비록 병신이나 남과갓치 못홀손가
> 니얼골 얼것다마소 얼근궁기 슬기들고
> 니얼골 썸다마소 분칠ㅎ면 안이힐가
> 한편눈이 머럿스나 한편눈은 발가잇니
> 바늘길을 능히권니 무슨쏜을 못바드며
> (중략)
> 오른손으로 밥먹어니 왼손ㅎ나 무엇홀고
> 왼편다리 병신이나 뒷간출입 능히ㅎ고
> 코구영이 믹믹ㅎ나 니음시를 일수아니 (규신, 266-267면)

이러한 표현은 읽는 이로 하여금 주인물에 몰입하지 않고 일정한 거리를 유지하게 하는 기능을 맡는다. 즉 <노처녀가>(I)에서는 읽는 이들이 누구나 마치 자신의 '노래'인 것처럼 빠져들게 되나, <노처녀가>(II)에서는 내가 아닌 다른 사람의 '이야기'를 듣는 것으로 확연히 구분 짓게 된다.

한편 <노처녀가>(II)는 상황묘사와 장면묘사를 적절히 배합하여 서술함으로써 주인물과 독자들간의 거리를 조절하고 있다. 상황묘사에서 독자들이 주인물과 함께 좌절하고 동정을 느낀다면, 장면 묘사에서 독자들은 주인물을 어느 정도 거리를 두고 객관적으로 바라볼 수 있게 된다. 이와 같은 상황묘사와 장면 묘사의 반복적 서술은 마치 판소리(계 소설)에서 창과 아니리가 반복 서술됨으로써 긴장과 이완의 효과를 자아내는 것과 유사한 기능을 하고 있다. 즉 독자는 상황 묘사 부분에서 주인물과 자신을 일치시켜 몰입하다가도, 장면 묘사 부분에서 주인물을 자신으로부터 분리시켜 바라다보게 된다. 이처럼 상황 묘사 중심으로 서술되던 가사에 장면 묘사가 대폭 늘어나는 것은 조선후기 가사의 일반적 현상으로서, 개인의 경험을 보다 보편적, 객관적으로 서술하고자 하는 의도에서 온 것이라 할 수 있다.

<과부가>(주해, 436-441면)의 경우에도 앞부분과 뒷부분이 상황묘사와 장면묘사로 양분되어 있어 앞뒤가 매우 이질적이다. 앞부분은 달풀이노래(월령체가)와 같이 세월의 흐름에 따라 과부의 탄식이 이어져 서정적인 데 비해, 마지막 부분은 동리 할미의 대사와 그로 인한 주인물의 심경 변화를 그대로 서술하고 있어 서사적이다. 마지막 부분을 보면 다음과 같다.

동리할미 불러다가 옛말로 벗을사마
밤세우자 언약하니 그할미 흉악하야
청춘소년 백발되면 다시젊지 못하리라
아모개네 맛딸아기 개가해서 편안하지
늘근몸 자라되여 토공선생 못소긴다
세상사 생각하니 부부밖에 또잇는가
이내말슴 책망말고 후일에는 대접하리
무정세월 유류하야 옥빈홍안 절로늙네
할미년의 부동으로 상설가치 매운마음
봄눈가치 푸러지고 암만해도 못참겠네 (주해, 439-440면)

이는 과부의 처지에서 수절을 최고의 미덕으로 강요하는 사회의 관념과 자유와 본성에 맞게 살고자 하는 개인의 욕구 사이에서의 번민을 '동리할미'라는 제 3자적 인물을 통해 형상화해 보여 쥬 것으로서, 자신의 욕구를 직접적으로 서술하지 않고 객관화하여 나타냄으로써 개인적 비난에서 벗어날 뿐만 아니라 보편적 공감을 얻고자 한 데에서 온 것이라고 할 수 있다. 또한 이 작품의 앞부분에 일관되고 있는 비극적 성격을 희극적으로 변화시켜 독자들의 웃음을 자아냄으로써 독자들에게 비슷한 류의 다른 가사와는 달리 강한 인상을 남기는 데 성공하고 있다.

　<노인가>(주해, 306-309면)의 경우도 일인칭 주인물 시점으로 되어 있으나 한 개인의 경우에 국한하지 않고 노인 전체의 경우로 일반화하여 서술하고 있다. 그러므로 주인물 역시 객관화하여 희화적 표현으로 서술함으로써 청자나 독자로 하여금 주인물을 일정한 거리를 두고 바라다볼 수 있게 하고 있다.

> 곳곳히 곱던얼골 검버섯 무삼일꼬
> 玉같이 희던살은 動土등걸 되얏고나
> 삼단같이 기던머리 不汗黨이 쳐갔고나
> 봄따기 있던살은 麻姑할미 꾸어가고
> 샛별같이 밝던눈은 판수거의 되야간다
> 설때같이 곧던허리 질마같이 무삼일꼬
> 流水같이 좋던말은 半벙어리 무삼일꼬
> 얼른하면 듣던귀가 層巖絶壁 막혔고나
> 정강이를 걷고보니 匕首劍 날이섰다
> 팔따시을 들고보니 垂楊버들 늘어졌다　(주해, 307면)

　이렇게 자신의 추한 모습을 과장적 표현을 통해 희화화하고 있을 뿐만 아니라, 자신의 잘못된 행위까지 비판적 어조로 숨김없이 들춰내기까지 하고 있어 주목된다. 이는 이 가사가 청자나 독자를 동류뿐만 아니라 젊은 층까지 포괄하는 대다수 비특정인으로 설정하고 있기 때문이기도 하다. 즉 동류의 독자를 설정하고 있는 경우에는 탄식을 강하고 절실하게 드러내게 마련이지만, 비특정독자를 상대로 하는 경우 지나치게

자신을 드러내지 않으며 객관적으로 자신이 처한 상황을 보여주는 것이 대부분이다.80)

이렇게 함으로써 여러 부류의 다양한 계층의 독자를 확보할 수 있고, 그들 독자들을 작품의 주인물에 대한 논쟁에 참여케 함으로써 더 활발하게 전승될 수 있는 것이다. 조선후기 가사에 나타난 이러한 변화는 가사가 양반 사대부나 여성의 손에서 벗어나 대중화, 서민화하는 데 큰 구실을 하였으리라 본다.

3. 부정적 시각의 작품

부정적 시각의 작품에는 <용부가>, <우부가>, <노부인가라>, <광사탄니라> 등이 있다. 인물중심 가사의 대부분이 여기에 속한다. 이들 작품은 앞의 긍정적 시각의 작품이 일인칭 주인물 시점으로 되어 있는 것과 달리, 일인칭 내지 삼인칭 관찰자 시점으로 되어 있어, 청자나 독자로 하여금 이질감과 비판적 반응을 불러일으키게 하는 것이 보통이다.

<용부기>(주해, 442-443면)는 『警世說』(一名 草堂問答歌)에 실린 13편의 가사 중의 하나로서 두 명의 용부를 등장시켜 그들의 어리석고 악한 행동을 열거하고, 그로 인해 패가망신함을 보여 주고 있다.81) 두 명의 용부는 '저부인'과 '남문밖 뺑덕어미'로서 각기 양반 여성과 서민 여성으로 되어 있다. 이는 <우부가>(주해, 266-270면)에서 양반, 중인, 상민의 상이한 계층으로 된 세 명의 우부를 거론하고 있는 것과 비슷한 방식이다.82)

---

80) 졸고(1992a: 26-27) 참조.
81) 정재호(1982a: 54) 참조.
82) 정재호(1982b: 107-112) 참조.

　서술자는 "흉보기도 싫다마는 저부인의 거동보소"하며 청자(독자)에
게 주인물의 행동을 관찰자의 시점에서 논평적으로 제시하고 있다. 이
로 인해 서술자와 청자는 일종의 연대감을 느끼면서 주인물과 큰 거리
감을 형성한다. 주인물의 행동은 일반적인 교훈 가사에서 '⋯ 하지 마라'
고 일컫는 금지형의 명령을 모두 거역하는 행동들로 일관되고 있다. 저
부인의 경우에는 제대로 시집살이를 해내지 못하는 데에서 문제가 발생
하며, 뺑덕어미의 경우에는 도가 지나쳐 한 가정뿐만 아니라 사회체제
전반에 대한 파괴적인 행동으로 나타난다. 두 경우의 예를 보기로 하자.

> 시집살이 못하겠네 간숫병을 기우리며
> 치마쓰고 내닫기와 보찜싸고 도망질에
> 오락가락 못견디어 僧들이나 따라갈가
> 긴長竹이 벗이되고 들구경 하여볼가
> 問卜하기 消日이라 겉으로는 시를이요
> 속으로는 딴생각에 半粉대로 일을삼고
> 털뽑기가 세월이라 시부모가 警戒하면
> 말한마디 지지않고 남편이 걱정하면
> 뒤받아 맞넉수요　(저부인의 경우: 주해, 442면)

> 아이싸움 어른쌈에 남의죄에 매맞치기
> 까닭없이 성을내고 이뿐자식 두다리며
> 며느리를 쫓았으니 아들은 홀아비라
> 딸자식을 다려오니 남의집은 결단이라
> 두손벽을 두다리며 放聲大哭 괴이하다
> 무스꼴에 생트집에 머리싸고 드러눕기
> 姦夫달고 달아나기 官婢定屬 몇 번인가　(뺑덕어미의 경우: 주해, 443면)

　이렇게 당시 사회의 바람직한 인간상에서 벗어나 있는 인물들의 행
위를 형상화해 보여줌으로써 서술자와 청자(독자)는 주인물에 대한 상대

적인 도덕적 우월감을 맛보며 마음껏 그들을 비난과 웃음거리로 삼을 수 있게 되는 것이다.

그러나 이 작품이 많은 이본을 남기며 활발히 전승될 수 있었던 이유는 단지 이러한 경계의 목적이 유효했기 때문만은 아니었으리라 생각된다. 즉 이 작품의 주인물들이 보여 주는 거침없고 담대한 행동들은 당시 많은 금기와 제한으로 인해 억눌려 살아야 했던 대부분의 여성들에겐 아주 신선한 충격이 되었으리라 생각된다. 즉 이들 문제적 인물들의 규범에 대한 도전적 행동은 많은 여성들에게 숨겨져 있던 자유와 본능을 대리 충족시켜 줄 수 있지 않았을까 한다. 결국 이 시각의 작품들은 문제적 인물의 탈규범적 행동을 형상화하여 나타냄으로써 교훈과 흥미뿐만 아니라 새로운 것을 찾는 독자들의 요구에 부응할 수 있었던 것으로 보인다.

<우부가>, <용부가> 등이 비특정적 인물에 대해 관찰자 시점으로 서술하고 있는 데 비해, <광사탄니라>(규신, 142-146면)와 같은 작품은 특정적 인물을 주인물로 내세워 내부 관찰자 시점으로 서술하고 있어 주목된다. 이 작품의 서술자는 주인물인 한 남자의 아내로 되어 있다. 아내는 남편의 게으름, 주색놀유, 자신에 대한 박대 등을 삽화적으로 서술하고 있다. 즉 서술된 사건들 사이에 일정한 질서는 나타나지 않는다. 한편 내부 관찰자의 입장에서 서술할 때에 시점은 제한적이게 마련이나 주인물의 행동을 구체적으로 보여주기 위해 전지적 서술을 부분적으로 사용하고 있다.

> 음식점과 횡의전에 기웃기웃 단니다가
> 장등에 들어안자 글자을 차자보니
> 예글을 모르거든 회체을 어니알고
> 쩌치만 말아들고 번독을 쓸거니여
> 중모드기 남우글노 바닥장에 셩편ᄒ니

글도사 흉컨이와 글시본이 기괴ᄒ다 (규신, 143면)

반면 주로 서술자와 주인물과의 관계에서 벌어지는 행동들은 제한
적으로 서술하고 있다.

물너동쥴 쏠아ᄒ면 가음업다 핑계ᄒ고
비틀다리 곤치라면 연장업다 탈을ᄒ더
그만거슬 실타ᄒ고 널졔축은 셩화일니 (규신, 144-145면)

서술자는 이렇게 전지적 서술과 제한적 서술을 적절히 사용하여 독
자들로 하여금 자신의 생각에 동의하도록 이끌어 나감으로써, 서술자와
독자 사이에 강한 연대감이 형성되게 된다. 이런 경우의 작품에서는 아
내의 눈으로 본 남자의 모습이 서술되고 있기에, 남자의 전체적인 성격
이나 모습을 조망하지 못한다는 단점이 있다. 그러나 독자들이 서술자
의 처지에 강한 일치감과 동정을 갖게 됨으로써, 큰 공감대를 형성케 하
는 힘이 이러한 작품들의 가장 큰 기반이 된다고 생각된다.

한편 <노부인가라>(규신, 356-359면)와 같은 경우은 <용부가>에 대
해 <우부가>가 있듯이 <노인가>에 대해 상대적인 입장에서 창작된
삭품인 듯 한데, <노인가> 못지 않게 뛰어난 묘사와 구셩으로 되어 있
어 주목된다. 그러나 <노인가>가 같은 노인의 입장에서 긍정적 태도로
서술한 것과는 달리 <노부인가라>의 경우 젊은이의 입장에서 부정적
태도로 서술하고 있어 특이하다. <노부인가라>는 <노인가>와 유사한
구절을 많이 지니고 있는데 이는 <노부인가라>와 <노인가>의 밀접한
연관성을 말해준다.

<노부인가라>는 외부 관찰자에 의한 삼인칭 전지적 시점으로 되어
있다. 서술자는 우선 노부인의 외모를 서술하는 데 청춘시절의 모습과
늙은 모습을 대조하며 회화적으로 표현하고 있다.

> 도홍갓탄 두눈가이 자쥬션은 저읜닐고
> 빅옥갓탄 살작이마 잔쥬럼도 슈다ᄒ다
> 감틱갓치 그문머리 은슈가리 흔턴덧고
> 잉도갓탄 입슈구리 목짠입피 디야구나 (규신, 356면)

다음에는 노부인의 행위를 여러 가지 경우로 나누어 제시하고 있다. 그 행위들 사이에 시간적인 순서는 없다. 즉 자식의 옷 장만, 장날의 모습, 병치레, 젊은이들 모임 참견 등이 삽화적으로 연결되어 있다. 이 유형에 속하는 작품들이 일련의 연속적 사건으로 되어 있지 않고 단편적, 삽화적 전개로 이루어져 있는 것은 서술자가 그 주인물의 생애를 전체적으로 보여주려 하기보다는 그릇된 행실을 중심으로 보여 줌으로써 독자들의 비판을 이끌어내려는 의도에 의한 것이라 볼 수 있다.

> ᄀ쟝ᄌ식 치쟝얼낭 눈어덥다 칭탈ᄒ고
> 가너집이 졀문씩세 한가지석 믹기다가
> 지진족 안희쥬면 긔즁에 골이이셔
> 머리셜셜 헌덜면서 벼럿넙다 허닉하고
> 장날니 닷치오면 몬난모양 잘난치로
> 사랑문을 열더치고 기쟝볼니 ᄒ는밀이
> 쳔황시야 전황시야 장날도 모로시고
> 장볼 것도 안시기고 자난다시 들누엇소
> 　　　　　(중략)
> 졀무신니 논다ᄒ며 쳥키젼이 면져가셔
> 연치힝연 ᄌ시ᄒ고 편안자리 가리안ᄌ
> 밥이든지 죽이든지 쥬난더로 다훔치고
> 션트림 슈문반기 바람마저 피와닉고
> 득기실은 진ᄉ설은 직미업시 혼ᄌᄒ니
> 동리사람 졀문닉는 노자혼것 후희로다 (규신, 359면)

이렇게 서술자는 몇 가지 사건을 간략하게 요약하거나 장면을 자세히 묘사하여 노부인의 행위를 경계하고 있다. 외부관찰에 의해 전지적으로 서술된 인물들은 대체로 독자들에게 거리감을 형성한다. 독자들은 그 인물들을 자신과는 관계가 없는 인물로 여기며 동정 또는 비판을 가하게 되는 것이다. 독자들이 대상 인물에 대해 갖는 동정은 서술자가 나타내고자 하는 바를 구체적으로 묘사함으로써 얻어지는 의외의 반응으로서 서술자와 독자간의 논란이 야기될 수 있다. 이러한 작품은 서술자의 가치관과 독자의 가치관이 다를 경우에 더욱 활발히 창작, 전승되며 독자들은 작품 내 인물의 행위를 통해 자신들의 억눌린 욕구를 분출할 수 있는 기회를 가질 수 있다.

조선후기에 앞의 <용부가>, <우부가>, <광사탄니라>, <노부인가라> 등과 같은 관찰자 시점에 의한 가사가 많이 창작된 것은 이렇게 상이한 독자들의 기대를 서로 다른 방향에서 충족시켜 줄 수 있었기 때문일 것이다. 이 중 용부, 우부들은 고전소설의 놀부, 뺑덕어미와 거의 유사한 악인형 인물들이다. <흥부전>, <심청전> 등에서 이들 인물들은 주인물에 못지 않게 작품 내의 중요한 기능을 담당하며 독자들의 긴장과 흥미를 불러일으키는 데 큰 구실을 하고 있다. 조선후기 가사와 소설에서 이들 유형의 인물들이 작지 않은 비중을 차지하며 등장하는 것은 경계의 목적뿐만 아니라, 상업적 목적이 크게 작용한 것으로 생각된다.

또한 대부분의 고전소설이 외부 관찰에 의한 전지적 서술로 되어 있음을 상기할 필요가 있다. 가사에 주인물 시점에 의한 서술이 아닌, 이러한 시점으로 된 서술이 생겨나고 늘어난다는 점은 가사의 작자들이 작품의 주인물들을 자신들과 분리시켜 객관화하여 나타내기 위한 의도에서 이루어진 것이며 이는 고전소설과의 밀접한 연관 하에서 형성됐으리라는 점을 쉽게 짐작케 한다.

4. 중립적 시각의 작품

중립적 시각의 작품으로는 <거사가>(주해, 276-278면)가 대표적이다. 이 작품은 거사가 산중에서 한 과부를 만나 파계를 하는 모습을 삼인칭 전지적 시점으로 그린 것으로서 거사와 과부가 주고받는 대화로 이루어져 있다. 서술자는 "어화 저거사의 하는거동 괴이하다"라는 논평과 "거사님 하는말이"의 대화 도입구 외에 전혀 나타나 있지 않다. 독자는 작중 두 인물이 산중에서 맞닥뜨려 옥신각신하는 모습을 서술자와 함께 산 위에서 구경하고 있을 뿐이다. 서술자는 "괴이하다"라는 논평 외에는 자신의 의사를 전혀 드러내지 않고 거사와 과부의 대화를 통해 장면의 전개 상황을 제시하고 있다. 그러므로 거사의 행위에 긍정적, 부정적 평가를 내리는 것은 이 작품을 듣거나 읽는 청자, 독자의 몫이다.

거사와 과부의 대화를 통해 작품의 전개를 요약해 보면 다음과 같다.

ㄱ) 거사 : 산중에서 각시를 만나 음심이 생김.
ㄴ) 과부 : 무사히 보내달라고 애원함.
ㄷ) 서술자 : "어화 저거사의 하는거동 괴이하다"
ㄹ) 거사 : 두 사람의 만남은 천우신조임. 부처님께 하직하고 하산함.

여기에서 ㄱ)과 ㄴ)의 거사와 과부의 대화는 상당히 실감 있게 여겨지나, 자세한 사건의 전개 없이 곧장 ㄹ)의 거사가 하산을 결심하는 대목으로 이어져 어색하게 느껴진다. 이는 ㄷ) 부분에 거사가 과부를 겁탈하는 장면이 서술되어야 하는데, 그 부분이 서술자의 "괴이하다"는 논평 한 마디로 생략되어 있기 때문이다. 이는 이 부분이 작품화할 수 없는 선정적 장면이기에 불가피하게 택한 것으로 볼 수 있다. 독자는 그러므로 서술자의 자세한 묘사의 도움 없이 두 인물의 대화를 통해 사건의 전개 과정을 머리 속에 그려내지 않으면 안 된다. 장면을 직접적으로 묘사하는 부담을 피하면서도 충분히 그 효과를 달성해내고 있는 것이다. 이러한 서술 기법은 이 작품의 뛰어난 면이면서 가사가 이루어 낸 다양한 전개방식 중의 하나라고 할 수 있다.

한편 ㄷ) 이후 과부의 행동이나 대사가 전혀 서술되어 있지 않는 것도 작품 자체의 완결성에 미진함을 보이고 있다. 그러나 이는 이 작품이 거사와 과부 두 인물 사이에 벌어지는 사건 자체보다는 거사라는 인물 자체의 행동에 더 관심을 두고 있기 때문에 취한 자연스런 결과로 볼 수 있다. 거사의 행동을 대화체 수법으로 표현하여 소설적 면모를 보여주고도 있지만, 거사라는 인물에만 관심을 두고 그의 상대 인물인 과부와의 갈등이 어떻게 전개, 귀결되느냐에는 관심을 두고 있지 않으므로 소설과는 뚜렷한 차이가 있는 것이다. 거사와 과부의 대화를 예로 살펴보자.

> 이내몸 거사되어 세상공명 하직하고
> 태산을 의지하여 우락을 몰랐더니
> 산중에 도를다까 이각시를 만나서라
> 귀신이 도우시고 신령이 도우시고
> 이산중에 깃을드려 목탁으로 정을부처
> 산채를 캐여먹고 음일을 몰랐더니
> (중략)
> 비나이다 비나이다 거사님전 비나이다
> 이내몸 이산밖에 무사히 나게하면
> 머리털로 신을삼고 풀을매자 가프리라   (주해, 277면)

가사에 이와 같은 중립적 태도를 취하는 서술자에 의해 대화로 작품을 전개하는 수법은 이미 송강에 의해 고도의 미적 표현을 이루었던 것이면서[83] 소설에 보편화되어 서술 방식으로서, 일방적인 서술보다 극적인 효과를 자아낸다. 독자는 이 작품을 읽으면서 서술자의 권위적 목소리를 듣는 것이 아니라, 살아 있는 두 인물의 목소리를 직접 듣게 되는 것이다.

이렇게 대상인물의 행위를 구체적인 대화로써 제시함으로써 독자들은 그 인물들을 주변의 어딘가에 실재해 있는 인물로 받아들이고, 그 인물에 대한 평가에 적극적으로 참여함으로써 작품의 수용이 활발하게 이루어질 수 있을 것이다. 거사가 저지른 행동에 대한 잘잘못의 평가는 서술자에게 있는 것이 아니라 독자들에게 주어져 있고, 독자들의 가치관의 차이가 나면 날수록 이 유형의 작품은 많은 논쟁을 불러일으키면서 더욱 많은 독자들을 끌어들일 것이다.

5. 소설과의 관련양상

이 장에서는 앞에서 논의한 가사 작품들 중 소설화하거나, 소설화하는데 직, 간접적인 영향을 미쳤다고 추정되는 작품들의 소설과의 관련양상에 대해 살펴보고자 한다. 가사가 소설화된 것으로는 우선 <노처녀가>가 <꼭독각시젼> 등으로 소설화한 것을 들 수 있다.[84] <꼭독각시젼>은 <노처녀가>를 주인물의 독백으로 변형하여 제시함으로써 사건의 발단으로 삼는다. <꼭독각시젼>은 어려서 부모를 잃은 혈혈단신의 27세 노처녀가 시집 못 감을 한탄하다 적극적으로 나서서 혼인을 하고, 부귀영화를 이루게 된다는 내용으로 되어 있다. 이 작품은 <노처녀가>가 주인물 자체의 외모, 재주 등만 중점적으로 기술하고, 문제를 해결해

---

83) 조세형(1990) 참조.

84) 자세한 논의는 졸고(1994) 참조. <꼭독각시젼>은 『나손본 필사본 고소설 자료총서』6에 수록되어 있는 자료를 대상으로 한다. 인용할 때에는 '나손 6'으로 약하여 표기하기로 한다.

나가는 과정에는 소홀한 점에 착안하여 이를 사건화하여 허구적으로 얽어나간 것으로 생각된다.

<노처녀가>가 서술자와 주인물이 일치되어 있는 일인칭 주인물 시점을 사용하고 있는 반면, <ᄭᅩᆨ독각시젼>은 서술자와 주인물이 분리되어 삼인칭 전지적 시점을 사용하고 있다. 서두 부분을 비교해 보면 이러한 차이가 완연히 드러난다.

> 인간세상 ᄉᆞ람들아 이ᄂᆡ말ᄉᆞᆷ 들어보소
> 인간만물 ᄉᆡᆼ긴후ᄋᆡ 남ᄌᆞ부ᄀᆡ ᄌᆞ손갓건만은
> 이ᄂᆡ팔ᄌᆞ 억울ᄒᆞ여 날갓튼 것 ᄯᅩ인난가
> ᄇᆡᆨ년을 다ᄉᆞ려야 ᄉᆞᆷ만육천 날이로다
> 혼ᄌᆞ살면 쳔연ᄃᆡ고 천연술면 만연술가 (<노쳐녀가>, 규신, 262면)

> 죠션 아국 슉죵조 시절에 절나도 무쥬 남면에 ᄉᆞ는 쳡하ᄂᆞ히 잇스되 셩은 ᄭᅩᆨ이요 일흠은 독각시니 ᄉᆞᆷ셰의 모친이 긔셰허고 칠셰의 부친이 죽고 의탁헐 곳이 업셔 절벽에 션 나무갓치 졔절노 혼ᄌᆞᄌᆞ라 연광이 이십칠세에 이르도록 (<ᄭᅩᆨ독각시젼>, 나손 6, 347면)

그런데 <ᄭᅩᆨ독각시젼>은 <노쳐녀가>를 변용하여 이와 같은 본격적인 소설로 재창조하면서 <노쳐녀가>의 평민적 의식이 오히려 강한 양반의식으로 변모해 있는 것을 볼 수 있다.[85] <노쳐녀가>에서는 노처녀가 쇠침을 침으로써 신랑감을 고르고 홍두깨에 옷을 입혀 모의 혼인을 치름으로써 자신의 소망을 이룬다는, 다분히 무속적이고 서민적인 의식을 드러내고 있다. 반면, <ᄭᅩᆨ독각시젼>에서는 우연히 골생원의 납채를 받은 후 시가의 가난함과 이웃 윤좌수의 구혼으로 인해 혼인이 위

85) 최원식(1977 겨울: 254)은 봉건적 토대가 붕괴되기 시작하자 <노처녀가>로 발전했고, 사대부의 몰락과 함께 평민의 성장이 점증되자 소설 <꼭독각시전>으로 전환했다고 보고 있는데, 필자는 이와 견해를 달리 한다.

기에 이르자 절개를 지키기 위해 스스로 시가에 찾아가 혼례를 치르는, 철저히 유교적 교훈과 양반적 의식을 깔고 있다고 할 수 있다. 꼭독각시가 매파로부터 윤좌수의 구혼을 전해 듣고 하는 말에 이런 의식이 여실히 나타나 있다.

> 각시 쳥포에 디로 즁칙왈 여보게 들어보소 여즉에 힝실은 절기가 웃듬인 고로 츙신 불수이군이요 열녀는 불경이부라 하얏스니 아무리 구차허기로 절기야 곳칠손가 부귀헌 스람만 츌가허고 빈곤헌 이는 다 페륜헐가
>
> <꼭독각시젼>, 나손 6, 358면)

꼭독각시의 이러한 양반의식은 남편이 병신인데도 불구하고 전혀 흔들리지 않으며, 조상께 차례를 드리지 않았다고 남편과의 동침을 미룬다든지, 손님을 나와 뵈라는 갈부인의 말에 사당 차례를 먼저 지내야 한다고 설득한다든지 함으로써 양반인 골생원이나 갈부인보다 오히려 더 확고함을 보여 준다. 이는 무너져 가는 양반의 체통과 법도를 고수하려는 작가의식이 꼭독각시를 통해 구현된 것이라고 생각된다.

이외에도 <과부가>와 같은 작품은 개화기 대화, 토론체 소설인 <경성빅인빅색>[86) 중 과부, 구배여인, 내시부인 등의 독백과 많은 유사점을 지니고 있다. 한 대목을 들어보면 나음과 같다.

> 아 다른 과부도 나쳐럼 슬푼지 이 셰상에 슘만슘쳔슘빅슘십슘인이 잇다고, 어쪄게 왓든 기름장슈가 나을 위로ㅎ노라고 ㅎ드구면. 그 슘만여명의 과부가 나쳐럼 다 셜은가. 그 만은 과부즁의 늘거셔 영감을 일흔 스람도 잇고, 다시 기가ㅎ는 스람도 잇셔, 그리 슬푸지 안켓지. 나쳐럼 얌전ㅎ 졀문 남편을 시집온지 슘삭만에 일흔 스람은 쳔하에 또 업슬듯. (여항, 128면)

---

86) 이종주 편저(1984), 『여항소설』에 나오는 필사본이다. 이를 인용할 때에는 '여항'의 약호로 나타내기로 한다.

이는 혼인한 지 삼개월만에 남편을 잃고서 정절법을 마련한 옛 성인을 원망하는 과부의 독백이다. 과부는 "방물장수 말을듯고 계과부 속에 드러서 은근즈 노룻시나 희볼가"(여항, 128면)하는 생각까지 하나, "양반의 즈식이 무슨 힝세냐"(여항, 128면)고 야단을 칠 할아버지가 무서워 그러지도 못하고, 절에 한번 가보라는 다른 과부의 말에 솔깃도 하나 그것 역시 말이 날까 두려워 실천에 옮기지 못한다.

이는 <과부가>에서 "삭발위승 하자하니 시집도 양반이오 친정도 품관이라 가문을 헤아리니 삭발위승 어려워라"(주해, 439면)하는 것과 내면 세계의 유사성을 보여 준다. 또한 <과부가>와 '과부'에서도 <과부가>가 더 대담하고 적극적인 토로를 하는 것이 주목되는데, 이는 <과부가>보다는 '과부'의 작자가 오히려 보수적 지식인이 아니었을까 하는 추정을 하게 한다.

<용부가>, <우부가>의 경우는 직접적으로 소설화되었다고 볼 수 있는 작품을 찾아 볼 수 없다. 그러나 '복선화음가류 가사'[87]가 소설화된 것으로 보이는 <괴똥전>[88]의 경우, 작품 속에 설화처럼 삽입되어 있는 괴똥어미 이야기는 사실상 설화가 아니라 <용부가>의 변형적 삽입이라고 볼 수 있다. 괴똥어미의 행위, 일생 등은 <용부가>의 용부들—저 부인, 뺑덕어미의 행위나 일생과 거의 일치한다. 그러므로 <용부가>는 우선적으로 '복선화음가류 가사'에 변형 삽입되었고, 그것이 나아가 <괴똥전> 등으로 소설화되었다고 볼 수 있다. <괴똥전>이 실

---

87) 이선애(1982: 184)에 의하면 <복선화음가>의 이본이 43편에 이른다고 한다. <복선화음가>는 <홍규권장가>, <김씨계녀스> 등의 다양한 제목으로 되어 있는데, 모두 김부인과 괴똥어미의 일생을 대조적으로 보여 주면서 복선화음의 교훈을 삼고자 한 가사이다. 이들 가사를 통틀어 '복선화음가류 가사'라고 부르기로 한다.

88) <괴똥전>은 사재동 교수 필사본이며, <괴동전>(정신문화연구원 소장 필사본), <괴동어미전>(구활자본으로 광명서관에서 1916년에 간행한 <로처녀 고독각씨>의 마지막 면 '급히 광고홀일'란에 제목이 나와 있으나 찾아볼 수 없었음) 등의 이본이 전한다. 졸고(1991, 1994) 참조.

제로는 망해가는 집안을 살려낸 김부인의 이야기가 중심을 이루면서도, 이 용부의 이야기를 삽입한 것이라든지, 제목조차 '김부인전'이 아니라, <괴똥전>으로 설정한 것은 독자들의 취향에 영합한 것이라 할 수 있다. 이는 소설의 대중적 성격상 독자들의 흥미와 관심을 끌기 위해 택한 방법으로 생각된다.

이렇게 조선후기 인물중심 가사는 직접적으로 소설화하기도 하고, 새로운 형식의 소설이 형성되는 데, 간접적인 영향을 미치기도 했다.[89] 가사와 소설의 이러한 변모는 봉건 사회의 해체과정을 겪고 있던 조선후기라는 특수한 시대적 사회적 상황에 대응한 필연적 과정으로서 일어난 현상이라고 할 수 있다. 이 과정을 통해 결국 가사는 비록 그 외적 형태는 잃고 말았지만, 그 서술방법은 그대 문학 속에 계승되어 존재하고 있다고 볼 수 있을 것이다. 이는 우리의 고전문학과 근대문학의 연속성을 뒷받침해줄 수 있는 또 하나의 증거라고 할 수 있다. 가사문학은 고전문학 장르로서만 존재하다가 소멸되어 버린 것이 아니라, 새로운 모습으로 변형, 지속되고 있는 것이다.

---

89) 가사와 소설은 계속 밀접한 관련을 맺으며 영향을 주고받아 왔다. 가사는 소설의 영향을 받아 서사성을 강화함으로써 많은 서사적 가사를 형성했으며, 나아가 가사체 소설이라 할만한 작품들도 다수 창작되었다. 반면 소설도 가사를 차용 내지 변용하여 작품에 삽입한다거나 가사의 다양한 서술방법을 받아들임으로써 변모를 거듭해왔다. 특히 개화기 이후 새롭게 나타난 일인칭 독백체 소설, 대화·토론체 소설들은 그 이전의 삼인칭 전지적 시점만을 유지해 오던 고전소설과는 매우 다른 서술방법을 지니고 있는 데 비해, 가사의 서술방법과는 상당한 유사성을 보여준다. 이는 이들 새로운 형태의 소설 형성에 가사가 어느 정도의 영향을 미쳤으리라는 점을 추정케 해 준다. 자세한 논의는 졸고(1992b: 272-277) 참조.

6. 맺음말

이 논문에서는 조선후기 가사 중 특정한 인물 유형을 내세워 그 인물형의 외모, 성격, 행동에 초점을 두고 있는 인물중심 가사를 대상으로 그 서술방법과 소설과의 관련 양상을 고찰하였다. 그 결과 인물중심 가사는 긍정적 시각, 부정적 시각, 중립적 시각의 작품으로 구분되며 이들은 각기 다양하고 독특한 서술방법을 통해 여러 방향의 작가, 독자층의 요구를 수용하고 있음을 알 수 있었다.

이렇게 가사가 개성적 인물형을 형상화하면서 주로 조선후기 사회의 문제적 인물들을 그리고 있는 것은 당대의 문란해져 가는 사회 현실에 대한 작가층의 고민을 반영하는 것이면서, 기발한 소재와 흥미적 요소를 요구하는 독자들의 취향을 받아들인 것으로 생각된다. 결국 조선후기 인물중심 가사는 가사를 대중의 문학으로 자리잡게 하는데 큰 역할을 했을 뿐만 아니라, 새로운 형식의 소설이 형성되는 데에도 직, 간접적인 영향을 줌으로써 근대로의 이행기 문학 내에서 중요한 문학사적 의의를 지니고 있다고 하겠다.

참고 문헌

I. 자 료

권녕철 편(1979). 『규방가사 I』. 한국정신문화연구원 고전자료 편찬실.

권녕철 편(1985). 『閨房歌辭: 身邊歎息類』. 효성여대 출판부.

김동욱 편(1973). 『景印 古小說板刻本全集』 1 『三說記』.

______ 편(1991). 『羅孫本 筆寫本 古小說資料叢書』 6 <쇡독각시젼>.

김성배 외 3인 편저(1961초·1981재).『주해 가사문학전집』. 집문당.

우쾌제 편(1984).『舊活字本 古小說全集』 20.『삼설긔』.

이가원 역주(1955). <꼭독각씨실기>.『국어국문학』 14. 국어국문학회.

이종주 편저(1984).『여항소설』. 시인사.

인천대 민족문화연구소 편(1983).『活字本 古小說全集』 1 <로쳐녀 고독각씨>.

<괴동전>. 필사본. 한국정신문화연구원 소장.

<괴똥전>. 필사본. 사재동 소장.

<복선화음록>. 필사본. 사재동 소장.

II. 논 저

김기동(1968).「가사의 소설화 시론」.『동국대학교 논문집』 3·4합집.

김문기(1983초, 1985재).『서민가사연구』. 형설출판사.

김천혜(1990).「소설구조의 이론」. 문학과지성사.

서영숙(1991).「서사적 여성가사의 연구: <노쳐녀가>를 중심으로」.『어문연구』 22. 어문연구회.

_____(1992a).「서사적 여성가사의 전개방식 연구」. 충남대 박사학위논문.

_____(1992b).「여성가사와 소설의 관련양상 연구」.『낙은강전섭선생 화갑기념논총 한국고전문학
연구』. 창학사.

_____(1994).「가사의 소설화방식 연구: <신가전>, <괴똥전>, <쇽독각시젼>을 중심으로」.
『다곡 이수봉박사정년기념 고소설연구논총』. 경인문화사.

이선애(1982).「복선화음가 연구」.『여성문제 연구』 11. 효성여대 여성문제연구소.

정재호(1982a).「용부가고」.『어문논집』 23. 고려대.

_____(1982b).「우부가고」.『한국가사문학론』. 집문당.

조세형(1990).「송강가사의 대화전개방식 연구」. 서울대 석사학위논문.

최원식(1977 겨울).「가사의 소설화 경향과 봉건주의의 해체」.『창작과 비평』 46. 창작과비평사.

2 | 노인가류 가사의 서술방식과 의미

1. 머리말

노인가류 가사는 흔히 탄로가, 백발가 등으로 불려온 가사로서, 노인 또는 늙음을 주요 서술 대상으로 삼고 있는 가사를 말한다. 인간은 누구나 늙게 마련이며 아무도 이를 거역할 수 없음은 세월의 흐름과 함께 바꿀 수 없는 진실이다. 그럼에도 조금이라도 더 젊음을 연장하고픈 욕구는 인간이라면 누구나 갖게 되는 것이다. 그래서인지 늙음이나 백발을 대상으로 한 시가는 무수히 창작되었다. 특히 가사는 이 늙음이란 소재에 대해 떠오르는 생각을 제한없이 서술할 수 있다는 점에서인지 일군의 작품군을 형성하고 있다. 이들 작품군을 '노인가류 가사'라 부르기로 한다.[90]

---

90) <노인가>, <탄로가>, <백발가> 등 다양한 명칭 중에서 작품군을 대표하는 명칭으로는 '노인가'가 가장 적합하리라 본다. 이들 작품군은 단순히 늙음이나 백발을 한탄하는 것이 아니라, 한 인간의 일생 및 행동을 노인이 된 시점에서 돌아보는 내용으로 되어 있기 때문이다. 노인가류 가사에 대한 기존 연구는 거의 찾아 볼 수 없었다. 최근에 와서 <초당문답가>가 집중 조명되면서 그 일부로 <백발가>가 조금씩 언급되었을 뿐이며, <백발가>에 대한 독립적인 연구로 정재호, 「백발가 고」, 『주해 초당문답가』, 도서출판 박이정, 1996이 있다. 정재호는 이 논문에서 작품의 구조, 표현과 내용상의 문제, 우부가와의 비교 등을 고찰하면서 <백발가>가 청춘들에게 세월을 허송하지 말라는 경계를 문답체로 서술하고 있으며 1844년에 지어진 <한양가> 전후에 지어졌을 것이라고 추정하고 있어 본 고의 서

노인가류 가사는 일반적으로 늙음, 백발에 대한 탄식 위주로 되어 있으리라 여기기 쉽지만, 그 작품양상은 무척 다양하게 나타난다. 이는 비슷한 노인가류 가사가 전승되면서 작가의 개성에 따라, 시대나 상황의 요구에 따라 굴절, 변용을 거듭했기 때문에 일어난 현상이라 생각한다.

노인가류 가사는 그 변별적 특징에 따라 크게 다음과 같은 네 유형으로 나눌 수 있다. 이는 내용에 따라서도 구별될 뿐만 아니라, 서술방식의 차이에 의한 것이기도 하다.

1) 노인자탄형: 늙음에 대한 한탄과 젊음에 대한 회고를 주로 하며 일방적인 자기 이야기 중심으로 이루어져 있다.
2) 소년경계형: 늙음을 한탄하면서 소년들에게 이를 거울삼아 학업과 덕행을 쌓을 것을 경계하는 것이 중심을 이루고 있다.
3) 노소대립형: 소년과 노인의 대화로 이루어져 있으며, 노인을 비웃는 소년과 이에 대해 자신의 경험을 들려주며 경계할 것을 권하는 노인의 대립적 인식을 함께 보여 준다.
4) 노인비판형: 노인의 추한 모습과 그릇된 행동을 보여 주면서, 나이만 내세우며 대접받기를 원하는 노인을 비판하고 있다.

이처럼 노인가류 가사는 다양한 형태로 변개되며 활발한 전승양상을 보이고 있는데, 이는 노인에 대한 시대적, 사회적 인식의 변화와도 밀접한 상관성을 보이는 데다가, 이러한 변화에 가사라는 전통적 문학 장르가 어떻게 대응하는가 하는 것을 뚜렷이 보여준다. 이에 노인가류

술에 많은 참조가 되었다. 또한 필자도 <노인가>, <노부인가라>를 <용부가>, <우부가>, <거사가>, <노처녀가> 등과 함께 조선후기 인물 중심 가사의 하나로 그 서술방법을 간단히 고찰한 바 있으나 (졸고, 「조선후기 인물중심 가사의 서술방법 연구」, 『국어국문학』 112, 국어국문학회, 1994), 여기에서는 노인가류 가사를 총체적으로 논의해 보려고 한다.

가사를 위 네 유형으로 분류하여 각 유형에 속하는 대표적 작품을 중심으로 그 서술방식 및 주제, 사회적 의미 등을 살펴보고자 한다.

2. 노인가류 가사의 서술방식

2.1 노인자탄형

노인자탄형은 노인이 자신의 늙음을 한탄하며, 젊었을 때의 자신의 모습을 회고하고, 백발을 어쩔 수 없으니 젊었을 때 실컷 먹고 놀라고 한다든지, 장생불사 또는 내세를 기원하는 내용으로 되어 있다. 이 유형에 속하는 작품으로는 <노인가>(전집 394), <노탄가>(규방 32), <노탄가>(규방 33), <셕노가>(규방 34), <백발가라>(규방 35) 등이 있다.[91] 이 중 대표적인 작품으로는 <노인가>(전집 394)를 들 수 있는데,[92] 이는 ≪교주 가곡집≫에 실려 있는 것으로서, 작품의 짜임새와 어구가 잘 정제되어 있다.

<노인가>는 다음과 같이 구성되어 있다.

> ㄱ) 서사: 무궁한 조화와 더불어 인간이 자연히 늙음.
> ㄴ) 본사: 늙은 것을 안타까워하며 소년 시절을 회고함.
>   a. 갖은 수단을 다 써도 백발을 막을 수 없음.

---

91) 작품이 수록된 문헌은 임기중 편,『역대 가사문학전집』, 동서문화사, 여강출판사, 1987-1992; 김성배 외 3인 편저,『주해 가사문학전집』, 집문당, 1961초·1981재; 권녕철 편저,『규방가사: 신변탄식류』, 효성여대출판부, 1985; 정재호 저,『주해 초당문답가』, 도서출판 박이정, 1996 등이다. 자료 인용시에는 문헌의 약호를 차례로 '전집', '주해', '규방', '초당'으로 표기하고 문헌에 수록된 차례 번호 또는 문헌의 해당 면수를 함께 적기로 한다.
92) 이 작품은 김성배 외 3인 편저,『주해 가사문학전집』에도 실려 있다.

     b. 소년 시절과 대조하여 노인의 모습 묘사.
     c. 소년 시절의 향락 생활 회고.
    ㄷ) 결사: 소년들에게 젊었을 때 실컷 먹고 놀라고 함.

이 중에서 본사의 a, b, c 는 다른 노인가류 가사에도 거의 공통적으로 나타나는 단락으로서 이 노인자탄형 <노인가>가 전체 노인가류 가사의 핵심을 이루는 유형이라고 할 만하다. 이 작품에서는 현재의 백발을 한탄하며 소년 시절의 모습과 향락을 그리워하고 있다. 소년 시절의 향락은 학업이나 덕행을 닦는 바람직한 모습이 아니라 방탕 생활과 다름이 없건만 이에 대해 부끄러워하거나 후회하는 기색은 전혀 없다. 오히려 그 시절을 그리워하고 다시 돌아가고파 하는 마음뿐이다. 그러니 현재의 늙은 모습은 보기 싫고 거부하고픈 흉한 모습으로 비칠 뿐이다. 노인 스스로가 자신의 모습을 마음껏 비하할 수 있는 것은 소년 시절의 자신의 모습이 그만큼 아름답고 당당하게 여겨지기 때문일 것이다.

또한 늙고 나면 아무 소용이 없으니 젊었을 때 실컷 먹고 놀고 쓰라고 함으로써 늙음 자체를 거부, 부정시하고 있으며, 향락 생활을 부추기고 있다. 즉 엄격한 유교 윤리 하에서는 청빈과 근면을 생활 도덕으로 삼고 있으며, 노인은 지혜를 지닌 이로서 존경받아야 할 대상이건만 이러한 존엄성과 도덕성에 대해 반기를 들고 있는 것이다. 사회 공익적인 차원에서 이런 노래가 바람직하게 받아들여질 리야 없겠지만 인간의 가장 솔직하고 본능적인 측면을 숨김없이 드러내고 있다는 점에서 주목할 만하다.

노인은 지혜롭기보다는 추하고 완고하기만 하다는 것이 이 작품 서술자의 시각이다. 예를 들면

    蒼힐이 造字할제 可憎하다 늙을老字
    秦始皇 焚詩書할제 나지않고 내다라서

> 意味없고 事情없시 세상사람 늙히는고 (주해, 307면)

하면서 늙음을 '가증하고', '의미없는' 것으로 보고 있다. 또한 노인의
행동에 대한 비난은 조금의 존경심이나 동정조차 없다.

> 남의말을 參預할까 問東答西 답답하다
> 집안일 分別할제 딴전이 一手로다
> 그中에 먹으랴고 非肉不飽 노래한다
> 저中에 더우랴고 非帛不暖 말삼한다
> 누가주어 늙었는가 少年보면 藉勢하고
> 누가빼야 筋力없나 子姪보면 떼를쓰네 (주해, 307-308면)

결국 결사에서 소년들에게 다음과 같이 권고하고 있다.

> 부럽다 少年들아 젊어서 힘껏먹소
> 즐거웨라 少年들아 젊었을제 싫컷노소
> 食客三千 孟嘗君은 죽어지면 자최없고
> 百子千孫 郭汾陽도 죽어지면 虛事로다
> 英雄도 말을마소 英雄도 아니늙나
> 豪傑도 자랑마소 豪傑은 一生사나
> 아마도 먹고쓰고 노는것이 豪傑인가 하노라 (주해, 309면)

하면서 기존의 영웅호걸의 관념조차 모두 뒤엎고 있다. 일반적으로
소년들의 꿈이 영웅 호걸이 되어 나라와 백성을 잘 다스리는 것이었다
면 이 작품은 이러한 기존 상식과 관념에 정면으로 반발하는 것이라 할
수 있다. 이는 사회 자체가 소비 향락 위주의 풍토에 젖어 있음을 일면
드러내는 것이면서 기존의 경로효친이나 장유유서와 같은 전통적인 미
덕이 쉽게 통용되지 않는 현실임을 반영하는 것이다.

2.2 소년경계형

소년경계형은 노인이 자신의 늙음을 한탄한 후, 소년 시절에 방탕한 생활을 했던 것을 후회하면서 소년들에게 자신을 거울삼아 늙기 전에 학업과 덕행을 쌓을 것을 경계하고 있다. 이 유형에 속하는 작품으로는 <노인가라>(전집 395), <백발가>(전집 1163), <백발가>(전집 1164), <백발가>(규방 31) 등이 있다. 이 중 대표적인 작품으로 <노인가라>(전집 395)를 중심으로 살펴보기로 한다.

<노인가라>는 다음과 같은 구조로 되어 있다.

ㄱ) 서사: 소년 시절에 대한 후회.
ㄴ) 본사: 늙는 것을 어쩔 수 없이 받아들이며 소년 시절의 향락을 반성.
 a. 갖은 수단을 다 써도 백발을 막을 수 없음.
 b. 소년 시절과 대조하여 노인의 모습 묘사.
 c. 소년 시절의 향락 생활 회고
 d. 소년 시절의 방탕에 대한 반성.
ㄷ) 결사: 소년들에게 젊었을 때 학업 덕행에 힘쓸 것을 경계.

이를 보면 소년경계형은 노인자탄형과 a, b, c 단락을 공통으로 하는 반면, d 단락이 추가되어 있고 서사와 결사도 다른 내용으로 되어 있는 것을 볼 수 있다. 또한 자세히 분석해 보면 공통 단락인 a, b, c 에서도 서술자의 시각과 태도는 차이가 있음을 알 수 있다. 이를 자세히 논의해 보기로 한다.

우선 서사를 보면 노인자탄형에서는 늙는 것이 만물의 조화와 함께 이루어지는 것으로서 피할 수 없는 것임을 강조하고 있는 데 비해, 소년 경계형에서는 소년 시절에 대한 후회를 하는 것으로 시작하고 있어 소년에 대한 경계의 뜻을 처음부터 드러내고 있다. 즉

> 이십젼의 쳘을몰나 어룬훈계 아니듯고
> 숨십젼의 허든긔별 방약무인 지닛더니
> 횐횐장부 이니모양 의복치례 곱게ᄒ고
> 압뒤을 굽어보고 펏덕디고 단일젹에
> 면경톄경 여러노코 셔셔보며 안져보고
> 오입친구 계집친구 누가곱다 아니ᄒ리 (전집 8권, 340면)

에서와 같이 소년 시절의 그릇된 행동을 나열하면서 철이 없어 방약무인이었음을 고백하고 있다.

다음 본사의 a 단락을 보면 같은 내용의 '백발막이 사설'이 나오나 노인자탄형에 비해 한 가지가 빠지고 네 가지가 더 첨가되어 있다. 빠진 것은 "氣運으로 쫓아보면 못이기어 아니올까"이고, 첨가된 것은 "됴흔술을 만히먹여 취케ᄒ면 아니올가 / 빅셜기 시루뼈셔 비러보면 아니올가 / 진유후에 모략으로 담이이지 ᄒ여볼가 / 격송ᄌ의 션약으로 보원보긔 ᄒ여볼가"이다. 이로써 자탄형보다 경계형이 백발을 막을 수 없음을 더욱 구체화하고 있음을 알 수 있다.

b 단락에서도 '노인 묘사 사설'에서 자탄형의 세 항목이 빠진 반면 12 항목이 더 추가되어 있으며 사설 서술 태도를 비교해 보면 자탄형에서는 노인을 비난하는 측면이 강하게 나타나는 데 비해, 경계형에서는 노인을 동정하는 측면이 강하게 드러남을 알 수 있다.

우선 자탄형에는 있는데 경계형에서 빠진 부분을 보면 "누가주어 늙었는가 少年보면 藉勢하고 / 누가빼야 筋力없나 子姪보면 떼를쓰네 / 指斥하면 성을내고"이다. 이 세 가지는 모두 노인의 잘못된 태도로서 이것이 빠짐으로써 노인에 대한 비하감을 줄이는 작용을 하고 있다. 또한 같은 어구를 쓰더라도 자탄형의 어구와는 달리 노인을 동정하는 측면으로 되어 있는 것을 볼 수 있는데, 이 또한 노인에 대한 존경심을 완전히 무시하는 자탄형과는 차이가 있다. 예를 들면 자탄형의 어구가 경계형에서는 다음과 같이 나타나 있다.

> 그中에 먹으랴고 非肉不飽 노래한다
> → 그듕에도 먹으랴고 고기국만 싱각나네
> 저中에 더우랴고 非帛不暖 말삼한다
> → 염치업시 입으랴고 면쥬것만 죠화ᄒ고 (주해 308면, 전집 8권, 346면)

이처럼 자탄형에서는 노인의 태도를 비난하는 데 비해, 경계형에서
는 노인의 입장에서 자신의 태도를 측은해하고 있다.

또 노인의 시각에서 답답한 심경을 더욱 절실히 표현하고 있어 안타
까움을 더하고 있다. "늘거지면 귀신인지 스룸마다 피ᄒ가고 / 외면으로
죤장어룬 도라셔셔 흉을본다"라든가 "어린아희 귀의ᄒ면 보면울고 다라
나네"(전집 8권, 346면)와 같은 구절은 오히려 노인을 비난할 것이 아니라
소년들의 잘못을 지적하는 것이다. 또한 약한 노인의 가련한 입장을 다
음과 같이 그리고 있다.

> 실낏쳔을 만나면는 ᄃ강보더 더무셥고
> 충충더을 맛나면는 ᄐ손보다 어렵도다 (전집 8권, 345면)

이처럼 소년경계형은 노인사탄형에 비해 노인을 비난하고 거부하는
것이 아니라 노인을 동정하고 받아들이는 측면에서 서술하고 있어 훨씬
더 노인의 입장을 절실하게 그려내고 있다.

c 단락에서 소년 시절의 향락을 회고하는 부분을 보면 경계형에서는
자탄형보다 노래 종류가 많이 생략되어 있는 데 비해, 각종 기녀 명창과
즐기는 모습이 길게 열거되어 있다. 이 역시 주인물의 방탕한 생활을 강
조하기 위한 것으로 보인다.

d 단락은 소년 시절의 방탕을 반성하는 것으로서 노인자탄형에는 없
는 부분이다. 자탄형에서는 젊은 시절을 후회하기보다는 오히려 그리워

하기 때문에 이런 부분은 필요하지 않았을 것이다. 이 부분에서는 소년
이 학업을 부지런히 닦아 벼슬자리에 나아가는 과정을 차례로 서술하고
있어 서술자가 바람직하게 여기는 현재의 모습이 어떤 것인가를 짐작하
게 한다. 예를 들면

> 집안어룬 권학할졔 스셔습경 일것드면
> 니십젼의 급졔ᄒ여 쥬셔할님 얼는지나
> 디교응교 혼연후에 암힝어스 션치ᄒ고
> 첫원으로 용강현령 음계다가 슌쳔부스
> 손쳥으로 광쥬목스 닉직으로 승지당상
> 셩균관 디스셩에 가션으로 이죠춤의
> 승탁으로 호됴춤판 니죠판셔 줌간지나
> 홍문졔학 예문졔학 디졔학을 지닌후에
> 품직으로 함경감스 호강으로 평안감스　(전집 8권, 352면)

와 같이 사대부 선비로서 거치기를 원하는 벼슬 품계를 모두 들고 있다.
이는 이 작품의 서술자가 노인자탄형의 서술자보다는 비교적 강한 양반
사대부 의식을 지니고 있음을 짐작케 한다.

　한편 작품에 따라서는 d 단락에 방탕에 젖어 있던 주인물이 몰락하
여 패가망신하게 된 상황을 그려 보여 줌으로써, 경계의 강도를 높이기
도 한다. 예를 들면 <백발가>(전집 1163)에서는 주인물의 몰락 모습을
다음과 같이 나타내고 있다.

> 집안이라 도라보니 저녁거리 간대없고
> 사당문을 열고보면 향로조차 간디없고
> 신주불을 볼작시면 삼년묵은 먼지로다
> 딴방이라 드러간이 늙은안에 몽단치마
> 어린자식 발을벗고 밥달나고 우지지니
> 금수가 아니어던 참아어찌 그양보리　(전집 23권, 538면)

마지막으로 결사에서는 소년들에게 자신을 거울삼아 학업과 덕행을
부지런히 닦아 출장입상할 것을 다음과 같이 권고하고 있다.

> 스룸으로 되여나셔 숨강오상 몰을소냐
> 남즈되여 나거들낭 출장입상 할거시요
> 녀즈되여 나거들낭 뎡경부인 되여나소
> 소년힝낙 흐랴거든 학업덕힝 힘을쓰소 (전집 8권, 356면)

이처럼 이 유형에서는 노인자탄형에서 거부하고 있는, 전통 사회에
서의 보편적인 기대인 대장부의 꿈을 실현하는 것을 최고의 가치로 여
기고 있다. 노인의 추하고 그릇된 모습을 긍정하는 것은 아니나, 비난하
기보다는 동정하는 입장에 서 있으며 그렇게 만든 것이 소년 시절의 향
락 때문이라고 여기고 있다. 결국 이 유형은 향락과 소비 생활에 젖어
학업과 덕행을 멀리하는 당대의 풍조에 경종을 울리기 위해 씌어진 것
이라 하겠다.

2.3 노소대립형

노소대립형은 소년이 노인의 추한 모습에 대해 비판하자 노인이 이
에 대해 자신의 경험을 들려주며 소년을 경계하는 내용으로 되어 있다.
소년과 노인의 대화와 문답으로 이루어져 있어 두 연령층의 대립적 인
식을 함께 보여주는 특징이 있다.[93] 이 유형에 속하는 작품으로는 <백
발가>(경세설, 주해), <백발편>(초당), <백발가>(악부), <백발가>(규방 30)

---

[93] 박연호는 <초당문답가>를 살펴면서 <백발편>에서 노인과 소년이 대립적인 가
치관을 갖고 있으며, 이들의 대립과 갈등을 통해 주제를 부각시킨다고 보고 있다.
박연호, 「초당문답가의 지향과 창작 기반」, 『한국가사문학연구』, 정재호 편, 태학
사, 1995, 443면 참조.

등이 있다. 이 중 대표적인 작품으로 <백발가>(경세설, 주해)를 들어 작
품 구조를 살펴보면 다음과 같다.

> ㄱ) 서사 : 소년이 노인을 흉보며 걸식의 원인을 물음.
> ㄴ) 본사 : 노인이 자신도 양반의 자제였으나 소년 시절에 인도를 닦지 않
> 아 이렇게 되었다고 설명함.
> c. 소년 시절의 향락 생활 회고.
> b. 소년 시절과 대조하여 노인의 모습 묘사.
> a. 갖은 수단을 다 써도 백발을 막을 수 없음.
> d. 백발이 되니 모두 떠나고 패가망신하게 됨.[94]
> ㄷ) 결사 : 노인이 소년들에게 자신을 보아 늙기 전에 힘쓰라고 경계함.

우선 서사에서 초당에 누워 낮잠을 즐기는 소년이 등장하여 문전걸
식하는 한 노인을 묘사한다. 이 부분은 다른 유형에 나타나는 본사의 b
단락 일부에 해당하는 것으로서 소년의 입장에서 노인을 보는 것이기에
다른 유형에서보다 더욱더 비난의 강도가 높다. 예를 들면

> 衣服이 纜縷하고 容貌가 憔悴하여
> 行色도 수상하고 模樣조차　怪異하다
> 뉘탓으로 늙었는지 筋力없다 歎息하고
> 무슨功名 하였는지 꼴막서니 駭怪하다
> 남의말 참녜하며 問東答西 可笑롭다
> 귀먹은 핑게하고 딴전이 일수로다　(주해, 317면)

에서처럼 "괴이하고 해괴하며 가소롭다"는 극단적인 표현으로써 노인을
비웃고 있다. 노인자탄형과 소년경계형에서 "남의말을 참예할제 문동답

---

94) 단락의 기호는 같은 내용으로 된 단락은 동일 기호를 사용하고, 추가된 다른 내용
의 단락은 새로운 기호를 사용함으로써 단락의 드나듦과 순서 교체 양상을 대조
할 수 있도록 했다.

셔 답답ᄒ다"고 한 것과는 큰 차이가 있다.

한편 이 부분은 소년과 노인의 만남과 문답의 과정을 서사적으로 엮고 있으나 작품의 서사 문맥에 어울리지 않는 구절들이 그대로 나타난다. 즉 금방 구걸하러 나타난 노인이 주인 소년에게 문동답서한다든지, 딴전을 피운다든지, 非肉不飽나 非帛不暖을 노래할 시간적 여유가 전혀 없건만 노인의 그런 모습을 서술하고 있는 것이다. 이는 작품에 등장한 노인을 묘사한 것이라기보다는 일반적인 노인의 모습을 서술한 것으로서, 다른 작품의 일부를 그대로 옮기는 과정에서 일어난 것이라 생각된다. 여기에서 작품에 서사적 장치를 차용하여 변개하면서도 원래의 가사가 지니고 있던 교술 문맥을 그대로 유지하고자 하는 서술자의 의도를 읽을 수 있다.

다음 다른 유형에는 전혀 나타나지 않는 소년과 노인의 대화와 서술자의 해설이 등장한다.

> 姓名은 무엇이며 居住는 어대메뇨
> 보아하니 班名으로 무삼노릇 못하여서
> 남의農事 전혀믿고 門前乞食 어이하노
> 저老人 擧動보소 噓唏歎息 기기막혀
> 어보소 主人네야 乞客보고 웃지마소
> 젊어서 허랑하면 이러한이 나뿐일까 (주해, 318면)

여기에서 "저老人 擧動보소 허희탄식 기가막혀"는 서술자의 목소리로서 서술자는 소년의 입장이 되어 노인을 객관적으로 바라보고 있다. 노인자탄형과 소년경계형이 모두 일인칭 주인물 시점으로서 서술자와 노인이 동일시되어 있는 데 비해, 일인칭 관찰자 시점을 사용함으로써 노인을 객관화하여 거리를 두고 있다. 이는 소년을 경계하는 데 있어 노인의 입장에서 일방적으로 서술하는 것보다는 소년의 시각을 끌어 들여 소년의 입장에서 노인을 바라보고, 노인의 말을 듣게 하는 것이 더 효과적일 수 있기 때문에 고안된 방법이라 생각된다.

본사를 이루고 있는 노인의 대답 역시 앞의 유형에서 보이는 a, b, c, d 단락이 모두 나타나나 그 순서가 c, b, a, d로 뒤바뀌어 있고 내용도 약간 변개되어 있음을 알 수 있다. 순서를 c, b, a, d로 바꾼 것은 소년 시절의 향락에서부터 현재 노인이 되어 패가망신하게 되기까지의 과정을 시간적 순서로 배열하고자 한 서술자의 의도가 있었던 듯하다. 즉 노인자탄형이나 소년경계형에서는 현재와 과거가 일관성 없이 섞여 있는 데 비해 노소대립형에서는 서사적 진행에 맞추어 서술하고 있다. 그런 구색을 맞추기 위해 노인자탄형이나 소년경계형에는 나오지 않는 노인 자신의 신분이나 어린 시절들이 다음과 같이 요약 서술되고 있다.

> 나도본시 兩班으로 地體도 남만하고
> 세간도 남불잖고 인물도 잘났더니
> 四肢가 성하며는 무슨일을 겁을낼가
> 우리도 靑春時節 父母덕에 便히자라
> 膝下의 嬌童으로 飛禽走獸 길들여서
> 晩夏秋冬 좋은世上 꿈결같이 다보낼 때 (주해, 318면)

본사의 '백발막이 사설' 역시 노인자탄형이나 소년경계형과는 달리 약간 변개되어 있는데, 노인자탄형이나 소년경계형에서는 '… 으로 … 하면 … 해서 아니올까'의 반복어구로 되어 있는 데 비해 여기에서는 그 방면의 가장 뛰어난 영웅호걸을 내세워 그도 어쩔 수 없이 늙었음을 보여주고 있다. 예를 들면

> 威嚴으로 쫓을진대 軒轅氏가 아니늙고
> 勇猛으로 막을진대 八壯士가 아니늙고
> 道術로 막을진대 姜太公이 아니늙고

陳法으로 막으려면 孫賓이가 늙었으며
긴槍으로 지르려면 趙子龍이 아니늙고
人情써서 막으려면 陶朱公이 늙었으며
口辯으로 막을찐대 蘇秦이가 늙었으며
文章으로 치량이면 韓退之가 늙었을까 (주해, 321면)

와 같은 방식으로 서술하고 있다. 이는 노인자탄형에서 "威風으로 制御하면 怯내야 아니올까 / … / 긴槍으로 찔러보면 무서워 아니올까" 등으로 서술하던 것을 더욱 강화한 수법이라 볼 수 있다. 이는 노인자탄형에는 백발을 막고자 하는 염원이 담겨 있는 데 비해, 여기에서는 백발을 그 누구도 막을 수 없다는 체념이 담겨 있다고 할 수 있다. 즉 노인자탄형에는 백발에 대한 거부가, 노소대립형에는 백발에 대한 수긍이 내재해 있는 것이다.

결국 노인은 "父母의 바린 사랑 一家親戚 獨夫되어 / 親舊벗님 꾸지람이 四面에서 일어나니 / 妻子는 원망하고 奴僕은 逃亡하니 / 祖業은 없어지고 家産은 탕패하고 / 남은것이 몸뿐이요 장만한게 白髮이라"고 탄식하면서 마지막 결사에서 "슬프다 靑春네들 / 내景狀 볼작시면 그아니 무서운가 / 光陰을 虛送말고 늙기前에 힘써보소"(주해, 322면)라고 소년들에게 경계하는 것으로 대답을 대신하고 있다. 여기에서도 앞 부분에서 주인 소년에게 대답하는 것이 일반적인 청춘네들에게 경계하는 것으로 바뀌어 있어 교훈적 태도를 견지하고 있음을 볼 수 있다. 이는 가사의 서사적 변개가 이야기를 즐기는 독자의 독서 취향을 고려하면서도 서술자가 지니고 있는 교훈의 의도를 한층 더 효과적으로 성취하기 위한 것이라 할 수 있다.

어쨌든 노소대립형은 이 작품이 유행되던 시기에 이미 노인에 대한 경시 풍토가 만연되어 있었음을 보여 주는데, 이는 소년의 말에 여실히 나타난다. 그런 세태 속에서 소년들의 인식을 바꾸기 위해서는 노인의 입장에서 일방적으로 그들을 훈계하기보다는 작품 속에 소년들의 입장을 반영하여 일단 관심과 참여를 불러일으킨 뒤 그들과 대화를 나누는 방식이 더 효과적이리라 생각된다. 노소대립형은 바로 이러한 인식 하에 가사의 일방적인 진술을 대화형으로 바꾸어 놓음으로써 보다 유연하게 대처한 것이다.[95] 이는 소설과 같은 서사 장르의 홍수 속에서 경쟁력을 확보하기 위한 가사 나름의 생존 방식이라 하겠다.

2.4 노인비판형

노인비판형은 다른 유형과는 달리 안노인을 대상으로 추한 모습과 그릇된 행동을 그려내며 비난하고 있다. 서술자의 시각 또한 노인의 입장이 아닌, 노인을 삼자의 입장에서 바라보는 젊은이의 입장으로 되어 있다. 다른 유형의 작품이 모두 일인칭 시점으로 되어 있는 데 비해, 이 유형은 유독 삼인칭 시점으로 되어 있다. 또한 다른 유형의 작품이 대체로 서술자의 직접적인 언술로 되어 있는 데 비해, 이 유형은 주인물의 행동을 서술해 보여 주는 간접적인 제시 방식으로 되어 있다.[96] 즉 안노인과 바깥노인의 대화, 안노인의 행동들을 사건 형식으로 그려 보여 줌으로써 안노인의 행동이 도리에 어긋남을 독자들로 하여금 판단하게끔

---

95) 권순회도 <초당문답가>의 이본을 살피면서 <초당문답가>가 다른 교훈류 가사와 같이 명령적 서술 형태에서 점차 문답 구조로 발전한 것이 아닌가 추측하고 있다. 권순회, 「초당문답가의 이본 양상과 주제적 의미」, 『19세기 시가문학의 탐구』, 고려대 고전문학·한문학 연구회 편, 집문당, 1995, 353면 참조.

96) 간접 제시 방식이란 작자의 생각을 직접 드러내지 않고 인물의 성격, 행동을 예로 들어 보여 줌으로써 자신의 생각을 간접적으로 나타내는 방식을 말한다. 필자는 오류가사의 서술방식을 직접 교시형, 간접 제시형, 토론·문답형으로 나누어 고찰한 바 있는데, <노인가>류 가사에서는 이 세 유형에 노인자탄형의 서술방식인 직접 표출형을 추가할 수 있으나, 이 용어가 생소하여 이 논문에서는 유형의 명칭으로 사용하지 않았다. 졸고, 「오류가사의 서술방식과 의미」, 『한국언어문학』, 제37집, 한국언어문학회, 1996.

하는 서술 방식을 사용하고 있다. 이 유형에 속하는 작품으로는 <노부인가라>(규 43)가 있다.

우선 작품의 구성은 다음과 같이 짜여 있다.

ㄱ) 서사 : 늙는 모습은 누구나 흉하게 마련이나 안노인은 더욱 가관임.
ㄴ) 본사 : 안노인은 외모와 행동 모두가 추한 데다가 겉치레, 병치레로 남편을 들볶고 젊은이들을 괴롭힘.
　　b. 소년 시절과 대조하여 안노인의 모습 묘사.
　　e. 장날의 모습 - 이것 저것 사오라고 남편을 들볶음.
　　f. 병치레 모습 - 병치레로 남편에게 온갖 약을 요구함.
　　g. 자기 자랑과 긴 사설로 젊은이들을 괴롭힘.
ㄷ) 결사 : 큰 거울을 사서 자기 모습을 자세히 보도록 충고.

이 작품에서는 다른 유형의 노인가와 공통적인 요소가 본사의 b 단락뿐이다. 이로 볼 때 노인가류 가사를 결정짓는 공통 요소는 이 b 단락이라고 할 수 있다. 실제로 b 단락은 노인의 외모와 행동을 구체적으로 묘사하는 부분으로서 노인가류 가사의 핵심이라고 할 수 있다. 그런데 이 작품에서는 다른 유형과 달리 안노인을 대상으로 하고 있기 때문에 내용이 안노인에 맞게 변개되어 있다. 예를 들면

도홍갓탄 두눈가이 자쥬션은 저윈닐고
빅옥갓탄 살작이마 잔쥬럼도 슈다ᄒ다
감티갓치 그문머리 은슈가리 흔턴덧고
잉도갓탄 입슈구리 목짠입피 더야구나 (규방, 356면)

와 같이 여성의 모습으로 구체화하여 실감나게 묘사하고 있다. 특히 외모 치장에 게으름을 강조하는 대목이 많은데 이는 여성들이 젊었을 때와는 달리 늙으면 외모에 신경을 잘 쓰지 않음을 비난하고 있다. 즉

> 치산골몰 칭탁하고 치장조츠 안니혼다
> 두달셕달 흔튼머리 쑤식갓치 지며은고
> 누리츙츙 쯔문낫튼 사흘그리 시슈하고　(규방, 357면)

와 같은 표현이 그것이다. 어느 정도 과장되거나 희화화한 면은 있으나 안노인의 외모에 대한 게으름과 무심함을 아주 적절히 지적한 것이라 할 수 있다. 게다가 안노인의 그릇된 행동도 여성의 생활 체험에서 우러나오는 것들로 이루어져 있다. 즉 이 부인은 남편, 자식에 대한 부양이나 손님 접대, 바느질 등을 전혀 신경 쓰지 않는 모습으로 그려져 있다. 특히 자신이 해야 할 바느질을 가내의 젊은 색시들에게 맡기는 태도는 젊은이들에게 충분히 비난받을 만하다.

> 외당이 손님오면 반찬극정 솔익니고
> 이웃집이 잔치흐면 시볏부통 나셜치고
> 　　　　(중략)
> ㄱ쟝ㅈ식 치쟝얼낭 눈어덥다 칭탈흐고
> 가뉘집이 졀문식셰 한가지셕 믹기다가
> 지진즉 안히쥬면 긔중에 골이이셔
> 며리셜셜 헌덜면서 버럿넙듯 허뉘하고　(규방, 357면)

이 유형에서 특징적인 부분은 장날의 모습과 병치레 부분이다. 장날 남편에게 이것 저것을 사오라고 요구하며 투덜대는 모습이 아주 사실적으로 그려져 있다. 일반적인 가사에서는 한마디로 '장날이면 물건욕심 사랑양반 들볶으며' 하고 말 것을 안노인과 바깥노인의 대화로 자세하게 서술해 보여주고 있다.

> 사랑문을 열더치고 가쟝불너 흐는말이
> 천황시야 천황시야 장날도 모로시고
> 장볼것도 안시기고 자난다시 들누엇소

소금도 사야뒤고 반찬도 뜰어졋소
반찬업시 손님오면 뉘반찬니 들어날고
      (중략)
갓잔코 득끼실어 디젹업시 안즈시니
무안할쥴 다모르고 도라셔며 흥난말이
잇트지고 속트진듯 이시간은 니리살면
니혼잔 다먹을가 무션일이 틀어져서 말디쑤도 안니후오
셔가여이 등신갓치 벽만지고 안즈난고
식씨디졉 뒤던지며 몬난갑설 다할젹이
졈잔후신 사랑양반 조롱말노 훈슈할지
뭇실하니 고지던느 셩을내니 고지던나 (규방, 357-358면)

여기에서 보면 주인물인 안노인의 말은 그대로 전달하는 반면 사랑
양반의 말은 서술자의 목소리로 요약하고 있다. 이는 주인물인 안노인
의 모습을 보다 실감있게 독자들에게 보여주기 위한 전략이라 할 수 있
다. 이런 양상은 병치레 모습에서도 마찬가지로 나타난다. 단 병치레 모
습에서는 "어리석은 사랑양반 숙쭝갓치 널엄속아 / 그몸후나 병이들면
집안모양 안될가바 / 시상업는 아내갓치 말마다 시힝후니"(규방 358-359면)
하고 서술자가 사랑양반의 태도에 대해서도 못마땅해하며 거리감을 두
고 있다.

결사에서 서술자는 직접적인 언술로 안노인에 대해 충고를 서술하
고 있다. 이때 자신의 모습을 거울을 보고 깨우치라고 하는 탁월한 비유
를 씀으로써 효과적인 수법으로 마무리를 하고 있다.

흔나둘셕 져부인늬 동단디리 디경스셔
벽사이 거러두고 이역모양 즈시보소
뉘가거리 조화하며 뉘가그리 반가오리 (규방, 359면)

노인비판형은 다른 유형과는 달리 안노인을 대상으로 하여 장면 위

주로 서술하고 있을 뿐만 아니라, 다른 유형이 주인물의 입장에서 서술하는 데 반해 주인물을 삼자인 젊은이의 입장에서 바라보며 비판하는 차이점이 있다. 이는 노인이 더 이상 나이로 인해 무조건 존경받을 수 없다는 인식을 그대로 보여주는 것이라 할 수 있다. 노인이라 해도 바른 몸가짐과 행실을 가짐으로써만 존경과 대우를 받을 수 있음을 나타낸다. 이러한 생각을 직접적인 언술로 주장하지 않고 간접적인 제시로 보여줌으로써 더 큰 공감을 자아낸다는 데에 이 작품의 독특함과 뛰어남이 있다. 이는 가사 작품이 독자의 관심과 흥미를 끌기 위해서는 종전의 직접적인 교술 방식이 더 이상 큰 효과가 없게 된 사정을 아울러 보여준다고 하겠다.[97]

3. 각 유형의 상관성과 사회적 의미

3.1 각 유형의 상관 관계

앞장에서 노인가류 가사를 서술방식과 내용에 따라 노인자탄형, 소년경계형, 노소대립형, 노인비판형의 네 유형으로 나누어 각기 그 구조적 특징과 의미를 살펴보았다. 여기에서는 이 네 유형이 서로 어떻게 같고 다른지를 비교하고, 어떤 관계를 맺으며 창작, 전승되었는지를 고찰해 보려고 한다.

---

97) 조선후기 가사는 개성적 인물을 형상화하거나, 생애를 일대기화하여 서술하는 등 서사화되는 경향을 보이는데, 이는 당시 소설이 대중적 인기를 누리면서 가사가 소설과 함께 살아남기 위해 택한 방법이라 생각된다. 그로 인해 가사는 소설의 시대에도 여전히 상당한 독자층을 확보할 수 있었던 것이 아닌가 한다. 졸고, 「조선후기 가사의 소설적 변모양상」, 『한국 서사문학사의 연구 5』, 사재동 편, 중앙문화사, 1995, 1853-1854면 참조.

우선 각 유형의 특징을 정리해 보면 다음과 같다.

노인자탄형은 노인을 추하고, 거부해야 할 대상으로 보고 자신의 감정과 생각을 일인칭 시점에 의해 직접적 표출 방식으로 서술하고 있다. 서술자는 노인을 존경과 예의의 대상으로 보는 우리의 전통적인 도덕에 대한 거부를 은근히 내비치고 있다. 그러므로 이 유형에는 젊은 시절을 그리워하고 그때로 돌아가고파 하는 심정이 역력하게 표현되어 있다. 소년들에게도 늙기 전에 실컷 먹고 놀고 쓰라고 함으로써, 학업과 덕행을 권하는 전통적인 가르침에 위배된다.

소년경계형은 노인자탄형과 유사 어구를 사용하면서도 노인의 추한 모습을 늙게 되면 어쩔 수 없다는 동정적 측면에서 바라보고 있는 점이 다르다. 젊은 시절을 그리워하기 보다 그 시절에 방탕했던 것을 후회하며 반성하는 마음이 나타나 있다. 또한 몰락한 노인을 거울삼아 소년들로 하여금 학업과 덕행을 닦고 유교적 가르침을 실행케 하려는 의식이 엿보인다. 한편 같은 일인칭 시점으로 되어 있다 하더라도 노인자탄형이 주로 자기 자신을 향해 토로하는 서술로 되어 있다면 소년경계형은 일방적이긴 하지만 소년을 향해 교시하는 서술로 되어 있다.

노소대립형은 노인을 비난하는 소년의 인식과 자신의 경험을 들려주며 소년을 경계하는 노인의 인식을 대립적으로 보여준다. 다른 유형들이 노인과 소년 어느 한 측면에서 일방적으로 자신의 생각만을 전달하는데 비해, 이 유형에서는 소년과 노인이 둘 다 등장하여 자신들의 의사를 나타내고 있다는 점이 다르다. 즉 부분적이나마 소년의 시각에서 노인을 관찰, 서술함으로써 소년들로 하여금 동일시를 일으키게 하는 수법을 쓰고 있다. 노인의 이야기를 출생부터 몰락까지 서사적으로 구성하고 있는 점도 독특하다.

노인비판형은 다른 유형과 노인의 모습을 묘사하는 부분만 공통으로 하고 있을 뿐, 다른 유형의 작품들이 노인의 입장에서 서술하는 데 비해,

젊은이의 입장에서 서술하고 있어 큰 차이가 있다. 다른 유형이 모두 일
인칭 시점인 데 비해 이 유형만 삼인칭 시점인 것도 여기에서 기인한다.
뿐만 아니라 모든 노인이 아닌 특정한 안노인을 대상으로 노인이 더 이
상 무조건적인 존경의 대상이 될 수 없음을 직접적으로 교시하는 것이
아니라 인물과 사건의 형상화를 통해 간접적으로 제시하는 점도 독창적
이다.

　이상의 공통점과 차이점을 바탕으로 세 유형의 상관 관계를 그림으
로 나타내면 다음과 같다.98)

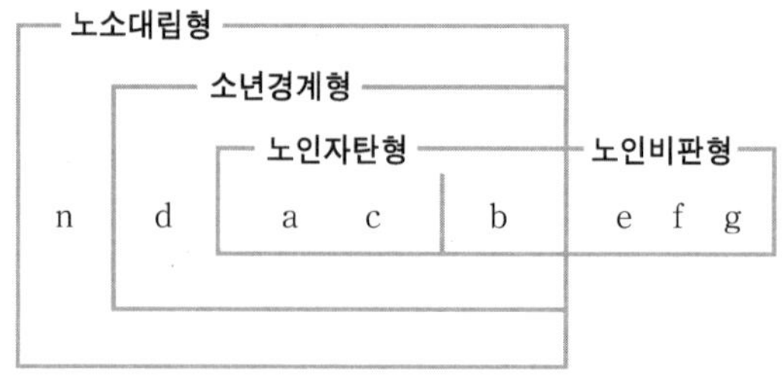

　여기에서 보면 노인비판형을 제외한 나머지 세 유형 − 노인자탄형,
소년경계형, 노소대립형은 한두 단락의 편차만 있을 뿐 거의 동일한 단
락으로 구성되어 있어 모두 한 계열의 작품에서 파생된 이본이라 할 수
있다. 이 중에서 특히 노인자탄형이 세 유형의 공통 단락 a, b, c 만으로
이루어져 있어 가장 기본적인 형태를 보인다. 소년경계형은 노인자탄형
에 소년 시절의 향락을 반성하거나 주인물이 패가망신하는 d 단락이 추
가되어 있음으로써 노인자탄형의 탄식이 경계로 나타나 있다.

　노소대립형은 노인자탄형, 소년경계형의 앞부분에 소년과 노인의 만
남과 문답에 관한 서사적인 설명 n 을 추가하고 본사의 단락을 서사적

────────────

98) n 은 노소문답형에 나타나는 서술자의 서사 진행 발언을 나타냄.

순서에 맞게 교체하여 개작한 흔적이 보인다. 즉 소년경계형 본사 중 b 단락 노인의 모습 묘사 부분을 두 부분으로 나누어 서사의 소년의 비웃음 부분과 본사인 노인의 모습 묘사 부분에 서술하고 있다. 그러나 서사에 있는 소년의 비웃음 부분이 서사 문맥상 실제의 대화로는 적절하지 않은 점으로 미루어 새로 창작한 것으로 보기 힘들다. 즉 노소대립형은 노인자탄형 또는 소년경계형을 바탕으로 재창작된 것으로 생각된다. 더욱이 대부분의 작품이 연작 가사인 <초당문답>의 한 편으로 존재하는 것으로 볼 때 이 유형의 작품은 기존 노인가류 가사를 <초당문답>에서 문답 틀의 구실을 하게끔 개작된 것으로 보인다.99)

이 세 유형에 비교해 볼 때 노인비판형은 아주 독특한 형태이다. 노인비판형은 다른 유형과 오직 b 단락 노인의 모습 묘사 부분만을 공유하고 있다. 그 부분도 안노인의 모습에 알맞게 변용되어 있다. 서술방법도 앞의 세 유형이 모두 서술자가 직접 문면에 나서서 자신 또는 상대방의 이야기를 풀어나가는 데 비해, 노인비판형에서는 제 3자인 다른 사람의 이야기를 펼쳐 보이고 있다. 또한 세 유형이 모두 직접적인 교시방식으로 되어 있는 데 비해, 노인비판형은 노인의 모습을 사건으로 형상화하여 간접적으로 제시해 보여주는 방식으로 되어 있다. 이는 노인비판형이 앞의 세 유형에서 어느 정도 영향을 받되 아주 새로운 형식으로, 비판적 시각에서 창작된 작품이라는 것을 알 수 있다.

즉 노인자탄형 등이 노인공경과 長幼有序라는 유교적 규범을 확고

---

99) <초당문답>은 19세기 말 20세기 초 일반 대중에게 상당한 호응을 얻으며 널리 수용되었으며 1908년과 1915년 보문사와 신구서림 간으로 출판되기도 했다. 정재호 저, 『주해 초당문답가』, 도서출판 박이정, 1996, 5면 참조. 다른 유형에 비해 <초당문답> 소재 <백발편>이 비교적 후에 개작되었으리라고 생각되나 명확하게 단정할 수 없다. 또한 모든 유형의 선후 관계도 단선적으로 파악하는 것은 무리라고 할 수 있다. 한 유형의 작품들도 시대적 차이가 얼마든지 있을 수 있기 때문이다.

히 하려는 것이라면 노인비판형은 이러한 규범이 일방적으로 강요될 수 없음을 드러내고 있다. 이러한 차이는 노인가류 가사의 향유층과 향유 방식의 차이에서 그 한 원인을 찾을 수 있다.[100] 노인비판형을 제외한 세 유형이 모두 남성을 중심으로 개방적으로 향유된 데 비해, 노인비판형은 여성을 중심으로 비교적 폐쇄적으로 향유되었다. 노인자탄형 등은 잡가화하여 노래로 불리거나 활자로 간행되기도 한데 비해, 노인비판형은 여성들의 손에서 손으로 그들만의 세계에서 음송되고 필사되었다. 노인비판형이 다른 유형과는 달리 외부에 공개되지 않고 제한된 범위에서 창작, 전승되었기에 위와 같은 비판적인 태도를 과감히 드러낼 수 있지 않았을까 한다.

3.2 노인가류 가사의 사회적 의미

노인가류 가사는 인간의 늙음이나 세월의 흐름에 대한 인식을 담고 있을 뿐만 아니라, 조선후기 시정의 모습과 세태를 그리고 있어 많은 사회적 의미를 띠고 있다. 각 유형에 나타난 사회 상황과 세태, 이에 대한 작자 의식은 어떠한지 살펴보고 이를 통해 담당층의 계층적 성격을 추정해 보기로 하자.

노인자탄형, 소년경계형, 노소대립형에는 공통적으로 소년 시절의 향락 생활 회고 단락이 나오는데 이 부분에서 작품이 전승되던 당시의 세태를 짐작할 수 있다. 작품의 주인물은 여러 부류의 친구들과 어울리며 酒肆와 青樓에 빠져 기생, 음악, 투전 등으로 세월을 허송하는데 그 부분은 다음과 같이 서술되어 있다.

---

100) 이에 대해서는 심층적이고 다각도적인 고찰이 요구되는데, 이 논문에서는 자세히 다루지 못했다.

朱欄畫閣 높은집에 白玉盤 交子床에
술맛도 좋거니와 안주도 燦爛하다
次例로 늘어앉아 잡거니 勸커니
몇巡杯 돌아가니 風月도 하야볼까
一角인들 빠질소냐 뉘대저대 笙簧洋琴이며
五音六律 갖은風流 次第로 노래할제
　　　　　　(중략)
怪妄한 南行親舊 체설궂은 閑良親舊
服色좋은 大殿別監 눈치많은 捕盜部將
떼많은 政院使令 숙기좋은 邏將이며
돈잘쓰는 선전市井 매잘치는 各司使令
敗家子弟 난봉죽과 虛浪孟浪 無祿輩
逐日相逢 交遊하니 늙은줄 모르는고
　　　　　　　　　　<노인가>(주해, 308-309면)

여기에서 보면 주사청루에서 유흥과 기악에 빠진 것은 비단 주인물
뿐만이 아니라 상당히 많은 사람들이 모여 성황을 이루었던 듯하다. 특
히 주인물이 어울린 친구들로 대전별감, 포도부장, 정원사령, 나장, 각사
사령 등의 중인 계층의 아전과 선전시정과 같은 상인, 패가자제와 같은
놀락 양반이나 무록배, 한량 등의 벼슬 못한 양반층 등 여러 계층이 잡
다하게 섞여 있음이 주목된다. 이들은 조선후기 도시의 유흥과 소비 문
화를 조성한 주축으로서[101] 청렴과 근면을 미덕으로 삼는 조선 사회의
기풍을 흔드는 커다란 요소가 되고 있다.

특히 <초당문답> 소재 <백발편>에서는 노인이 자신의 신분을 양
반이라 밝히면서 소년 시절의 방탕 생활을 서술하는 대목에서 다음과
같이 읊어 권학, 권농의 생활 방식조차 부정하고 있다.

---

101) 강명관, 「조선후기 서울과 한시의 변화」, 『문학작품에 나타난 서울의 형상』, 한국
　　　고전문학연구회 편, 한샘출판사, 1994, 109면.

　　酒肆靑樓 舍廊숨아 女中一色 共論이라
　　碌碌한 션비덜은 글을일거 무엇ㅎ며
　　困困한 農夫들은 밧쳘가라 무엇ㅎ노
　　可憐城南 採桑女야 웃걱정을 ㅎ지마라
　　五陵年少 우리들은 十指不動 衣盈箱을　(초당, 5면)

이로 볼 때 노인가류 가사의 앞 세 유형은 적어도 어느 정도 부와 가세를 갖추고 있던 중인 이상의 계층이 담당층임을 알 수 있다. 그러나 세 유형의 작자의식에는 약간의 차이가 있다. 노인자탄형이 비교적 중인 계층에 개방적인 태도를 보이고 있다면 소년경계형이나 노소대립형은 이보다는 더 보수적인 양반 의식을 드러내고 있다.[102] 이는 노인자탄형에서는 다양한 부류의 중인 계층이 친구로 열거되는 데 비해, 소년경계형에서는 중인 계층의 나열이 줄어들며 노소대립형에서는 아예 九色親舊 三色벗이라고만 할 뿐 중인 계층이 전혀 거론되지 않는다는 점에서 쉽게 추정할 수 있다.

또한 노인자탄형에서는 결사에서 "아마도 먹고쓰고 노는것이 豪傑인가 하노라"(<노인가>, 주해, 309면)라고 할 만큼 유교적 이상을 거부하는 데 비해, 소년경계형에서는 이십 전에 급제하여 "出將入相"(<노인가라>, 전집 8권, 356면)하는 것을 이상으로 삼고 있으며 노소대립형에서도 "富貴不淫 樂貧賤"과 "立節死義是英雄"(<초당문답> 백발편, 초당, 16면)을 가치 있게 여기고 있는 것도 이런 추정을 뒷받침해 준다.

이에 비해 노인비판형은 그 주인물과 담당층이 양반 여성임이 뚜렷이 나타나 있다. 장날에 부인이 남편에게 이것 저것 사오라고 요구하는

---

102) 박연호는 특히 <초당문답가>가 사족으로서의 직분을 방기한 인물을 비판하는 데 초점이 맞추어져 있다는 점에서 사족의 계급의식이 강하게 드러난다고 판단하고, 이 가집의 작가를 이와 같은 의식을 소유하고 있는 사족으로 보고 있다. 박연호, 앞의 책, 444-445, 460면 참조.

대목을 다음과 같이 서술하고 있다.

> 사랑문을 열더치고 가장불너 ᄒᆞ는말이
> 천황시야 천황시야 장날도 모로시고
> 장볼것도 안시기고 자난다시 들누엇소
> (중략)
> 졈잔ᄒᆞ신 사랑양반 조롱말노 훈슈할지
> 뭇실하니 고지던ᄂ 성을내니 고지던나
> 상놈갓치 욕을할가 아해갓치 칠슈업다 (규방, 357-358면)

여기에서 아내가 천황씨라고 조롱해 부를 만큼 남편이 일도 않고 무위도식한다든지, 시장 보는 것을 하인들에게 시킨다든지, 상놈처럼 욕을 할 수는 없다든지 하는 것은 양반 생활의 일면을 보여주는 것이라 할 수 있다. 그런데 문제는 이런 양반 가문의 여성이 婦德으로 여겨지고 있는 남편자식 봉양이나 침선 방적, 접빈객 등을 게을리 하는 것으로 나타나 있다. 이는 조선후기 가사의 하나인 <용부가>나 많은 이본을 지니고 있는 오륜가사, 계녀가사 류에서도 지적되고 있는 것으로 양반 여성들이 가정을 제대로 돌보지 않는 것이 커다란 사회적 문제로 대두되고 있음을 드러낸다.[103]

이상에서 볼 때 노인자탄형을 제외한 나머지 세 유형에서 전반적으로 문제삼고 있는 것은 단순히 인간의 늙음 자체가 아니라, 인간을 추하

---

103) <용부가>를 보면 "오락가락 못견디어 僧들이나 따라갈가 / 긴長竹이 벗이되고 들구경 하여볼가 問卜하기 消日이라 / 겉으로는 시를이요 속으로는 딴생각에 / 半粉黛로 일을삼고 털뽑기가 세월이라 (중략) 남편모양 볼작시면 삽살개 뒷다리요 / 자식거동 볼작시면 털벗은 솔개미라 / 엿장사야 떡장사야 아이핑게 다부르고 / 물레앞에 선하품과 씨아앞에 기지개라 / 이집저집 이간질과 淫談悖說 일삼는다"(주해, 442-443면)고 여성이 가사에 등한시하는 것을 비난하고 있다. 이외에도 채제공(1720-1729)의 <女四書序>나 이덕무(1741-1793)의 <士小節> 등에서도 이런 문제점이 거듭 지적되고 있다. 大谷森繁, 『조선후기 소설독자 연구』, 고대 민족문화연구소, 1985, 78-84면 참조.

게 몰락하게 만드는 향락과 패륜임을 알 수 있다. 이들 가사는 이런 향락과 패륜이 가져오는 결과를 뚜렷이 보여 줌으로써 소년들로 하여금 경계를 삼고자 한 것이다. 또한 노인들에게도 노인으로서 예우를 받기 위해서는 소년 시절부터 부지런히 학업과 덕행을 쌓아야 할 뿐만 아니라, 노인이 된 후에도 권위로서가 아니라 바른 몸가짐으로 처신해야 함을 가르치고 있다.

그러나 노인자탄형은 이 세 유형과는 달리 그러한 소비와 유흥을 오히려 즐기는 성향을 지니고 있다. 이는 인생을 즐겁고, 편안하게 살기를 원하는 인간 본연의 욕구를 그대로 드러낸 것으로서, 본능과 현실 지향적이라고 한다면 나머지 세 유형은 이런 욕구를 경계하고 비판한다는 점에서 규범과 이상 지향적이라고 하겠다. 이런 점으로 미루어 볼 때 노인의 모습을 거울삼아 바른 인간의 삶을 추구하도록 권하는 소년경계형, 노소대립형, 노인비판형 가사와 향락과 소비를 부추기는 노인자탄형 가사는 서로를 견제하기 위해 끊임없이 기존 작품을 개작 내지 재창작되면서 작품을 통해 토론을 벌인 것이 아닌가 한다.

노인가류 가사는 이처럼 조선후기 사회에 부각되기 시작한 향락과 유흥의 세태를 직접적으로 드러내면서, 이에 어떻게 대응하고 처신해 나가는 것이 사람다운 삶인지를 다양한 시각으로 보여 주고 있다. 또한 그 다양한 인식에 부응해 작품의 서술방식도 여러 가지 형태로 변개, 끊임없이 재창작됨으로써 오랫동안 활발하게 전승될 수 있었던 것이 아닌가 한다.

4. 맺음말

이 논문에서는 노인가류 가사를 노인자탄형, 소년경계형, 노소대립형, 노인비판형으로 나누어 그 서술방식과 주제 및 사회적 의미를 고찰하였다. 그 결과 노인자탄형은 늙음을 한탄하고 소년 시절의 향락을 그리워하는 일인칭 시점의 직접적 표출 방식으로, 소년경계형은 소년 시절의 향락을 반성하며 소년들에게 경계하는 일인칭 시점의 직접적 교시 방식으로, 노소대립형은 소년의 노인에 대한 비난과 노인의 소년에 대한 경계를 일인칭 관찰자 시점의 대화 방식으로, 노인비판형은 안노인의 그릇된 행실에 대한 비난을 삼인칭 시점의 간접적 제시 방식으로 서술하고 있음을 밝혔다.

한편 노인가류 가사는 늙음에 대한 탄식이나 경계에 그치는 것이 아니라 조선후기 소비와 유흥 중심의 시정 세태와 이에 대한 인식을 보여 주고 있는데, 노인자탄형이 향락을 즐기며 유교적 이상을 거부하고 있다면, 다른 세 유형은 조금씩 차이가 있긴 하지만 향락의 결과는 개인과 가문의 몰락임을 보여 주면서 이를 경계하며 유교적 이상을 권장하고 있다. 노인가류 가사에 이렇게 다양한 서술 방식과 인식이 나타나는 것은 그만큼 조선후기 이후 사회의 전통적인 윤리와 가치가 심각하게 도전 받고 있음을 보여 주는 반증이라 할 수 있다.

근대의 새로운 이념과 문학 양식이 자리잡기 시작할 무렵, 전통적 이념과 생활방식에 대해 진지하게 고민하고, 이를 작품에 남기 위해 실험과 모색을 거듭했던 노인가류 가사의 이러한 변모는 문학사적으로 주목할만한 현상이라 하겠다. 앞으로 대상 작품군을 확대하여 조선후기 이후 근대에 이르기까지 가사가 어떻게 변모, 전승되는가에 대한 종합적인 연구가 이루어져야 할 것이다.

참고 문헌 ▌▌▌

I. 자 료

<노인가 394>, <노인가라 395>, <백발가 1163>, <백발가 1164>.『역대 가사문학전집』. 임기
　　중 편. 동서문화사. 여강출판사. 1987-1992.

<노부인가라 43>, <노탄가 32>, <노탄가 33>, <셕노가 34>, <백발가 30>, <백발가 31>,
　　<백발가라 35>.『규방가사: 신변탄식류』. 권녕철 편. 효성여대 출판부. 1985.

<노인가>, <백발가>.『주해 가사문학전집』. 김성배 외 3인 편저. 집문당. 1961초·1981재.

<백발가>.『주해 악부』. 이용기 편. 고려대 민족문화연구소. 1992.

<백발편>.『주해 초당문답가』. 정재호 저. 도서출판 박이정. 1996.

II. 논 저

강명관.「조선후기 서울과 한시의 변화」.『문학 작품에 나타난 서울의 형상』. 한샘출판사. 1994.

권순회.「초당문답가의 이본 양상과 주제적 의미」.『19세기 시가문학의 탐구』. 고려대 고전문학·
　　한문학연구회 편. 집문당. 1995.

박연호.「초당문답가의 지향과 창작 기반」.『한국가사문학연구』. 정재호 편. 태학사. 1995.

서영숙.「조선후기 인물중심 가사의 서술방법 연구」.『국어국문학』 112. 국어국문학회. 1994.

＿＿＿.「조선후기 가사의 소설적 변모양상」.『한국서사문학사의 연구』 5. 사재동 편. 1995.

＿＿＿.「오륜가사의 서술방식과 의미」.『한국언어문학』 37. 한국언어문학회. 1996.

정재호.「백발가 고」.『주해 초당문답가』. 도서출판 박이정. 1996.

大谷森繁.『조선후기 소설 독자 연구』. 고려대 민족문화연구소. 1985.

3 | 서사적 여성가사의 연구
: <노쳐녀가>를 중심으로

1. 머리말

본고는 서사적 여성가사를 연구대상으로 한다. 서사적 여성가사란 작가가 자신의 사상과 경험을 효과적으로 알리기 위하여 인물의 성격 창조, 사건의 유기적 구성 등 서사적[104] 기법을 작품 속에 구현하고 있는 여성가사를 말한다. 이 때 여성가사는 종래 '규방' 또는 '내방' 가사로 불리던 것으로서 일차적으로 작가 또는 작가군이 여성이거나, 작가가 남성이라 하더라도 여성이 화자로 등장하며, 여성을 주 수용자로 하는 가사까지 포함하는 포괄적인 의미로 사용하고자 한다. 지금까지 가사의 서사성에 주목한 여러 연구[105]들이 있었지만 거의가 그 특성을 사회 체제의 변화와 관련해 해석하고 있을 뿐 작품 자체의 문학적 연구에는 자못 소홀한 감이 있다.

이에 본고에서는 서사적 여성가사 중 대표적인 작품 <노쳐녀가>[106]

---

104) 필자는 조동일(1969)의 견해에 따라 가사를 교술문학으로 보고 그 중 서정성, 서사성이 두드러진 가사는 '서정적', '서사적'의 관형어를 붙여 쓰고자 한다.

105) 어영하(1973), 최원식(1977 겨울), 김학성(1983), 장정수(1989) 등 참조.

106) <노쳐녀가>는 권녕철(1979), 125-127면, 권녕철(1985), 262-270면의 자료를 주 대상으로 한다. 앞으로 자료 인용은 차례대로 '규 I', '규신'의 약호를 사용하기로 한다.

를 택하여 집중적으로 그 구조와 의미에 대하여 연구해 보려고 한다.
<노처녀가>는 여성가사의 대표적 유형중의 하나인 '탄식가사'107)에 속
하며 이미 학계에 발표돼 기존연구에서 많이 논의해 온 것으로서108) 면
밀하게 재검토할 필요가 있다고 보기 때문이다.

다음 이를 토대로 이 가사가 소설화되었다고 판단되는 작품을 중심
으로 여성이 주인공으로 등장하며 주 독자층을 여성으로 하고 있는 여
성소설과의 관련, 나아가 서사적 여성가사의 문학사적 의의에 대해 살
펴보려고 한다. 이 연구를 통해 미흡하나마 가사와 소설과의 관련성, 그
리고 여성이 작가이거나 독자로서 중요한 구실을 담당해 온 여성문학의
면모가 부분적으로나마 밝혀질 수 있으리라고 본다.

2. 작품구조와 의미

<노처녀가>는 두 가지 유형이 전한다. 하나는 사십세의 노처녀가
양반의 허위의식, 가난 등의 이유로 시집을 가지 못하는 데에 대한 원망
과 탄식을 읊은 것이고, 다른 하나는 오십줄에 들은 불구의 노처녀가 시
집 못 감을 탄식하다가 이를 스스로 해결하려는 의지를 보이면서 모의
혼인을 거행함으로써 주위 사람들을 감동시켜 드디어 소원을 성취한다
는 것이다. 전자를 <노처녀가>(I), 후자를 <노처녀가>(II)라고 한다면
<노처녀가>(II)는 <노처녀가>(I)의 탄식부분에 사건을 만들어 해결해
나가는 과정을 덧붙임으로써 서사적 짜임새를 갖춘 것이라고 할 수 있
다. 즉 <노처녀가>(I)과 <노처녀가>(II)는 전반부가 거의 같은 내용으

---

107) 권녕철(1980)의 규방가사 21 유형 중 '신변탄식류'를 알기 쉽게 붙여 본 것이다.
    31-32면 참조.
108) <노처녀가>는 최원식(1977 겨울), 김문기(1985 재)에서 살펴본 바 있다.

로 되어 있어, <노쳐녀가>(II)는 <노처녀가>(I)의 무기력과 좌절감에 불만을 느낀 작가가 이를 해결하고자 <노처녀가>(I)을 바탕으로 재창 작한 것으로 보인다.

<노쳐녀가>(I)은 안동지방 일대의 여성들에게 많은 필사본이 전할 뿐만 아니라, 여러 잡가집[109]에도 실려 있어 서민들에게도 상당히 많은 인기를 얻었음을 알 수 있다. 이는 <노처녀가>(I)이 지닌 희화성과 비 판성으로 인해 여성들의 손을 벗어나 일반 서민에게도 큰 호응을 얻었 기 때문일 것이다. <노쳐녀가>(II) 역시 여성들에게 많이 읽혔을 뿐만 아니라 단편소설집 『三說記』[110]에 실려 전하고 있어, 가사가 소설과 거 의 비슷한 취급을 받고 읽혔던 것을 알 수 있다. 이는 소설을 읽는 것을 제한 당하고 소설을 구해 볼 여건이 여의치 않았던 양반 여성사회에 서 사적 가사가 소설을 대신하는 위치를 감당하지 않았을까 하는 추정을 가능하게 한다.

<노쳐녀가>(I)은 <노쳐녀가>(II)와는 달리 노처녀로서의 신세한탄 에 그치고 있어 서사적 작품이라고 할 수 없다. 그러나 <노쳐녀가>(II) 가 <노처녀가>(I)을 서사화한 것이므로 두 작품의 대비적 관점에서 함 께 다루기로 한다. <노처녀가>(I)의 작품내적 자아인 노처녀 즉 '나'의 현실에 대한 인식은 상당히 비판적이다. 시두부터 "가난한 좀양반이 양 반인체 도를차려 처사가 불민하여 괴망을 일사므며 다만한딸 늘거간 다"(규 I, 125면)고 하며 허식에 빠져 있는 양반의식을 강하게 부정하면서, 그 양반의 전형이라 할 수 있는 자기의 부모에 대한 원망을 노골적으로 드러내고 있다. '나'의 가치관은 "혼자살면 천년살며 정녀되면 만년살

---

109) 『樂府』와 『歌集』에 작품이 실려 있고, 『雅樂部歌集』에는 제목만 전한다. 김동 욱·임기중 편(1982) 참조.
110) 김동욱 편(1973)에 木板本(京板)이 있고, 인천대학 민족문화연구소(1984)에 구활 자본(朝鮮書館, 1913)이 실려 있다.

까"(규Ⅰ, 125면)라며 사회적으로 높게 평가되는 가치를 부정하고 대신에 개인적인 사랑을 적극적으로 긍정한다.

즉 시집을 가지 못한 나에게는 '孝'나 '烈'과 같은 이념은 아무런 가치가 없다. 그런 모든 것보다도 가장 소중한 것은 '사랑'이라는 인식을 지니고 있다. 이 사랑을 성취하기 위해서 양반들이 중요시 여기는 부귀·빈천 등도 '나'는 전혀 개의치 않는다. 오히려 "김동이도 상처ᄒ고 리동이도 긔쳐로다"(규Ⅰ, 126면)하며 재취라도 마다하지 않겠다는 과감성을 보이고 있다.

여성이 자신의 혼인에 대해 이렇게 적극적인 의사를 표현한다는 것은 당시 사회현실로 볼 때 상당히 파격적인 것이라 하지 않을 수 없다. 그러나 이렇게 진취적인 사고가 행동으로까지 나아가지 못한 것이 <노처녀가>(Ⅰ)의 한계이며 당시 여성들의 인식의 한계라 할 수 있다. 즉 개개인으로서의 여성의식은 상당히 높은 수준에 있으면서도 그것을 사회 개조의 힘으로까지는 전화시키지 못하고 쉽게 좌절하고 만다.

결국 "안젓다가 누엇다가 다시금 생각하니 모진목숨 죽지못해 한이로다"(규Ⅰ, 127면)하며 인식과 현실의 괴리에서 오는 갈등으로 괴로워하고만 있을 뿐이다. 이처럼 <노처녀가>(Ⅰ)은 시집가기를 원하는 작품내적 자아인 노처녀와 이것의 실현이 불가능한 세계와의 대립구조로 되어 있다. 이 때 자아의 기대는 세계에 부딪혀 대결도 벌이지 못하고 좌절하고 마는데, 이는 세계의 장벽이 그만큼 높고 두껍기 때문일 것이다.

<노처녀가>(Ⅰ)의 이러한 좌절과 체념에 불만을 가지고 노처녀 스스로 해결점을 모색하여 결국 혼인을 성취하는 과정을 덧붙인 것이 <노처녀가>(Ⅱ)이다. 이제 그 서사적 전개를 단락으로 구분해 보면 다음과 같다.

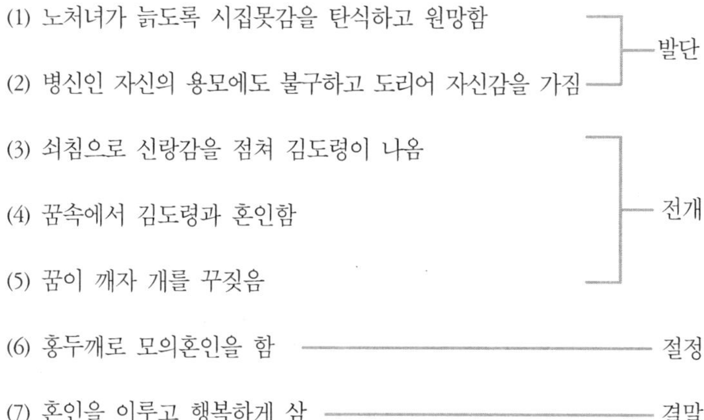

여기에서 보는 것처럼 <노쳐녀가>(II)는 일련의 사건이 발단 - 전
개 - 절정 - 결말의 짜임새로 되어 있어 '서사적'이다. 그러나 이 사건을
전개시켜 나가는 인물들의 행위가 구체화되어 있지 않다는 점에서 완전
한 '서사'로 보기에는 미흡하다. 즉 작품내적 자아인 노처녀의 행위만
제시되어 있고, 상대역이어야 할 부모, 동생, 신랑 등은 단지 노처녀에
의해 설명되어 있을 뿐이다. 이는 <노쳐녀가>(II)가 <노처녀가>(I)의
일인칭 독백체를 계속 유지했기 때문에서 오는 한계라고 볼 수 있다

그러나 그럼에도 불구하고 <노처녀가>(II)는 <노처녀가>(I)에서는
맛볼 수 없는 재미와 감동을 준다. 우선 <노쳐녀가>(II)의 노처녀는 <노
처녀가>(I)보다 한층 더 시집가기 힘든 조건으로 설정되어 있다. <노처
녀가>(I)의 노처녀는 사십의 나이라 해도 "원산갓튼 푸른눈섭 세류가튼
가는허리"(규I, 126면)를 지닌 아름다운 자태로 묘사되어 있는 데 반해 <노
쳐녀가>(II)의 노처녀는 이미 오십줄에 들고 얼굴까지 얽었으며, 한눈,
귀, 한 손, 한 다리가 성치 못한 병신으로 되어 있다. 그러나 자신의 결
함을 조금도 부끄러워하지 않고 오히려 모든 것을 남과 같이 할 수 있
다는 자신감을 내보임으로써 <노처녀가>(I)의 노처녀와는 달리 매우

긍정적이고 과감한 성격을 지니고 있음을 알 수 있다. 또한 이 부분은 그 비극적 상황에도 불구하고 희화적인 표현을 택함으로써, 일반적인 통념에 대한 강한 반발을 드러낸다.

> 니얼골 얼것다마소 얼근궁기 슬기들고
> 니얼골 썸다마소 분칠ᄒ면 안이힐가
>   (중략)
> 왼편다리 병신이나 뒷간출입 능히ᄒ고
> 코구영이 믹믹ᄒ나 니음식를 일수아너
>   (규신, 266-267면)

이러한 표현은 마치 판소리 또는 판소리계 소설에서의 인물묘사를 연상시키는 것으로써 읽는 이로 하여금 작품내적 자아에 몰입하지 않고 일정한 거리를 유지하게 하는 기능을 맡는다. 즉 <노처녀가>(I)에서는 읽는 이들이 누구나 마치 자신의 '노래'인 것처럼 빠져들게 되나, <노처녀가>(II)에서는 내가 아닌 다른 사람의 '이야기'를 듣는 것으로 확연히 구분 짓게 된다.

이렇게 과감하고 개성적인 성격을 지닌 노처녀는 자신의 혼사를 더 이상 부모, 동생에게 맡겨 두지 않는다. 점을 쳐 자신의 신랑감을 결정한 후, 꿈속에서나마 혼인을 성취시킨다. 그 꿈이 개 짖는 소리에 깨져 버리자 거기서 좌절하지 않고 홍두깨에 옷을 입혀 모의 혼인식을 거행함으로써 꿈을 현실로 변화시키기까지에 이른다. 이렇게 자신에게 주어진 고난을 적극적으로 타결하는 노처녀는 더 이상 세계의 장벽에 좌절하는 나약한 존재가 아니다.

즉 그녀는 세계와 맞부딪쳐 대결을 벌여 승리를 이끌어 내는 강인한 존재이다. 시집가기 전 여자는 부모의 처사에 순종해야 한다든지, 혼인은 부귀빈천이나 문벌 등을 잘 가려서 해야 한다든지 하는 사회적 규범과 인식을 무시하고 자신의 의지를 관철하는 독립적이고 용기 있는 여성이라 할 수 있다. 이러한 여성상이 늘 순종하거나 비탄만 하던 여성 대신에 가사에 등장한 것은 여성의 의식이 그만큼 높아졌다는 것을 의미한다. 또한 사회도 그 이전 孝와 烈 등의 유교적 관념이 뒷받침하고 있던 안정된 질서가 이미 심각하게 동요돼 있음을 보여 준다.

그러나 <노쳐녀가>(II)의 결말의 어조는 서두에서 혼인을 이루기까지의 어조와 전혀 다르게 나타난다. 즉 혼인에 의해 모든 고민이 해결됨으로써 양반 사회의 모순에 대한 비판적 의식조차 모두 흐려지고, 그 양반 사회에 편입되는 태도를 취한다. 더욱이 "먹은귀 발가지고 병신팔 능히씨니 이안이 히훈훈가"(규신, 270면)함으로써 양반답지 못한 모든 요소를 일시에 제거해 버리고 관습적인 '행복한 결말'을 이루고야 만다.

이는 <노쳐녀가>(II)의 작자가 이중적인 가치관을 지니고 있음을 보여준다. 즉 혼인을 이루기 전에는 양반 사회의 떳떳한 구성원이 될 수 없었기 때문에 그 모순에 대한 비판적인 태도를 가졌지만 혼인을 통해 양반사회에 진입함으로써 양반으로서의 지위와 권위를 고수하려는 태도를 보이는 것이다. 이러한 이중성은 이 작자의 처지가 '양반 여성'이라는 특수성에서 기인한다. 즉 '여성'이기 때문에 겪어야 하는 부당함과 불공평 때문에 비판적인 의식을 지니면서도 '양반'의 지위 때문에 그 의식을 숨기거나 묻어버리려는 태도를 갖게 되는 것이다.

이상에서 <노쳐녀가>(II)는 <노쳐녀가>(I)의 작품내적 자아를 개성적인 인물로 형상화하고 일련의 사건을 전개해 나간 서사적 가사라고 할 수 있다. 이렇게 작품을 서사적으로 전환시킴으로써 독자·청중은 <노쳐녀가>(I)의 비탄에 젖어 있지 않고 작품내적 자아에게 일정한 거리감을 가지면서 객관적으로 바라다 볼 수 있게 한다. 또한 주인공의 과감하고 담대한, 사회적 규범에 대한 반항은 골계적으로 받아들여져서 작품을 읽는 재미를 더해 준다. 이러한 재미와 이야기 전개에서의 흥미진진함으로 인해 마치 '소설'과 같은 대우를 받으며 독자들에게 이 가사가 읽혔으리라고 생각된다. 이 가사가 다른 이야기들과 함께 『三說記』에 수록될 수 있었던 것은 그러한 연유에서일 것이다.

3. 소설화 경향

　　<노쳐녀가>가 소설화된 것으로 보이는 작품으로는 <꼭독각씨 실기>, <꼭독각시젼>, <로쳐녀 고독각씨>[111]를 들 수 있다. <로쳐녀 고독각씨>와 <꼭독각씨 실기>는 전반적으로 비슷한 내용으로 되어 있으나 <로쳐녀 고독각씨>에는 <꼭독각씨 실기>에는 없는 부분인 '최현·이씨 부부 구제담'이 삽입되어 있는 점이 다르다. 여기에서는 <로쳐녀 고독각씨>를 중심으로 <노쳐녀가>의 소설화 양상을 살펴보기로 한다.

　　<로쳐녀 고독각씨>는 서두부터 완전히 소설로서의 구색을 갖추고 있다. 이 소설은 다음과 같이 시작된다.

> 화셜 됴션 슉종죠 시절에 젼라도 무쥬짱에 일위 쳐녀가 잇스니 셩은 고독이오 명은 각시라[112]　(구활 1, 513면)

　　여기에서 주인공인 노처녀는 세 살에 어머니를 잃고 열 살에 아버지가 죽어 혈혈무의한 이십칠 세의 여성이다. 주인공은 자신의 팔자를 탄

---

111) <꼭독각씨 실기>는 이가원 역쥬(1955)에, <꼭독각시젼>은 국립도서관 소장본(필사본), <로쳐녀 고독각씨>는 인천대학 민족문화연구소(1983)에서 간행한 구활자본(廣明書館, 1916)에 실려 있는 자료를 말한다. 주 자료로 택한 <로쳐녀 고독각씨>의 인용시에는 '구활 1'의 약호로 표시한다.
112) 띄어쓰기는 이해하기 쉽게 필자가 한 것임.

식하면서 자신의 용모에 대해 다음과 같이 독백한다.

> 반고슈머리 노랑털은 ᄉᆞ람이 ᄆᆡᆸᄌᆞᄒᆞ고 모질 격이오 이마 널은거슨 활달ᄃᆡ도ᄒᆞ야 의ᄉᆞ가 만흘 격이오 눈이 마늘모 진거슨 눈니 밝고 남의게 만만치 아니할 격이오 귀가 큰거슨 명이 길고 말 잘들을 격이오 (중략) 허리가 굴근거슨 요통 업슬 격이오 엉덩이 퍼진거슨 ᄒᆡ산 잘ᄒᆞᆯ 격이오 발 큰거슨 바람불어도 넘어지지 아니할 격이오니 이럿케 신통ᄒᆞᆫ ᄉᆞ람 ᄯᅩ 어ᄃᆡ 잇스리오 (구활 1, 513-514면)

이후에 자신의 행실, 재주, 음식솜씨 등 자신이 다른 규수에 조금도 빠질 바 없음을 당당하게 제시하면서 그런데도 자신의 짝이 없음을 한탄하고 혼인이 빨리 이루어지기를 기대한다. 여기까지의 이 노처녀의 신변탄식은 가사인 <노쳐녀가>(I), (II)에 나타나는 팔자한탄과 문체만 바뀌었을 뿐 거의 유사하다. 특히『삼셜긔』의 <노쳐녀가>에 나오는 용모, 행실, 재주, 음식솜씨 자랑에 나오는 대목이 그대로 나오기도 하고 더욱 길게 부연 서술되어 있어서 이 <로처녀 고독각씨>는 <노쳐녀가>(II)를 소설화한 것이라는 점을 여실히 보여준다. 즉『삼셜긔』<노쳐녀가>와 <로처녀 고독각씨>의 유사한 대목[113]을 들어 보면 다음과 같다.

> 코구영이 ᄆᆡᆨᄆᆡᆨᄒᆞ나 ᄂᆡ음식ᄂᆞᆫ 일슈만네 (노쳐녀가)
> 코가너른거슨 ᄉᆞᆷ쉬기 시원ᄒᆞ고 음식넘ᄉᆡ 잘맞틀 격이오 (고독각씨)
>
> 엉덩ᄲᅧ가 너르기ᄂᆞᆫ ᄒᆡ산잘ᄒᆞᆯ 징본이오 (노쳐녀가)
> 엉덩이 퍼진거슨 ᄒᆡ산 잘ᄒᆞᆯ 격이오 (고독각씨)
>
> 밥쥬걱 업허노와 니를죽여 본일업ᄂᆡ (노쳐녀가)
> 밥푸다가 쥬걱등에 이죽여본일 업고 (고독각씨)

113) <노쳐녀가>의 인용은 구활 20, 623-624면에서, <로처녀 고독각씨>의 인용은 구활 1, 514면에서 하였다.

> 장독스리 볏겨니여 뒤물그릇 혼일업고 　(노쳐녀가)
> 뒷물소리기로 장독덥허 본 일 업고 　(고독각씨)

이 외에도 <로처녀 고독각씨>에는 "쏭무든손울 쓰물통에 씨셔본일업고 우물밋희 오줌누어 본일업고 이웃집 불붓난더 키질ᄒ야 본일업고 동닉집 회산한더 기잡아 본일업고 겻집에 젹신할졔 못박아본일업고 자라난 호박에 말뚝박아 본일업스니" 등을 첨가하고 있다. 이러한 대목은 여성의 미모에 대한 일반의 통념을 깨뜨리고, 오히려 그러한 미모에서 벗어나는 것이 더욱 여성의 궂은 일에 적합한 것임을 지적함으로써 여성의 아름다움을 규정해 오던 남성의 시각에서 벗어나 여성의 시각으로 보고자 하는 점이 주목된다.

또한 행실 면에서도 사회적 규범들이 여성들에게 가르치는 고상하고 엄격한 행실들이 거론되는 것이 아니라, 상식에 벗어나거나 이웃에 해되는 일을 하지 않음을 강조하고 있다. 그것도 방귀, 뒷물, 똥, 오줌 등의 비속한 예를 들면서 규범의 점잖음을 완전히 무시하는 태도를 보인다. 이는 여성이 지녀야 할 여러 가지 덕목이나 처신, 범절 등을 혼인의 조건으로서 까다롭게 따지고 있는 사회 실정에 대한 비판의식의 발로라고 할 수 있다. 이와 같은 사회에서 일반적으로 기대하는 바람직한 여성상이 노처녀에게는 헛되고 무가치한 것이라 할 수 있다. 그러기에 이 노처녀는 자신의 혼인을 그토록 지연시키는 요인이 이 잘못된 여성상에 있음을 잘 파악하고 자기 나름대로의 새로운 여성상을 강력하게 내세우는 것이다.

이렇듯 <로처녀 고독각씨>가 <노처녀가>(II)를 바탕으로 소설화했음에도 불구하고 두 작품의 사건 전개는 현저한 차이가 있다. <로처녀 고독각씨>의 서사단락을 나누어 보면 다음과 같다.

(1) 노처녀의 신변탄식과 항변 ──────────────── 고난

(2) 골서방의 납채를 받고 혼인 준비를 함 ───────── 해결

(3) 매파가 윤봉사의 구혼을 전하나 거절함 ───────── 고난

(4) 골생원 집에 찾아가 혼인함 ─────────────── 해결

(5) 집안은 가난하고 신랑은 병신임 ──────────── 고난

(6) 자식을 낳고 가산이 부요해짐. 뜻밖에 생금을 얻어 부자가 됨 ── 해결

(7) 최현 부부를 구제하고 감화시킴 ──────────── 해결

(8) 자손이 만당하고 복락을 누린 후 별세함 ──────── 해결

즉 이 작품은 '고난'과 '고난의 해결' 단락이 반복되어 나타나는 구조로 되어 있다. (7)은 사실상 본래 이 이야기의 흐름과는 거리가 있는 것으로서 고부인의 어짐을 강조하기 위하여 삽입한 것이라 할 수 있고, (8)은 결말로서 (6)의 계속으로 볼 수 있다.

이에 비해 <꼭독각씨 실기>는 (6)단락까지만 나타나는데 <로처녀 고독각씨>와 차이가 나는 점은 (3)에서 3년 동안 골서방으로부터 연락이 없자 윤봉사의 구혼을 받는다는 점을 들 수 있다. 이는 <꼭독각씨 실기>가 '實記'라는 명칭에서 보는 것처럼 꼭독각씨의 일생에 보다 사실성을 부가하는데 그 비중을 둔 데서 기인하는 것으로 볼 수 있다.

<꼭독각씨 실기>와 <로처녀 고독각씨>의 선, 후는 단언하기는 어려우나 <꼭독각씨 실기> 외에도 필사본 <쑥독각시젼>이 (6)단락까지만 나와 있고 연대를 확실하게 추정할 수 없는 데 비해 <로처녀 고독각씨>는 1916년에 간행된 활자본으로서 필사본을 대본으로 하였을 것이므로 <로처녀 고독각씨>는 <꼭독각씨 실기>, <쑥독각시젼>에 (7)의 최현 부부 구제담을 삽입하여 이야기를 늘린 것이라 생각한다. 즉 이 <로처녀 고독각씨>의 형성을 추정해 보면 다음과 같다.

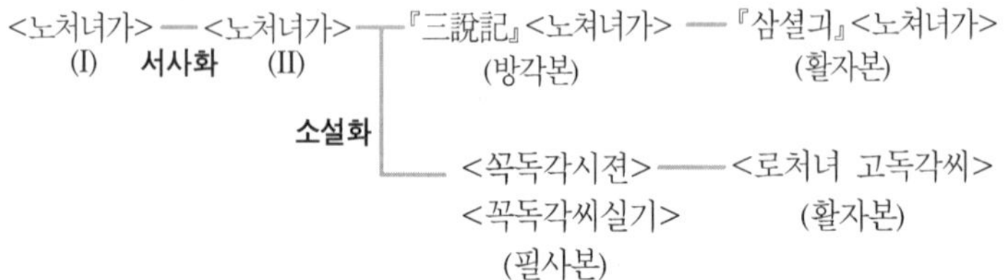

즉 탄식가사인 <노처녀가>(I)이 서사적 여성가사인 <노쳐녀가>(II)로 변모한 뒤 두 가지 방향으로 진행된다. 하나는 <노쳐녀가>(II)의 골격을 그대로 유지하면서 앞, 뒤에 소설적인 서두와 결말을 집어넣어 단편소설집 『三說記』에 수록한 경우이고, 다른 하나는 노처녀의 탄식부분만 받아들이고 이후 이야기를 완전히 소설화한 경우이다. 이는 독자들이 서사적 가사도 소설과 별 구별 없이 이야기로 여겼으리라는 점을 나타내 준다. 이렇게 서사적 가사를 소설에 편입한다든가 소설화하게 된 이유로는 소설의 상품화가 이루어지면서 많은 이야깃거리를 필요로 했던 소설 작자 또는 세책가, 출판업자들이 소설의 소재를 찾는 데 가사를 참고로 했음을 알 수 있다. 즉 그 중에서도 소설 독자의 대부분인 여성들의 기호와 요구에 맞는 작품을 창작하기 위해서는 여성들이 짓고, 읽었던 여성가사를 참조하는 것이 가장 손쉬운 방법이었을 것이다.

그런데 이렇게 가사가 소설화되면서 작품의 주인공인 여성상과 작가의 현실에 대한 인식에 상당한 변질이 일어난 것을 발견하게 된다. 즉 가사 <노쳐녀가>(II)에서는 부모가 있는 사십이 넘은 불구의 양반 노처녀가 주인공이나, 소설에서는 27세의 고아인 노처녀가 주인공이다. 즉 <노쳐녀가>(II)에서는 부모가 있는데도 혼인을 이루지 못한데서, 양반인 부모의 허식이나 무능함에 대한 비판이 내재되어 있고 40세 불구임으로 인해 혼인성사의 불가능성은 더욱 짙게 드러나 있다. 그럼에도 불구하고 노처녀는 양반의 허례허식, 무능을 신랄히 비판하고, 적극적인 사고 방식과 행동으로 자기 자신의 혼인을 성취한다는 평민적 의식을 보여 준다.

이에 비해 소설은 고독각씨의 신분은 확실히 드러나 있지 않으나 부모가 없는 데다가, 가난한 처지이므로 평민과 다름없다고 하겠다. 그러나 그 의식면에서는 양반의식을 지니고 있음을 뚜렷하게 보여준다. 즉 고독각씨가 납채를 받고서 기뻐하며 하는 말에 혼인 이후의 생활에 대한 꿈을 다음과 같이 나타내고 있다.

> 닉가 슈십일 지나면 시집가셔 효봉구고 승슌군ᄌᄒᆞ야 아들 낫코 ᄯᆞᆯ을 나아 남가녀혼ᄒᆞ야 손ᄌ삭기 번셩ᄒᆞ고 류간디쳥 집을짓고 셔화부벽 붓쳐놋코 양디에 방아 걸고 음디에 우물 파고 화초는 뒷뜰에 놋코 압논에 오레 심고 양디에 목화 놋코 문젼에 과목 심어 실과는 ᄶᆞ를 찻고 빅곡이 풍등ᄒᆞᆫ 디 아희난 소 먹이고 남죵은 김을 미고 녀죵은 길삼ᄒᆞ니 그런 호강 ᄯᅩ잇난가……… (구활 1, 516면)

뿐만 아니라 윤봉사와의 혼인을 권유하는 매파를 꾸짖어 보낸다든지, 손님을 나와 뵈라는 갈부인에게 오히려 조상 차례를 먼저 지내야 한다고 주장한다든지 하는 부분들은 무너져 가는 양반의 체통과 법도를 고수하려는 고독각씨의 강한 의지와 노력을 보여주다. 납채를 보낸 후 골생원 집으로부터 아무 소식이 없자 스스로 골생원 십에 찾아가는 것이 당시 혼인 방식으로 볼 때 매우 파격적인 행위라 할 수 있으나, 그것도 유교이념인 절개를 지키기 위한 방도로서 택한 것임을 본다면 고독각씨의 양반 의식이 얼마나 투철한가를 짐작할 수 있다.

이후 가산이 점점 부요해지는 과정에도 힘써 일한다든가 하는 현실적인 노력은 전혀 서술되어 있지 않고 고독각씨의 지극한 효성과 봉제사, 이웃 간의 화목 등의 덕택으로 저절로 이루어진 것임을 강조한다. 또한 우연히 생금까지 얻게 되어 벼락부자가 된다는 내용은 이렇게 지극한 효성에는 반드시 보답이 있다는 생각을 뒷받침하기 위해서 설정된 것이라 할 수 있다.

고독각씨의 양반으로서의 면모는 부자가 된 후 최현 부부를 구제하는데서 완연히 드러난다. 최현의 부인 이씨가 간부와 짜고 최현을 감옥에 넣어 죽음에 이르게 하자, 고부인은 이씨에게 칠거지악을 가르쳐 감화시킨다.

> 계집이 칠거지罪 잇스니 드러보라 일은 무자식이오 이난 음란한 거시오 숨은 불효부제한 거시오 (중략) 그디 큰罪를 범ᄒ고 엇지 용납ᄒ리오마는 셩인도 허믈이 잇나니 기과쳔션ᄒ면 착한 스람이 된다 ᄒ나니라
>
> (구활 1, 525면)

이상에서 볼 때 <노쳐녀가>의 양반에 대한 비판과 평민적 의식이 소설 <로처녀 고독각씨>에 와서는 오히려 후퇴하고 무너져 가는 양반의 법도와 유교 이념을 고수하려는 입장으로 바뀌었음을 알 수 있다. 이는 당시 사회 현실에 있어서 몰락해 가는 양반의 권위와 유교 이념에 대한 반작용으로 생겨난 것으로, 오히려 봉건체제를 유지·부활하려는 수구적인 성향을 강하게 띠고 있다고 보겠다. 그런데 이를 봉건적 토대가 붕괴되기 시작하자 <노처녀가>로 발전했고 사대부의 몰락과 함께 평민의 성장이 점증되자 소설 <꼭독각시젼>으로 전환했다[114]고 보는 것은 작품을 면밀하게 살피지 못한 데서 온 해석이라 할 수 있다. <로처녀 고독각씨>의 전반부에서 노처녀가 신변탄식을 하는 데서 나타나는 평민적 의식을 이후에는 좀처럼 찾아볼 수 없는 불일치성이 생기는 것은 이 작품이 <노쳐녀가>를 소설화했기 때문에 일어나는 당연한 결과라 하겠다.

그리하여 작품의 말미에서 화자는 다음과 같은 훈계로 이러한 불일

---

114) 최원식(1977 겨울), 254면 참조.

치에서 오는 주제의 오해를 방지하고 있다.

> 부인의 ᄌ손이 번셩ᄒ야 빅디 쳔손ᄒ야 졈졈 부가 되미 더옥 션심을 닥가
> 졈졈 챵셩ᄒ니 아시에 시집 못가셔 익쓰던 것 보고 웃지말고 고부인의 본
> 을 밧아 효셩을 ᄒ량이면 하늘이 감동ᄒ고 귀신이 도와쥬시ᄂ니라
>
> (구활 1, 527-528면)

즉 전반부의 노처녀 시절의 비판이나 골계에 재미를 두지 말고, 이후 고부인의 행적을 본받을 것을 강조함으로써 이 작품의 작가는 <노처녀가>를 바탕으로 소설을 창작하면서 오히려 <노처녀가>를 못마땅하게 생각했다고 볼 수 있다. 즉 어떤 작품을 읽고 새로운 작품을 생산해 내는 경우, 원래 작품에 동조적인 경우와 비판적인 경우 두 가지로 나누어 생각해 본다면 <로처녀 고독각씨>는 <노처녀가>를 비판적으로 수용하여 소설화했다고 할 수 있다. 그렇기 때문에 <노처녀가>와 <로처녀 고독각씨>의 주역이 완전히 상반되는 경향의 인물로 그려지게 된 것이라 본다.

그러나 <노처녀가>와 <로처녀 고독각씨>에서 공통되는 점이 없는 것은 아니다. 그것은 두 작품에서 모두 여성이 사건 해결의 주체로서 행동하는 중요한 존재로 부각되고 있다는 점이다. 즉 <로처녀 고독각씨>에서도 양반의식을 고수하고 유교이념을 지키는 주체는 남편이나 시부모가 아니라 고부인이다. 오히려 남편, 시부모는 무능하고 무기력한 현실적인 양반의 모습을 보여 줄 뿐이다. 이런 면에서 이 작품을 '독립된 인격의 여성상의 구현' 그리고 '성차별을 지양하는 평등한 인간으로서의 존엄성을 강조하는 여성 중심적 사고의 반영이며, 근대적 가치관으로의 발전'[115]이라고 보는 점은 일면 타당성이 있다. 즉 피동적이고

---

115) 박명희(1990), 113면 참조.

소극적인 여성이 아니라 능동적, 적극적인 여성을 내세움으로써 여성의 사회적인 역할이나 위치를 크게 부각시킨 점은 근대적인 가치관을 일면 보여 준다고 할 수 있다. 그러나 사회의 근대화에는 오히려 반발하고 구제도를 고집하는 반근대적인 가치관을 강하게 드러내고 있어 모순이 된다.

이처럼 서로 모순되는 듯한 이원적 가치관이 생겨난 이유로는 이 작품의 독자(층)를 주로 양반 여성으로 상정하기 때문일 것이다. 양반 여성은 신분은 양반이면서도, 남성이나 시부모에게 강압을 받으며 서민적인 생활을 하기 때문에 이중적인 사고 방식을 갖게 되는 것이다. 즉 양반의 지위는 그대로 고수하되, 억압받는 여성의 처지에서는 벗어나고자 하는 것이 양반 여성들의 기대라 할 수 있다. 그러므로 이러한 기대를 실현시키는 방향으로 소설화한 것이 이 작품이라 할 수 있고, 많은 여성 소설들이 이러한 가치관을 형상화하고 있는 것으로 생각된다.

4. 문학사적 의의

서사적 여성가사는 주로 여성들에 의해 창작되고 향유된 문학이다. 여성들이 창작·향유한 문학으로 다른 시가나 산문 문학이 없는 것은 아니지만 가사처럼 활발하게 문학 행위가 이루어진 것은 없을 것이다. 이는 한시나 시조가 주로 남성 또는 기녀들에 의해 향유되었고,[116] 소설이 양반 여성들에 의해 향유되는 데에 많은 제재를 받았던 것[117]에 비

---

[116] 조선시대 여성들은 무식함이 오히려 덕이 된다는 사회의식때문에 교육을 제대로 받지 못했고 詩詞를 함부로 지어 외간에 전파시킬 수 없었다. 김용숙(1979), 22-23면 참조.

[117] 이덕무는 『士小節』 婦儀 1에서 "諺翻傳奇는 탐독해서는 안된다. 집안 일을 버려

해 가사는 오히려 여성들을 교화시키기 위한 목적에서 적극적으로 권장·장려118)되었기 때문이다.

그러나 여성들은 가사를 자신들의 문학으로 받아들인 후 종래의 의도와는 달리 자신들의 처지와 고민을 토로하고 그들의 기대와 요구를 적극적으로 드러내는 문학으로 변개시켜 나갔다. 서사적 가사도 그러한 변모 과정 속에서 이루어진 양태라고 볼 수 있다. 이렇게 서사적 가사가 생겨나게 된 요인을 앞에서의 논의를 토대로 크게 네 가지로 나누어 생각해 볼 수 있다.

첫째 여성들은 소설의 주 독자인 동시에 가사의 창작자이다. 그들은 소설과 같은 읽을 거리를 가사에서도 찾고자 했으리라고 본다. 즉 소설과 같은 가사, 소설처럼 재미와 감동을 주며 인물과 사건이 희비애락을 자아내는 가사를 씀으로써 그들의 여가를 채울 수 있는 풍부한 읽을 거리를 갖추고자 하는 욕구가 서사적 가사를 이루어 냈으리라고 생각된다. 이것은 여성가사가 주로 영남지방에서 활발히 창작되었고, 소설이 서울, 안성, 전주 등 서울지방과 호남지방을 중심으로 성행했다는 점119)과 관련된다고 볼 수 있다. 즉 서울, 호남지방에도 여성들이 가사를 짓고 읽기는 했었지만 소설의 성행으로 가사는 점차 인기를 잃고 일찍 쇠진했던 데 비해 보수적 경향이 강했던 영남지방에서는 여성들이 소설보다는 가사를 더 가까이 하면서 서사적 여성가사로써 그들의 이야기에 대한 갈증을 풀었던 것이 아닌가 한다. 특히 가사 <金夫人烈行歌>는

두고 길쌈을 게을리하며, 돈을 주고 이것을 빌려서 탐독하느라고 가산을 기울인 사람도 있다"고 여성들이 소설에 탐독하는 것을 경계하고 있다. 조동일(1981, 3판), 409면 참조.

118) 가사는 『內訓』, 『女四書』, 『小學』, 『列女傳』 등과 같이 여성들의 교육수단으로서 남성들에 의해 쓰여 전해지기도 했다. 권녕철(1980), 60-65면 참조.

119) 소설 방각본이 서울, 안성, 전주에서 간행되었고, 소설 수입금지를 청하는 김이소의 상소에 "좌도(左道)에 사설(邪說)의 유행이 한창"이라고 한 것 등이 이런 생각을 뒷받침해 준다. 윤성근(1971), 53면 참조.

소설 <郭娘子傳>과 신랑과 신부의 성만 바뀌었을 뿐 같은 내용으로 되어 있는데[120] 이 <郭娘子傳>을 읽은 여성이 다른 여성들에게 읽히기 위하여 가사화한 것이 아닌가 생각된다. 즉 이는 서사적 가사가 소설화된 것과 역순의 방향인 소설의 가사화라고 볼 수 있는 것으로서 그만큼 여성들에게 서사적 가사가 중요한 독서 대상이었음을 말해준다.

둘째 서사적 여성가사는 소설뿐만 아니라 여성 주인공을 적극 내세우고 그들의 현실적 고난을 다루고 있는 <당금애기>, <바리공주> 등의 서사무가나 <심청가>, <춘향가> 등의 판소리와도 맥락을 같이하고 있다. 서사무가나 판소리가 구전되는 서사시로서 중세에서 근대로의 이행기 문학[121]의 특질을 보여 준다면 서사적 여성가사는 같은 시기에 비슷한 특질을 형상화한 기록된 서사시로 볼 수 있지 않을까 한다. 즉 서사시를 서구 중심의 고대 영웅 서사시로만 국한시켜 볼 것이 아니라 '서사적 요소로 이루어진 시(가)'라고 넓혀 생각해 본다면 서사적 여성가사는 기록서사시로 보아도 조금도 손색이 없다. 여성을 주인공으로 한 이 기록서사시는 여성의 고난을 노래한 서사무가의 전통을 이어 받으면서 판소리의 기법을 적극적으로 수용해 이루어졌다고 생각된다. <노쳐녀가>(II)의 인물묘사 부분이 판소리에서 보이는 것과 같은 해학적이고 과장된 표현의 열거로 이루어져 있다는 점은 이러한 생각을 뒷받침해 준다.

셋째 서사적 가사가 형성될 수 있었던 요인으로는 여성들 스스로가 자신들의 삶과 현실에 대한 자각을 갖게 된 데에서도 찾을 수 있다. 즉 여성가사가 형성되던 초기에는 유교적 이념이나 규범에 순종하고 충실

---

120) 전용문(1988), 201-202면의 <郭娘子傳>의 내용 소개와 어영하(1973), 62-70면의 <金夫人烈行歌>의 자료 소개를 통해 두 작품이 같은 줄거리로 이루어져 있음을 알았다.
121) 조동일(1990), 268-270면 참조.

한 것만이 가치 있는 삶으로 인식되던 것이 후기로 들어서면서 오히려 그러한 규범들이 자신들의 삶을 부당하게 억압하고 구속하는 것으로 인식되게 되었던 것이다. 그러한 인식의 변화는 규범을 훈계 위주로 나열·서술하던 가사에서, 현실에서의 여성의 고난을 보여주고 문제를 제기하는 가사로 변화시키는 동인이 되었다고 할 수 있다. 즉 규범이나 이상보다는 현실을 있는 그대로 보여 주고자 하는 의도가 가사에 서사적 요소들을 끌어들이게 된 것이다. <노쳐녀가>(II)에 나타나는 양반의 무능과 허식에 대한 비판은 여성들 스스로가 자신들의 삶에 대한 뚜렷한 자각이 있었기에 가능했던 것이다.

넷째 서사적 가사를 통해 본래 가사가 지니고 있던 교술적 주제를 효과적으로 달성하고자 했다는 점이다. 이는 언뜻 보면 셋째 요인과 모순되는 듯 보인다. 그러나 이것이 바로 여성가사의 특질이며 한계라 할 수 있다. 작품 분석에서도 지적되었듯이 여성가사의 창작자인 양반 여성들은 이원적인 가치관을 지니고 있다. 즉 여성이기 때문에 겪어야 하는 고난으로 인해 현실에 대해 비판적인 인식을 지니고 있으면서도, 양반으로서의 지위와 권위를 회복함으로써 그러한 현실을 벗어나고자 하는 의식을 견지하고 있다. 그들은 자신들에게 주어진 고난을 사회 전체의 구조적 모순에서 오는 것임을 인식하고 그를 타개하기 위해 노력하는 것이 아니라, 개인에게 일시적으로 주어진 시련이나 운명적으로 타고 난 팔자 소관으로 여기고 있다. 그리하여 그들은 유교적 이념에 충실함으로써 그에 대한 보상을 얻으리라고 믿는다. 시집 못 간 여성의 고난을 그려내면서도 결국 혼인으로 인해 양반의 권위를 되찾고 행복한 결말을 맞게 된다는 <노쳐녀가>(II)의 경우도 그러한 생각을 잘 나타내준다.122) 그러므로 서사적 여성가사는 서사적 요소를 통해 여성들이 현

---

122) 본 고에서 다루지 못했지만 <福善禍淫歌>의 이씨부인처럼 孝와 烈을 준수함으로써 복을 받게 된다는 이야기나, 반대로 그 이념을 파기한 데서 오는 불행을 강

실적 고난을 극복하고 가정의 부귀공명을 이루는 과정을 보여줌으로써, '유교적 이념의 교화'라는 가사 자체의 교술적 기능을 더욱 효과적으로 이루기 위하여 창작된 것이라고 볼 수 있다.

서사적 여성가사의 여성의 고난과 유교 이념의 구현이라는 이원적 가치 체계는 비단 가사에만 드러나는 특질은 아니다. 중세 문학에서 근대 문학으로 전환해 가는 시기에 여성이 중요한 문학 담당층으로 등장하면서 여성을 주인공으로 한 소설들이 많이 생산되었는데 이들 여성소설들이 대부분 서사적 여성가사의 특질을 공유하고 있는 것을 알 수 있다. 즉 앞에서 분석한 <로처녀 고독각씨>는 말할 것도 없고 대부분의 여성 소설들, <춘향전>, <숙향전>, <숙영낭자전>, <사씨남정기> 등이 이러한 가치관을 구현하고 있다고 생각된다.

이처럼 서사적 여성가사와 여성소설이 구현하고 있는 가치관의 유사성은 바로 두 장르의 밀접한 연관성을 설명해 주는 증거로 볼 수 있다. 두 장르의 주된 담당층은 양반 여성이다. 그러므로 서사적 여성가사는 여성소설의 영향 하에서 이루어졌고, 여성소설은 서사적 여성가사를 참조로 하는 상호 보완적인 관계를 유지했으리라고 본다. 어떤 가사의 경우에는 소설을 그대로 가사체로 재현한 듯한 작품도 있어 두 장르는 영향 수수관계를 넘어 양반 여성들에게는 거의 동일한 독서대상으로 여겨졌던 것이 아닌가 한다.

이렇게 두 장르가 밀접한 연관 속에서 유통되고 있는 가운데 소설 창작자들이 그 소재를 찾기 위해 같은 처지의 양반 여성들이 창작해내고 있는 가사에 눈을 돌린다는 것은 지극히 상식적인 일이다. 이 때 가사와 소설의 가치관이 공통적인 특질로 유지될 수 있었던 것은 주된 소

조한 <福善禍淫歌>(권녕철 1979, 27-36면)의 괴똥어미,『소백산대관록』 소재 <화전가>(김문기 1985 재)의 뗀동어미 이야기 등은 서사적 여성가사가 교술적 주제를 견지하고 있음을 뒷받침해 준다.

설 창작자로 추정되는 몰락 양반층과 가사의 창작자이며 소설 독자인 양반 여성들의 가치관이 서로 부합되었기 때문일 것이다. 즉 이들은 둘 다 지위는 양반이되 현실은 그렇지 못해 고난을 겪고 있으며, 다시 그 지위를 회복하여 부귀를 누리기를 기대하는 공통적인 성향을 지니고 있다.

그러면 서사적 여성가사의 형성과 소설화 경향은 어느 시기에 이루어진 것일까? 여성가사의 경우 대부분 창작된 절대 연도를 확정짓기는 불가능하나, 『三說記』에 <노쳐녀가>(II)가 실린 것으로 보아 그 대략적인 시기를 추정할 수 있으리라 본다. 국문소설 방각본이 대략 18세기 초쯤 나타났고 19세기에 전성시대를 맞았다[123]고 본다면 『三說記』는 1728년에서 1788년, 1848년[124] 중 어느 해에 간행되었다고 볼 수 있다. 그러므로 <노쳐녀가>(II)가 단편소설집인 『三說記』에 채택되었다는 것은 그 무렵에 이미 이 작품이 널리 인기를 누리고 있었다는 사실을 말해 준다. 결국 빠르면 18세기 초부터 늦게는 19세기 초 무렵에 서사적 여성가사가 형성되기 시작했으리라고 생각된다. 이렇게 본다면 여성가사의 발생을 영조시대인 18세기로 잡고 있는 주장[125]은 재검토할 여지가 있다고 본다. 즉 여성가사가 서사적 요소를 받아들여 변화를 추구하게 되기까지에는 발생 이후 적어도 1~2세기를 기다려야 가능하지 않을까 본다. 그렇게 본다면 여성가사의 발생은 훨씬 앞당겨 16세기 무렵[126]으로 잡을 수 있을 것이다.

서사적 여성가사의 소설화 경향은 서사적 여성가사의 발생과 거의 비슷한 시기에 이루어졌거나, 어느 정도 시일이 지난 이후에 이루어졌으리라고 본다. 즉 여성소설이 유행함에 따라 많은 여성소설을 창작해

---

123) 조동일(1981, 3판), 412면 참조.
124) 위의 책, 411면, 주 138) 참조.
125) 권녕철(1980), 66-72면 참조.
126) 사재동(1972)도 여성가사의 발생시기를 양반가사의 전성시기인 성종조로 보고 있다. 127-140면 참조.

내기 위해 서사적 여성가사를 참조하여 소설화했다고 본다면 적어도 18세기 중엽부터는 이러한 경향이 일어났으리라고 추정된다. 이 시기는 여성소설이 성행하던 시기와 대체로 일치한다. 이렇게 소설화된 작품들은 20세기 초 구활자본 소설들이 간행되기까지 지속적인 인기를 누려왔다고 생각된다.

이상의 논의를 종합해 볼 때 여성가사는 16세기경 여성들이 남성가사를 적극적으로 받아들여 자신들의 문학으로 향유하기 시작하면서 발생하여 발전해 오다가 18세기에 이르러 소설의 전성시기에 여성소설과 여성을 주인공으로 한 구전 서사시 등의 영향을 받아 서사적 여성가사가 이루어졌다고 생각된다. 또한 가사와 소설의 영향, 수수관계는 역방향으로도 이루어져서 여성소설을 창작하는 데 서사적 여성가사가 많은 참고 대상이 되었으리라고 본다.

이처럼 여성가사, 구전된 여성서사시, 여성소설 등 일련의 여성을 주인공으로 하고 여성을 주 독자(또는 청중)로 하고 있는 문학들은 모두 여성의 현실에 대한 자각이 이루어지면서 형성되었고, 여성의 고난을 다양하고 흥미 있게 진행시키고 있다는 점에서 공통적이다. 여기에서 여성의 존재, 역할을 중시했다는 점은 이들 문학의 근대적인 성격을 보여주나 그 여성의 역할이 결국에는 유교적 이념을 재정립하기 위한 것이라는 점은 이들 문학이 완전히 벗어나지 못한 중세적인 성격을 드러내 준다. 즉 이들 장르는 모두 중세에서 근대로의 이행기 문학의 한 특질을 잘 드러내는 귀중한 문학으로 평가될만한 것들이다. 이들 고전 여성문학 장르는 서로 영향을 주고받으며 스스로의 문학적 내용을 풍부하게 하며 발달해 오다가 본격적인 근대문학이 시작되면서 근대 여성문학에로 자리를 넘겨주게 된 것이다.

5. 맺음말

본 고에서는 서사적 여성가사인 <노처녀가>를 대상으로 그 구조적 특성과 의미를 살펴보고, 이 가사의 소설화 경향, 문학사적 의의에 대하여 고찰하였다. 이는 지금까지의 서사적 여성가사에 대한 연구가 그 사회적 성격의 논의에만 치중한 나머지 작품 자체의 치밀한 연구에는 소홀한 감이 있다는 불만에서 비롯했다.

<노처녀가>는 여성가사의 대표적 유형인 탄식가사의 후기적인 변형으로서 서사적 구성을 통해 가사가 본래 지니고 있는 교술적 주제를 더욱 효과적으로 이루고 있는 것으로 나타났다. 즉 이 작품은 양반의 허식과 무능으로 인해 혼인을 이루지 못하는 자신의 처지를 해결해 나가는 과정을 통해 노처녀로서의 비탄을 더욱 절실히 드러내고, 혼인을 통한 양반 권위의 회복을 보여 준다. 이로써 서사적 여성가사는 여성으로서 겪는 현실적 고난을 드러냄으로써 여성의 처지에 대한 자각의 일면을 드러내면서도, 그 해결은 유교적 규범의 시행과 양반으로서의 권위 회복에 두고 있는, 이원적인 가치관의 구현임을 알 수 있었다.

<노처녀가>는 <로처녀 고독각씨>와 <꼭독각시젼> 등으로 소설화되었다. <로처녀 고독각씨>는 <노처녀가>를 비판적으로 수용한 결과로 이루어진 작품으로서 <노처녀가>에 나타나는 양반의 허식과 무능에 대한 비판 의식이 철저한 유교 이념의 신봉 의식으로 바뀌어 나타난다. 이는 <노처녀가>를 소설화한 목적이 유교 이념의 교화에 있음을 뚜렷이 해 준다. 단 이 작품이 서사적 여성가사의 연장으로서 공통을 이루는 점은 유교 이념 준수의 주체자로 여성을 내세움으로써 여성의 역할이 특히 두드러진다는 점이다. 이는 서사적 여성가사와 여성소설의 주 담당층인 양반 여성의 억압된 현실과 거기에서 벗어나고자 하는 기대를 동시에 보여 준다.

　　서사적 여성가사는 18세기 초 내지 19세기 초 무렵 여성들이 자신들의 처지와 현실에 대한 자각을 하게 되면서, 구전되는 여성서사시, 여성소설 등의 영향을 받아 이루어졌으리라고 추정된다. 뿐만 아니라 가사에 서사적 요소를 부가함으로써 재미와 감동을 주고, 교술적 효과를 더할 수 있다는 효용성은 서사적 가사의 지속적인 창작과 전승이 가능하게 했다. 이처럼 서사적 여성가사는 중세에서 근대로의 이행기에, 변화해가는 현실에 대한 양반여성의 대응방식을 독특한 구조로 구현한 문학으로서 평가되어야 할 것이다.

　　본 연구의 의의는 여성가사를 본격적인 문학 연구의 대상으로 삼고 그 구조적 특성과 의미를 살폈다는 점에 있다. 이 점은 지금까지 여성가사에 대해 내려져 온 편견이나 선입견을 수정할 수 있으리라고 본다. 아울러 미흡하나마 서사적 여성가사와 여성소설과의 관련, 그 형성요인과 시기 등을 추론할 수 있었다. 이는 더 많은 작품과의 비교, 치밀한 역사적, 사회적 고증을 통해 뒷받침되어야 할 것으로 생각된다.

참고 문헌

I. 자 료

권녕철 편(1979). 『규방가사 I』. 한국정신문화연구원.

＿＿＿＿ 편저(1985). 『규방가사: 신변탄식류』. 효성여대 출판부.

김동욱·임기중 편(1982). 『歌集』『樂府』『雅樂部歌集』. 태학사.

『三說記』. 김동욱 편(1973). 『景印 古小說板刻本全集』 1.

『삼셜긔』. 인천대학 민족문화연구소(1984). 『舊活字本 古小說全集』 20.

<꼭독각씨 실기>. 이가원 역주(1955). 『국어국문학』 14. 국어국문학회.

<로처녀 고독각씨>. 인천대학 민족문화연구소(1983).『舊活字本 古小說全集』1.

II. 논 저

권녕철(1980).『규방가사연구』. 이우출판사.

권녕철·주정원(1981).『화전가연구』. 형설출판사.

김문기(1985재).『서민가사연구』. 형설출판사.

김용숙(1979).『조선조 여류문학의 연구』. 숙명여대 출판부.

김학성(1982).「가사의 실현화과정과 근대적 지향」.『근대문학의 형성과정』. 문학과지성사.

______(1983).「가사의 장르성격 재론」. 백영정병욱선생 환갑기념논총『한국시가문학연구』. 신구
    문화사.

김흥규(1986).『한국문학의 이해』. 민음사.

박명희(1990).「고소설의 여성중심적 시각연구」. 이화여대 박사학위논문.

사재동(1972).「충남지방 내방가사 연구」.『어문연구』8. 어문연구회.

어영해(1973).「규방가사의 서사문학성 연구」.『국문학 연구』4. 효성여대.

윤석창(1984).「가사의 장르적 복합성 연구」. 경희대 박사학위논문.

윤성근(1971).「유학자의 소설 배격」.『어문학』25. 한국어문학회.

이선애(1982).「복선화음가 연구」.『여성문제 연구』11. 효성여대 여성문제연구소.

장정수(1989).「서사가사 특성연구」. 고려대 석사학위논문.

전용문(1988).「여성영웅소설의 계통적 연구」. 충남대 박사학위논문.『어문연구』17. 어문연구회.

정하영(1987).「심청전에 나타난 악인상」.『국어국문학』97. 국어국문학회.

조동일(1969).「가사의 장르규정」.『어문학』21. 한국어문학회.

______(1981, 3판).『한국소설의 이론』. 지식산업사.

______(1990).「장편서사시의 분포와 변천비교론」.『고전문학연구』5. 한국고전문학연구회.

최원식(1977 겨울).「가사의 소설화 경향과 봉건주의의 해체」.『창작과 비평』제46호. 창작과비평사.

4 | 조선후기 가사의 소설화 양상

1. 머리말

조선후기 가사와 소설은 그 향유층을 확대하고 공유해 나가면서 서로 밀접한 영향을 주고받으며 발달해 왔다.[127] 즉 가사는 소설의 영향을 받아 인물의 형상화, 사건의 유기적 구성 등 서사적 전개를 갖추게 되었고, 소설은 가사를 주인물의 내면 독백을 위해 차용하여 사건 진행의 필수 계기로 이용하기도 했다. 뿐만 아니라 많이 읽히고 있는 기존 가사의 미진한 내용이나 뒷이야기를 허구적으로 얽어내어 소설로 재창작하기도 하였다. 사실적 이야기로서의 가사가 허구화되고, 허구적 이야기로서의 소설이 사실에 바탕을 둔 가사를 차용한다는 것은 여러 시각에서 꼼꼼하게 따져 볼만한 중요한 문학사적 변이 현상이라고 할 수 있다. 필자는 이러한 변이 현상을 '가사의 소설화 양상'의 측면에서 고찰해 보고자 한다.

조선후기 가사의 소설화 양상은 대략 두 가지 경우로 나누어 볼 수

---

127) 가사와 소설의 관련 양상에 대해서는 졸고(1992ㄴ)와 서인석(1995)에서 포괄적으로 살펴본 바 있다. 이 논문에서는 그중 가사의 소설화 양상에 대해 집중적으로 다루고자 한다. 가사의 소설화에 대해서는 김기동(1968), 최원식(1977 겨울), 졸고(1994, 1995)의 선행 논문이 있는데, 이 논문은 이러한 성과를 바탕으로 가사가 소설화되는 방법과 그 과정에서 형성된 작품의 서술방식을 치밀하게 분석해 보고자 한다.

있다. 하나는 가사 자체 내에서의 소설적 변모이고, 다른 하나는 가사가 아예 소설로 전환되는 경우이다. 소설적 변모는 다시 두 방향으로 이루어지는데 가사가 문제적 인물을 형상화하거나 주인물의 생애를 일대기화함으로써 서사성을 강화하는 것이 그것이다. 소설로의 전환 역시 두 가지 방법으로 이루어지는 것을 볼 수 있다. 한가지는 서사적 가사를 산문화하는 경우로 서사적 가사의 문체와 소설 문체의 이질성을 인식한 작자가 서사적 가사를 소설처럼 여겨지게 하기 위해서 시도하지 않았을까 한다. 다른 한 가지는 독자에게 잘 알려져 있는 가사의 뒷이야기를 허구적으로 꾸며내어 소설로 창작해 내는 경우이다. 이때 가사의 차용과 변용이 이루어진다. 이제 이 두 가지 경우를 중심으로 가사 작품이 소설화하면서 이루어진 변이 양상에 대해 살펴보기로 하자.

2. 가사의 소설적 변모

2.1 문제적 인물의 형상화

조선후기에는 특히 이전에 혼히지 않던 특정한 인물 유형을 제목으로 삼고 그러한 인물들의 독백이나 행동을 집중적으로 서술함으로써 그 인물에 대한 동정과 경계를 불러일으키는 가사들이 다수 창작, 전승된다. 이는 가사의 시적 대상이 자연이나 이념에서 인간과 현실로 바뀌고 있음을 보여주는 것으로서 소설에 등장하는 인물 묘사와 거의 유사한 양상을 나타낸다. 이들 작품은 서술자가 어떠한 입장과 위치에서 서술하느냐에 따라 주인물 시점의 작품과 관찰자 시점의 작품으로 나뉜다.[128]

주인물 시점의 작품으로는 <노처녀가>(II)(규신, 262-270면),[129] <과

부가>(주해, 438-441면), <노인가>(주해, 306-309면) 등이 있다.[130] 조선 전기 대부분의 가사가 이러한 시점에 의해 쓰여졌다고 볼 수 있다. 그러나 조선후기 가사에 오면 같은 일인칭 주인물 시점이라 하더라도 인물 묘사에 희화적 표현을 사용한다든가, 인물의 대사나 행동을 그대로 보여주는 '장면묘사'를 통해 청자나 독자로 하여금 완전한 동일시를 이루는 것을 막고 객관적 거리감을 형성하게 한다. 이러한 거리 형성은 서술자와 주인물의 분리에서 오는 것으로 가사가 소설적인 변모를 하는 데 가장 중요한 요인으로 작용한다.

<노처녀가>(II)의 다음과 같은 표현은 주인물의 비극적 처지를 희화화하여 나타내고 있는 것으로서 읽는 이로 하여금 주인물에 몰입하지 않고 일정한 거리를 유지하게 하는 기능을 맡는다.

> 니비록 병신이나 남과갓지 못홀손가
> 니얼골 얼것다마소 얼근궁기 슬기들고
> 니얼골 썸다마소 분칠ᄒ면 안이힐가
> 한편눈이 머럿스나 한편눈은 발가잇니
> 바늘길을 능히귄니 무슨쏜을 못바드며 (규신, 266-267면)

그리하여 이 작품을 읽는 사람들은 마치 자신의 '노래'인 것처럼 작품에 몰입하는 것이 아니라, 다른 사람의 '이야기'를 듣는 것으로 확연

---

128) 시점의 분류방법은 여러 가지가 있으나, 여기에서는 가사의 서술특성상 두 가지로 나누기로 한다. 주인물 시점은 서술자가 작품내 주인물의 입장에서 이야기를 서술해 나가는 경우이고, 관찰자 시점이란 서술자가 작품 내 또는 작품 외에서 자기가 아닌 다른 인물의 이야기를 서술해 나가는 경우를 말한다.

129) <노처녀가>는 서정적인 작품과 서사적인 작품 두 유형이 있는데 이를 흔히 (I), (II)로 구분한다.

130) 앞으로 자료의 출처는 인용한 문헌의 약호와 페이지 수로 나타내기로 한다. 인용 문헌의 약호는 다음과 같이 정한다. 김성배 외(1961초·1981재)『주해 가사문학전집』(주해), 권녕철 편(1979)『규방가사I』(규 I), 권녕철 편저(1985)『규방가사: 신 변탄식류』(규신).

히 구분짓게 되는 것이다. 이 작품이『삼설기』에 수록되어 소설처럼 다루어진 것은 이러한 연유에서일 것이다.

한편 이들 작품은 이전의 가사가 주로 주인물의 심정이나 상태 등 상황묘사에 치중해 있었던 데 비해, 주인물의 행동이나 대화 등 장면묘사를 대폭 사용함으로써 독자들로 하여금 주인물을 어느 정도 거리를 두고 바라볼 수 있게 하고 있다. <과부가>의 경우 앞부분과 뒷부분이 상황묘사와 장면묘사로 양분되어 있어 앞뒤가 매우 이질적으로 여겨지는데, 이는 상황묘사 위주로 되어 있던 원래의 작품에 장면묘사로 이루어져 있는 뒷부분이 덧붙여진 데서 온 것이 아닐까 한다. 가사에 소설의 주된 서술 기법이라고 할 수 있는 장면묘사가 사용됨으로써 가사의 서사적 경향이 두드러지게 되었고, 이는 가사의 소설적 변모를 급속히 진전시켰다고 볼 수 있다.

서술자와 주인물이 분리됨으로써 소설적 서술에 한층 접근한 관찰자 시점의 작품에는 <용부가>(주해, 442-443면), <우부가>(주해, 266-270면), <노부인가라>(규신, 356-359면), <광사탄니라>(규신, 142-146면), <거사가>(주해, 276-278면) 등이 있다. 이들 작품은 주인물 시점으로 되어 있는 작품이 긍정적 반응을 일으키는 것과 달리, 일인칭 내지 삼인칭 관찰자 시점으로 되어 있어, 청자나 독자로 하여금 이질감과 비판적 반응을 불러일으키게 하는 것이 보통이다. 특히 서술자는 주인물의 행동에 일일이 논평을 가함으로써 주인물에 대한 부정적 시각을 드러내며 경계를 하고 있다. 그러나 이들 작품이 많은 이본을 남기며 활발히 전승될 수 있었던 이유는 단지 이러한 경계의 목적이 유효했기 때문만은 아니었으리라 생각한다. 즉 이들 작품의 주인물들이 보여 주는 거침없고 담대한 행동들은 당시 많은 금기와 제한으로 인해 억눌려 살아야 했던 대부분의 여성이나 서민들에게 아주 신선한 충격을 주었을 것이다. 즉 이들 문제적 인물들의 규범에 대한 도전적 행동은 많은 여성, 서민들에게 숨겨져 있던 자유와 본능을 대리 충족시켜 줄 수 있지 않았을까 한다. 결국 이 유형의 작품들은 문제적 인물의 탈규범적 행동을 형상화하여 나타냄으로써 교훈과 흥미뿐만 아니라 새로운 것을 찾는 독자들의 요구에 부응할 수 있었던 것으로 보인다.

한편 <거사가>(주해, 276-278면)는 거사가 산중에서 한 과부를 만나 파계를 하는 모습을 삼인칭 전지적 시점으로 그린 것으로서 거사와 과부가 주고받는 대화로 이루어져 있어 주목된다. 서술자는 "어화 저거사의 하는거동 괴이하다" 하는 논평과 "거사님 하는말이"의 대화 도입구 외에 전혀 나타나 있지 않다. 그는 자신의 의사를 거의 드러내지 않고 거사와 과부의 대화를 통해 장면의 전개상황을 제시하고 있다. 독자는 작중 두 인물이 산중에서 맞닥뜨려 옥신각신하는 모습을 서술자와 함께 산 위에서 구경하고 있을 뿐이다.

특히 이 작품은 거사와 과부의 행동을 대화체 수법으로 표현하여 소설적 면모를 강하게 보여주고 있는데 두 인물 사이의 갈등을 드러내기만 했을 뿐 어떻게 전개, 귀결되느냐에까지 관심을 연장시키고 있지 않으므로 소설과는 차이가 있다. 거사와 과부의 대화를 예로 살펴보자.

> 이내몸 거사되어 세상공명 하직하고
> 태산을 의지하여 우락을 몰랐더니
> 산중에 도를닦까 이각시를 만나서라
> 　　　　(중략)
> 비나이다 비나이다 거사님전 비나이다
> 이내몸 이산밖에 무사히 나게하면
> 머리털로 신을삼고 풀을매자 가프리라 (주해, 277면)

이와 같이 서술자에 의해 대화로 작품을 전개하는 수법은 소설에 보편화되어 있는 서술 방법으로서, 일방적인 서술보다 더욱 극적인 효과를 자아낸다. 독자는 이 작품을 읽으면서 서술자의 권위적 목소리를 듣는 것이 아니라, 살아 있는 두 인물의 목소리를 직접 듣게 되는 것이다. 이렇게 대상인물의 행위를 구체적인 대화로 제시함으로써 독자들은 그 인물들을 주변 어딘가에 실재해 있는 인물로 받아들이고, 그 인물에 대한 평가에 적극적으로 참여함으로써 작품의 수용이 활발하게 이루어질 수 있을 것이다.

조선후기에 이렇듯 문제적 인물을 형상화하는 가사가 많이 창작된 것은 상이한 독자들의 기대를 서로 다른 방향에서 충족시켜 줄 수 있었기 때문일 것이다. 이중 용부, 우부들은 고전소설의 놀부, 뺑덕어미와 거의 유사한 악인형 인물들이다. <흥부전>, <심청전> 등에서 이들 인물들은 주인물에 못지 않게 작품 내의 중요한 기능을 담당하며 독자들의 긴장과 흥미를 불러일으키는 데 큰 구실을 하고 있다. 조선후기 가사와 소설에서 이들 유형의 인물들이 작지 않은 비중을 차지하며 등장하는 것은 경계의 목적뿐만 아니라 상업적 목적이 크게 작용한 것으로 생각된다.

또한 대부분의 고전소설이 외부 관찰에 의한 전지적 서술로 되어 있음을 상기할 필요가 있다. 가사에 주인물 시점에 의한 서술이 아닌, 관찰자 시점으로 된 서술이 생겨나고 늘어난다는 섬은 가사 작자들이 작품내 주인물들을 자신들과 분리시켜 객관화하여 나타내기 위한 의도에서 이루어진 것이며 이는 고전소설과의 밀접한 연관 하에서 형성됐으리라는 점을 쉽게 짐작케 한다.

2.2 주인물 생애의 일대기화

조선후기에는 앞에서 살펴 본 특정한 인물 유형을 형상화하고 있는 가사와 함께 한 인물의 생애를 일대기화하여 서술하고 있는 가사가 다

수 창작, 전승된다. 이는 소설의 대중화와 함께 소설에 나타난 인물의 일생과 같이 자신의 기구한 이야기를 서술해 보려는 욕구에서 나타난 것이라고 생각된다.

생애를 일대기화하여 서술하고 있는 가사의 대부분이 주인물 시점에 해당되는데, <만언사>(주해, 391-422면), <정부인자탄가>(규신, 169-179면), <청상가>(규신, 378-386면), <망부석이별곡>(규신, 439-442면), <상사곡>(규 I, 220- 229면), <이별가>(규신, 418-425면) 등을 대표적으로 들 수 있다. 이들 작품의 소설적 변모는 우선 전지적 서술로 나타난다. 이는 현재적 서술로 되어 있는 가사에 과거형 서술을 덧붙이면서, 일어나고 있는 일이 아니라 일어났던 일로 바꾸어 놓음으로써 일정한 거리를 조성한다. <망부석이별곡>과 같은 작품은 주인물 시점에 의해 자신의 출생과 혼인, 남편과의 이별 등을 죽 서술한 뒤, 결말 부분에 가서 느닷없이 관찰자 시점에 의한 전지적 서술이 나타나는 좋은 예이다. 주인물 시점에 의해 작품을 서술할 경우, 주인물의 죽음과 그 이후의 일을 서술할 수 없는 제한이 있기 때문에 그 부분에 전지적 서술을 사용한 것으로 생각할 수 있다. 결말의 일부분을 예로 들어 보자.

> 석양을 비겨안즈 만단정회 하난말이
> 전생의 조혼인연 후생의나 미자볼가
> 그러다가 다시본이 미인은 어디가고
> 한강중유 석양중의 일편석이 안잣도다
>   (중략)
> 학사난 전장의 가 돌아오지 아니하고 부인은 일염 생각하고 산에
> 올라가 관해을 바라보다가 돌기 되엿난이라 (규신, 442면)

곧 이 작품은 다른 인물의 이야기를 주인물 시점에 의해 서술한 작품으로, 가사에 있어서 서술자와 주인물의 분리를 보여 주는 좋은 예라

고 할 수 있다. 이는 주로 관찰자 시점에 의해 출생에서부터 죽음까지의 완결된 이야기로 되어 있는 소설에 비해, 주인물 시점을 의지하면서도 한 인물의 출생에서부터 죽음까지 일대기화하여 일관되게 서술해 보고자 한, 가사의 새로운 서술 형태라고 볼 수 있다.

서술자와 주인물의 분리는 나아가 열린 구조로 되어 있던 가사를 닫힌 구조로 변모시키는 데까지 진전된다. 이는 가사가 경험에 기반을 둔 사실적 문학에서 상상에 기반을 둔 허구적 문학으로 변이해 가는 과정을 보여 준다고 볼 수 있다. 또한 이전의 가사가 발생된 갈등을 해소하지 못하고 막연한 기대로 끝나던 것을 갈등의 해소로 끝냄으로써, 조선후기 가사 담당층의 의지와 의식 또한 보다 적극적이며 진취적으로 변모했음을 짐작케 한다.[131]

주인물 시점에서 부분적으로 일어난 서술자와 주인물의 분리는 관찰자 시점에 의한 작품에서 본격적으로 이루어지게 된다. 관찰자 시점으로 한 인물의 일대기를 서술한 작품은 그리 흔하지 않으나 <신가전>, <김부인렬힝가>, <자치가> 등을 들 수 있다.[132] 이 <신가전>은 일인칭 관찰자 시점의 작품으로서 한 여자의 기구한 일생을 어머니와 딸의 두 세대에 걸쳐 전개하는 독특한 서술방식을 지니고 있다. 즉 이 작품의 서술은 크게 두 부분으로 나뉘는데 앞부분에서는 서술자가 주인물의 어머니인 한림댁 부인에게 자신을 동일시하고 있으며, 부인이 죽은 이후인 뒷부분은 주인물과 동일시하고 있다. 그러다가도 부분 부분 객관적

---

131) <이별가>, <여탄가>, <망부가>의 경우 서로 이본의 관계에 있으면서 열린 구조에서 닫힌 구조로 전이되어 가는 모습을 잘 보여주는 실례라 할 수 있다. 졸고 (1995: 1848-1849) 참조.

132) <신가전>은 박요순(1977)에 자료가 소개되어 있는데, 자료 인용시에는 논문집의 면수를 적기로 한다. <김부인렬힝가>는 권녕철(1986: 389-395)에 자료가 실려 있고 홍재휴(1971)에 이본 <김부인열행록>이 소개되어 있다. <자치가>는 소설 <장끼전>의 이본으로 임기중 편(1987) 등에 실려 있다. <자치가>의 이본에 대해서는 민찬(1994: 134-145) 참조.

묘사가 필요할 때에는 다시 관찰자의 위치로 돌아가고 있다. 그러나 곳곳에서 서술의 착종이 이루어지고 있는데 그 단적인 예가 딸이 중이 된 후 나이 구십이 되어 죽는 것을 다음과 같이 서술한 것이다.

> 션싱의계 공슈하고 즈나씨나 아미타불
> 쳔혼나이 구십이라 일조이 병이드러
> 무인이월 쵸스일의 이니몸 숨끈혀지니
> 치농의 입관ᄒ여 더운불의 츤지되니
> 슬프고 슬프도다　(258면)

이처럼 주인물의 죽음을 주인물 자신이 서술할 수 없음에도 불구하고, "이니몸 숨끈혀지니"라고 함으로써 시점의 혼돈을 보이고 있다. 이러한 시점의 혼돈은 이 작품이 주인물 서술의 가사로서 관찰자 서술의 소설을 지향하고 있기 때문에 이루어진 결과라고 생각된다. '소설과 같은 긴장과 재미를 주는 가사'의 창작이 이 작품 작자의 의도가 아니었을까. 그러기에 소설의 관찰자 서술을 표방하면서도 시종 주인물에 서술자를 동일시함으로써 남의 이야기인데도 내이야기인 것처럼 느끼게 하는데 이 작품의 독특함이 있다.

<신가전>은 가사가 소설을 닮고자 하는 변모과정 중에 창작된 작품으로서 비록 본격적인 소설과는 차이가 있지만 가사에 친숙한 독자들에게 소설과 같은 재미를 느끼게 하는 데에 부족함이 없었으리라고 생각된다. 오히려 일인칭 서술 위주로 이야기를 이끌어 나감으로써 허무맹랑한 남의 이야기가 아닌 바로 내이야기라는 공감대 속에 작자와 독자를 한데 묶을 수 있다는 점에 이들 소설적 전개를 갖춘 가사의 창작과 전승력이 존재할 수 있었던 것이 아닌가 한다.

일인칭 관찰자 시점이 아닌 삼인칭 시점을 사용함으로써 소설의 시점과 동일하게 된 작품으로는 <김부인렬힝가>와 암쿵인 까투리의 일

생을 읊고 있는 <자치가> 등을 들 수 있다. 이들 작품의 서술자는 사건 요약과 논평, 인물들간의 대화, 장면과 상황 묘사 등으로 이야기를 이끌어나가고 있어, 율문으로 되어 있다는 점을 제외하면 소설과 거의 차이가 없다. <김부인렬힝가>는 서두 부분은 산문으로 되어 있고 전개부터 결말까지는 가사로 읊고 있는 작품으로 소설 <곽씨전>, <열녀전>, <옥낭자전> 등과 비슷한 구성과 소재로 되어 있다. <자치가> 역시 <장끼전>의 한 이본으로 취급될 만큼 완벽한 소설적 전개방식을 갖추고 있다. 이들 작품은 조선후기에 가속화되었던 가사의 소설적 변모가 최종 단계에 이르렀음을 보여 주는 동시에 교술 갈래인 가사가 서사적 경향을 강하게 나타내다가 결국은 갈래의 관습을 뛰어 넘어 서사 갈래로 전환되었음을 나타내 준다.[133]

이상에서 조선후기 가사 중 소설적 변모양상을 보이는 작품들을 살펴보았다. 이들 가사는 전지적 시점의 사용, 상황 묘사와 장면 묘사의 교체, 닫힌 구조의 형성 등 다양한 서술 방법을 통해 소설과 같은 짜임을 갖출 수 있었다. 소설이 보다 전문적인 작가에 의해 이루어진 양식이라고 한다면, 가사의 소설적 변모는 비전문적 작가들에 의해 이루어진 소설 창작의 과정을 보여 준다고 할 수 있다.

3. 가사의 소설 전환

3.1 서사적 가사의 산문화

가사를 소설로 전환하는 가장 쉬운 방법은 서사성을 띠고 있는 가사

---

133) 가사가 서사 갈래로 전환되었다고 해도 산문으로 바뀌지 않는 한 '서사가사'로 보아야지 소설로 취급할 수는 없다고 본다.

작품을 산문으로 바꾸는 것이라 할 수 있다. 서사적 가사를 산문화한 작품으로 <괴똥전>을 들 수 있다. <괴똥전>은 서사적 가사 <복선화음록>134)을 산문화한 작품으로 <괴동전>, <괴동어미전> 등의 이본이 있다. <복선화음록>과 <괴똥전>은 그 서술방식이나 내용상 거의 차이점이 없다. 단지 <복선화음록>이 2음보마다 줄을 바꾸어 쓰고 있는 데 비해, <괴똥전>은 줄을 바꾸지 않고 그대로 연결해 쓰고 있으며 군데 군데 가사에서의 율격이 파괴되고 서술화하는 변화가 보일 뿐이다. 예를 들면 다음과 같다.

> 월하의 슈노ᄒᆞ니 항아션녀 유품이오
> 월긔유회 뵈ᄯᅳ니 직녀셩의 솜씨로다
> 열녀젼과 효경젼을 미만십셰 외와너고
> 힝동거지 쳐신범졀 그늬아니 층찬ᄒᆞ리 (<복선화음록> 1면)

> 월ᄒᆡ 비단짜고 수녹키는 황ᄋᆡ 슈법요 직여의 솜씨로다 널여젼과 효힝젼을 십셰에 오여너니 부모공경이며 동긔유익ᄒᆞ며 치산범졀이며 힝동거지을 뉘ᄋᆞ니 칭춘ᄒᆞ리요 (<괴똥전> 1면)

이와 같이 <복선화음록>에서는 거의 모두가 한 어절이 3-4음절로 되어 있고 두 구씩 짝을 이루고 있는 데 비해, <괴똥전>에서는 우리말의 특성상 한 어절이 3-4음절로 되어 있는 것이 대부분이기는 하되, 한 어절에 5-6음절이 많이 나타나 율격이 파괴되며, 두 구씩 짝을 이루지도 않는다. 그러나 이러한 율격의 파괴는 부분적인 것이어서 가사를 산문화하기 위해 의도적으로 노력을 기울였음에도 불구하고 완전한 산문화에는 성공하지 못한 것으로 생각된다. 어쨌든 두 작품을 전체적으로 비

---

134) 사재동 교수 소장 필사본을 자료로 삼았다. 앞으로 소설의 인용은 이해를 쉽게
하기 위하여 띄어 쓰기로 한다.

교해 보면 한두 구의 드나듦만 있을 뿐 거의 동일하므로 <괴똥전>은 가사 <복선화음록> 또는 그와 비슷한 어느 이본을 저본으로 하여 산문화하였으리라는 점이 분명하다.

<괴똥전>의 서사적 전개를 단락별로 구분해 보면 다음과 같다.

1) 김익주의 손녀딸로 금옥같이 자라남.
2) 십육세가 되어 가난한 양반에게 시집옴.
3) 가난한 살림에 장만해온 혼수를 다 없애고 옆집에 쌀 꾸러 보냈다 거절당함.
4) 부지런히 일을 해 시부모를 봉양하고 재산을 모음.
5) 아들 형제가 높은 벼슬에 오르고 부귀공명을 누리게 됨.
6) 딸을 출가시키게 되어 교훈을 하며 괴똥어미의 이야기를 들려 줌.
   ㄱ) 괴똥어미가 부유한 집에 시집 옴.
   ㄴ) 그릇된 행실을 함.
   ㄷ) 패가망신하게 됨.
7) 딸에게 자신을 본받고 괴똥어미를 경계할 것을 부탁함.

여기에서 보면 <괴똥전>은 김부인 자신의 일생에 대한 바깥이야기 속에 괴똥어미의 일생인 안이야기가 자리잡고 있다. 일종의 액자 구조인 셈이다. 자신의 일생은 실제 경험에 입각한 사실성에 기초를 두고 있고, 괴똥어미의 일생은 떠돌아다니는 설화에 근거한 허구성에 기초를 두고 있다. 그리하여 사실적인 이야기 틀 속에 허구적인 이야기를 집어넣음으로써 허구적인 이야기 또한 사실인 것처럼 여겨지게 하는 효과를 자아내고 있다. 기존의 많은 소설들이 허구에 바탕을 두고 있다면 <괴똥전>은 사실에 바탕을 두고 있다. 허무맹랑하고 기이한 이야기가 아니라, 사실로서의 이야기를 창작하고자 하는 의도에서 <괴똥전>과 같은 구조를 지닌 소설들이 가사에 바탕을 두고서 창작되었으리라 생각한다. 이야기가 허구가 아닌 사실로 여겨질 때 교훈의 효과가 증대될 수 있다고 볼 때 이러한 시도는 매우 효과적이라 할 수 있다.

한편 바깥이야기와 안이야기의 시점을 달리한 것 역시 작품의 주제를 효과적으로 전달하는데 기여하고 있다. 즉 주인물 시점에서 독자는 주인물과 일치감을 느끼며 자신이 주인물과 같은 입장에 놓인 듯한 환상을 갖게 되며, 관찰자 시점에서 독자는 주인물과 일정한 거리를 형성하여 이질감을 갖게 된다. 이렇게 긍정적 인물에 주인물 시점의 서술을, 부정적 인물에 관찰자 시점의 서술을 함으로써 작중 인물과 독자들과의 거리를 조절하는 서술방식은 가사에 있어서 매우 보편화된 방법이라고 할 수 있다. <괴똥전>이 소설을 표방하면서 다른 소설들이 내내 택하고 있던 삼인칭 시점을 택하지 않고, 원래 가사의 시점을 그대로 사용한 것은 소설의 서술방식을 확대하는데 긍정적 역할을 했으리라고 생각된다. 개화기 이후 일인칭 독백체 소설들이 많이 창작된 것은 바로 <괴똥전>과 같이 가사에 바탕을 둔 일인칭 소설들을 적극적으로 발전시킨 결과라 보아도 좋을 것이다.

소설이 근본적으로 내가 아닌 다른 사람의 이야기를 서술하는 것이라고 한다면, 이 작품이 주인물인 내가 아닌 괴똥어미의 이름을 빌어 <괴똥전>이라고 칭한 것은 소설임을 공인받기 위한 시도라고 볼 수 있다. 그러나 <괴똥전>은 그 형식과 내용 면에서 볼 때 원래 가사 <복션화음록>에서 크게 벗어나지 못하고 있다. 하지만 가사를 산문화함으로써 소설로서의 읽을거리를 충당하려고 했다는 점은 당시 독자들에게 새로운 소재의 소설이 얼마나 요구되었던가를 여실히 보여 준다. 이는 소설 시대의 본격적인 전개를 단적으로 보여주는 증거이며, 가사의 쇠잔을 예고해 주는 것이라 할 수 있겠다.

3.2 가사 뒷이야기의 허구화

　가사에 소설적 전개를 갖추거나 가사를 산문화하여 소설처럼 보이게 꾸미는 방식은 가사의 소설화 중 소극적 방법이라고 한다면, 가사에 바탕을 둔 새로운 이야기를 만들어 냄으로써 소설화하는 방식은 적극적 방법이라고 할 수 있다. 1910년대를 전후해 많은 신작구소설들이 창작되었는데, 그 중 한 부류가 가사를 차용하거나 변용하면서 가사의 뒷이야기를 허구화한 소설들이다. <청년회심곡>, <부용의 샹ㅅ곡>, <치봉감별곡>, <츄풍감별곡>[135]들은 가사를 차용하여 작품 속에 사건 진행의 필수적 계기로 사용하기도 하며, <쏙독각시젼>과 같은 작품은 가사를 주인물의 독백으로 변형하여 제시함으로써 사건의 발단으로 삼는다. 여기에서는 가사를 차용하거나 변용하여 소설화한 경우인 <츄풍감별곡>과 <쏙독각시젼>을 중심으로 살펴보려고 한다.

　<츄풍감별곡>은 가사 제목이 그대로 소설 제목으로 사용되었을 뿐만 아니라, 가사가 소설 창작의 주 모티프가 된 경우의 하나이다. 이 작품이 간행되기 이전에 필사본이 있었는지는 확인할 수 없으나, 어쨌든 작품 서술자가 밝혀 놓은 덧붙임말을 통해, 이 작품은 가사 <추풍감별곡>이 뿌리는 없고 열매만 있는 것이 애서해 어러 가지를 참작하여 새로 만들어 낸 것임을 알 수 있다.

　　저작자 가로되 평양에 추풍감별곡이 류전하미 오래되 그 실사는 업고 감별곡만 잇스니 비유컨대 실사는 뿌리요 감별곡은 열매가 되믈 애석하온지 오래다가 이저 문채에 천단함과 필법에 로둔함을 도라보지 아니하고 혹 듯기도 하고 혹 책자에서 본거슬 참작하야 한 뿌리를 맨드럿스나 (66면)

---

135) <청년회심곡>(신구서림, 1914)과 <치봉감별곡>(박문서관, 1914)은 동국대 한국학연구소 편(1976) 10권에, <부용의 샹ㅅ곡>(신구서림, 1913)은 같은 전집 3권에, <츄풍감별곡>(세창서관, 연대미상)은 우쾌제 편(1984) 32권에 실려 있다.

　　곧 소설 <츄풍감별곡>은 가사 <추풍감별곡>에 얽힌 뒷이야기를 소설로 꾸며낸 것으로, 소설 속에서 가사가 단순히 심정 고백의 차원이 아닌, 아주 중요한 구실을 맡고 있다. 즉 이 작품 속에서 가사는 여성 주인공 채봉의 내면 독백을 담고 있을 뿐만 아니라, 주인공의 고난을 풀어내는 해결의 실마리로서 활용되고 있다.[136) 이는 초기 소설 속에서도 삽입 시가들이 만남의 계기를 제공하는 등 구성상의 필수적 요소로 작용하는 것과 마찬가지 방식으로 볼 수 있다.

　　<츄풍감별곡>에서도 주인물인 채봉과 필성의 결연은 한시에 의해 이루어진다. 이는 한시의 표현이 고도로 축약된 비유적 서술로 되어 있으므로 상대방의 의사를 암중 모색하기에 적합하기 때문일 것이다. 그러나 채봉이 필성과 헤어지고, 긴긴밤을 홀로 보내는 자신의 심회를 나타내는 데에는 한시보다는 가사의 확장적 서술이 더 적합하다고 할 수 있다.

　　이 작품의 주인물인 채봉은 평양 김진사의 딸로서 금지옥엽으로 자라나며, 시서, 제자백가와 여공에 모두 뛰어나 혼인 전까지는 고난이 전혀 없는 안정된 삶을 이룬다. 그러다가 혼인할 나이가 되면서 고난이 시작되는데, 이 작품에서는 채봉의 아버지 김진사가 자신의 벼슬자리를 위해 필성과 약혼한 채봉을 허판사의 별실로 주기로 약속하면서부터 일어난다. 권세가에게 뇌물을 씀으로써 벼슬자리를 사고 판다든가, 여성이 정략적으로 이용된다든가 하는 경우는 조선후기의 문란한 사회 현실과 함께, 여성의 주체적 삶이 전혀 인정되지 않는 봉건적 억압을 보여 준다.

　　채봉은 그후 기생으로까지 몰락하고서도, 필성과의 인연을 지속하기 위해 절개를 지킨다. 그러다가 평양의 이감사 눈에 띄어 그의 밑에서 공

---

136) 이은숙(1986: 80)은 <치봉감별곡>, <부용의 샹스곡>, <쳥년회심곡>에 삽입된 가사가 문제 해결의 기능을 하는 것은 이들 작품군에서 공통적인 천상계의 거세 후 문제를 지상에서 해결해 보려는 시도의 하나로 설명하고 있다.

사를 처리하는 일을 맡는다. 강필성이 이를 알고 이방으로 들어가나 두 사람의 만남은 쉽게 이루어지지 않는다. 가사 <추풍감별곡>은 바로 그러한 상황 속에서 주인물의 심중사(心中事)[137]를 풀어놓은 것으로 이감사의 눈에 띔으로써 모든 고난이 해결된다. 이렇게 이 작품에서는 가사가 소설을 창작하는 데 주 모티프가 될 뿐만 아니라, 소설 속에서도 주인물의 심회를 표출하고, 사건을 해결하는 데 필수 요소로 작용함으로써 매우 큰 비중을 차지하고 있다. 이 점은 <상사별곡>을 차용하고 있는 <부용의 샹스곡>이나 <만언사>를 차용하고 있는 <청년회심곡>에서도 크게 다르지 않다.[138]

이렇게 가사를 차용하여 소설을 창작해낸 데에는 두 가지 이유가 있다고 생각된다. 첫째, 가사의 독자를 소설의 독자로 쉽게 끌어들일 수 있다는 점이다. 즉 이미 인기를 누리고 있는 가사 독자의 호기심을 쉽게 유발할 수 있다는 장점이 있는 것이다. 또한 독자에게 이미 익숙해져 있는 가사적 서술과 여러 공식적 표현구를 사용함으로써 분위기를 고조하고, 독자를 작품에 몰입하게 하는 효과를 지니고 있다. 둘째는 특히 소설 작품을 단시일에 창작해야 하는 경우, 이미 존재해 있는 가사를 삽입하거나, 가사의 서술방식을 차용해 전개함으로써 즉흥 서술이 가능하다는 점이다. 빠른 시일 내에 많은 분량을 완성해 내야 하는 상연 소설의 경우 특히 효과적으로 이용될 수 있다. 상업적 대중소설의 성격을 띠고 있는 신작구소설에 가사차용소설이 많이 생겨났던 것은 바로 이러한 연유에서일 것이다.

---

137) 작품 본문에 송이가 가사 <추풍감별곡>을 짓는 장면에 나오는 말로 "차라리 심중사를 조희위에나 거리리라"(50-51면)라고 서술하고 있다.

138) 서인석(1995: 101-102)은 이를 가사 삽입을 통해 1인칭 서술 상황을 3인칭 소설 속에 도입하는 양상의 한 극단을 보여주는 것으로서, 서구를 통해 본격적인 1인칭 소설을 받아들일 때 그것을 쉽게 소화해낼 수 있는 내적 전통을 이룩한 것으로 평가하고 있다.

다음 가사를 변용하여 소설화한 작품으로 <노처녀가>를 변용한 <꼭독각씨실기>, <쪽독각시젼>, <로처녀 고독각씨> 등을 들 수 있다.[139] 이 중 <쪽독각시젼>은 어려서 부모를 잃은 혈혈단신의 27세 노처녀가 시집 못감을 한탄하다 적극적으로 나서서 혼인을 하고, 부귀영화를 이루게 된다는 내용으로 되어 있다. 이 작품의 앞부분, 노처녀가 시집 못감을 한탄하는 부분은 <노처녀가>가 변용된 것으로서, 소설 작자가 <노처녀가>를 읽고 소설에 맞게 고쳐 넣은 뒤, 그 뒷이야기를 허구적으로 얽어낸 것으로 생각된다.

<노처녀가>와 <쪽독각시젼>의 서사 단락을 구분해 보면 다음과 같다.

<노처녀가>
1) 노처녀가 늙도록 시집 못 감을 탄식하고 원망함.
2) 쇠침으로 신랑감을 점쳐 김도령을 뽑음.
3) 꿈속에서 김도령과 혼인함.
4) 개 짖는 소리에 꿈이 깨자 개를 꾸짖음.
5) 홍두깨에 신랑옷을 입혀 모의 혼인을 함.
6) 주위의 도움으로 혼인을 이루고 행복하게 삶.

<쪽독각시젼>
1) 노처녀가 시집 못 감을 탄식함.
2) 골생원 집에서 납채를 받고 혼인 준비를 함.
3) 납채온 지 삼년 동안 아무 소식이 없자 윤좌수가 매파를 통해 구혼함.
4) 이를 거절하고 골생원 집에 찾아감.
5) 골생원 집은 가난하고 신랑은 병신임.
6) 혼인을 치른 후 시부모 공경을 지극히 함.
7) 동산에서 우연히 생금을 얻어 부자가 되고 부귀영화를 누리다 별세함.[140]

---

139) <꼭독각씨실기>는 필사본으로 이가원 역주(1955)에, <쪽독각시젼>은 국립도서관 소장 필사본으로 김동욱 편(1991)에, <로처녀 고독각씨>는 구활자본(광명서관, 1916)으로 인천대 민족문화연구소 편(1983)에 실려 있다.

여기에서 보면 <노처녀가>와 <쪽독각시젼>은 둘 다 노처녀가 시집 못 감을 탄식하는 데에서부터 시작된다. 두 작품의 발단이 모두 좌절과 갈등의 상황에서 시작하는 것이다. 그러나 이를 해결하기 위한 몇 번의 시도와 좌절이 반복되고 마침내 해결 상황에 이르는 결말 구조로 되어 있다. <노처녀가>의 해결시도와 좌절이 노처녀 한 사람의 문제로 국한되어 있는 반면, <쪽독각시젼>의 해결시도와 좌절은 노처녀뿐만이 아닌 그 주변의 여러 인물들간에 얽힌 문제로 확대되어 있다. 이는 <쪽독각시젼>이 <노처녀가>를 받아들이되, <노처녀가>의 기본적인 틀에 전혀 구애되지 않고 새롭게 창작된 것임을 보여 준다.

<노처녀가>가 대부분의 다른 가사와 마찬가지로 서술자와 주인물이 일치되어 있는 일인칭 주인물 시점을 사용하고 있는 반면, <쪽독각시젼>은 서술자와 주인물이 분리되어 있는 삼인칭 전지적 시점을 사용하고 있는 점도 <쪽독각시젼>이 당시 유통되고 있던 고전소설의 서술방법에 상당히 충실하게 창작되었음을 말해 준다. 앞의 <괴똥젼>이 소설화의 노력에도 불구하고 종래의 가사 서술방법에서 크게 벗어나지 못한데 비해 <쪽독각시젼>은 완연한 소설 시점과 문체를 사용하고 있다.

이는 <괴똥젼>의 작자가 소설보다는 가사의 창작에 더 익숙한 사람이었던데 비해, <쪽독각시젼>은 전문적인 소설 작가에 의해 창작되었을 가능성이 높다. 이렇게 전문적인 작가에 의해 서사적 가사를 차용 내지 변용하여 소설화 작업이 이루어진 이유로는 소설의 상품화, 대중화가 이루어지면서 빈궁해진 소설의 소재를 찾기 위한 한 방책이 아니었을까 한다. 즉 소설 독자의 대부분인 여성들의 기호와 요구에 맞는 작품을 창작하기 위해서는 당시 여성들에게 인기를 누렸던 가사를 참조하는 것이 가장 손쉬운 방법이었을 것이다. 그렇게 골라진 가사를 소설에

---

140) 활자본 <로처녀 고독각씨>(광명서관, 1916)에는 고독각씨가 부자가 된 후 최현 부부를 구제하는 이야기가 삽입되어 있다.

집어넣음으로써 독자들의 호기심을 유발하고, 가사 독자를 소설 독자 속으로 이끌어들일 수도 있지 않았을까 한다. <노처녀가>는 특히 여러 잡가집에 실려 있을 정도로 이야기책과 같은 인기를 누리고 있었기 때문에, 이 작품을 정말 소설답게 각색하려는 의도는 쉽게 가질만하다.

우선 <쏙독각시전>의 서두를 보면 완전히 소설로서의 구색을 갖추고 있다. 서술자는 다음과 같이 주인물을 소개하고 있다.

> 죠션 아국 슉죵조 시절에 졀나도 무쥬 남면에 스는 쳡하느히 잇스되 셩은 쏙이요 일홈은 독각시니 슘셰의 모친이 긔셰허고 칠셰의 부친이 죽고 의 탁헐 곳이 업셔 졀벽에 션 나무갓치 졔졀노 혼즈즈라 연광이 이십칠셰에 이르도록 (김동욱 편(1991), 347면)

그러나 서술자가 주인물과 구별없이 서술되는 곳이 나타나고 있는데, 이는 서술자 시점이 주인물 시점에 침투되는 판소리계 소설적인 양상을 보여 준다. 즉 서술자가 상황을 설명하다가 아무런 인용 도입구 없이 주인물의 독백으로 이어지고 있는 것이다. 다음과 같은 부분이 그것이다.

> 골싱원 집의셔 구혼헌지 숨일만의 션취 드려오니 밧비 느가 여려보니 헌 고리의 혼셔지 훈장의 백지 삼장 쑨이로다 굿츠헌거슨 알괘로다 션츠를 보니 빈부는 알어니와 그리헌들 엇지허며 져러헌들 엇지허랴 바든 션츠 도로 쥴슈 업고 이도 역시 니팔즈요 (김동욱 편(1991), 349면)

이러한 현상은 서술자가 자신도 모르게 주인물인 노처녀와 자신을 동일시하는 데서 오는 것이라 볼 수 있다. 이는 이 소설에 남아 있는 가사 서술방식의 흔적이라고 하겠다. 판소리계 소설에서 이러한 서술이 많이 나타나는 것도 판소리계 소설과 가사와의 관련을 보여주는 것이라 생각한다. 하지만 전체적으로 볼 때 서술자는 주인물을 비롯한 작중 인

물에게 골고루 시선을 보내는 객관적 입장을 취하고 있어 독자들에게
극적인 장면을 생동감 있게 파악할 수 있도록 해주고 있다. 주인물이 골
생원 집에 찾아가 시부모, 남편과 상봉하는 장면을 보자.

> 그 역시 닉팔즈니 그러헌들 어이허리 구츠헌 시부모님 불상허옵시다 병신
> 남편 잘셤겨셔 후세발원 다시 허오리다 하고 와락 쮜여가셔 시아바님 나
> 왓소 시어머님 나왓소 갈부인 조아허는 모양보소 엉덩이를 흔들면서 스방
> 으로 쮜놀고 공싱원은 깜작놀라 이러셔며 허는말이 이거시 꿈인야 싱시인
> 야 반갑기도 거지업고 귀허기도 거지업다 사흘을 굴머쓰니 헷거시 아니냐
> 네가 분명 닉며나린야 하며 조아흐며 갈부인은 와락 덥석 분여 손을 잡고
> 흐는말니 듯던말과 정녕흐다 (김동욱 편(1991), 362-363면)

여기에서 보면 주인물인 꼭독각시와 골생원, 갈부인의 대화와 행위
가 고루 생동감 있게 잘 묘사되고 있다. 그러면서 역시 주인물의 독백과
서술자의 해설, 작중인물 간의 대화가 뚜렷한 구분없이 계속적으로 연
결되고 있어 마치 판소리계 소설을 읽는 듯한 느낌을 준다. 판소리계 소
설의 서술 특성을 '서술자의 존재가 드러나기도 하고 약화되기도 숨기
도 해서, 서술자의 목소리와 시점, 인물의 목소리와 시점이 다양하게 조
합됨으로써 상호 침투 내지 동시 공존'[141]하는 것으로 볼 때 <꼭독각시
젼>은 문어체 소설의 서술 특성보다는 판소리계 소설의 서술 특성에
더 가깝다고 생각된다.

<꼭독각시젼>의 이런 특징은 바로 이 작품이 가사로부터 소설화된
데서 온 것이라고 할 수 있다. 즉 서술자와 주인물이 일치되는 가사의
서술이 서술자와 주인물이 분리되는 소설로 변이되면서 두 시점의 중복
이 이루어지게 된 것이라고 볼 수 있을 것이다. 또한 이러한 변이에는
이미 형성, 유통되고 있었던 판소리계 소설이 적지 않은 영향을 미쳤을

---

141) 김병국(1983초, 1991 7판: 109)에서 인용.

것이다. 아무튼 <쓱독각시젼>과 같이 가사를 변용한 소설에 이르러 비로소 가사가 제 모습에서 완전 탈바꿈하여 소설화되는 데 성공했다고 볼 수 있다. 문어체 소설에 비해 판소리계 소설이 수적으로 열세인 우리 소설사의 흐름 속에 판소리계 소설의 서술 방법을 이용한 소설 창작이 시도되었다는 점에서도 이 작품의 의의는 크다 하겠다.

이상에서 볼 때 가사의 소설 전환은 서사적 가사를 산문화하거나 기존 가사의 뒷이야기를 허구화함으로써, 조선후기 참신한 읽을 거리를 요구하는 광범위한 독자들의 수요에 부응하여 새로운 형태의 소설을 이루어 내는 데 기여했다고 할 수 있다. 즉 가사의 일인칭 내면 독백 서술의 이점은 근대로의 이행기에 새로운 소설 기법을 모색하는 데 적극적인 영향을 주었으리라 생각한다. 특히 가사의 일인칭 서술은 종래 삼인칭 위주로 서술되던 소설에 일인칭 서술 방식을 마련하는 데 큰 발판이 되었다고 본다.

4. 맺음말

이 논문에서는 조선후기 가사의 소설화 양상을 가사의 소설적 변모와 가사의 소설 전환이라는 두 가지 측면에서 살펴보았다. 우선 가사의 소설적 변모는 가사 갈래 내에서의 변이로 가사가 문제적 인물을 형상화하거나 주인물의 생애를 일대기화함으로써 서사성을 강화하는 것이다. 다음 가사의 소설 전환은 가사가 아예 소설로 바뀐 것으로 서사적 가사를 산문화하거나 기존 가사의 뒷이야기를 허구화함으로써 이루어진다. 이렇게 가사가 소설화되는 양상은 문학사적으로 볼 때 매우 중요한 현상 중의 하나이다. 이는 소설 독자를 확대하고 새로운 소설 기법을 마련했다는 긍정적 의의를 지니는 반면, 가사가 점차 가사 고유의 속성에서 멀어짐으로써 가사의 외적 형태를 상실하는 한 요인이 되었다는 부정적 의의를 지니고 있다. 그러나 가사의 독특한 서술방식은 그냥 소멸, 해체되어 버린 것이 아니라 소설 속에 변형, 지속되고 있다고 보아야 할 것이다. 이는 우리 고전 문학과 근대 문학의 연속성을 뒷받침해 줄 수 있는 또 하나의 근거라 할 수 있을 것이다.

참고 문헌

I. 자 료

권녕철 편(1979).『閨房歌辭 I』. 한국정신문화연구원 고전자료 편찬실.

권녕철 편(1985).『閨房歌辭: 身邊歎息類』. 효성여대 출판부.

김동욱 편(1973).『景印 古小說板刻本全集』 1.『三說記』.

______ 편(1991).『羅孫本 筆寫本 古小說資料叢書』 6. <쇽독각시젼>.

김성배 외 3인 편저(1961초·1981재).『주해 가사문학전집』. 집문당.

동국대 한국학연구소 편(1976).『活字本古典小說全集』 3 <청년회심곡>, 10 <부용의 상ᄉ곡>, <치봉감별곡>.

우쾌제 편(1984).『舊活字本 古小說全集』 20『삼셜긔』 32 <츄풍감별곡>.

이가원 역주(1955). <꼭독각씨실기>.『국어국문학』 14. 국어국문학회.

인천대 민족문화연구소 편(1983).『活字本 古小說全集』 1. <로쳐녀 고독각씨>.

임기중 편(1987-1992).『역대 가사문학전집』 8, 16, 22. 여강출판사.

홍재휴 해설(1971). <金夫人烈行錄>.『어문학』 24. 한국어문학회.

<괴동젼>. 필사본. 한국정신문화연구원 소장.

<괴똥젼>. 필사본. 사재동 소장.

<복션화음록>. 필사본. 사재동 소장.

II. 논 저

권녕철(1986). 『규방가사각론』. 형설출판사.

김기동(1968). 「가사의 소설화 시론」. 『동국대학교 논문집』 3·4합집.

김병국(1983초, 1991.7판). 「고대소설 서사체와 서술시점」. 『한국고전소설연구』. 이상택·성현경
    편. 새문사.

민찬(1994). 「조선후기 우화소설의 다층적 의미구현 양상」. 서울대 박사학위논문.

박요순(1977). 「가사 <申哥傳> 고」. 『숭전어문학』 6. 숭전대.

서영숙(1992ㄱ). 「서사적 여성가사의 전개방식 연구」. 충남대 박사학위논문.

_____(1992ㄴ). 「여성가사와 소설의 관련양상 연구」. 낙은강전섭선생화갑기념논총 『한국고전문학
    연구』. 창학사.

_____(1994). 「가사의 소설화 방식 연구: <신가전>, <괴똥전>, <꼭독각시전>을 중심으로」.
    다곡이수봉박사 정년기념 『고소설연구논총』. 경인문화사.

_____(1995). 「조선후기 가사의 소설적 변모양상」. 『한국서사문학사의 연구』 5. 사재동 편. 중앙
    문화사.

_____(1996). 『한국 여성가사 연구』. 국학자료원.

서인석(1995). 「가사와 소설의 갈래 교섭에 대한 연구」. 서울대 박사학위논문.

이은숙(1986). 「활자본 신작구소설에서의 애정소설 연구」. 한국정신문화연구원부속 한국학대학원
    석사논문.

최원식(1977 겨울). 「가사의 소설화 경향과 봉건주의의 해체」. 『창작과 비평』 46. 창작과비평사.

제3부

여성의 삶에 대한 성찰과 자각

1. 근대전환기 가사에 나타난 여성의 삶과 인식
2. 여성일대기 가사의 구조적 특성과 의미
3. 복선화음가류 가사의 서술구조와 의미
   : 〈김씨계녀스〉를 중심으로
4. 〈싀골색씨 설은타령〉의 작품구조와 의미
5. 〈신가전〉의 전개방식과 여성의식

1 ┃ 근대전환기 가사에 나타난 여성의 삶과 인식

1. 머리말

문학사에서 한 시기의 문학이 청산되고 다른 시기의 문학이 시작되는 데에는 길든 짧든 중간 단계의 변화와 모색 시기가 있게 마련이다. 특히 중세문학에서 근대문학으로 전환되어 간 근대전환기는 다른 어떤 전환기보다 더 길고 복잡한 과정이 요구되었다. 한국문학사에 있어서 이 시기는 내부로부터의 자생적 여건뿐만 아니라 외부로부터의 유입적 여건이 복합적으로 얽혀있다고 할 수 있다.[142) 그러므로 이 시기의 문학

---

142) 조동일은 한국문학사를 원시, 고대, 중세, 근대문학으로 구분하면서 중세문학과 근대문학의 사이에 중세문학에서 근대문학으로의 이행기를 두었다. 그는 중세문학에서 근대문학으로의 이행기를 세계문학사 속에서 문학사의 한 시대로 일반화할 수 있는 시기라고 보고, 이 시기에는 특히 중세적인 가치관과 근대적인 이해관계의 갈등이 심각하게 나타났으며, 중세적 보편주의에서 벗어나 민족문학의 길을 개척하는 과정에서 중간 단계의 시험이 여러 가지로 나타났다고 보고 있다. (조동일, 『한국문학통사 1』, 지식산업사, 1982, 41-42면.) 이 문학사적 변환 시기에 대한 지칭은 개화기, 애국계몽기, 근대전환기 등 여러 가지로 쓰여 왔는데 필자는 이 중 근대전환기란 명칭을 쓰고자 한다. 이는 개화기의 경우 전통 문화에 대한 비하적인 가치 평가가 내포돼 있는 반면 애국계몽기의 경우 당대 문학의 사상적 경향에 대한 긍정적인 평가가 들어가 있어 문학사를 가름하는 보편적 명칭으로 사용하기에는 부적합하다고 판단했기 때문이다. 근대전환기 문학을 다루는 데 있어 또 하나 짚고 넘어가야 할 문제는 이 시기의 시작과 끝을 어디로 잡느냐 하는 것이다. 이는 근대 문학의 기점과 맞물리는 복잡한 문제이어서 이 논문에서는 일단 논의를 보류하기로 한다. 단지 조동일의 문학사에서 중세에서 근대로의

작품이 이러한 여건을 어떻게 문학 작품으로 형상화해내고 있는지, 그 정신과 방법에 대한 반성적 연구는 새로운 단계의 문학을 지향하고 있는 현 시점에서 다시 한번 짚고 넘어갈 필요가 있다.

근대전환기 문학은 두 가지 커다란 현실적 요청—즉 안으로 봉건주의적인 사회 체제의 혁신과 밖으로 제국주의적 침략에 대한 민족의 수호—에 다양하게 대응하며 형성된 문학이다. 이 시기 문학이 이러한 내, 외적 조건 속에서 어떠한 갈래, 형식, 표현을 선택하고 어떠한 주제를 구현했는가 하는 문제는 근대전환기 문학 연구가 파악해야 할 중요한 과제라고 할 수 있다. 이 논문에서는 이러한 목적 아래 전통적인 가치관이 몰락하고 새로운 가치관이 대두하는 가운데 큰 변화를 맞게 된 여성의 삶과 인식이 가사 작품 속에 어떻게 형상화되고 있는지 살펴보려고 한다. 여성 문제는 근대적 가치관의 중요한 비중을 차지하고 있으면서도 다른 사회 문제와는 달리 남녀 문제나 가정, 가문의 문제 등과 복잡하게 얽혀져 있어 쉽게 개혁될 수 없는 성격을 띠고 있다. 여성의 삶과 인식이 어떻게 달라졌으며 남성의 여성에 대한 인식이 어떻게 변화했는지는 다른 어떤 문제보다도 사회의 근대성을 가늠할 수 있는 지표가 된다고 할 수 있다.

지금까지 근대전환기 문학은 주로 '도시, 남성'의 입장에서 쓰여진 작품에 대한 연구에만 치중함으로써 그 맞은 편 '시골, 여성'의 입장에 서 있는 작품을 거의 도외시해 왔다.143) 이는 문학 현상을 올바로 이해

이행기 2기에 해당하는 1860년에서부터 1919년까지의 기간을 기준으로 삼아 문학작품 안에서 직, 간접적으로 전통과 개화의 문제를 다루고 있는 작품을 논의의 대상으로 삼고자 한다. 단 이 논문의 연구 대상인 가사의 경우 그 필사나 출판 연도가 불분명한 데다가 1919년 이후에도 상당한 기간 동안 동일한 경향이 지속되고 있어 시기의 상하한선에는 어느 정도 융통성을 두려고 한다.

143) 졸고, 「개화기 규방가사의 한 연구: <싀골색씨 설은타령>을 중심으로」, 『어문연구』 14, 어문연구회, 1985.

하고 문학사를 바르게 기술하는 데 있어 장애가 된다고 할 수 있다. 이에 이 논문에서는 여성 스스로에 의해 창작, 향유된 여성가사와 신문, 잡지, 서적 등을 통해 대중화된 출판가사를 함께 살펴봄으로써 두 입장을 모두 파악하고 비교해 보려고 한다. 이는 근대전환기 문학 연구에 균형적인 시각을 확보할 수 있을 뿐만 아니라 현대 문학이 나아가야 할 지표를 마련하는 데 있어서도 큰 시사점을 줄 수 있으리라고 본다.

2. 여성가사에 나타난 여성의 삶과 인식

여성가사는 전통적인 유교 이념의 모순을 지적하며 새로운 가치관이 대두되기 시작하던 조선후기에 활발히 창작되었고, 근대 이후에까지 그 추세가 계속되었다. 특히 근대전환기에 상당히 많은 여성가사가 창작, 수용된 것을 볼 수 있는데, 이 시기 여성가사에 대한 연구는 그리 많지 않은 편이다. 이는 여성가사의 전반적 성격을 드러낼 수 없을 뿐만 아니라 그 시대적 변모와 의의 역시 간과하고 마는 오류를 범하게 되고 만다. 비록 철자화되지는 못했지만 구석진 시골에서 '근대전환기'라는 새로운 현실에 나름대로 대응해 온 여성들의 문학을 파헤침으로써 비로소 근대전환기 문학의 전 면모가 제대로 드러날 수 있을 것이다.[144]

---

144) 대부분의 여성가사가 작자와 창작년도가 미상으로 되어 있어 근대전환기 작품을 가려내기란 그리 쉽지 않다. 현존하는 여성가사의 많은 수가 이 시기에 창작된 것으로 여겨지나, 여기에서는 작품 내용 속에 근대전환기의 양상을 뚜렷하게 언급하고 있는 작품으로 한정해 고찰하기로 한다.

2.1 신·구 가치관의 억압과 갈등

근대전환기 여성가사에는 사회적 환경의 급격한 변화에도 불구하고, 여성을 둘러싼 가정 환경은 거의 변하지 않는 데에서 오는 괴리가 아주 잘 드러나 있다. 특히 여성의 경우 가정적으로는 시부모와 남편을 하늘처럼 모셔야 한다는 전통적 가치관과 사회적으로는 남녀동등의 시대에 걸맞게 여성도 변화해야 한다는 새로운 가치관의 사이에서 이중적인 억압과 갈등을 겪게 되는 것을 볼 수 있다.

이러한 억압과 갈등을 뛰어난 문학적 구조와 수법으로 승화하고 있는 작품 중의 하나가 <싀골색씨 설은타령>이다.[145] <싀골색씨 설은타령>은 시부모를 모시고 사는 한 젊은 시골색씨가 서울로 공부하러 간 임과의 나뉨에서 겪는 고통을 읊은 작품이다.[146] <시골여자 섧은 사정> 등 여러 이본[147]이 있는 것으로 보아 당시 여성들에 의해 상당한 공감을 얻었고 많이 읽혔으리라고 추정된다.

이 작품의 주인물인 시골색씨는 '시골 여성'으로서, 서울에서 신학

---

145) 권녕철, 『규방가사 I』, 한국정신문화연구원, 1979, 112-117면에 실려 있는 자료를 대상으로 한다. 작자는 남씨부인(영해 원구), 필사자는 영해댁이라고 밝혀져 있을 뿐 작자, 필사자에 대한 구체적 언급이 없다. 앞으로 위 책에 실려 있는 자료를 인용할 때 '규 I'이라는 약호와 인용 페이지 수로 나타내기로 한다. 다른 가사 작품들은 부분적으로 시대적 인식을 드러내고 있는 데 비해 이 작품의 경우 작품 전체가 근대전환기에 놓인 여성의 삶과 인식을 구조적으로 형상화하고 있어 이 장에서는 이 작품을 중심으로 하여 논의를 펼치려고 한다.

146) 이동영, 『가사문학논고』, 형설출판사, 1977과 필자가 앞의 책에서 다룬 바 있고, 조동일이 『한국문학통사 4』, 지식산업사, 1986, 111-112면에서도 간략히 소개하고 있다.

147) <시골여자 섧은 사정>은 이동영이 위의 책, 143-148면에서 부분적으로 소개하고 고찰하고 있다. 작자는 경북 영덕군 태생의 영양 남씨로 되어 있다. <싀골 색씨 설은 타령>보다 더 자세한 묘사로 되어 있는 듯하나, 전문 소개가 아니어서 비교할 수 없었다. 이외에 권씨부인(영해 경수당 종부)의 <시골여자 서른 사정>(이원주, 「가사의 독자」, 『조선후기의 언어와 문학』, 형설출판사, 1982, 143면에 제목만 나옴.)이 이 작품의 이본일 것으로 생각되는데 확인하지 못했다.

문을 공부하는 임인 '도시 남성'과 그 임이 새로 사권 '도시 여성'의 대척적인 입장에 서 있다. 오랜만에 돌아 온 임이 시골색씨에게 이혼을 선고하고 떠나자, 시골색씨는 청천벽력을 맞은 듯한 충격을 받는다.

> 꿈인양 참인양 청천벽력 나리는 듯
> 이혼이란 무슨변고 이혼이란 무슨일고
> 시집온후 칠팔년간 한해두해 허다세월
> 쓰나다나 한말없이 누를위해 기다렸소
> 춘풍도리 꽃필때와 추우음풍 잎질때에
> 눈물로 벗을삼아 아픈가슴 씻어왔네
> 어서어서 세월가서 삼년이란 세월가면
> 우리집 졸업맞고 따슨가정 하렷더니
> 내가슴에 그리던꿈 아침풀에 이슬내고
> 오월비상 연화꽃의 이윈일고 (규 I, 114면)

이 때 시골색씨는 자신을 버리고 떠나가는 임을 바라보면서 새로운 것과 전통적인 것의 대립을 뚜렷이 인식한다. "임타신차 총살갓치 신작로로 다라갓늬 삼밧머리 홀노서서 멀니큰길 바라보니"(규 I, 115면)의 대조적 묘사가 그것이다. 임의 길의 '차 - 총살 - 신작로'는 시골색씨에게는 모두 새롭고 낯선 것이다. 이에 비해 자신은 '삼밭'에 '홀로' 서 있다. 임을 전송하지도 못하는 채 삼밭에서 일을 하다 헝클어지고 초라한 모습으로 임이 가는 모습을 바라다 볼 수밖에 없는 자신에게 '큰 길'은 '멀리' 있을 뿐이다.

삼밭과 신작로의 차이는 바로 옛것과 새로운 것의 뚜렷한 차이를 드러내며, 한편 시골(自然)에 밀려들어오는 도시 문물의 일면을 보여 준다. 시골색씨는 이러한 대조적 인식 속에서 자기 바깥의 상황과 가치관이 급격하게 변하고 있으며 자신은 그것과 동떨어져 있음을 뼈저리게 자각한다.

무정한 님이건만 가고나니 더욱서러
빈방안에 드러서니 쓸쓸하기 감옥같네
옛동산의 푸른잎은 초서리의 빛변하고
광풍에 나부끼며 이리저리 흩어내니
ᄉ람맘과 세숭일은 날로날로 달나가니
이딕할곳 어디메요 미드리 누구미요 (규 I, 115면)

그러나 시골색씨를 억압하는 것은 비단 새로운 가치관과 삶의 방식만이 아니다. 시부모로 인해 가해지는 전통적 가치관과 삶의 방식에 의한 억압은 시골색씨의 자유로운 인식과 선택을 억제하고 고통으로 몰아넣는다. 임을 그리워하는 시골색씨를 보고 시부모가 시골색씨의 처지를 이해하고 위로하기는커녕 다음과 같이 나무라며 시집살이를 혹독하게 시키는 것이 그것이다.

우리는 너의 시절 책짐지고 절간가서
두달석달 있다와도 저런꼴 아니했다
나의전생 무슨죄로 여자몸이 되었던고
주저앉아 울어볼가 울기조차 자유없네
불합한 이한가정 시집살이 괴로워라 (규 I, 113면)

시골색씨는 이처럼 매일 매일 달라지는 세상일과 사람맘, 그에 비해 전혀 달라지지 않는 완고한 시부모의 억압으로 이중적인 고통을 받게 되는 것이다. 즉 시골색씨는 세상 변화를 읽고 그에 맞게 대응해야 한다는 깨인 인식을 갖고 있지만 자신의 몸이 놓여 있는 현실은 그렇지 못한 데에서 더 큰 심적 고통을 받는 것이다.

나도어려 남과같이 학교가여 배웠으면
이런변고 없을 것을 후회한들 쓸곳있나
배울때는 지나갔네 어릴때는 지나갔네

때가고 님버리니 나의 팔자 어이할고 (규 I, 114면)

이처럼 시골색씨는 공부할 시기도 놓치고 따뜻한 가정을 꾸려 나갈
임도 놓쳐버린 상황에서 자신이 좀 더 일찍 깨닫고 행동에 옮겼다면 이
런 변고가 없었을 것이라고 후회를 하고 있다. 이와 같은 인식과 현실의
괴리 속에서 시골색씨는 "감옥갓흔 도장속이 깁히깁히 갓치여서 죄업는
죄인노릇 자나깨나 눈물이라"(규I, 116면)며 죽음까지 생각하는 심각한 좌
절에까지 이르게 된다.

이 작품 외에도 근대전환기 여성가사의 수많은 작품들이 이와 같은
인식을 드러내고 있다. 이들 작품을 일일이 다 예를 들기는 어려우나,
다음 <화전가>는 특히 교육을 받지 못한 여성이 갖게 되는 신학문을
배운 여성들에 대한 상대적인 박탈감과 소외감을 나타내고 있어 주목할
만하다. 당시 신여성은 시골 여성에게 있어 같은 여성의 처지에 있기에,
시부모와 남편으로부터 겪는 갈등 못지 않게 큰 심적 억압으로 작용하
는 것이다.

차해해라 세상사 살펴보니
시대와 풍조가 변천하야 옛과 지금 다르도다
어떠한 여자들은 고등학교 출신하야
양머리 곽곽구두 보석반지 금시계로
뿌하는 자동차와 달달하는 전차로서
동서남북 왕래하고 사회상에 출입하여
남녀평등 오늘시대 훌륭한 여자로데
슬프다 우리어찌 산간벽지 생존하야
산정지뜰 부엌에서 방아찧고 물여다가 음식공지 직분이요
엄동설한 찬바람에 빨래하기 고생이요
장장한일 더운날에 농사바라지 원수로다 (규 I, 363면)

이렇게 근대전환기 여성가사는 시골 여성의 입장에서 급작스레 밀려들어온 새로운 가치관과 어려서부터 배우고 익혀온 전통적 가치관 사이에서 배우지 못한 겪게 되는 심리적 억압과 갈등을 잘 표현해내고 있다. 다음 절에서는 이러한 억압과 갈등의 해결 양상이 여성가사 속에 어떻게 구현되어 있는지를 살펴보기로 하자.

2.2 사람됨의 자각과 실천의지

근대전환기 신·구 가치관의 억압과 갈등 속에서 시골 여성은 큰 좌절과 고통을 겪게 되나, 그대로 주저앉는 것이 아니라, 이를 주체적 결단과 의지로 극복, 해결해 내게 되는데, 이러한 과정이 여성가사 작품 속에 잘 형상화되어 있다.

우선 앞 절에서 주로 살핀 <싀골색씨 설은타령>에는 이러한 해결 양상이 어떻게 드러나 있는지 살펴보자. 시골색씨는 죽음이라는 극한적인 좌절의 상황에서 다시금 자신을 추스려 새로운 각오와 결단으로 일어서게 되는데, 이는 자기를 속박하는 모든 요소에 대한 반발과 '사람이기는 하나 사람노릇 한번 못한' 자신의 처지에 대한 뼈아픈 인식에서 비롯한다.

> 안희더여 남편에게 스랑훈번 맛못보고
> 사라서 무엇흐노 익달도다 니신세야
> 사람되여 이셰승의 스람노릇 못한거시
> 사라서 무엇흐나
>   (중략)
> 임도역시 사람이라 눈물잇는 님이시고
> 피잇는 님이시니 흐목숨은 못죽을듯
> 닉가슴을 술펴시면 님가슴도 아플지라

니셔름 아라시면 아니동정 못하리라 (규 I, 116-117면)

시골색씨가 이중 삼중의 억압과 그로 인한 갈등을 극복해 낼 수 있도록 한 힘은 바로 '사람됨, 사람노릇'이라는 근본정신의 자각이다. '사람됨, 사람노릇'은 사람이면 누구나 사람답게, 사람으로서의 구실을 다해야 하며 그래야 사회가 바로 된다는 생각이라고 할 수 있다. 이 정신은 옛부터 지금까지, 시골이건 도시이건, '전통'이나 '개화'거나를 떠나 양 극단을 관류하며 아우르는 근본 정신이며 옛것과 새로운 것에 대한 부정이면서 그것들을 포괄하는 참된 정신인 것이다.

여자를 죄인처럼 구속하고 참된 남녀간의 사랑을 제어하는 것이 결코 올바른 전통일 수 없으며, 시부모를 모시고 수년 동안 기다려 온 아내를 마음대로 버리는 것이 참된 개화일 수 없다. 그것은 모두 근본정신을 망각하고 그릇되게 굳어져 버린 폐단일 뿐이며, 성급히 겉만을 본뜬 허상일 뿐이다. 이 근본 정신을 살리는 것이 참된 전통을 세우는 것이며, 새로운 것의 무절제한 침투에 대해 자기를 보호하고 유지해 나갈 수 있는 길인 것이다. 그러므로 시골색씨는 '시골, 전통'의 입장에 서서 '사람됨, 사람노릇'에 대한 자각 아래 '도시, 개화'의 입장까지 이끌어 들이려는 주제적 태도를 취하게 되는 것이다.[148]

이제 다른 여성가사는 어떠한가 살펴보기로 하자. 근대전환기에 씌

---

[148] 이러한 근대전환기 여성가사의 인식과 태도는 이 시기 다른 문학 장르에 나타나는 인식, 태도와 비교해 볼 때 매우 독특한 것이라 할 수 있다. 지금까지의 근대전환기 문학에 나타난 외세에의 대응태도는 '개화 - 주체적 개화 - 반개화'로 크게 구별되어 왔는데(조동일, 「개화 구국기의 애국시가」, 『한국근대문학사론』, 한길사, 1982, 135-173면), 근대전환기 여성가사는 이와는 별개로 '참된 전통의 회복'이라는 입장을 취하고 있기 때문이다. 이는 순수한 '시골 사대부 여성'의 입장에서 '반개화'를 지향하며 '개화'를 무조건적으로 거부하기보다는, 참된 전통에 입각하여 포용하고자 하는 태도이다. 그러므로 민중, 민족의 입장에서 '개화'를 지향하는 '주체적 개화'와 구별되며, '개화'를 야만시하고 거부하는 '반개화'와도 뚜렷한 차이가 있다.

어진 여성 가사 중 <싀골색씨 설은타령>과 같이 작품 전체가 치밀한
구조로 여성의 삶과 인식을 드러낸 작품은 그리 많지 않아 다른 작품의
경우에는 부분적 언급만을 고찰 대상으로 삼을 수밖에 없다. 그렇다 하
더라도 탄식가사, 유희가사[149] 등에서 시골 여성들이 당시 시대적 변모
를 어떻게 인식했는가 하는 점은 충분히 엿볼 수 있다.

특히 한말 개항기(1870)에 태어나서 밀려드는 양이(洋夷)의 열풍과 일
제의 침략에 따른 국운의 쇠망을 눈으로 목격하고 집권층의 부패상 및
의병 봉기, 갑오년 이후의 사회적 혼란과 변동 상황 등 피부로 체험한
내용을 작자의 회갑(1930)을 맞아 회고하며 읊은 <생조감구가>는 개화
문명에 대한 사대부 여성의 인식을 단적으로 드러내 보여주고 있다.[150]

이 작품에서 작자는 신학문을 배웠다면서 자유연애를 하며 집안 재
산을 탕진하고 부모 처자를 구박하며 이혼, 소송 등을 일삼는 남자들을
다음과 같이 비판하고 있다.

> 소위남자 기름머리 아미단장 의복사치
> 비단보에 개똥일세
> 먹장같은 그심장에 색욕이나 채우려고
> 학생기생 정을호려 매전매답 기만원
> 교제비에 물쓰듯이 다터치고 부모처자 구박이라
> 걸풋하면 이혼이혼 유세갓치
> 부자형제 소송전장 강상대죄 모르고서
> 반포오가 부끄럽고 상체화가 부끄럽다

---

149) 탄식가사, 유희가사란 명칭은 권녕철이 분류한 여성가사 유형 중 ‘신변탄식류, 풍
　　류소영류’에 해당하는 것으로 필자가 보다 쉽게 임의적으로 붙여 본 것이다. (권
　　녕철, 『규방가사 연구』, 이우출판사, 1980, 31-32면 참조.)
150) 이상택, 「개화기 서사가사 시고」, 『가사문학연구』, 정음사, 1979, 220-242면에서
　　작품을 소개하고, 그 문명사적, 문학사적 의미를 살펴보고 있다. 전문은 이화여
　　대 한국문화연구원논총 15집, 1970, 410-423면에 게재되어 있다. 앞으로 이 자료
　　를 인용할 때에 ‘논총’이라는 약호와 페이지를 적기로 한다.

충신을 찾는다면 효자문에 찾는다니
부자자효 모르고서 위국애국 가소롭다 (논총, 415-416면)

즉 효도나 우애와 같은 기본적인 윤리도 지키지 못하는 이들이 주장하는 '위국애국'의 소리가 허울 좋은 빈 구호에 지나지 않음을 간파하고 있는 것이다.

한편 <생조감구가>의 작자는 소위 신여성의 행실 또한 비판적인 눈으로 보고 있다. 신여성의 경우 약간의 지식을 앞세우고 시부모를 능멸하고 가장에게 대들어도 오히려 여왕 대접을 받는다는 것이다. 그러나 작자는 이들이 결국 오래 견디지 못하고 화류계로 전락하게 되는 경우가 많다고 비난하고 있다.

소위신식 트레머리 몽당치마 긴 다비
장강치기 빼쪽구두 학교출신 자랑하고
일어마디 아는자처 지육상식 유려한체
사리마다 젠체형상 듣기도 해참한데
인면수심 일등이등 상급으로 의기양양
교언영색 에행이니 산보이니
그중에 금수지행 금석같은 정을 띠고
결혼식 동부인은 부인이짜 앗가울사
경위지식 분명자처 시부모 능멸하기
구고가장 한말하면 열말이나 대답해도
경위로 돌려주고 여왕같이 대접하네
양양자득 덕업시 요명요구
실상업난 그이름이 오래될수 있을손가
제절로 각급해서 정을떼고 못견뎌서
요리집 기생이나 연금장 기생이나
주점에 갈보됨이 몇몇이고 (논총, 416면)

이러한 인식에는 자신과는 달리 단지 학교에 다녔다는 이유만으로 시부모나 남편에게 특별한 대우를 받는 신여성들에 대한 질시가 어느 정도 배어 있다고 할 수 있다. 그러나 배우지 못한 시골 여성으로서 신학문을 배워 사회 활동을 하는 신여성, 남성들에게 조금도 꿀림이 없이 그들의 잘못된 행실과 도리를 깨우치고 있는 점은 그만큼 자신의 삶의 방식과 가치관에 대한 신념과 자존 의식이 있기에 가능하다고 할 수 있다.

그러기에 작자는 유식·무식에 관계없이 신·구식을 잘 조정하여 훌륭한 인격을 갖추는 것이 필요함을 다음과 같이 주장하고 있다.

> 오빅년 나린법을 인면슈심 아니거든
> 불성이부 먹은마음 송빅갓치 구더스니
> 남의젼졍 아니해고 기명문명 자랑말고
> 시셰를 보드라도 신구식을 조종하여
> 본심을 조심ᄒᆞ졔 졔인격 유려하면
> 부인애 유무식 계관일가 (논총, 416면)

곧 '가장신식(家長新式), 구고완고(舅姑頑固)'의 사이에서 작자 자신은 불경이부(不更二夫)의 전통적 가치관으로 굳게 다지고, 남편에게는 "시세가 변천희도 구식너모 반터말고 신구식을 보아가며 힝신희라"고 요구하고 있다. 이는 앞에서 살핀 <싀골색씨 설은타령>에 나타나는 인식과 완전히 일치하는 것이다.

이번에는 새댁들이 모여 척사대회를 즐긴 후 읊은 가사 <승리가>(규 I, 421-427면)를 살펴보기로 한다.

> 남편마ᄌ 싱이ᄉ별 암흑속에 헤메이는
> 가련한 우리동지 조금도 비관말고
> 남여평등 이시디에 봉근잔재 숙청하고
> 문맹퇴치 하여가면 가진노력 다하여서

> 남성구속 밧지말면 문명한 활무더에
> 합심하여 노력하야 자여교육 빗니이면
> 이식주를 해결하고 도탄에 빠진조국
> 어굴한 원구한경 다시한번 자력갱생 (규 I, 421면)

여기에서 역시 부녀자의 힘으로 도탄에 빠진 조국을 구해야 한다고 주장하고 있다. 즉 '시집에 들어와 남편을 생이별하고 가련하게 살고 있지만 그것을 비관만 할 것이 아니라 남녀평등 시대이니 만큼 남성에 구속받지 말고 노력해서 집안과 국가를 일으키자'는 내용으로 되어 있다. '남녀평등'과 '고법'이 서로 갈등을 일으키는 것이 아니라 고법을 떳떳하게 빛내는 동시에 남녀 평등의 정신을 살리는 새로운 태도를 갖고 있는 것을 볼 수 있다.

이러한 태도는 대부분의 근대전환기 여성가사에서 마찬가지로 확인된다. <동뉴상봉가>(규 I, 632-636면) 한 작품을 더 살펴보자. 이 작품은 "녀즈락고 업신녀겨 무고히 흉을보니 분할시고 우리동뉴 녀즈힝지 싹가보식"라고 하며 여자라고 남자에게 업신만 당할 것이 아니라 여자 행실을 닦아 보자면서 그 방법으로 여러 가지를 모색하다 다음과 같이 결론짓고 있다.

> 신학시대 녀학생은 낭머리 곱기빗고
> 맵시잇는 책보달이 시간마좌 학교가셔
> 일어션어 지리손슐 채래채래 배온후의
> 녀즁박수 학사되야 개명발달 하거니와
> 우리는 재조업셔 학식이 전혀업고
> 이세월에 넛기나셔 흔번운동 못해보고
> 구식만 즉힌닥고 슉맥졀노 되겟고나
> 이짓져짓 다못ᄒ면 무엇스로 즐거홀고
> 이야기나 셔로노나 손벽치고 웃고보니

> 아모것도 슬데업다 어와우리 동뉴님네
> 우리도 사람이라 사람일역 ᄒ여보시
> 부모님계 바든몸을 아모쪼록 줄길와서
> 어진부녀 되여보니 어진힝동 ᄒᄌ셔라 (규 I, 635-636면)

신학시대 여학생과 달리 구식만 지켜 숙맥이 되는 것을 한탄만 할 것이 아니라, 어진 부녀가 되어 어진 행동을 함으로써 '사람일역'을 해야 할 것을 강조하고 있다. 즉 "우리도 사람이라 사람일역 ᄒ여보시"라고 하여 시골의 여성도 남성 또는 신여성과 마찬가지로 '사람'이며 '사람노릇'을 해야 한다는 것이다. 이 역시 <싀골색씨 설은타령>과 마찬가지로, 새로운 것의 대두에 당황하고 좌절만 하기보다는, 그로 인해 '사람노릇'을 자각하게 되며 '옛것'을 배우고 되살리는 것으로 대응의 방법을 삼고 있는 것이다.

3. 출판가사에 나타난 여성 형상과 인식

근대전환기에 씌어진 남성들의 가사로 여성을 형상화하고 있는 작품은 그리 흔하지 않다. 그러나 당대에 남성들에 의해 출판된 가사 작품 속에서 변화하는 상황과 달라지는 세태를 다루는 가운데 부분적이나마 여성의 형상이 독특한 소재로 언급되는 것을 볼 수 있다. 이는 당대의 남성들이 달라진 여성의 삶에 대해 어떻게 보고 어떻게 인식하고 있는지를 보여주는 좋은 대상이 된다.

특히 남성들의 눈에 이 시기 여성들이 어떻게 보였는지, 그에 대한 남성들의 인식은 어떠했는지를 위에서 다룬 여성가사와 비교하기 위해서 두 부류의 가사를 택해 고찰하려고 한다. 하나는 많은 이본으로 필사되었을 뿐만 아니라 활자본으로 출판되기까지 했던 <초당문답가>이고,[151] 다른 하나는 근대전환기 계몽 인사들에 의해 간행된 신문인 <대한매일신보> 시사평론란에 게재된 가사 작품들이다.[152] 상대적으로 전자는 전통적 가치관을 지닌 남성들에 의해 필사, 출판되었고, 후자는 계몽적 가치관을 지닌 남성들에 의해 창작되어 신문에 실린 것이라 할 수 있다.[153] <초당문답가> 중 여성을 소재로 하고 있는 <부인잠>, <용부가>를 대상으로 하고, <대한매일신보> 가사 중 여성들에 대해 언급된 작품을 대상으로 여성들의 삶이 어떻게 형상화되고 있고, 이에 드러난 남성들의 인식은 어떠한지 살펴보기로 하자.

---

151) <초당문답가>는 일종의 오류 가사집으로서, 이본에 따라 명칭, 수록 작품의 수, 편제가 각각 다른데, 현재 이본의 수가 총 18종에 이른다고 한다. 이 논문에서는 규장각 일사본을 대본으로 한 정재호, 『주해 초당문답가』, 도서출판 박이정, 1996를 자료로 삼는다. 자료 인용시에는 '초당'이라는 약호와 함께 위 책의 페이지수를 적기로 한다.

152) <대한매일신보>는 1904년 영국인 배설이 창간하여 1910년까지 간행되었다. 처음에는 영자 신문으로 시작했으나 얼마 안 돼 한글판을 곁들여 발간하였다. 이후 국한문혼용판으로 바꿨다가 1907년 5월 23일부터 다시 한글판을 간행하였다. 한글판 간행 이후 시조와 가사는 거의 매일 게재되었는데, 대부분 시조의 경우 '스조'라는 고정란에, 가사는 '시스평론'(국한문판에서는 '사회등', '잡보')이란 고정란에 실렸다. 임종찬, 앞의 책, 173-174면 참조. 자료는 강명관·고미숙 편, 『근대계몽기시가자료집』 1-3, 성균관대학교 대동문화연구원, 2000에 시가 자료를 수록해 놓아 이를 참고하였다.

153) 근대전환기 문인의 유형을 김용직은 네 유형으로 나누고 있다. 서구수용을 반대하는 보수사림출신, 구체제를 반대하는 개화주의자, 서구수용을 인정하는 사림출신, 주체성 확보를 시도하는 개혁파가 그 것이다. 이 중 <초당문답가>의 작자층은 보수사림 출신으로 생각되고, <대한매일신보> 간행 담당층은 박은식, 장지연, 신채호와 같은 민족주의를 내세우면서 개화를 추구하는 사림 출신이라 할 수 있다. (김용직, 「개화기 문인의 의식유형」, 『한국문학연구입문』, 조동일 외, 지식산업사, 1982 참조.)

3.1 신 · 구 여성관의 착종과 왜곡

근대전환기는 남녀간의 관계에 있어서 '남존여비'라는 전통적 가치관과 '남녀동등'이라는 계몽적 가치관이 병존하는 가운데 점차 여성의 학교 교육과 사회 활동이 늘어나는 시기였다. 이 시기에 남성들이 가사 작품 속에 여성들을 어떻게 형상화하고 있는지는 당시 지식층 남성들이 가지고 있던 여성관을 살필 수 있는 좋은 대상이 된다.

우선 전통적인 가치관을 고수하는 입장의 남성들에 의해 쓰여진 오륜 가사 중 하나로 <초당문답가>를 택해 여성이 어떻게 그려지고 있는가를 보기로 하자. <초당문답가>는 19세기 말~20세기 초에 일반 대중에게 상당한 호응을 얻어 널리 수용된 것으로 보인다. 필사본의 형태로 많은 이본이 존재하며, 1908년과 1915년에 보문사와 신구서림에서 연인본(鉛印本)으로 출간되기도 하였다. 그 중 <부부편>, <부인잠> 등은 여성들에 대한 전통적인 시각을 아주 잘 보여 준다.[154]

기존의 오륜 가사에서는 부자유친, 군신유의, 부부유별, 장유유서, 붕우유신의 오륜 항목에 따라 사람의 도리와 처신을 설명하고 있는 데 비해, 이 작품에서는 <부인잠>, <우부편>, <용부편>, <치산편> 등을 추가하고 있어 당시 시대적 요구에 따라 개작과 편집이 이루어졌음을 짐작할 수 있다. 특히 <부부편>이 있는데도, <부인잠>을 따로 설정해 놓은 것은 그만큼 여성에 대한 제재와 교화가 더 긴박하게 여겨졌던 사정을 짐작케 한다. 부부편이 33행, 부인잠이 47행으로 되어 있어 <부인잠>이 훨씬 많이 서술되어 있는 것은 그런 생각의 일단이라 할 수 있다. 또한 여자는 본디부터 관대하지 못한 존재로 본다든지, 여자의

---

154) 졸고, 「오륜가사의 서술방식과 의미」, 『한국언어문학』 37, 한국언어문학회, 1996 에서 곽시징의 <오륜가>, 이기원의 <오륜행록>과 함께 그 서술방식 등을 살펴 본 바 있다.

재능이나 학식을 불필요한 것으로 보고 있어 매우 남성 중심적인 시각을 나타내고 있다.

<부인잠>의 한 부분을 예로 들면 여성에게 여전히 삼종지의를 역설하면서 여성이 아무리 무고하게 소박 구박을 당하더라도 팔자로 알고 자기 소임만 다할 것을 종용하는 것을 볼 수 있다. 그러나 남녀동등권이 거론되고 여자 교육 기관이 생겨나는 현실에서 과연 이러한 서술이 얼마나 여성들의 호응과 동조를 얻어낼 수 있었을지 의아스럽다. 그럼에도 불구하고 이러한 가사가 인기를 누렸다는 것은 여성들에 대한 전통적인 가치관을 고수하는 남성들이 많았음을 보여주는 것이라 하겠다.

> 여보시오 부인네들 여자행실 어떠한고
> 삼종지의 마련하니 가왕을 좇아서라
> 남의손에 매였으니 제임으로 못할너라
> 도장을 나지 말고 침선방적 할 뿐이요
> 봉제사 접빈객은 직분대로 하여가소
> 여중군자 부질없고 규중호걸 쓸데없다
> 글잘하고 아는체는 팔자에 기박하고
> 말잘하고 아는체는 친척불화 뿐이로다
> 　　　　　(중략)
> 사주팔자 불행하여 남편이 무도기든
> 고집을 세우지말고 내도리만 차려가소
> 남편이 버리거든 시부모에게 의지하소
> 부모자식이 다없거든 봉제사를 극진하소
> 공자같은 성인네도 삼대출처 하였다네
> 하물며 소장부야 유죄무죄 생각할까 (초당, 143-145면)

게다가 이 작품의 작자는 남편은 하늘, 아내는 땅이라는 음양의 원리를, 상하 복종과 예속의 관념으로 바꾸어 남편이 성을 내는 것은 당연하고 예사스러운 일이나, 아내가 그러는 것은 재앙이라고 함으로써 여성에 대한 지극히 편협하고 비하적인 관념을 지니고 있음을 다음과 같은 구절에서 보여 주고 있다.

> 남편이 하늘이니 시부모는 더말할까
> 하늘이 언짢은들 이천지에 아니살며
> 시부모가 심하다 한들 부모버린 개천있나
> 걱정 끝에 옳은 말이 말대답에 분돋우네
> 꺾어보고 겨루려면 두손뼉에 소리나네
> 천동은 예사라도 지동은 재앙이라
> 남편이 성을 낸들 어디라고 성을낼까 (초당, 146-147면)

이렇게 근대전환기 남성들 중 시대가 변하고 새로운 이념이 대두되어 여성들의 삶과 인식에 큰 변화가 왔음에도 불구하고 이를 받아들이지 않고 여성을 여전히 남성의 예속적인 존재로 생각하고 있는 이들이 상당수 있었음을 이들 가사 작품을 통해 알 수 있다.

그러나 이러한 경향이 근대전환기 남성들의 여성관을 모두 대변하는 것은 아니다. 근대전환기에는 독립신문, 대한매일신보, 대한민보, 대한자강회월보, 서우, 서북학회월보 등 여러 신문과 잡지가 지식층 남성들에 의해 간행되었는데,[155] 이들 신문 잡지는 무엇보다도 봉건적 이념과 사회 질서에 사로잡혀 있는 민중을 계몽하고 외세의 침탈에 대항해 나라의 힘을 굳건히 하기 위한 사상을 전파하는 목적으로 이용되었다.

계몽 이념은 전통적인 가치관에 사로잡혀 있던 이들에게 여러 가지 변화와 혼란을 가져다 주었다. 특히 남존여비 관념에 젖어 있던 이들에게 남녀동등의 사상은 매우 충격적인 것이었다. 남녀동등이란 기치 아

---

155) 졸고, 「개화기 잡지에 실린 산문 연구」, 『어문연구』 15, 어문연구회, 1986과 김근수, 「구한말잡지개관」, 『한국잡지개관 및 호별목차집』, 영신아카데미, 한국학연구소, 1973 참조.

래 여자가 학교 교육을 받고, 사회 단체에 가입하여 남자와 어깨를 나란
히 하며 교제를 하고 활동을 하는 모습은 여자의 바깥 활동을 허용하지
않았던 전통 사회의 관념으로 볼 때는 괴이하고 희한하게까지 여겨졌을
것이다.

이러한 상황에서 계몽 인사들은 여자들도 남자와 마찬가지로 교육
을 받고 여자들로 하여금 남자와 동등해질 것을 신문 사설이나 가사를
통해 중점을 두어 강조를 했다. 그러나 그들이 주장하는 남녀동등과 여
성 교육이 진정한 여권 신장이나 사회인으로서의 여성 진출과 여성의
자기 실현을 위한 것이었느냐는 의문의 여지가 있다.

이에 <대한매일신보> 시사평론란에 게재된 가사 중 여성을 소재로
삼고 있는 작품을 선택해 이에 나타난 여성 형상과 인식을 살펴보려고
한다. 이는 당대 우리 사회에서 계몽 사상의 최첨단에 있던 인사들의 여
성관을 보여주는 것으로서, 이를 통해 당시 남성들의 눈에 비친 여성의
형상과 그에 대한 인식을 가늠하는 데 좋은 척도가 되기 때문이다.

<대한매일신보> 가사에는 주로 기생, 창녀, 첩, 신여성들이 주 소재
로 등장하는 것을 볼 수 있다. 이는 계몽의 이념 속에 축첩 폐지와 같은
1부 1처제를 기반으로 한 새로운 가정의 확립이 포함되었기 때문일 것
이다. 그러나 기생, 창녀, 첩 등의 문제는 여성 자신보다도 성적 탐욕을
지닌 남성들에게 더 큰 책임이 있는 것인데도, 이들 여성들에게만 일방
적인 비난을 하는 것은 남성 위주의 시각에 기인한다.

> 0 쥬란화각 령롱ᄒ고 풍악소리 진동ᄒᄂ 연희쟝에 기싱들이 로류쟝화 제
> 셩질노 늠의 ᄌ데 그릇치나 뎌도 국민 일분ᄌ라 이국심은 일반인즉 창
> 가스긔 인증ᄒ야 혼미혼 몸 ᄭᅵ여볼짜 (1909. 8. 2 <艶情一針>)[156]

---

156) <대한매일신보>가사는 대부분 표지(예컨대 ▲와 같은)를 사용해 행가름으로 분
　　 단을 하고 있다. 여기에서는 이러한 분단 표시를 0 로 하며, 발행일과 국한문판에
　　 나온 제목을 인용 마지막 부분에 적기로 한다.

○ 쟝안화류 란만ᄒ고 고루거각 듥붉은디 져 사닉는 이믜 가고 새 랑군이
쏘 왓고나 모양내는 미인들이 새 랑군을 결련코져 가진 틱도 다 부리네
그 랑군은 누구라나 / 관쟉 놉고 셰력 돈 이
○ 뎌 미인을 볼작시면 익부 오는 쇼식 듯고 즁로ᄭ지 쏫쳐가셔 손을 잡고
드러올 제 은근ᄒ고 다졍홈은 혼 심쟝과 다름 업네 그 틱도가 가관이오
그 미인은 누구라나 / 남촌이다 새 집 진 이 (1909. 6. 29 <美人情態>)

여기에서 보면 기생, 첩 등이 '남의 자제 그르치고', '관작 높고 세력
이 좋은 이'와 결연하기 위해 갖은 태도를 다 부리며 중로까지 나가 애
부의 손을 잡고 들어오는 등 그 태도가 가관이더니 남촌에다 새 집을
짓기까지 했다고 비난하고 있다. 기생, 첩을 즐기는 부잣집 자제나 관
작이 높고 세력이 좋은 이는 이들의 갖은 태도에 넘어 간 피해자일 뿐
이고, 기생, 첩 등은 당대 문란한 성풍속을 조장한 주범으로 지목되고
있다.

이러한 시각은 <冥府女裁判所>라는 제목으로 계월향, 논개, 춘향
등 의기, 절개의 상징으로 여겨지는 여자들이 재판관이 되어 여자 죄인
들을 재판하는 내용의 가사에도 연장되고 있다. 여기에서도 외도한 남
자를 살해한 부인이나 연극을 관람하며 남성들을 사귀는 여성에 대한
논고는 성적 문제에 있어서 남자에게는 관대하고 여자에게는 엄격한 이
중 잣대가 사용되고 있음을 여실히 보여 준다. 특히 '부부간에 잘못하면
잘하도록 권면하고 제 서방이 외입하면 정도로써 인도함이 사부녀의 도
리'라고 하는 것은 축첩을 당연시하고 투기를 경계했던 봉건적 사상에
서 한 발도 나아가지 못했음을 그대로 드러내고 있다.

○ 오식구름 주옥혼디 녀관들이 회동ᄒ여 지판뎡을 권셜ᄒ고 지판장에 계
월향이 단정ᄒ게 나안즌 후 론개랑ᄌ 검사되여 공소ᄉ쟝을 뎨출ᄒ고 춘
향랑ᄌ 셔긔되여 소쟝ᄉ연 진슐혼 후 한국 닉에 녀죄인을 포박ᄒ여 딕
령혼다

0 부부간에 잘 못ㅎ면 잘ㅎ도록 권면ㅎ고 제 셔방이 외입ㅎ면 정도로써 인
  도홈이 스부녀의 도리어눌 져ᄂ 못된 짓만 ㅎ며 제 셔방은 죽이려고 말
  도 춤아 못홀 곳에 손을 디여 죽엿스니 뎌 요악ㅎ 계집년을 잡어드려 디
  령ㅎ고

0 릉라금슈 고흔 옷을 빕시잇게 닙은 후에 연극쟝에 드러가셔 분되ㅅ박을
  니두르며 낙시눈을 쪄가지고 셔방질에 즈미 나셔 집안일은 불고ㅎ고 음
  탕심만 텅즁ㅎ여 풍화소관 불측ㅎ니 뎌 음탕ㅎ 환양년들 잡어드려 디령
  ㅎ고 (1910. 3. 3 <冥府女裁判所>)

또한 사회 활동을 한다고 단체를 결성하거나 남성들과 교류를 하며
바깥 활동을 하는 신여성들 역시 있는 그대로 보기보다는 왜곡되고 부정
적인 시각으로 보고 있음을 알 수 있는데, 다음과 같은 기술이 그것이다.

0 우리 대한 젼국 안에 녀즈계를 솗혀본즉 몃쳔 년을 갓첫다가 긔명풍긔
  드러온 후 녀즈들도 남즈ᄀ치 샤회학교 죵ᄉ하며 총명직질 확츄ㅎ야
  긔명됨이 가ㅎ거눌 구습그져 못 ᄇ리고 패악ㅎ 쟈 불쇼ㅎ니 ㅎ번 비평
  ㅎ여 볾가

0 셔문 밧글 도라드니 엇던 매음 녀인네ᄂ 제가 ᄀ쟝 긔명ㅎ 톄 반양복에
  안경 쓰고 연희쟝만 왕리ㅎ다 져녁 먹고 썩 나셔면 업ᄂ 모양 이쎠 내며
  궁둥츔과 활긔 친들 누가 져를 눈 쪄 보나 좌우고쳡 ㅎᄂ 모양 그 힝습
  도 가통ㅎ고 (1909. 8. 17 <女界悖風>)

0 미양미양 네 소리어 녀즈학교 셜립ㅎ디 입학유의 반뎜 업고 부귀즈뎨 유
  인ㅎ야 희학ㅎ며 돈 ᄲᅦ스니 매음ㅎᄂ 뎌 챵녀롤 네가 미양 죠롱인 듯
  (1908. 8. 9 <紗窓花淚>)

여기에서 보면 양장을 하고 연희장에 왕래하며 멋을 내는 이들이나
여자 학교에 다니면서 남자를 사귀는 이들을 매음녀, 창녀 등으로 매도
하고 있다. 신여성들 중에는 물론 자유연애 사상이 들어옴에 따라 남녀
교제를 분방하게 하는 이들이 있었겠으나, 이런 이들을 무조건 매음녀
나 창녀로 매도하는 것은 사회 활동을 하는 여성들 자체를 고운 시선으

로 보지 않았음을 드러내는 것이라 하겠다.

이러한 비난과 경계는 특히 부인회를 조직하여 사회 활동을 하는 이들에게 집중적으로 쏟아졌는데, '四大妖物'[157) 중의 하나로서 사치한 복장으로 부인회에 출몰하며 연희장에 다니는 여성들을 꼽는 데에서 알 수 있다.

> ○ 녀ᄌ이라 ᄒᆞᄂᆞᆫ 것은 유한정정 홀ᄲᆞᆫ더러 ᄒᆡᆼ동거지 옹용ᄒᆞ고 언어슈작 정당 후에 현슉ᄒᆞ다 ᄒᆞ겟ᄂᆞ디 찬란의복 극샤치로 기명ᄒᆡᆺ다 ᄌ칭ᄒᆞ고 부인회에 츌몰하나 연희쟝에 죵ᄉᆞᄒᆞ니 녀ᄌ 중의 요괴물은 란계비쵸 데일이오 (1909. 3. 14 <四大妖物>)

이러한 언급은 계몽 사상을 전파하고 주장하는 입장에 있는 인사들조차 남녀동등이나 여자의 사회 활동에 상당히 부정적인 인식을 지니고 있음을 보여주는 것이라 할 수 있다. 즉 겉으로는 여성의 인권이나 여성의 사회 활동 등을 주창하면서도 '여자라 하는 것은 유한정정 할뿐더러 행동거지 옹용하고 언어수작 정당후에 현숙하다 하겠는디'하는 전통적인 가치관을 그대로 고수하는 신, 구 가치관의 착종을 보이고 있을 뿐만 아니라, 그에서 벗어나는 여성 대다수를 사치 음탕을 일삼는 매음녀로 왜곡하기까지 하고 있는 것이다. 이는 근대전환기의 계몽 사상이 적어도 여성문제에 있어서 만큼은 올바른 인식을 갖추지 못한 채 출발하고 있음을 보여주는 것이라 할 수 있다. 이러한 잘못된 출발로 인해 근대 이후의 문학에까지 왜곡된 여성관이 지속될 수밖에 없었던 것이 아닌가 생각된다.

---

157) 사대 요물은 매국대신(이완용), 양민학대하는 지방관찰(박중양), 정신현혹하는 소설(귀의 성) 등과 함께 연희장에 다니는 사치한 부인회 여자를 들고 있다.

3.2 수단으로서의 여성 교육

근대전환기 계몽사상 전파의 최선봉에 서 있는 신문 제작 인사들에게 있어서 여성 교육은 간과할 수 없는 매우 중요한 과제였다. 그러나 이들에게 여성 교육은 여성 자신의 권익 신장이나 자유로운 사회 활동, 직업을 통한 자아 실현이나 사회에의 공헌 등을 위한 것이 아니라, 단지 가정 내 자녀 교육을 잘 하게 하기 위한 수단과 방편으로만 인식되고 있다.

이들의 인식은 여성들의 직분이 무엇보다도 훌륭한 자제를 키워내는 어머니의 역할에 있다고 함으로써 실질적인 남녀동등이나 여성 인권의 신장 등과는 거리가 있었음을 보여 준다. 즉 <대한매일신보>에는 여성들도 남자들과 마찬가지로 새로운 교육을 시켜야 함을 강조하고는 있으나 이 교육의 목적이 여성 자신들을 위한 것이 아니라, 사회나 국가를 이끌어 나가는 남성들을 위한 것으로 귀결되고 있다.

부인회 회원들에게 권고하고 있는 다음 가사는 이러한 인식을 아주 잘 나타내고 있다.

> 0 부인회의 회원들아 영웅호결 누가 났나 부인들의 의무로다 박토에서 거두는 것 못된 곡식 이 아닌가 즈고 란신적즈들이 그 어미의 죄 아닌가 스치음탕 흥지 말고 열심으로 비양흥야 당연권리 차져 보소 (1909. 1. 31 <勸告各團會>)

여기에서 보면 부인들의 의무는 무엇보다도 '영웅호결을 낳는 것'으로 가르치고 있다. 심지어 더 나아가 '박토에서 거두는 것 못된 곡식 이 아닌가 자고로 난신적자들이 그 어미의 죄'라고 함으로써 자식의 잘못을 어머니 된 이의 죄로 몰아 세우기까지 하고 있다. 또한 못된 자식을 낳은 어머니를 '못된 곡식을 거두는 박토'에 비유함으로써 여성에 대한 비하적 관념도 그대로 드러내고 있다.

　이러한 인식은 <대한매일신보> 소재 가사 곳곳에서 확인된다.

> ０ 규즁부녀 드러보소 놈의 가모 된 직칙이 ㄱ쟝 즁대 ㅎ건마는 치산범절
> 범연ㅎ고 즈질교육 모르다가 가도졈졈 쇠패ㅎ니 제가 제 쌈 치는 게오
> (1908. 8. 23 <言一束>)
> ０ 가뎡간에 부녀들은 즈녀교육 무심ㅎ고 의복샤치 건들거려 연희쟝만 츄
> 츅ㅎ니 방탕홀스 뎌 심쟝을 걸음뎀이 헌신ᄀ치 오늘니로 ᄇ리쇼셔
> (1908. 12. 31 <今夕何夕>)
> ０ 쟝ㅎ도다 이 부인은 놈의 모친 된 의무를 분명ㅎ게 알엇도다 가뎡교육
> 잘만 ㅎ면 츙신의스 만히 나고 가뎡교육 잘못 ㅎ면 역적쇼인 허다ㅎ니
> 대한녀즈 샤회들은 즈질교육 명심ㅎ오 (1908. 12. 3 <嚴母撻子>)
> ０ 가뎡교육 ㅎ논 걸노 국가 정치 긔명된다 전일습관 다 ᄇ리고 즈녀 일반
> 비양ㅎ면 개개영웅 이 아니가 어화 한국 부녀들아 만만셰나 누려 보게
> (1908. 8. 27 <慶祝壹関>)

　즉 여성 교육의 목적을 어머니를 통한 자녀 교육에 둠으로써 부강한 국가 건설에 동참하게 하고자 하는 수단으로 여기고 있다. 여성의 역할을 새로운 세대를 이끌고 나갈 남성을 키워내는 숨은 조역으로 한정지었을 뿐, 역사 창조의 주역이나 남성의 동반자로서 인정하지 않았다. '자녀교육 하는 걸로 국가 정치 개명되며, 자녀 일반 매양하면 개개영웅 이 아닌가' 함으로써 자녀교육을 잘 하는 것으로 영웅으로까지 추켜세우고 있다. 그러나 이는 자녀교육의 중요성을 강조하며 그 실천을 이끌어내기 위한 구호에 불과할 뿐이었다. 가정교육을 잘 못한 여성들은 가도의 쇠패와 역적 소인이 양산되는 책임까지 짊어져야 했기 때문이다. 이러한 언급은 여성들을 겉으로는 높이는 듯 하면서, 실제로는 가정 교육이라는 족쇄로 얽어매는 것이었다.

　그러므로 계몽 인사들이 여성들에게 바라는 바는 오직 가정 내에서

자녀교육에 힘쓰라는 것이었다. 그들이 내세운 남녀동등이나 여성 교육은 단지 이 자녀교육을 잘 하게 하기 위해 필요할 뿐이었다. 이러한 기대와는 어긋나게 여성이 여성 동등과 개명의 시대에 걸맞게 사회 활동을 할 경우 앞에서 살펴본 바와 같은 비난을 감수하지 않으면 안되었던 것이다. 이는 근대전환기의 여성 교육이 겉모습만 달라졌을 뿐, 내적인 면에서는 바람직한 여성상을 현모양처에 두고 그 이상의 교육을 시키지 않았던 전통적인 여성 교육과 크게 달라지지 않았음을 보여 준다.

이렇듯 근대전환기 가사를 통하여 볼 때, 급속하게 변해 가는 사회 환경 속에서 여성 개개인의 의식은 크게 변화하고 성장하였으나, 남성들의 여성에 대한 의식은 전통적인 의식에서 그리 멀리 나아가지 못했음을 알 수 있다. 이런 상황으로 인해 여성들은 몇 겹의 심리적인 억압과 갈등을 겪어야 했고, 행동과 처신에 있어서도 전통 사회와 다름없는 제한과 규제를 받았던 것이다. 성적인 문제에 있어서도 남녀에게 달리 가해지는 이중적인 잣대에 의해 예전과 다름없는 강한 규제를 받았고 전통적인 여성상을 요구받았다. 새로운 사회를 이룩해 나가는 데 있어서 남성들은 여성을 진정한 파트너로서 인정하지 않고 밑에서 보조해 주는 조력자로 남아 주기를 원했으며 여성들의 희생과 인내만을 요구했던 것이었다. 그들에게 있어 남녀동등이나 여성 교육은 단지 세몽된 국가와 사회를 이루는 수단이었으며, 여성들의 진정한 해방이나 인권 신장과는 거리가 있었다고 하겠다.

4. 맺음말

이 논문에서는 근대전환기 가사 속에 여성의 삶과 인식이 어떻게 형상화되어 있는지를 각각 여성가사와 출판가사를 통해 살펴보았다. 이는 근대전환기라는 급격한 변화의 소용돌이 속에 여성이 처한 상황을 여성 자신 또는 남성은 어떻게 달리 인식하고 있는지를 분석함으로써 근대전환기 문학의 좌표와 현재 우리 문학의 지향점을 가늠하기 위한 것이었다.

그 결과 근대전환기 여성가사는 몇 가지 공통점을 가지고 있음을 알 수 있었다. 첫째는 시골의 사대부 여성들이 개화라는 새로운 상황을 맞아서 신, 구 가치관의 이중적 억압으로 인한 갈등과 좌절을 겪는다는 점, 둘째는 거기에 머무르지 않고 '여성도 사람'이며 '사람노릇'을 해야 한다는 자각을 하게 된다는 점, 마지막으로 가정과 국가를 살리는 것은 여성에게 달렸다는 주체적 결단을 하게 되며, 그 방법은 '옛것(고법)'을 철저히 배우고 살리는 데 있다고 인식한다는 점이다.

이에 비해 근대전환기에 남성들에 의해 출판된 가사는 전통적 가치관을 고수하는 남성이건, 계몽적 가치관을 주장하는 남성이건 공통적으로, 변화되어 가는 상황에도 불구하고 여전히 여성을 남성의 예속적인 존재로 인식하고 있음을 보여 준다. 또한 표면적으로는 남녀동등이나 여성 교육을 주장하면서도 정작 사회 활동을 하는 여성들을 가정 일을 등한시하고 사치와 음탕을 일삼는 매음녀, 창녀 등으로 왜곡하는 등 신, 구 가치관의 착종 양상이 나타나 있다. 이들에게 있어 여성의 직분은 오로지 가정 교육으로서, 여성 교육은 새로운 국가를 이끌어 갈 남성을 낳고 키우는 수단이었던 것이다.

이렇게 볼 때 근대전환기 가사는 동 시대를 살았음에도 불구하고 변화하는 상황에 대해 남성과 여성이 매우 이질적인 인식을 지니고 있었음을 보여 준다. 특히 남녀동등을 둘러 싼 여성 문제에 있어서는 뿌리깊은 남존여비 사상과 가부장적 관념으로 인해 서로 상충되는 태도와 인식이 드러나 있다. 여성들이 남녀동등 사상을 적극적으로 자기화하여 억압적 상황에도 불구하고 자존과 주체 의식을 형성해 나가는 데 비해,

남성들은 겉으로는 남녀동등을 내세우면서도 실제적으로는 가정이라는 울타리 내에서의 권리로 한정지음으로써 종래의 관념에서 크게 벗어나지 못하고 있다.

근대전환기 가사에 나타난 이러한 인식과 태도가 근대 이후 현재까지의 우리 문학에서는 과연 어떠한지 한 마디로 단정하기는 어렵다. 그러나 부인할 수 없는 점은 지금까지 여전히 문학 작품 속에서 편협되고 왜곡된 여성관, 여성상이 반복 구현되고 있으며 그런 점에서 진정한 의미에서의 여성 문학으로 평가받을만한 작품이 그리 많지 않다는 것이다. 이는 앞으로의 우리 문학이 반성하고 극복해야 할 과제이며, 문학 연구가가 끊임없이 관심을 가지고 좌표를 제시해야 할 주제인 것이다.

참고 문헌

『근대계몽기시가자료집』 1-3. 강명관·고미숙 편. 성균관대학교 대동문화연구원. 2000.

『한국문화연구원논총』 15집. 이화여대. 1970.

고미숙. 「'저구대'와 '탈근대'의 횡단을 위한 시론」. 『비평기계』. 소명출판.

고정갑희. 「학교·가족·시장의 공조체제」. 『여/성이론』 제4호. 도서출판 여이연. 2001.

구모룡. 『문학과 근대성의 경험』. 좋은날. 1998

권녕철. 『규방가사』 I. 한국정신문화연구원. 1979.

______. 『규방가사연구』. 이우출판사. 1980.

김교봉·설성경. 『근대전환기 시가 연구』. 국학자료원. 1996

김근수. 「구한말잡지개관」. 『한국잡지개관 및 호별목차집』. 영신아카데미 한국학연구소. 1973.

김용직. 「개화기 문인의 의식유형」. 『한국문학연구입문』. 조동일 외. 지식산업사. 1982.

김학길. 『계몽기 시가집』. 문예출판사. 1990.

서영숙. 「개화기 규방가사의 연구: <싀골색씨 설은타령>을 중심으로」. 『어문연구』 14. 어문연구학회. 1985.

______.「개화기 잡지에 실린 산문 연구」.『어문연구』15. 어문연구학회. 1986.

______.「오륜가사의 서술방식과 의미」.『한국언어문학』37. 한국언어문학회. 1996.

오세영.「근대시의 기점」.『한국문학사의 쟁점』. 장덕순 외. 집문당. 1986.

______.『한국 근대문학론과 근대시』. 민음사. 1996

이동영.『가사문학논고』. 형설출판사. 1977.

이상택.「개화기 서사가사 시고」.『가사문학연구』. 정음사. 1979.

이원주.「가사의 독자」.『조선후기의 언어와 문학』. 형설출판사. 1982.

임옥희.「제도화된 모성과 자녀교육 히스테리」.『여/성이론』4호. 도서출판 여이연. 2001.

정재호.『주해 초당문답가』. 도서출판 박이정. 1996.

조동일.「개화구국기의 애국시가」.『한국근대문학사론』. 한길사. 1982.

조동일.『한국문학통사』1, 4. 지식산업사. 1982. 1986.

조주현.『여성 정체성의 정치학』. 도서출판 또하나의 문화. 2000.

홍신선.『한국근대문학이론의 연구』. 문학아카데미. 1991.

2 | 여성일대기 가사의 구조적 특성과 의미

1. 머리말

가사는 실제 있었던 일을 행수의 제한 없이 확장, 부연하며 서술할 수 있다는 개방적인 특성으로 인해 다른 시가 갈래에 비해 폭넓은 향유층을 지닐 수 있었던 것으로 파악된다. 조선 전기 양반 남성들에 의해 전승되던 가사가 조선후기에 이르러, 양반여성과 서민 계층에까지 확산되어 대중적 인기를 누릴 수 있었던 것은 일면 가사 자체의 이러한 갈래 속성에 기인한다고 할 수 있다.

또한 조선후기 가사는 그 개방성과 확장성으로 인해 인접한 서사 갈래의 기법을 적극적으로 수용하여 서사적 경향을 강화함으로써 율문인 점을 제외한다면 소설과 거의 차이가 없는 작품들이 창작, 전승되기도 한다. 이렇게 조선후기 가사가 서사성을 강화하는 가운데 두드러지는 경향 중의 하나가 여성주인물의 일생을 일대기화하여 서술하는 것이다. 이는 주로 여성주인물의 일생을 '출생 - 성장 - 혼인 - 고난 - (고난해결)'[158]의 일련의 순서로 일대기화하여 기술하는 것으로 서사적 여성가사의 대다수가 이러한 전개방식을 취하고 있다. 이는 주인물의 전기 형태를 띠고 있는 대부분의 고전소설과 유사한 전개방식으로 되어 있어

---

158) ( )는 작품에 따라 나타나지 않는 단락도 있음을 의미한다.

두 갈래의 관련 양상을 살피는 데 중요한 대상이 된다.

이 논문에서는 이렇게 여성주인물의 일생을 일대기화하여 서술하고 있는 가사들을 '여성일대기 가사'라고 명명하고 이들 작품군의 구조적 특성과 의미를 살펴보고자 한다.159) 여성일대기 가사는 그 구조적 특성에 따라 크게 두 가지 유형으로 나눌 수 있다. 하나는 고난과 갈등은 있지만 해결은 없는 지속적인 이야기로 되어 있는 '열린 구조'이고, 다른 하나는 해결을 제시하여 완결된 이야기로서의 짜임새를 갖추고 있는 '닫힌 구조'이다.160)

이 논문에서는 『규방가사 I』, 『규방가사: 신변탄식류』 소재 작품을 주 대상으로 이용하고자 한다.161) 두 자료집은 오랫동안 현장에서 수천 편의 여성가사를 수집, 연구해 온 권녕철 교수가 선본을 가려 간행한 자료집으로서 일반적으로 널리 알려져 있기 때문이다. 그 외에 개별적으로 발표된 저서나 논문에 게재된 작품 중 중요하다고 판단되는 것은 보조 자료로 이용한다.162) 이들 자료집에서 서술의 순서가 주인물의 일생

---

159) 졸고, 「여성일대기가사의 서술시점과 방법」, 『한국문학이론과 비평』 16, 한국문학이론과 비평학회, 2002에서 이들 작품군을 여성일대기 가사라 명명하고 그 서술방식에 대해 살펴본 바 있다.

160) '열린 구조'와 '닫힌 구조'라는 용어는 Edward H. Jones의 플롯 분류에서 시사 받은 것이다. 그는 작가가 결말을 독자에게 제시해 주지 않고, 독자의 상상력에 맡겨 버리는 경우를 '열려진 플롯(open plot)', 결말을 독자에게 제시해 주고 마무리를 완전히 짓는 경우를 '닫혀진 플롯(closed plot)'으로 구분하고 있다. 김천혜, 『소설구조의 이론』, 문학과지성사, 1990, 174-176면 참조. 열린 구조와 닫힌 구조는 허구적 이야기인 서사문학에 있어서뿐만 아니라, 대부분 작가의 경험을 바탕으로 이야기를 서술하고 있는 가사의 구조 분석에 있어서 효과적으로 이용될 수 있다. 즉 작가가 어떤 결말 구조를 택하느냐는 작가의 의도나 가치관, 작품의 주제와 의미 등을 결정하는 데 관건이 되기 때문이다.

161) 권녕철 편, 『규방가사 I』, 한국정신문화연구원 고전자료편찬실, 1979, 권녕철 편저, 『규방가사: 신변탄식류』, 효성여대 출판부, 1985. 앞으로 두 문헌에서 자료를 인용할 경우 각기 '규 I', '규신'의 약호와 해당 문헌에 기재된 작품 번호 또는 면 수를 기재하기로 한다.

162) 보조자료로는 박요순, 「가사 <신가전> 고」, 『숭전어문학』 6, 숭전대, 1977 소재

에 따라 순차적으로 전개되고 있는 여성일대기 가사를 모두 17편 선정하였는데, 이들 작품을 표로 개관하면 다음과 같다.[163]

▌작품 개관 ▌

작품명	수록문헌	시점	서사	출생	성장	혼인	고난	해결	결사	구조유형
리씨회심곡	규신, 1	주인물	○	○	○	○	사별		○	열린·기대
여자탄	규신, 2	주인물	○	○	○	○	시집		○	열린·좌절
부녀가	규신, 5	관찰자	○	○	○	○	시집	○	○	열린·좌절
창회곡	규신, 13	주인물	○	○	○	○	시집		○	열린·기대
정부인자탄가	규신, 14	주인물	○	○	○	○	시집		○	열린·기대
과부가	규신, 46	주인물	○	○	○	○	사별		○	열린·기대
청상가	규신, 48	주인물	○	○	○	○	사별		○	열린·기대
이부가	규신, 49	주인물	○		○	○	사별		○	열린·기대
상사몽	규신, 52	주인물	○	○	○	○	사별		○	열린·좌절
이별가	규신, 53	주인물	○	○	○	○	이별		○	열린·기대
원별이회곡	규신, 69	주인물	○		○	○	시집		○	열린·기대
여자탄식가	규Ⅰ, 2.3	주인물	○	○	○	○	시집		○	열린·좌절
망부석이별곡	규신, 56	주인물	○	○	○	○	이별	○	○	닫힌·불행
여탄가	규신, 60	주인물	○	○	○	○	이별	○		닫힌·행복
망부가	규신, 62	주인물	○	○	○	○	이별	○	○	닫힌·행복

자료 <신가전>을 이용한다. 이 자료를 인용할 때에는 '숭전'의 약호와 면수를 기재하기로 한다.

163) 여성일대기 가사는 서술시점에 따라 주인물 시점, 관찰자 시점으로 나누어 볼 수 있고, 주인물이 겪는 고난의 성격에 따라 이별류, 사별류, 시집살이류로 구분할 수 있다. 또한 작품구조를 열린 구조(기대 우위형, 좌절우위형)와 닫힌 구조(행복한 결말형, 불행한 결말형)로 나눌 수 있는데 이를 표에 약호로 표시하였다. 0 표는 작품에 해당 단락이 있는 경우를 말한다. '규신', '규Ⅰ', '숭전'은 작품이 게재돼 있는 문헌의 약호이고, 문헌약호 뒤의 숫자는 해당 문헌에 기재된 차례 번호를 말한다. 졸고, 위의 논문, 157면.

| 상사곡 | 규 I, 4.4 | 주인물 | ○ | ○ | ○ | ○ | 이별 | ○ | | 닫힌·행복 |
| 신가전 | 숭전 | 관찰자 | ○ | ○ | ○ | ○ | 시집 | ○ | ○ | 닫힌·불행 |

2. 열린 구조에 의한 경험적 이야기의 서술

열린 구조의 작품들은 서술자 개개인이 자신이 직접 경험한 삶을 회고하며 서술하는 것으로, 개별적이며 사실적이다. 자신이 보고 겪은 곳까지만 서술하므로 이야기에서 제시된 갈등이 과연 어떻게 해결되는지는 그리 중요하지 않으며, 과거에서부터 현재까지의 갈등 상황이 중요시된다. 열린 구조의 작품은 인위적인 질서에 의해서 전개되는 것이 아니라, 사건이 일어난 자연적인 순서에 의해 전개되기 때문에 자칫 이야기의 흐름이 산만해지기 쉬우나, 논의의 대상이 되고 있는 대부분의 작품들은 갈등의 형상화와 이야기 전개에 있어서 나름대로의 질서를 지니고 있는, 뛰어난 문학작품으로 평가될 만한 것들이다.

열린 구조의 작품은 결말에서 어떠한 상황에 있느냐에 따라 기대우위형과 좌절우위형으로 나누어진다. 이는 각기 갈등이 내세 내지 현세에서 해소되기를 바라는 것과 전혀 해소될 수 없으리라 생각하는 것으로 작가(군)의 가치관, 현실인식의 차이에 의해 결정된다. 각 하위유형별로 결말을 살펴보면 쉽게 이해가 될 것이다.

> ㄱ) 젼싱에 무삼죄로 그릇타시 지즁텬가
>   경누옥누 촉경올라 옥황젼에 사죄ᄒᆞ고
>   나도죽어 다시가셔 구쳔타일 다시만나
>   이싱에 못산호을 이별말고 사라볼가 (<쳥승가>, 규신, 386면)
>
> ㄴ) 허사로다 허사로다 죽어지니 허사로다

> 첩의마음 이러한줄 낭군님은 모르리라
> 낭군가신 십여년에 꿈에도 못만나니
> 무정하오 무정하오 어이그리 무정하오
> (중략)
> 어화세상 동유님네 부부인정 말도마소
> 생전시에 그애정도 죽어지니 허사로다
> 같이산들 몇십년가 사랑속에 살어가세 (<상사몽>, 규신, 418면)

ㄱ)은 내세에서 다시 만나 이별없이 살기를 바라는 '기대우위형'이라고 한다면, ㄴ)은 남편이 죽고나니 모든 것이 허사라며 한탄하는 '좌절우위형'이라고 할 수 있다. ㄱ)이 내세를 인정하는 이원적 세계관을 지니고 있다면 ㄴ)은 현실주의적, 일원적 세계관에 기초를 두고 있다고 볼 수 있다.

여성일대기 가사중 대부분의 작품이 열린 구조에 속하며 그 중 대다수가 기대우위형을 취하고 있다. 대상자료 17편 중 12편이 열린 구조이고 그 중 기대우위형이 8편이다. <리씨회심곡>, <창회곡>, <정부인자탄가>, <과부가>, <쳥승가>, <이부가>, <이별가>, <원별이회곡>이 이에 해당한다. 이 중 <쳥승가>를 중심으로 그 구조적 특성과 의미를 살펴보기로 하지. <쳥승가>는 작중 주인물의 출생에서부터 남편이 죽고 난 후 독수공방의 외로운 신세를 한탄한 작품이다. 여성가사 중에서 이러한 내용을 읊은 작품이 많이 발견되는데 이는 그만큼 남편의 죽음이 여성의 일생에 큰 비중을 차지하며 그로 인해 시집살이의 고통이 가중되기 때문일 것이다.

<쳥승가>는 다음과 같이 단락을 나누어 볼 수 있다. 이때 단락의 구분은 주요 장면의 변화에 따른다.

ㄱ) 서두: 역대 예법의 칭송
ㄴ) 출생과 성장

ㄷ) 중매, 허혼

ㄹ) 혼인과 첫날 밤

ㅁ) 신행 후 얼마 뒤 남편 득병

ㅂ) 문약, 문수, 굿 등 갖은 수단을 다 써보나 허사임

ㅅ) 남편의 죽음과 탄식

ㅇ) 자살 시도 등 어느 것도 마음대로 안됨

ㅈ) 명절마다 더욱 서글픔

ㅊ) 결말 : 내세에서 만나기를 바람

ㄱ)의 서두를 출발로 해서 ㄴ), ㄷ), ㄹ)에는 작중인물간의 갈등이 전혀 나타나지 않는다. 대부분의 여성가사에 나타나는, 여자로서 태어난 데 대한 탄식도 전혀 나타나지 않는다. 여자로 태어난 것도 "갸륵고도 아름답다"(규신, 378면)고 칭송한다. 이렇게 서두에 갈등 요소가 전혀 비치지 않는 것은 뒷 부분에 나타나는 남편의 득병으로 인한 갈등이 더욱 크게 부각되게 하는 역할을 한다.

ㄴ)에서는 주인물의 부모가 주인물을 낳아 기르며 교육하는 장면이 서술되어 있다. 주인물의 부모는 삼신에게 "빅연희로 다자다손 수복강영 점지ᄒ소"(규신, 378면)라고 빈다. 또한 두세살 때부터 "셰상업난 너흐 나를 정경부인 삼으리라 / 은사금사 길너너야 어난곳더 출가할고"(규신, 379면)하며 혼처에 신경을 쓴다. 이렇게 지나치리만큼 자신의 어린 시절을 귀하게 서술하는 것은, 뒷부분에 오는 갈등의 발생을 더욱 큰 파국으로 여기게 하기 위한 의도적인 장치로 볼 수 있다.

ㄷ)은 십팔세가 되어 중매가 오고, 허혼, 택일이 이루어지는 장면이다. 주인물은 이때에도 "붓그려워 말못ᄒ나 중심으로 실상조와 / 몽중에도 종종본니 천정비필 정영ᄒ다"(규신, 380면)고 기쁘고 즐거운 마음을 나타내고 있다. 이렇게 혼인을 앞두고서 신부가 즐거운 마음을 갖는 것은 드문 경우이다. 대개는 부모님 슬하를 떠나, 낯선 곳으로 영영 가야한다

는 슬픔이 앞서 탄식이 나오게 마련이기 때문이다.

ㄹ)은 혼인과 첫날 밤의 장면으로, 신랑의 준수한 용모와 풍채가 주로 묘사되어 있다. "쳔셩경누 쳥의동자 빅학타고 나리난듯"하며 "삼오야 명월인가 침침칠야 셔기난다"(규신, 380면)고 한다. 이렇게 신랑의 준수함을 강조하는 것도 역시 뒤의 사별의 슬픔을 더욱 크게 자아내게 하기 위한 방략일 수 있다,

ㅁ)에 와서 신행을 가는 날도 전혀 친정을 떠남에 대한 슬픈 감정이 나타나 있지 않고 오히려 의연하고 당당한 태도로 간단하게 서술되어 있다. 더구나 신랑, 신부는 침상에서 다음과 같이 백년해로를 맹세하기까지 한다.

> 물결갓치 가난세월 양유슈에 자바미고
> 인간칠십 고리히르 옛글러 일러시되
> 레로민진 우리부부 거문머리 빅발토록
> 증손고손 보자흐고 빅연희로 흐자든니 (규신, 381면)

이렇게 갈등이나 대립이 전혀 나타나지 않다가 갑작스런 남편의 득병은 그야말로 청천벽력과 같은 사건이 아닐 수 없다.

ㅂ)에서 남편을 살려내기 위해 갖은 수단을 다하는 주인물의 모습에는 앞부분에 보이던 양반 여성으로서의 의연함과 당당함은 전혀 나타나지 않는다. 더구나 양반의 체면으로는 할 수 없는 문수, 굿까지 마다하지 않고 행하나, 허사로 돌아감으로써 거기에서 오는 좌절은 매우 심각하다.

ㅅ) 결국 남편은 죽고 주인물의 긴 탄식이 이어진다. 이 탄식 부분에서는 여러 고사를 들어가며 남편의 죽음을 받아들이지 못하고, 남편이 있는 곳에 자신도 가고 싶어하는 마음을 절실히 드러내고 있다. 더욱이 남편이 가 있을 리 없는 엉뚱한 상황을 계속 나열함으로써, 주인물의 비

통한 심적 상황을 역설적으로 드러내고 있다.

> 춘당딕 알성과댱 과긔보로 갓신난가
> 삼일유가 화유장에 어루삼비 취ᄒᆞ신가
> 실주셔 홀님원에 변셔노라 밧부신가
> 함평양셔 일등읍에 외직살노 갓신난가
> 셔양각국 긔화ᄒᆞ고 봉명사로 갓신난가 (규신, 383면)

ㅇ)에서는 남편을 따라 죽기 위해 갖은 수단을 다 쓰나 그것도 마음대로 안되고, 평생 벗할 것이 없어 탄식하는 부분이다. 여기에서도 초목, 짐승들에까지 부부가 있음을 계속 나열하면서 자신은 그렇지 못함을 대조적으로 보여 준다. 즉 부부가 함께 있는 상황을 여러 번 보여 줌으로써, 자신의 독수공방의 처지가 그만큼 비극적임을 강조하게 되는 것이다.

ㅈ)에서는 일년 내내 찾아오는 명절마다 남들은 즐겁게 노는데 자신은 그 모임에 끼지 못함을 탄식하고 있다. 또한 자신의 맺힌 한을 풀길 없어 고민하면서 "열려진 니측편에 아름다운 열부힝실 / 역역히 싱각히도 쏜밧기난 어렵ᄭᅮ나"(규신, 386면)라고 토로한다. 이러한 독백은 앞부분에서 "역딕성현 지은례졀 갸륵고도 아름답다"(규신, 378면)라고 칭송하던 태도와는 전혀 상반되는 것이다.

ㅊ)은 결국 ㅅ), ㅇ), ㅈ)에서 계속되는 좌절에 대한 해결책의 제시라고 할 수 있다. 그 해결은 현세에서는 불가능하고, 내세에서나 가능하다고 생각한다. 이는 그만큼 주인물의 현실적 좌절이 깊은 것임을 드러내주는 동시에, 남편에 대한 사랑이 절실함을 보여준다. 이때 자신이 현세에서 겪는 고통을 전생의 죄로 생각하고, 옥황께 사죄한 후 내세에서는 고통 없이 살고자 하는 서술자의 이원적 세계관이 주목된다.

이렇게 볼 때 이 작품은 ㅁ)의 남편의 득병을 정점으로 하여 크게 두 부분으로 나뉜다. 즉 앞부분은 안정과 평화로움이 계속 유지되는 부분이고, 뒷부분은 좌절과 불안함이 연속되는 부분이다. 그러나 그러한 좌절에서 작품을 끝내지 않고 ㅊ)의 결말에서 내세에서의 안정을 기대함으로써 이 작품은 '안정 - 갈등발생 - 좌절 - 내세의 안정 기대'의 구조를 이루게 된다.

<청승가>가 보여 주는 이러한 구조적 특성은 여성의 삶에 대한 많은 점을 시사해 준다. <청승가>의 '안정 - 갈등발생 - 좌절 - 내세의 안정 기대' 구조는 여성의 삶이 안정에서 시작하나 그 안정이 오래 지속되지 못하고 혼인 이후 좌절로 바뀌고 맒을 보여준다. 끊임없이 원래의 상태인 '안정'으로 돌아가고자 하나 그 또한 현실에서는 여의치 못하다. 특히 혼인 이후 남편의 부재는 여성의 혼인 생활에 있어서 가장 큰 갈등 요인이라고 할 수 있다. 시집식구 중에서 유일한 원조자라 할 수 있는 남편의 부재는 시집살이의 고통을 가중시키기 때문이다. 더구나 재가와 같은 새로운 출발을 아예 꿈도 꾸지 못하는 대부분의 양반 여성에게 있어서 남편의 부재란 현실에서는 도저히 해결할 수 없는 좌절 상황이라고 할 수 있다. 그러므로 해결의 기대를 현실에서 찾지 못하고 내세에서나마 해결되기를 기대하는 것이다.

<청승가>와 같은 기대우위형의 작품은 대체로 한 여성의 지나온 역정을 중심으로, 혼인 전과 혼인 후 어성의 처지의 변화를 보여 주면서, 아울러 여성에 대한 사회적 구속을 간접적으로 제시해 주고 있다. 여성의 처지는 대체로 혼인 전의 곱고 귀하게 자라나던 삶에서 혼인 후 어렵고 고통스런 삶으로 전환된다. 심지어 <리씨회심곡>과 같은 작품에서는 자신이 본래 천상의 선녀였음을 드러냄으로써 혼인 전의 자신의 신분을 상승시키기까지 한다. 이는 그만큼 혼인 후의 삶이 비천하게 된 것을 강조하기 위한 것일 게다. 그 한 대목을 인용해 보면 다음과 같다.

나난본대 션아로셔 상제게 득죄하고

> 젹강인간 하올젹의 예안짜 긔남촌내
> 동방부주 퇴계선조 계계승승 뒤를이어
> 참판판서 증조부임 명문화벌 귀동여로
> 시름업시 주랏드니 슈빅리밧 낙낙원지
> 계발무러 썬진다시 이몸이 여기왓노
> 시집사리 왓다하니 가장업는 시집이오
> 귀양스리 왓다하니 죄명업는 귀양인가 (규신, 96면)

이렇듯 혼인 전 그리고 전생의 삶을 혼인 후 이생의 삶보다 귀하게 여기는 여성들이 내세의 고귀한 삶으로 복귀하기를 바라는 것은 어쩌면 매우 당연한 것일지도 모른다. 그런데 주목되는 것은 대부분의 작품이 남편의 죽음으로 인한 고통을 내세에서 해결하고자 하는 기대를 보이는 데 비해 <과부가>처럼 개가함으로써 현세에서 해결하고자 하는 독특한 작품도 있다는 점이다. <과부가>의 결말에서는 동네 할미를 등장시켜 개가할 것을 권유한 뒤 "할미년의 부동으로 암만해도 못참겟다 / 남무아미타불 백년벗님 점지흐여 주옵소셔 비나이다"(규신, 371면)하고 끝맺고 있는데, 이는 매우 파격적인 태도로서 당대 사회에서 여성에게 가해지는 금기를 과감히 깨뜨리고 있다.

이는 일부이기는 하지만 여성들의 인식 속에서 내세를 기대하며 소극적으로 사는 것보다는 적극적인 태도로 자신의 삶을 바꾸어 나가고자 하는 욕구가 일어나고 있음을 보여주는 좋은 증좌라 할 수 있다. 또한 실천에 옮기지는 못하지만, 암묵적으로 여성들에게만 가해지는 구속과 제어에 대해 반발을 느끼고 있는 여성들에게 <과부가>는 일종의 심리적 보상을 해 줌으로써 큰 인기를 누릴 수 있지 않았을까 한다.

다음으로는 좌절우위형의 경우를 보기로 하자. 좌절우위형은 안정의 기대도 전혀 없이 연속된 좌절로 끝맺는 경우이다. 여성가사에 있어서 좌절우위형은 기대우위형보다는 드물게 나타나는 편이다. 이는 그만큼 여성가사의 주 향유층인 양반 여성들이 현실을 좌절보다는 안정으로 맺고자 하는 강한 기대를 갖고 있기 때문일 것이다. 그러므로 좌절우위형의 작품은 여성가사에 있어서 독특한 경우라고 할 수 있는데, <부녀가>가 이러한 구조적 특징을 잘 보여 준다. <부녀가>는 여자로 태어날 때부터 구박을 맞기 시작해, 평생 동안 버림과 학대를 받는 처지를 한탄한 작품으로, 자신의 이야기가 아닌 다른 사람의 이야기를 관찰자 시점으로 서술하는 듯하면서도 작자에 의한 주인물 시점이 많이 침투되어 있는 독특한 서술에 의해 주목된다. 이 작품의 전개는 다음과 같이 이루어져 있다.

> ㄱ) 서두: 여자됨의 한탄
> ㄴ) 아들 난 부모와 딸 난 부모의 모습 대조
> ㄷ) 딸의 출생과 성장
> ㄹ) 부모를 잘못 둔 여자의 혼인
> ㅁ) 시집살이 끝에 쫓겨남
> ㅂ) 친정에서도 쫓겨나 떠돌아다님
> ㅅ) 아들보다 나은 딸들의 예
> ㅇ) 결말: 딸이라도 중하게 여길 것을 부탁

이 작품에서 핵심적인 이야기는 ㄹ)에서 ㅂ)까지이다. 서술자는 이 불행한 여자의 이야기를 하기 위해, 앞부분에서는 딸의 출생에서부터의 고난을, 뒷부분에서는 딸이 아들보다 나은 경우의 예를 들면서, 딸을 귀하게 여길 것을 부탁하며 끝맺고 있다.

ㄱ)에서 보면 여자됨을 한탄하면서도, 죄가 있어 여자가 된다는 데에 대한 회의를 표명하고 있다. 이는 많은 여성가사가 여신인과(女身因果)의 가치관을 가지고 여성으로서의 수난을 감수하는 데에 대한 반대 견해의 표출이라고 할 수 있다.

> 남주여주 분간널지 복불복이 되얏던가
> 지악으로 마른튼가 복잇시면 남주되고
> 죄잇시면 여주된가 엇지하여 남주되고
> 엇지하여 여주된고　(규신, 121면)

ㄴ)은 생남한 부모의 희희낙락한 모습과 딸낳은 부인에 대한 푸대접이 아주 대조적으로 묘사되어 있다. 생남한 집은 "길고훤한 금기줄얼 안 익치고 밧기쳐셔／초승노쥬 부정들가 힝인가끽 절금하고／진상갓튼 단미역을 두셕단을 함목수셔"(규신, 121면) 정성 들여 빌고 산간을 하건만, 딸 낳은 집은 "건기줄이 무엇인고 상주부정 가리잔코／졋던밥 귀는술이 희복부여 정신업다"(규신, 121면)고 한다. 서술자가 이러한 모습을 대조적으로 묘사한 이유는 태어날 때부터 받게 되는 남녀 차별 대우의 부당성을 직접 보여 주고자 하는 데 있다.

ㄷ)은 일반적인 부모에게서 자라나는 딸의 경우를 말한다. 즉 날 때에는 구박 맞고 눈치를 맞는다 할지라도 점점 자라나면서부터는 금옥같이 길러, 어진 사위를 가려내 혼인을 시키게 마련이라는 것이다. 이렇게 작자가 이 땅에서 태어난 딸의 문제를 전반적으로 말하는 것은 앞으로 이야기하고자 하는 한 여자가 겪은 일생이 보통 여자가 겪는 부당한 대우 가운데서도 더욱더 부당한 것임을 드러내기 위한 의도에서 온 것이라 할 수 있다.

ㄹ)부터는 바로 그 어떤 여자에 대한 이야기가 본격적으로 펼쳐진다. 그 여자의 아버지는 주색잡기에 빠져 방탕하고 다니면서 양반, 상놈, 재취를 가리지 않고 돈 천냥에 딸을 주겠다고 호언하고 다닌다. 결국 패가하여 단돈 백냥을 받고 팔다시피 하여 딸을 아무데나 출가시켜 버리고 만다.

ㅁ)은 그 여자의 시집살이 모습이다. 여성가사에서는 거의 나타나지 않는 시댁식구에 대한 과감한 표현이 나타나 있다.

> 범갓탄 시아밧이 굿정날가 쥬야걱정
> 여시갓탄 널근시모 이리비틀 져리비틀
> 벌찐갓탄 시누졸기 들낭낭 쎗글쎗글
> 말믜같은 여러동셔 이리슉덕 져리슉덕
> 방정마젼 우릿가장 불고사정 쳐즈박디 (규신, 122-123면)

이러한 표현은 여성민요 중 '시집살이노래'를 연상시키나, 시집살이 노래의 관습적 어구와는 전혀 다른, 독창적인 표현이다. 이렇게 주인물은 사면초가의 시집살이를 하다 결국은 시집에서 쫓겨나고 만다.

ㅂ)은 그러나 시집에서 쫓겨난 여자는 친정에서도 환영받을 수 없는 존재임을 보여준다. '출가외인'이라 하여 친정에서도 "죽더라도 제집귀신 살더라도 그집사람"(규신, 123면)이라며 쫓겨나 "바람길이 낙엽"처럼 떠돌아다니는 신세가 된 것을 보여준다.

ㅅ), ㅇ)은 이야기에 덧붙여지는 교훈으로서, ㄱ)의 서두에서 보인 여성수난에 대한 회의를, 여성수난의 부당성에 대한 주장과 설득으로 바꾸고 있다. 결국 ㄹ), ㅁ), ㅂ)의 이야기는 어떤 여자의 일생을 철저히 좌절로만 연속시킴으로써, 독자로 하여금 그 여자가 받아야 했던 모든 고통의 부당함을 절실하게 느끼게 하고자 한 것이라 생각된다.

이렇게 볼 때 이 작품은 태어나서부터 혼인 후 쫓겨날 때까지 좌절로만 연속되어 있다. 앞에서 살펴 본 <청승가>에서처럼 혼인 전에는 안정으로 되어 있었으나 혼인 후 좌절로 바뀌듯이, 대다수의 여성가사가 어느 정도 좌절을 무마할 수 있는 기대적 상황이 삽입되는데 비해, 이 작품은 철저하게 비극적인 생애의 연철로 되어 있다고 할 수 있다. 이는 그만큼 이 작품에서 다루고 있는 주인물이 일반적인 양반 여성의 삶과는 상당히 거리가 있는 여성이기 때문일 것이다. 이는 여성가사가 그 소재를 전형적 양반 여성의 삶에서 나아가 서민 여성의 삶이나 보편적 여성의 삶에서 찾고 있음을 보여주는 것으로 여성가사에 있어서 독특한 위치를 점하고 있다.

여성일대기 가사 중에는 드물기는 하지만 이렇게 좌절우위로 지속되는 구조의 작품도 더러 있는데, 이는 이 작품의 작자(군)인 여성이 그만큼 현실을 부당하고 모순된 것으로 인식하고 있음을 잘 드러내 주는 것이라고 할 수 있다. 이러한 유형에 속하는 작품으로 <여자탄>, <상사몽>, <여자탄식가> 등이 있다.

여성일대기 가사 중 열린 구조의 작품이 가장 많은 수를 차지하고 있으며, 그 중에서도 기대우위형(특히 내세기대형)의 작품이 수적으로 가장 우세하다. 열린 구조의 작품이 가장 많다는 것은 여성가사가 사실과 경험에 기반을 둔 문학이라는 점을 단적으로 보여주는 증거라 할 수 있다. 또한 이들 작품의 구조적 특성이 '안정 - 갈등발생 - 좌절 - 안정의 기대'로 되어 있는 것은 양반 여성의 현실 내지 인식을 잘 보여 주는 것이라 할 수 있다.

단 여기에서 작품의 서두가 안정으로 시작되느냐, 좌절로 시작되느냐와 결말이 기대로 맺어지느냐, 좌절인 채로 끝나느냐는 작가의 처지와 인식에 따라 달라진다고 할 수 있는데, 대부분의 여성일대기가사가 안정에서 시작하여 갈등의 발생으로 좌절을 겪다가 다시 안정을 희구하는 구조를 갖추고 있다는 점은 여성가사의 양반문학으로서의 특질을 잘 나타내 주는 것이라 할 수 있다. 즉 이러한 안정에서 시작되어 그 안정이 파괴되지만 다시 그 안정으로 돌아가고자 하는 구조적 특성은 대부분의 양반 여성이 지니고 있는 안정 지향적 속성을 보여주는 것이라 할 수 있다. 즉 이러한 구조적 속성은 현실을 부당하게 여기면서도 비난만 하기보다는 긍정적, 낙관적인 태도로 받아들이는 양반 여성의 기품과 여유를 보여 준다.

3. 닫힌 구조에 의한 허구적 이야기의 완결

닫힌 구조의 작품들은 발생된 갈등이 결말에 가서 어느 방향으로든 해결되는 경우로서, 자기 자신의 특수한 삶보다는 여성의 전형적 삶을 그려내고 있다. 이는 여성이 자기 이야기를 하면서 그것이 자기뿐만이 아닌 여성 전체의 문제임을 인식하기 시작했고, 이에 허구적 요소를 가미하여 완결된 이야기로 완성하고자 하는 창작의도에서 비롯한 것이라 할 수 있다. 이 때 결말이 행복하게 된 '행복한 결말형'과 불행하게 된 '불행한 결말형'으로 나누어 볼 수 있다. 행복한 결말형이 현실보다는 허구에 기초하면서 긍정적, 낙관적 세계관을 지니고 있다면, 불행한 결말형은 현실에 기초하면서 부정적, 비관적 세계관을 갖고 있다고 할 수 있다. 현실적이든 비현실적이든 여성일대기 가사에 이러한 허구적 결말이 나타난다는 것은 가사가 설화 또는 소설과 같은 서사문학과 밀접한 관련 하에 있었음을 보여주는 것이라 하겠다.

우연한 사건의 발생으로 갈등이 완전히 해결되는 경우의 대표적 작품으로 <망부가>를 들 수 있다. <망부가>는 <이별가>, <여탄가>와 이본의 관계에 있으나 그 결말 처리 방식이 달라 서로 다른 구조적 특성을 갖게 된다. 세 작품은 모두 혼인 후 아무런 이유 없이 단오날에 남편과 생이별하고 자신의 신세를 한탄하는 내용으로 되어 있으나, 결말은 각기 다르게 되어 있다. <이별가>와 <망부가>의 결말을 비교해 보자.

ㄱ) 유수같은 인생간에 횟포같이 조혼세월
　　무정하게 보내오이 위인신사 하옵거든
　　어서밥비 도라오소 세상천지 만물중에
　　대강구경 하옵시고 부부상봉 어서하야
　　백년기약 다시매자 만담슬하 하옵기를

> 하시인들 이저오며 오매불망 어이하리 (<이별가>, 규신, 425면)
>
> ㄴ) 이러구러 팔구년을 근근이 다보내고
>   십년만에 편지오고 편지오든 두달만에
>   어사낭군 돌아오네
>   (중략)
>   세상사람 들어보소 부귀영화 사람인데
>   누가여기 더하리요 여자절행 장하옵고
>   부귀영화 한이업내 (<망부가>, 규신, 474-475면)

ㄱ)은 여전히 임을 기다리는 상태에서 끝난 경우로 열린 구조의 '기대우위형'이며, ㄴ)은 임이 어사가 되어 돌아옴으로써 주인물의 좌절이 완전히 해결되는 경우로 닫힌 구조의 '행복한 결말형'에 속한다. <여탄가>도 결말에 어사는 아니지만 임이 돌아옴으로써 닫힌 구조의 '행복한 결말형'에 속한다.

<이별가>, <여탄가>, <망부가>는 이 중 한 작품을 저본으로 하여, 필사과정에서 변이된 것으로 생각된다. 그렇다면 세 작품이 모두 가지고 있는 공통적 부분으로 되어 있는 것이 바로 <이별가>이므로 <이별가>를 저본으로 보아도 무리가 없을 것이다. 이렇게 <이별가>와 같은 열린 구조의 가사에서 <망부가>와 같은 닫힌 구조로의 변이가 진행되었다는 것은 이 작품을 사실적 이야기가 아니라 허구적 이야기로 만들고자 하는 작자(군)의 의도에 의한 것이라 할 수 있다. 또한 좌절 연속 또는 미충족된 기대에서 끝나는 작품에 대한 미진함을 완결시키고자 하는 작자(군)의 의식이 작용했다고 볼 수 있다. 이는 여성일대기 가사가 개인의 특수한 체험에 바탕을 둔 사실적 문학에서, 여성 공동의 보편적 경험을 제시하는 허구적 문학에로 나아가고 있음을 보여주는 좋은 실례라 할 것이다.

이제 닫힌 구조 중 '행복한 결말형'을 이루고 있는 <망부가>의 구

조적 특성과 의미를 살펴보기로 하자. <망부가>는 다음과 같이 전개되
고 있다.

> ㄱ) 서두: 혼인과 첫날밤
> ㄴ) 신행후 생이별과 탄식
> ㄷ) 화전놀이에서의 탄식
> ㄹ) 시어머님의 훈계와 그에 대한 대답
> ㅁ) 임이 돌아오기를 기대함
> ㅂ) 결말: 임이 어사가 되어 돌아옴

이 작품은 ㄱ)서두에서부터 혼인장면으로 들어가고 있다. 혼인과 첫
날밤의 화기로움을 아름답게 그려냄으로써 안정으로 시작된다. 대부분
의 주인물 시점의 여성가사에서 그렇듯이 이 작품에서도 관찰자 시점이
침투되어 "실낭신부 연거지분 도지요요 시절이요 궁합연분 제일이요 /
교비래 흐올격게 서동부서 갈라서니 / 곳다운 그틔도가 칠보단장 향외리
라"(규신, 468면)라고 하여 자신들을 객관화하여 묘사하고 있다. 이러한
관찰자 시점의 침투는 이 작품의 작자가 주인물 시점에 의해 작품을 서
술해 나간다 하더라도 자신을 객관화하여 나타내려고 하는 의도에서 이
루어진 현상이거나, 또는 실제 작자와 작품내 주인물이 일치하지 않기
때문에 나타나는 현상으로 생각된다. ㄱ)에서의 서술자는 첫날밤에 맺어
진 인연을 부모의 정이나, 동기간의 정보다 더하며 "하흿도 부족흐고 틔
산도 부족흐다"(규신, 469면)며 지나치리만큼 강조함으로써 뒤에 올 파탄
의 심각성을 예비하고 있다.

ㄴ)에서는 시댁에 오자마자 느닷없이 이별의 상황으로 들어감으로써
갈등이 발생한다. 이별이 될 수밖에 없었던 아무런 이유도 제시되어 있
지 않으며, 주인물조차 "천성연분 아니런가 혼인날이 불길튼가 / 이닉신
세 불길튼가 이닉팔즈 불길튼가"(규신, 470면)하며 임이 떠난 이유를 짐작

조차 못하고 있다. 주인물은 독수공방의 외로움을 기러기, 주룩주룩 오는 비 등에 하소연하는데 이는 주인물의 처지를 이해해 줄 사람이 없는 시집간 여자의 신세를 잘 나타내 주는 것이다.

ㄷ)은 미흡하나마 갈등을 해결하기 위한 시도라고 볼 수 있다. 동류들과 화전놀이를 감으로써 속을 풀어보려고 하나, 오히려 수심이 더한다. 다음 구절은 주인물의 이러한 상황을 잘 보여주는 대목이다.

> 수심자탄 노래하며 동지서지 피는꽃을
> 송이송이 꺾어쥐고 남모르기 눈물흘려
> 백옥같은 두귀밑에 점점이 떨어질제 (규신, 471면)

ㄹ)은 이 작품에서 유일하게 주인물이 아닌 부인물이 자기의 목소리를 가지고 등장하는 부분이다. 그만큼 이 작품은 서사적이면서도 서정적 요소 또한 많이 나타남을 알 수 있다. 주인물의 시모님은 "남의자식 다려다가 이팔청춘 젊은것을 / 수심으로 늙게되니 한숨소리 듣기싫고 / 우는것을 보기싫어 부모된 나의죄가 절통하고 원통하다"(규신, 472면)며 주인물을 훈계하고 위로한다. 이에 주인물이 시어머니에게 "어머님요 어머님요 그리마오 그리마오 / 소부의 철석간장 뉘라서 푸오리까 / 세상 낙기 허다썬만 부부낙기 으뜸이요"(규신, 472면)라고 대답하는데, 이는 실제 주인물이 시어머니에게 말한 것이라기보다는 내적 독백이라고 할 수 있다. 이렇게 이 작품은 좌절 상황을 그대로 받아들이는 것이 아니라 해결에의 시도를 계속함으로써 앞으로 나타날 해결을 예고하고 있다고 생각된다.

ㅁ)은 칠팔년을 수심 속에 보내면서 임이 돌아오기를 바라는 대목으로, 드디어 모든 갈등이 해결되는 부분이다. 아마도 저본은 여기까지인 것으로 생각된다. 그러나 여기에 덧붙여 ㅂ)에서는 "이러구러 팔구년을 근근이 다보내고 / 십년만에 편지오고 편지오든 두달만에 / 어사낭군 돌아

오네"(규신, 474면)하며 의외의 결말이 이루어진다. <여탄가>에서 그냥 임이 집으로 돌아온 것으로 서술한 것에 비해 더욱 허구적 성격이 강하다.

이 부분은 <이별가> 또는 <여탄가>를 필사하는 과정에서 두 작품의 미진함을 완전히 해결하고자 하는 작자의식에 의해 인위적으로 덧붙여진 것이라 생각된다. 그러므로 이 작품의 작자와 작중 주인물은 전혀 같은 사람일 리가 없다. 이는 마지막의 "세상사람 들어보소 부귀영화 사람인데 / 누가여기 더하리요 여자절행 장하옵고 / 부귀영화 한이업내"(규신, 475면)라고 작중 주인물을 객관화하여 칭찬하는 대목에서 여실히 드러난다.

이상에서 이 작품은 '안정 - 갈등발생 - 좌절 - 해결의 시도 - 해결'의 구조로 되어 있음을 알 수 있다. 이는 열린 구조에서의 마지막 부분인 '안정에의 기대'에 '해결'이 덧붙여지거나, '안정에의 기대'가 아예 '해결'로 바뀐 것으로 볼 수 있다. 이렇게 안정(만남)이 이별로 인해 깨어졌다가 다시 해결로 인한 안정으로 되돌이키는 것이 이야기의 일반적인 진행과정이라고 볼 때 이들 작품들은 완결된 이야기를 지어내고자 하는 작가의 창작 의도에 의해 이루어진 것이라 할 수 있다. 특히 남편과의 사별을 다루고 있는 작품들이 대부분 내세에의 만남을 기대하는 열린 구조로 되어 있는 데 비해, 남편과의 이별을 다루고 있는 작품들은 대부분 닫힌 구조로 되어 있다는 점에서 그만큼 남편과의 만남에 대한 여성들의 욕구가 강함을 읽을 수 있다.

이 작품의 작자가 해결을 남편이 어사가 되어 돌아오는 데서 찾는 것은 당시 사회에서 여성 또는 모든 사람들의 보편적인 선망의 대상이 '어사' 또는 '장원급제'였음을 말해준다. '어사'는 바로 높은 지위와 부귀영화의 상징이라고 할 수 있을 만큼, 많은 고전문학 작품에서 전형적인 귀결로 그려지고 있다.164) 이는 가사의 사실성을 떨어뜨리는 요소이기는 하나, 여성들이 남편의 부재에서 겪어야 했던 고통에 대한 보상이라는 면에서 보면 가장 현실적인 것이라 할 수 있다. 다만 여성들의 현실에 대한 비판의식과 현실타개의 의지가 여성들을 억압하는 사회구조의 근본적 개혁으로까지 이어지지 못하고 양반 여성으로서의 안정된 삶으로 정착되고 마는 것은 이들 작품의 특징이면서 한계로 지적될 수 있다. '행복한 결말형'에는 이외에 <여탄가>, <상사곡> 등이 있다.

여성가사 중 이렇게 허구적 결말로 되어 있는 작품은 거의 모두 '행복한 결말형'을 취하고 있다. 이는 고전소설의 대부분이 '행복한 결말형'을 취하고 있다는 점과 결코 무관하지 않을 것이다.165) 그러나 <망부석이별곡>, <신가전>과 같은 작품은 의외로 '불행한 결말형'으로 되어 있어 주목된다. <망부석이별곡>에서는 임을 기다리던 여자가 결말에서 망부석으로 변하며, <신가전>은 잘못된 혼인으로 인해 주인물의 어머니는 병사하고 주인물은 중이 되었다가 죽는 것으로 되어 있다. 두 작품 모두 주인물의 결말을 허구적으로 제시하고 있다는 점에서는 동일하나, <망부석이별곡>이 설화적 요소에 근거를 두고 있다면, <신가전>은 보다 현실적 요소에 바탕을 두고 있다.

특히 <신가전>은 판소리계 소설의 기법을 대폭 수용하고 치밀한 짜임새를 이루고 있어, 여성일대기 가사가 소설과 거의 차이가 없을 만큼 서사화된 양상을 확인케 한다.166) <신가전>은 잘못된 혼인으로 인

---

164) 박일용은 「조선후기 애정소설의 서술시각과 서사세계」, 서울대 박사학위논문, 1988, 144-145면에서 작품의 종결부에 등장하는 이 암행어사 모티프는 조선후기 애정소설에 광범히 나타나는 모티프로서, 민중의 질곡 해방에 대한 꿈을 소박한 환상적 형태로 표현함으로써 작품의 현실성을 크게 떨어뜨리고 있다고 지적하고 있다.

165) 서대석, 「고전소설의 행복한 결말과 한국인의 의식」, 『관악어문연구』 3, 서울대, 1978 참조.

166) 졸고, 「가사의 소설화방식 연구: <신가전>, <괴똥전>, <꼭독각시전>을 중심으로」, 다곡이수봉박사 정년기념 『고소설연구논총』, 경인문화사, 1994, 446-455면 참조.

해 어머니와 딸 두 여성이 파멸되어 가는 과정을 여성의 눈으로 절실히 그려냄으로써 당시의 여성에 대한 사회적 억압과 이에 대응하는 여성들의 인식을 잘 드러내 주는 작품으로 주목될 뿐만 아니라 '가사체 소설'이라고 부를 만한 새로운 갈래를 지향하여 작자와 독자의 공감대를 확장하고 있다는 점에서 의의가 높다.

이처럼 여성일대기 가사에 닫힌 구조의 작품이 나타난다는 것은 자신의 이야기에만 머물러 있던 가사가, 남의 이야기에로 영역을 넓혀 가면서 서사적 요소가 가미되고 이에 따라 가사 갈래의 속성 자체에 변화가 일어나는 것으로 생각된다. 이는 문학 갈래의 생성과 변이라는 측면에서 주목할만한 현상이라고 할 수 있다. 한편 이러한 변화는 여성이 겪는 현실을 일 개인의 문제가 아닌 보편적 여성의 문제로 인식하며, 보다 바람직하고 이상적인 여성의 삶에 대한 대안을 제시하고자 했던 여성 자신들의 적극적인 의지와 자각에 의해서 이루어진 것으로서 근대적 요소를 충분히 내포하는 것으로 평가할 수 있을 것이다.

4. 맺음말

이 논문에서는 여성일대기 가사를 구조적 특성에 따라 해결이 제시되지 않는 열린 구조, 갈등의 해결이 제시된 닫힌 구조로 나누고 대표적인 작품을 중심으로 그 구조와 의미를 살펴보았다. 열린 구조의 작품은 결말의 처리에 따라 '기대우위형', '좌절우위형'으로 다시 나뉘는데, 그 중에서도 기대우위형(특히 내세기대형)이 많이 나타난다. 이들 작품은 대체로 '안정 - 갈등발생 - 좌절 - 안정의 기대'의 구조적 공통점을 지니고 있다. 닫힌 구조의 작품은 허구적으로 완결한 이야기로서 열린 구조의 작품보다 수적으로 드물게 나타난다. 그 결말의 행, 불행에 따라 '행복한 결말형'과 '불행한 결말형'으로 나누어 볼 수 있는데, 거의 대부분 '행복한 결말형'을 취하고 있다. 이 작품들은 대체로 '안정 - 갈등발생 - 좌절 - 해결의 시도 - 해결'의 구조적 공통점을 지니고 있다. 여성일대기 가사의 이러한 구조적 특성은 안정을 지향하는 양반 여성의 현실과 인식을 잘 드러내는 것으로 파악된다.

특히 <망부가>, <여탄가> 등은 열린 구조에서 닫힌 구조로 변이된 것으로 추정되는데, 이는 가사를 '노래'에서 '이야기'로 인식해 가는 가사 담당층의 갈래 인식에 대한 전환이며, 경험에 기반을 둔 문학갈래가 허구에 기반을 둔 문학갈래와의 접촉 속에서 변이해 가는 과정을 보여 주는 실례가 된다. 이 구조의 작품들은 열린 구조의 작품보다 사실적이지는 못하나 여성가사 담당층의 적극적인 의지가 실현화된 것으로, 여성의 의식이 그만큼 높아졌음을 의미하며 근대적 의식을 내포하는 것으로 평가할 만하다.

이처럼 여성일대기 가사는 여성 스스로가 자신의 일생을 소박하게 기술하는 데에서부터 보편적 여성의 문제와 사회의 구조적 모순을 노정하는 데 이르기까지 여성의 다양한 의식을 그에 부합되는 독특한 문학적 구조로 형상화하고 있다는 점에서 그 문학적 가치와 의의에 대한 올바른 평가가 이루어져야 하리라고 본다.

여성가사에는 소수이기는 하지만 이 논문에서 살펴본 한 인물의 일대기를 다루고 있는 가사에서 더 나아가 두 가지 이상의 독립된 이야기를 복합함으로써 다양한 삶의 형태를 보여 주는 작품들이 있어 주목된다. 김씨부인과 괴똥어미의 삶을 비교하며 시집살이의 방법을 훈계한 '복선화음가류 가사'나, 덴동어미와 여러 부인의 사설을 혼합한 <화전가>가 그 대표적인 것이다.167) 이는 여성일대기 가사가 점차 한 개인의

---

167) 이들 가사는 한 인물의 일대기를 벗어나 두 인물 이상의 일대기를 조합함으로써 여성 전체의 삶을 조망하고 있을 뿐만 아니라, 일대기가 아닌 교훈 또는 화전놀

삶에 대한 소박한 기록에서 여성 전체의 삶에 대한 진지한 성찰로 나아가고 있음을 보여 준다. 또한 그 과정에서 여성을 주인물로 다루고 있는 소설들과 많은 영향을 주고받았으리라 생각되는데, 이에 대한 자세한 고찰은 별고로 미룬다.

참고 문헌

권녕철 편.『규방가사 I』. 한국정신문화연구원 고전자료 편찬실. 1979.

______ 편저.『규방가사: 신변탄식류』. 효성여대 출판부. 1985.

김문기.『서민가사 연구』. 형설출판사. 1983.

김천혜.『소설구조의 이론』. 문학과지성사. 1990.

박요순.「가사 <신가전>고」.『숭전어문학』 6. 숭전대. 1977.

박일용.「조선후기 애정소설의 서술시각과 서사세계」. 서울대 박사학위논문. 1988.

서대석.「고전소설의 행복한 결말과 한국인의 의식」.『관악어문연구』 3. 서울대. 1978.

서영숙.「서사적 여성가사의 전개방식 연구」. 충남대 박사학위논문. 1992.

______.「가사의 소설화방식 연구: <신가전>, <괴똥젼>, <쏙독각시젼>을 중심으로」. 다곡이수 봉박사 정년기념『고소설연구논총』. 경인문화사. 1994.

______.「복선화음가류 가사의 서술구조와 의미: <김씨계녀ᄉ>를 중심으로」,『고전문학연구』 9, 한국고전문학연구회, 1994.

이의 모습 등이 상당한 비중을 차지하고 있어 일대기 가사의 범위를 벗어난다고 판단되어 본고에서는 논외로 하였다. <복선화음가>는 권녕철 편,『규방가사 I』 등에 자료가 실려 있으며 논문으로 이선애,「복선화음가 연구」,『여성문제 연구』 11, 효성여대, 1982와 졸고,「복선화음가류 가사의 서술구조와 의미: <김씨계녀ᄉ>를 중심으로」,『고전문학연구』 9, 한국고전문학연구회, 1994를 참조할 수 있다. <화전가>는 김문기,『서민가사연구』, 형설출판사, 1983에 자료가 실려 있으며, 논문으로 정흥모,「<덴동어미 화전가>의 세계인식과 조선후기 몰락 하층민의 한 양상」,『어문논집』 30, 고려대, 1991 등을 참조할 수 있다.

_____.『한국여성가사 연구』. 국학자료원. 1996.

_____.「여성일대기 가사의 서술시점과 방법」.『한국문학이론과 비평』16. 한국문학이론과 비평
학회. 2002.

이선애,「복선화음가 연구」,『여성문제 연구』11, 효성여대, 1982.

장정수,「<복선화음가> 연구: 여성형상과 치산의 의미를 중심으로」,『19세기 시가문학의 연구』,
고려대 고한연 편, 집문당, 1995.

정흥모,「<덴동어미 화전가>의 세계인식과 조선후기 몰락 하층민의 한 양상」,『어문논집』30, 고
려대, 1991.

3 | 복선화음가류 가사의 서술구조와 의미
: <김씨계녀스>를 중심으로

1. 머리말

복선화음가류 가사는 '계녀가사'의 변형적 작품군으로서, 시집가는 딸에게 자신과 괴똥어미의 일생을 비교해 이야기하면서 자기를 본받고 괴똥어미를 경계할 것을 훈계한 가사들을 말한다.[168] 흔히 '계녀가사'하면 '序詞 - 事舅姑 - 事君子 - 睦親戚 - 奉祭祀 - 接賓客 - 胎敎 - 育兒 - 御奴婢 - 治産 - 出入 - 恒心 - 結詞'[169]의 13개 항목을 고루 갖춘 歌辭만을 생각하기 쉬우나, 자신의 경험을 바탕으로 진술하게 딸에게 시집살이의 이려움과 슬기로운 대처 빙법 등을 가르친 가사들도 많이 발견된나. 복선화음가류 가사도 이렇게 자신의 경험을 서술하되, 단편적 항목의 나열이 아닌 유기적 질서를 갖춘 서사적 작품으로 구현하고 있는 점이 주목되었다.[170]

---

168) 이선애(1982: 184)에 의하면 <복선화음가>의 이본이 43편에 이른다고 한다. 이외에 이 논문의 주 자료인 <김씨계녀스>(「역대 가사문학전집」 8)와 김준영(1990: 613-621)이 소개한 <紅閨勸獎歌> 등 많은 작품이 이본으로 추가될 수 있다. 이들 작품군은 학계에 <복선화음가>로 잘 알려져 있으므로 편의상 '복선화음가류 가사'로 총칭하기로 한다.

169) 권녕철(1980: 177-181) 참조.

170) 이선애(1982)가 복선화음가의 서지적, 사상적, 문학적 가치 등을 소개한 이후 본

　　그런데 <김씨계녀스>는 지금까지 논의된 복선화음가류 가사와는 다르게 자신(김부인[171])의 일생과 괴똥어미의 일생 사이에 전형적 계녀가사에서 볼 수 있는 계녀 부분을 길게 서술하고 있어 특이하다. <김씨계녀스>외에도 <紅閨勸獎歌>, <복선화음록>, <괴동던> 등[172]이 이와 마찬가지의 서술구조를 이루고 있어 복선화음가류 가사 전반에 대한 재고찰이 필요하다. 즉 복선화음가류 가사 연구에는 예전부터 논의돼 오던, 계녀 부분이 간략히 다루어지고 주인물의 일생에 중점을 두고 있는 작품군과 계녀 부분이 큰 비중을 차지하는 작품군이 함께 다루어져야 한다. 전자의 경우를 '전기형', 후자의 경우를 '계녀형'으로 불러 구분하기로 한다.

　　<김씨계녀스>는 계녀형 작품군의 대표적 작품으로서 복선화음가류 가사의 세 요소라 할 수 있는 김부인의 일생, 계녀, 괴똥어미의 일생을 골고루 갖추고 있다는 점에서 善本으로 꼽을 만하다. 이제 이 작품을 토대로 순차적 전개방식과 서술 시점과 방법 등 서술구조를 살펴본 뒤, 전기형 작품군 중 <福善禍淫歌>[173]와의 비교를 통해 그 의미를 밝혀 보고자 한다.

　　격적 연구가 이루어지지 않다가 졸고(1992)에 의해 그 문학적 특징이 밝혀졌다. 그런데 이들 연구는 복선화음가를 한 계열의 것으로 일괄하여 다루고 있어 이본에 따른 다양성을 전혀 고려하지 않고 있다.

171) 작품에 따라 성이 달리 나타나기도 하나 성씨에 따른 작품의 차이는 없으므로 김부인으로 통칭하기로 한다.

172) 필자가 접할 수 있었던 복선화음가류 가사는 <김씨계녀스>, <紅閨勸獎歌> 외에 <복선화음녹>(『역대 가사문학전집』24), <복선화음록>(사재동 교수 소장), <괴동던>(정신문화연구원 소장) 등이 있는데, 이들은 모두 계녀 부분에 큰 비중을 두고 있다.

173) 권녕철 편(1979)에 자료가 실려 있다. 이선애(1982)가 고찰한 43편의 이본 중 32편이 이 작품과 같은 구조로 되어 있다고 하는데 확인하지 못했다.

2. 순차적 전개방식

<김씨계녀스>는 총 486구의 장편 가사로서, 김부인의 일생과 계녀 부분, 괴똥어미의 일생 부분이 각기 182구, 140구, 164구로서 고른 균형을 갖추고 있다. 이는 <福善禍淫歌>가 김부인의 일생 부분에 가장 큰 비중을 두고 서술하면서 계녀 부분을 간략하게 다루고 있는 것과 대조된다. 즉 <福善禍淫歌>의 경우 김부인의 일생을 죽 서술한 뒤 딸을 출가시킬 때가 되어서 경계를 삼기 위해 곧장 괴똥어미 일생을 서술한 뒤 마지막에 간단하게 계녀 부분이 들어가는 데 비해, <김씨계녀스>는 딸을 출가시키며 계녀 사설을 길게 서술한 뒤 괴똥어미 일생으로 들어감으로써 계녀 부분에 큰 비중을 두고 있음이 분명히 드러난다.

이 작품의 순차적 전개를 단락별로 나누어 보면 다음과 같다.

> 1) 나(김부인)의 일생
>   ㄱ) 좋은 가문에서 출생, 귀하게 자라남.
>   ㄴ) 가난한 양반집에 출가, 고된 시집살이를 함.
>   ㄷ) 부지런히 일을 해 재산을 모음.
>   ㄹ) 부귀공명을 누리게 됨.
> 2) 계녀 a : 출가하는 딸에게 事君子, 奉祭祀, 事舅姑 등을 가르침.
> 3) 괴똥어미의 일생
>   ㄱ) 부유한 집에 시집옴.
>   ㄴ) 그릇된 행실을 함.
>   ㄷ) 시모의 상사 뒤, 재산을 낭비함.
>   ㄹ) 패가망신하게 됨.
> 4) 계녀 b : 자신을 본받고 괴똥어미를 경계할 것을 당부.

여기에서 볼 때 이 작품은 세 가지 다른 요소가 복합되어 하나의 작품을 이루고 있는 것을 알 수 있다. 1)은 흔히 볼 수 있는 자신의 일대기를 읊은 가사이고 2)는 '계녀가사'의 일종이며, 3)은 <용부가>, <우부가> 등과 같이 인물을 개성적으로 형상화하고 있는 '인물가사'[174]이다. 이 세 종류의 가사는 각기 다른 유형으로 따로 전승되던 것으로서 <김씨계녀ㅅ>의 작자에 의해 하나로 뭉쳐졌다고 볼 수 있다. 이렇게 다양한 형태의 가사가 한데 모이면서도 전혀 어색함이 없이 자연스럽게 연결되어 있는 것이 이 작품의 독특한 점이다.

우선 이 작품은 김부인이라는 나의 일생을 시간적 순서에 의해 서술한다. 출생, 성장, 출가, 시집살이의 고난, 극복, 부귀공명을 이루는 일련의 과정들이 연쇄적으로 서술되고 있어, 그 중의 어느 한 부분을 줄이거나 늘여도 큰 지장이 없다.[175] 더구나 이렇게 연쇄적으로 서술되는 작품은 이후 시간의 경과에 따라 얼마든지 덧붙여 써도 전혀 어색하지 않다.

2)의 계녀 부분은 그러므로 딸을 출가시킬 때가 되자 시집가는 딸에게 가르치는 말로서 자연스럽게 연결되고 있다. 3)의 괴똥어미의 일생 부분은 이러한 가르침을 제대로 지키지 않은 경우의 예화로서 제시된 것이며, 마지막으로 다시 4)의 계녀로써 마무리짓고 있다.

이렇게 볼 때, 2)와 4)의 계녀 부분은 1)의 김부인의 이야기에 종속되며, 그 속에 3) 괴똥어미의 일생 부분을 또 포괄하고 있다. 즉 이 작품은 1)의 전체 이야기 틀 속에 2)~4)가 포함되며, 3)은 다시 2)~4) 속에 포괄되는 이중 액자 구조로 되어 있다. 김부인의 일생, 계녀, 괴똥어미의 일생이라는 세 가지 이질적 요소는 이렇게 이중의 액자에 의해 하나의 작품으로 꾸며진 것이다. 이를 그림으로 나타내 보면 다음과 같다.

---

174) '인물가사'란 인물의 성격, 외모, 행동 등에 초점을 두고 서술하고 있는 가사들을 사건의 전개 과정에 초점을 두고 있는 가사에 대비해 부른 것으로서, 조선후기에 다수 창작, 전승되고 있다.

175) 조동일(1980: 160-162)은 작품의 시간적 질서를 삽화적 질서, 연쇄적 질서, 유기적 질서로 나누어 보고 있는데, 가사는 대체로 삽화적, 연쇄적 질서로 되어 있다.

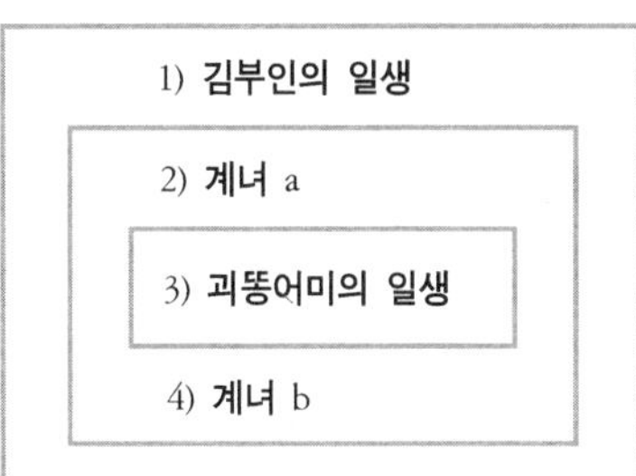

이 그림에서 보는 것처럼 3)의 괴똥어미의 일생은 2)와 4)의 닫힌 액자[176]로 둘러싸여 있으나, 2)와 4)의 계녀는 액자의 서두 부분만 나와 있을 뿐, 결말 부분이 나와 있지 않아 열린 액자 형태를 이루고 있다. 이는 이 작품에 김부인의 후일담이 덧붙여질 수 있는 가능성을 보여 주는 것으로서, 이렇게 얼마든지 연장될 수 있는 것이 일반적인 가사의 속성이기도 하다.

이제 각 단락별로 작품의 전개과정을 자세히 살펴보기로 하자.

우선 1) 김부인의 일생은 김부인이 가난한 시집에서 겪는 갈등을 해결해 나가는 과정으로 해석할 수 있다. ㄱ)은 부유한 양반가에서 귀하게 자라나는 김소저의 모습을 서술한다. 김소저는 열녀전, 오경 등을 외우고 처신범절과 침선 방적을 배우면서 아무런 갈등을 겪지 않는다. 특히 '금의옥식'으로 호강을 하며 지낸 것을 강조함으로써, 이후의 고난에 대한 복선을 깔고 있다.

> 금의옥식 쓰혀시니 긔한을 어이알며
> 만화방츈 화원중의 츈경도 귀경ᄒ고
> 쳥풍명월 옥규중의 월식도 귀경ᄒ며

---

176) 김천혜(1990: 169-170)에 의하면 액자 구조는 다시 닫힌 액자와 열린 액자로 나눌 수 있다. 닫힌 액자는 안이야기가 바깥이야기 가운데 끼여 있는 경우를 말하고, 열린 액자는 바깥이야기에 연이어 안이야기가 서술된 다음, 다시 바깥이야기로 돌아가지 않고 끝나버리는 경우이다.

만반진슈 별미초담 입맛슬혀 못다먹고 (2면)

ㄴ)에 오면 그러한 여유와 안정이 시집을 간 첫날부터 시댁이 신행을 따라온 하인들을 밥조차 먹일 수 없을 만큼 가난한 집안임을 깨달으면서 여지없이 무너져 내린다. 특히 배행 온 오라버니의 분노는 두 집안의 혼인이 합당치 못한 것이었음을 말해 준다. 오라버니의 "여긔두고 웃지가랴 할일업시 도라가즈"(4면)하는 말은 이러한 사정을 잘 나타내 준다. 그러나 당사자인 신부는 오히려 자기에게 주어진 현실을 담담하고 의연하게 받아들인다. 신부는 "부부를 정한후의 삼죵지도 잇셧시니 남편을 좃는거시 녀즈의 근본이라 남편을 좃난날의 빈부을 가릴손가"(4면)하며 도리어 오라버니를 설득하고 있다.

이렇듯 완강한 전통 고수의 입장이 정작 시집살이를 하면서부터 조금씩 흔들리기 시작한다. 즉 가난한 살림을 꾸려 가야 하는 모든 소임이 자신에게 주어지고, 거기에다 며느리로서의 부당한 박대까지 받는 처지에서 시집살이의 한탄이 절로 터져 나온다.

천황씨 셔방님은 글밧긔 무엇알며
년만흐신 시부모님 다만망영 뿐이로다
야심구진 싀누의님 업난모희 무삼일고
듯고도 못듯논체 보고도 못보논쳬
말못흐난 벙어린쳬 노염읍는 병신인듯
무罪한 쑤죵나니 고기슉여 밤잠들어
년노흐신 부모마음 힝여혹시 거실릴가
친정싱각 간절한들 어듸가셔 싱각흐리 (6-7면)

시부모와 남편은 현실에 무관심하며 사정이 어떠하든 간에 양반의 체통과 위세를 지켜야 한다는 입장이고, 신부는 현실에 눈을 뜨면서 회의가 일기 시작하는 것이다.

ㄷ)에 이르러 김부인은 지금까지의 갈등을 극복하고 과감하게 삶의 태도를 전환한다. 즉 이전에는 기껏해야 가져 온 혼수를 전당하거나 친정에서 꾸어 옴으로써 살림을 지탱했으나, 이후에는 몸소 궂은 일과 상거래를 함으로써 재산을 모은다.

이러한 전환은 김부인이 하녀를 시켜 이웃집에 쌀을 꾸어 오게 했다가 거절당하는 데서 비롯한다. 이는 마치 <누항사>에서 소 빌리러 갔다 무안만 당하고 빈손으로 돌아오는 대목을 연상시키는 것으로서 다음과 같이 대화로 제시돼 있다.

> 셜미야 급히불너 동편집의 보닛더니
> 도라와셔 흑난말이 전의꾼쌀 안이갑고
> 염치읍시 쏘왓눈야 두말말고 밧비가라
> 한심흐다 이니몸이 금의옥식 쏫혀길너
> 전곡을 모르더니 일조의 빈한흐여
> 이디도록 도엿눈가 (9면)

그러나 <누항사>에서 주인물이 밭갈기를 포기하고 '안빈낙도'하겠다며 주저앉는 데 비해, 이 작품에서 주인물은 "亽람되도 궁곤흐면 쳔흐기도 막심흐다 김부즈와 니부亽난 씨가본디 부즈런가 치산범절 힘쓰리라 닌들안이 유족흐랴"(10면) 하면서 궂은 일을 마다 않는 것이다. 김부인의 이러한 태도는 현실에서의 양반다운 삶을 버린 것이라 할 수 있다. 이러한 삶의 선택은 주인물이 여성이었기에 가능하다. 여성은 양반으로서의 인식을 지니고 있으면서도 남성에 의해 지배와 억압을 받는 위치에 있으므로 실제적 삶은 서민의 삶과 크게 다를 바가 없었기 때문이다.

결국 ㄹ)에서 김부인은 과거의 부귀공명을 되찾게 되며 현실과 인식의 일치를 보게 된다. 이로써 이 가사가 무너져 가는 전통에 반발하고 이를 확고하게 지키려는 입장에 있음을 알 수 있다. 즉 비록 잠시 서민적인 삶을 갖기는 했지만, 그것은 무너진 양반의 체통을 살리기 위한 일시적인 것으로서, 결과는 예전과 같은 영화로운 삶이다.

김부인의 일생은 부유한 양반의 삶에서 혼인으로 인해 몰락한 양반의 삶으로까지 전락했다가 다시 부유한 양반의 삶으로 회복하는 '안정 - 고난의 발생 - 해소의 시도 - 해소'의 구조를 보여 준다. 이는 이 작품이 시간적 순서에 의해 연쇄적으로 서술되고는 있으나 서두에서 결말까지 어느 정도 인과적 관계를 갖추고 있어 유기적 질서에 접근하고 있음을 보여 준다. 이는 교술갈래로서의 가사가 조선후기에 이르러 서사적 성격을 강화하면서 일어난 현상으로서,[177] 비범한 인물의 일대기를 다루고 있는 고전 소설과의 접촉에서 생겨난 것이라고 볼 수 있다.

2)와 4)의 계녀 부분은 현실적으로도 양반의 지위를 회복한 주인물이 딸을 시집보내면서 딸에게 주는 가르침으로 되어 있다. 이 부분은 가사 고유의 속성인 교술의 특성을 가장 잘 드러내는 곳으로서 시집살이의 규범이 조목 별로 열거되고 있다. 그 중에서도 특히 다른 항목에 비해 남편을 섬기는 도리를 가장 먼저 들고 있고, 가장 많이 서술하여 큰 비중을 두고 있는 것이 특징이다.

> 부부유별 잇셔씨니 남편디졉 극진ᄒ라
> ᄒ날이 졍한인연 비필이 도엿시니
> 니몸의 빅년고락 져스람만 밋엇다가
> 만일의 잘못뵈여 한번눈의 ᄂ긔드면
> 독슈공방 촌ᄌ리의 누을의지 ᄒ존말고
>   (중략)
> 하날이 ᄒᄂ일을 ᄯ히엇지 마글손가

---

177) 김학성(1983)은 조선후기 가사의 장르적 성격이 서정성의 극단화, 서사성의 극단화, 교술성의 극단화 경향으로 나타난다고 보고 있는데, 특히 서사성의 극단화는 이질적인 공간 체험과 문란한 현실을 객관적으로 반영하려는 사실주의를 바탕으로 추구된다고 한다.

> 녀즈는 강성ᄒ고 남즈는 유약ᄒ여
> 음양이 괴상ᄒ면 가디가 쇠퍼ᄒ고
> 지앙이 즈죠이러 망가망신 ᄒ나니라 (13-16면)

이밖에도 매사에 진중하고 삼가할 것을 거듭 타이르고 있는데, 특히 "남의집 부인니와 셔ᄉ왕복 ᄒ지말고" 같은 대목은 여성들 간에 편지와 가사작품 등이 왕래되었음을 간접적으로 시사하는 것으로, 여성들의 생활에 대한 억압의 정도를 능히 짐작할 수 있다.

이러한 계녀사의 중간에 그 경계를 강조하기 위해 3)의 괴똥어미의 일생을 들고 있는데 괴똥어미의 일생은 김부인의 일생과 아주 상반되는 구조로 되어 있다. 즉 괴똥어미의 일생은 혼인으로 인해 부유한 양반집에 들어오나, 게으르고 악한 행실로 인해 전혀 체통을 유지할 수 없는 지경으로까지 몰락하게 되는 과정을 보여 준다.

그러나 비판과 경계의 목적으로 괴똥어미의 이야기를 예로 들었다고 하더라고 작가의 의도와는 달리 독자의 관심은 괴똥어미의 희한하고 파격적인 행위에 더 끌린다는 데 문제가 있다. 여성들은 이 가사의 계녀 부분보다는 괴똥어미 이야기에 더 관심을 가지면서, 자신들은 비록 실행히지 못하지민 괴똥어미의 과감하고 거침없는 행동에 심리적인 유대를 가지며 일종의 쾌감을 느끼리라 생각된다.

특히 '담의올ᄂ 스람귀경', '문틈으로 여어보기', '졔ᄉ음식 쥬젼부리', '탕긔디졉 일져질기', '드러누어 낫잠ᄌ기', '허다좌셕 박장디소'(22-23면) 등은 시집살이의 고난을 감내하지 않고 자신의 본성과 감정에 더 충실한 새로운 인간형을 보여 준다. 괴똥어미가 현처인 김부인과 대비되는 악처의 전형으로 등장하긴 했지만, 독자는 괴똥어미를 비판하고 경계만 하기보다는 그녀의 상식을 벗어난 행동에 웃음을 터뜨리고 비극적인 결말에 연민을 갖게 된다. 이러한 독자들의 의외적인 반응은 이 가사를 바탕으로 한 많은 소설들을 형성케 하였고, 그 제목도 <괴동전>, <괴똥전>, <괴동어미전> 등으로 붙이게까지 하였으리라 본다.[178]

괴똥어미의 악행에 대한 긴 사설은 판소리계 소설에 등장하는 악인형의 묘사[179]를 연상케 하는 것으로서, 가사와 소설과의 넘나듦을 보여주는 좋은 예가 된다. 해학적이고 골계적인 악인상이 가사의 영향을 받아 소설에 삽입된 것인지, 아니면 그 반대 방향의 것인지 지금으로서는 판단하기 어렵다. 다만 중요한 것은 선, 후 관계가 아니라 비슷한 시기에 이러한 인물형이 가사와 소설 두 갈래에 함께 나타나 독자들의 흥미를 더해 주고 이성보다는 본성이나 감정에 충실한 새로운 인간과 사회상을 보여 준다는 점이다.

또한 이 가사에서 간과해서 안 될 것은 삶의 부귀와 빈천은 여성에게 달렸음을 보여준다는 점이다. 시부모나 남편은 무기력하고 생활을 개척할 능력이 전혀 없는 것으로 나타난다. 여성이 얼마나 부지런하고 슬기로운가에 따라, 양반과 서민의 지위를 오르내리게까지 되는 것이다.

이렇게 액자구조로써 두 인물의 이야기를 함께 다루고 있는 작품은 그 작자가 가사를 한 인물만의 이야기가 아닌, 여러 인물의 다양한 삶을 종합적으로 엮어 보여 주고자 하는 의도에서 창작한 것이라 할 수 있다. 이는 한가지 시각에 의한 일방적 서술보다는 다른 시각에 의한 인물을 같이 보여 줌으로써 작자 자신이 말하고자 하는 바를 더욱 구체적으로 뒷받침할 수 있기 때문일 것이다.

---

178) 졸고(1994)를 통해 <괴똥전> 등을 중심으로 가사의 소설화 방식을 논의한 바 있다.
179) 정하영(1987: 10-11) 참조.

3. 서술시점과 방법

<김씨계녀ㅅ>는 앞장에서 논의한 바와 같이 이질적인 세 요소가 액자구조로써 복합되어 있다. <김씨계녀ㅅ>에 나타나는 화자와 청자, 화자와 작중인물의 관계 설정도 이에 따라 다르게 되어 있음을 알 수 있다. 즉 김부인의 일생 부분에서 화자는 "어와셰상 스람더라 이닉말슴 들어보소"(1면)하며 비특정의 세상 사람들을 청자로 설정하고 있다. 이는 계녀 부분에서 "쌀을길너 츌가할졔 손을잡고 하난말이"(12면)함으로써 딸을 청자로 하고 있는 것과 대조적이다. 한편 괴똥어미의 일생 부분은 "져건너 괴똥어미 시집스리 흣던말을 너도익히 알년이와 다시일너 경계 흐마 제가당초 시집올디 가산이 누만지라"(20면)라고 시작하고 있어, 내 가 너(딸)에게 저이(괴똥어미)의 이야기를 하는 것으로 되어 있다.

그러나 괴똥어미의 일생 중간 부분에 가서는 갑자기 어조가 바뀌어 "져보소 이엽편닉 셰간스리 범졀보소"(24면)하고 있다. 이는 작품 내에선 딸에게 이야기하는 것으로 설정하고 있으나 실제 청자로는 딸뿐이 아닌 비특정인으로 확대하고 있음을 부지불식간에 드러낸 것이다. 이렇게 볼 때 이 작품은 화자가 세상 사람들에게 들려 주는 자신(김부인)의 이야기 속에 작품내 주인물이 떨에게 들러주는 계녀 사설이 포함되어 있고, 그 계녀 사설 내에 다시 괴똥어미 사설이 포함돼 있는 이중 액자구조로 되 어 있음을 다시 확인할 수 있다. 이러한 화자, 작중인물, 청자의 관계를 그림으로 나타내 보면 다음과 같다.

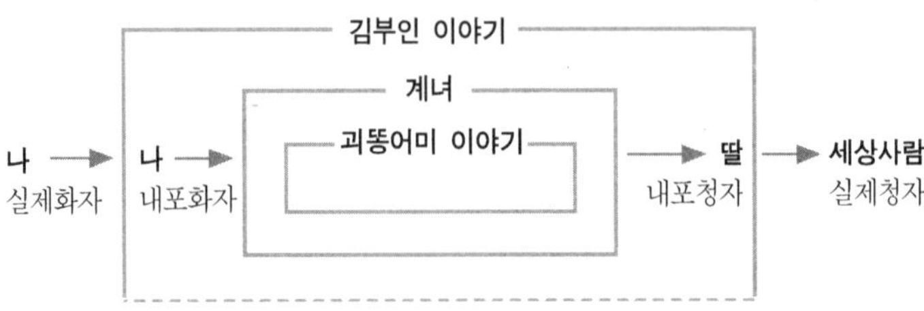

여기에서 이 작품의 실제 청자인 세상 사람들은 작품내 내포화자인 김부인이 작품내 청자인 딸에게 들려주는 이야기를 간접적으로 엿듣는 셈이 된다. 작품내 청자를 딸로 설정해 놓음으로써 화자는 비특정인인 세상사람들을 청자로 설정하는 것보다는 비교적 솔직하고 대담하게 자신의 심회나 주장을 펼쳐 놓을 수 있었을 것이다.

또한 자신이 실제로 겪은 경험을 들려주는 실제 이야기 속에 비현실적 규범인 계녀의 가르침과 허구적인 이야기인 괴똥어미의 일생을 끼어 넣음으로써, 두 이야기 역시 실제의 경험처럼 느끼게 하는 효과를 지니고 있다. 허구적인 이야기보다 실제로 있었던 이야기가 교훈의 효과를 한층 더 지니고 있다고 볼 때, 이러한 서술 방법은 이 작품 본래의 목적인 '계녀'를 가장 효과적으로 이룰 수 있는 방법이 아닌가 한다.

한편 <김씨계녀ᄉ>의 화자는 자신의 일생을 이야기하는 데 있어서는 화자와 작품내적 자아가 일치하는 주인물 시점에 의해 서술하지만, 괴똥어미의 일생을 이야기하는 데 있어서는 외부 관찰자 시점에서 서술한다. 그러면서 두 가지 이야기는 서로 독립된 별개의 이야기가 아니라 그 구조상의 대비로 인해 연관된다. 즉 바깥이야기는 '가난한 집에 시집옴 - 부지런히 일을 함 - 부귀공명을 누리게 됨'의 구조로 되어 있고, 안 이야기는 '부유한 집에 시집옴 - 그릇된 행실을 함 - 우환이 연접함'의 구조로 되어 있어 서로 대조적으로 설정되어 있다. 화자는 그 대조를 통해 '복선화음'이라는 주제를 전달하고자 하는 것이다.

 그러나 바깥이야기와 안이야기의 서술방법은 크게 차이가 나서 두 이야기는 서로 따로 전승되는 것을 함께 연결시켜 놓았다는 인상을 준다. 즉 바깥이야기에 있어서는 대부분의 주인물 시점에 의한 작품과 마찬가지로 요약과 자세한 묘사[180]를 적절히 교체하면서 청자로 하여금 주인물과 동일시를 일으키게끔 서술하고 있다. 또한 주인물의 행동은 계녀가사에서 열거되고 있는 여러 사항들을 실천하고 있는 모습으로 형상화해 놓음으로써 간접적인 계녀 효과를 자아내고 있다.

> 날고기난 기달긴덜 어른압희 쑤지지며
> 부인의 언어스리 문밧긔 감히날가
> 희가져서 황혼되면 죄안지음 다힝이라
> 달긔소리 시벽되면 오날이리 엇더할가
> 동동촉촉 이니마음 시각인들 이질손야
> 힝여혹시 눈의날가 죠심도 무궁ᄒ며
> 친가의 편지ᄒ여 셜운ᄉ정 부지럽고   (8면)

 이는 뒤의 계녀 부분에서 "힝동거지 쳐신범절 진중ᄒ고 습가ᄒ라"(17면)를 실제 행위로 형상화해낸 것이다. 즉 계녀의 방법이 '… 해라', '…하지 말라'라고 식섭석으로 말하는 방법이 있나빈, 김부인의 일생과 괴똥어미의 일생은 이 항목을 구체적인 행동으로 옮긴이와 그렇지 않은 이의 모습을 형상화하여 보여 주는 방법이라고 할 수 있다. 이를 통해 직접적으로 말하는 것보다 훨씬 구체적이고 강한 인상을 청자들에게 심어 줌으로써 교훈의 효과를 극대화하고 있는 것이다.

---

180) 화자가 이야기를 서술하는 방법을 요약, 논평, 상황묘사, 장면묘사의 넷으로 분류할 수 있다. 이중 상황묘사란 인물의 외모와 성격, 사건의 배경, 사물의 성격 등을 자세히 서술하는 것이고, 장면묘사란 사건 진행을 대화와 행동의 묘사로 자세하게 서술하는 것이다. 김천혜(1990: 130-141)는 상황묘사 대신에 '기술'이란 용어를 쓰고 있으나, 서술과 혼동을 주므로 상황묘사로 바꾸어 부르는 것이 좋을듯하다.

김부인의 일생에서는 화자가 이따금 작중인물들의 대화를 통해 객관적으로 장면을 제시하고 있는 데 비해, 괴똥어미의 일생에서는 시종일관 화자가 주관적 입장에서 논평을 달며 행동을 요약, 서술하고 있다.

> 시집으로 오난날의 덕문밧긔 느셔면서
> 눈을쩌 휘두르며 힝스더욱 망칙ᄒ다
> 신부큰상 허다음식 싱율먹기 고이ᄒ며
> 무삼비가 그리곱하 국마시고 썩을먹고
> 트림ᄒ고 방긔쒸니 더구나 ᄒ연ᄒ다
> 허다빈긱 귀경군이 뉘안이 외면ᄒ리 (21면)

여기에서 '망칙ᄒ다', '고이ᄒ며', '무삼비가 그리곱하', '더구나 ᄒ연ᄒ다', '뉘안이 외면ᄒ리' 등은 화자의 판단이 그대로 드러나는 어구들로서, 주인물의 행동을 객관적으로 보여주기보다는 일일이 논평을 달며 간섭을 하고 있다.

이렇게 화자가 주인물 시점에서는 어느 정도 자신을 숨기고 작중인물의 말을 통해 보여 주는 반면, 관찰자 시점에서는 자신을 드러내고 직접적으로 청자에게 말을 하는 서술방법에는 일정한 미적 효과가 있다. 청자는 화자가 드러나지 않는 주인물 시점의 서술에서 주인물과 일치감을 느끼며, 자신이 주인물과 같은 입장에 놓인 듯한 환상을 갖게 된다. 이러한 강한 일치감은 결국 청자가 주인물인 김부인의 행실과 가치관을 무의식적으로 갖게 됨을 의미하므로, 작자의 의도가 가장 큰 효과를 이룬다고 할 수 있다.

그러나 괴똥어미의 행실을 이러한 서술방법으로 표현하게 된다면 청자들은 괴똥어미와도 일치감을 느끼며 괴똥어미의 행실에 동정을 느낄 수가 있게 되므로 엉뚱한 결과에 이르게 될지도 모른다. 화자의 목적은 괴똥어미를 비판하고 경계하는 것이 목적이므로, 청자에게 역시 괴똥어미에 대해 이질감을 갖게끔 서술할 필요가 있다. 화자의 지나친 관여는 청자로 하여금 이러한 이질감을 갖게 하고 비판적으로 대상 인물을 바라보게 하는 데 큰 효과를 지니고 있는 것이다. 뿐만 아니라 대상 인물에 대한 희화적 표현은 청자들과 대상 인물들과의 거리를 더욱 크게 만든다. 예를 들어 보자.

> 휘건치마 불티기와 고흔의복 지름칠고
> 졔스음식 쥬젼부리 탕긔디졉 일져질기
> 빅켜셔셔 이줍기며 드러누어 낫줌즈기
> 　　　(중략)
> 다리일코 방즈ᄒ기 바리일코 악담ᄒ며
> 허다좌셕 박장디소 남편압회 옷벗기와　(22-23면)

이와 같이 주인물을 웃음거리의 대상으로 만듦으로써 청자는 그 인물에게 더욱 더 이질감을 느끼게 되는 것이다. 관찰 대상 인물에 대한 이러한 골계적이고 희화적인 표현은 웃음과 흥미를 제공한다는 점에서 또한 의미가 있다. 이는 바깥이야기에서 지배적이던 우아함에 압도되어 있던 청자들의 긴장을 마음껏 해소시켜 준다.

이로 인해 청자들은 바깥이야기보다 안이야기에 더 관심을 가지면서, 자신들은 비록 실행하지 못하지만 괴똥어미의 과감하고 거침없는 행동을 통해 일종의 보상심리와 쾌감을 느끼게 된다. 청자들은 괴똥어미를 무조건 비판하고 경계만 하기보다는 그녀의 상식을 벗어난 행동에 웃음을 터뜨리고 자신의 내부에 억눌려 있는 또 다른 자아의 모습을 분출시킴으로써 후련함을 느끼게 되는 것이다. 판소리계 소설에서 이러한 유형의 악인의 묘사가 작품 내에서 독자의 흥미를 이끌어내는 중요한 구실을 하는 것은 바로 이러한 이유에서일 것이다.

결국 이 작품은 직접적 명령 어법과 형상화 방법, 말하기와 보여주기, 요약과 논평, 상황묘사와 장면묘사, 주인물 시점에 의한 나의 이야기와 관찰자 시점에 의한 그의 이야기 등 다양한 서술 방법을 복합적으로 나타냄으로써, 조선후기까지 가사가 이루어낸 표현 방법을 최대한으로 활용해내고 있는 것이다. 이러한 다양한 방법을 통해 교훈과 흥미를 효과적으로 달성해 내고 있다는 점에 이 작품의 뛰어남이 있다.

4. 계녀형과 전기형의 비교

4.1 순차적 전개방식

계녀형 작품인 <김씨계녀ᄉ>와 전기형 작품인 <福善禍淫歌>는 같은 복선화음가류 가사에 속하면서도 우선적으로 그 순차적 전개방식 면에서 뚜렷한 차이를 보이고 있다. 즉 <김씨계녀ᄉ>의 경우, 김부인의 일생 부분과 계녀 부분, 괴똥어미의 일생 부분이 각기 182구, 140구, 164구로 고른 균형을 갖추고 있는 데 비해, <福善禍淫歌>의 경우 김부인의 일생 부분이 406구, 괴똥어미의 일생 부분이 81구인 데 비해 계녀 부분이 단 12구로서 '계녀'가 거의 미미한 비중을 차지하고 있다.

계녀 부분의 서술 분량뿐만 아니라 놓이는 위치에 있어서도 차이가 난다. <김씨계녀ᄉ>의 경우 김부인의 일생을 서술한 뒤에 계녀 부분을 서술하면서 괴똥어미의 일생을 계녀 사설 속에 포괄시키고 있는 데 비해, <福善禍淫歌>의 경우는 김부인의 일생과 괴똥어미의 일생을 연속적으로 대조해 서술한 뒤 마지막 당부의 말로서 계녀 부분을 넣고 있다. 이는 <김씨계녀ᄉ>가 괴똥어미의 일생을 계녀 부분에 종속시킴으로써 계녀 부분을 더 강조하는 반면 <福善禍淫歌>는 괴똥어미의 일생을 김부인의 일생과 대등하게 설정함으로써 그만큼 괴똥어미의 일생 부분에 대한 비중을 높이는 것으로 볼 수 있다.

두 유형을 구조적 측면에서 비교해 보면, 계녀형 작품의 경우 김부인의 이야기 틀 속에 계녀 부분이 포함돼 있고, 계녀 사설 속에 괴똥어미 이야기가 삽입돼 있는 이중 액자구조로 되어 있는데 비해, 전기형 작품의 경우 김부인의 이야기와 괴똥어미 이야기가 나란히 배치되어 있는 병렬 구조로 이루어져 있다. 비교를 쉽게 하기 위해 그림으로 나타내 보면 다음과 같다.

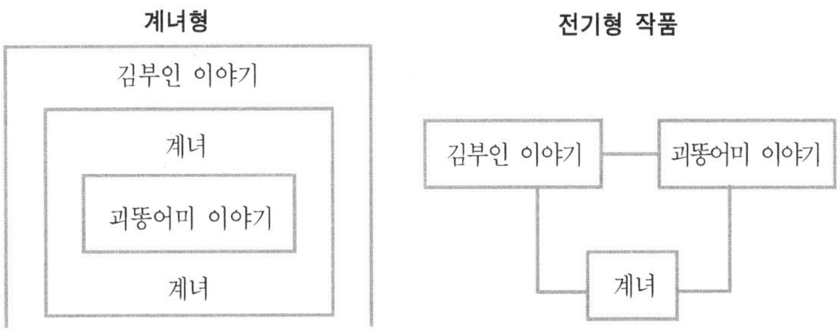

이렇게 괴똥어미의 일생을 계녀 사설의 부분으로 다루는 경우와 김부인의 일생과 대등하게 다루는 경우는 화자가 괴똥어미의 일생을 다루는 시각에 차이가 난다. 즉 전자의 경우에는 괴똥어미의 반규범적, 일탈적 행위에 대한 서술이 철저히 계녀의 한 수단임을 분명히 하고 있는데 비해, 후자의 경우에는 김부인의 일생과 괴똥어미의 일생을 대조적으로 보여 줌으로써 복선화음의 주제를 청자 스스로 깨닫게끔 하고 있다. 전자의 경우에는 괴똥어미의 일생이 빠지거나 다른 것으로 바뀐다고 해도 전체 구성상 큰 무리가 없는 부수적 요소인 반면, 후자의 경우에는 괴똥어미의 일생이 없는 경우에는 작품 자체의 구성이 성립될 수 없는 중추적 요소로 자리잡고 있는 것이다.

이는 계녀형 작품인 <김씨계녀ᄉ>가 시간적, 연쇄적 질서에 기반

을 두고 있어 얼마든지 축소 또는 확장이 가능한 반면, 전기형 작품인
<福善禍淫歌>는 '福善禍淫'이라는 주제를 구현하기 위해 앞이야기와
뒷이야기가 유기적 질서에 의해 연결돼 있으므로 그 중 어느 하나도 생
략이 불가능하다. 물론 앞이야기와 뒷이야기 자체는 각기 연쇄적 내지
삽화적 질서로 되어 있어 축소 또는 확장이 가능하다. 이렇게 볼 때 계
녀형 작품이 보다 교술성에, 전기형 작품이 보다 서사성에 가깝게 근접
하고 있음을 알 수 있다. 이러한 차이는 그 서술 방법 면에서도 다시 확
인된다.

4.2　서술시점과 방법

　계녀형 작품과 전기형 작품은 서술 시점에 있어서는 공통적이다. 즉
김부인의 일생은 화자와 주인물이 일치하는 주인물 시점에 의해, 괴똥
어미의 일생은 화자와 주인물이 분리되는 관찰자 시점에 의해 서술함으
로써 청자로 하여금 김부인에게는 동일시를, 괴똥어미에게는 이질감을
느끼도록 조절하고 있다. 그런데 작품에서 어느 부분을 중점적으로 묘
사하느냐는 각 작품을 서술하는 작가의 가치관에 상당히 좌우되는 것으
로서, 두 유형의 작품은 이 차이를 뚜렷이 보여 주고 있다.

　우선 김부인의 일생 부분을 볼 때 <福善禍淫歌>가 <김씨계녀ᄉ>보
다 2배 이상 길게 서술되어 있다. <福善禍淫歌>의 경우 <김씨계녀ᄉ>
에 나타나 있지 않은 화소가 여러 가지 더 추가되어 있으며 같은 장면이
라도 <김씨계녀ᄉ>에 비해 자세한 치레 사설과 장면묘사로 부연적으
로 서술하고 있는 것을 볼 수 있다. 한 예를 들어 비교해 보기로 하자.

　　<김씨계녀ᄉ>
　　ᄯᅳᄂᆞᆫᄉᆞ람 오셜주고 쥬린ᄉ람 밥을쥬며

궁교빈쪽 못스논이 혼인쟝스 못지니면
돈을쥬고 쌀을쥬어 아모죠록 구졔ᄒ고
가손의 허다소용 일용이 만금이라
아들형졔 급졔ᄒ여 벼살도 혁혁ᄒ다 (12면)

<福善禍淫歌>

창안빅발 우리죤구 청여장을 들너집고
황황이 드러와서 날을보고 하난말삽
이번과거 즉일창방 너이남편 너아달이
장원급졔 하엿스니 이른경사 쏘잇나냐
                (중략)
전후방군 허다ᄒ니 첫지돈이 빅양이라
하로잇틀 사흘만이 두본거구 거룩하다
지인무동 열두놈은 오식비단 가진치장 (33면)

　여기에서 볼 수 있는 것처럼 <김씨계녀스>에는 "아들형졔 급졔ᄒ
여 벼살도 혁혁ᄒ다"라고 한 줄로 요약해 놓은 것을 <福善禍淫歌>에
서는 무려 78구에 이르도록 그 소식을 듣고 놀라는 장면과 급제 축하잔
치의 호사롭고 야단스러운 장면을 자세하고 실감나게 묘사하고 있다.
이밖에도 <福善禍淫歌>에는 <김씨계녀스>에는 나타나 있지 않은 배
행기구 사설, 혼인 장면, 혼수방매 사설, 시집살이 사설, 치산행위 사설,
모인 재산 사설, 딸 혼수 사설 등이 수십 구에 걸쳐 나열되고 있다. 이는
마치 판소리(계 소설)에서 길게 나열되는 각종 치레 사설과 장면 묘사를
연상케 하는 것으로서, 판소리(계 소설)과의 접촉 하에서 이루어졌으리라
는 점을 쉽게 추정할 수 있다.
　<김씨계녀스>는 주로 요약이나 상황묘사를 통해 화자가 작품 표면
에 나서서 말을 하는 반면, <福善禍淫歌>는 풍부한 장면묘사로써 화자
는 뒤에 숨고 등장인물들을 내세워 말을 하는 방법을 많이 사용하고 있

다. 이렇게 <김씨계녀ᄉ>가 이전부터 내려오던 가사의 서술 방법을 주로 답습하고 있다면, <福善禍淫歌>는 서사적 기법을 대폭 사용함으로써 보다 서사 문학에 근접하고 있는 것이다.

이렇게 볼 때 <福善禍淫歌>는 <김씨계녀ᄉ>에 비해 보다 후대에 창작되었으리라고 생각된다. 즉 복선화음가류 가사의 원래의 창작 동기가 계녀에 있음을 생각할 때 계녀형 작품이 전기형 작품보다 우선하였으리라고 본다. <福善禍淫歌>와 같은 전기형 작품은 <김씨계녀ᄉ>와 같은 계녀형 작품의 서사성을 보다 강화하여 판소리(계 소설)과 같은 작품으로 재창작하는 과정에서, 교술성이 강하여 이질적으로 여겨지는 계녀 부분을 생략한 것이 아닐까 한다. 이는 조선후기 문학의 양상으로 비추어 볼 때 자연스런 추세로서, 가사가 교술 갈래로서 서사 갈래와의 접촉 하에 서사성을 강화시켜 가는 변이 과정을 보여주는 것이라고 할 수 있다. 이를 통해 보수적인 양반 여성 사회에 가사가 소설과 같은 인기를 누리며 창작·전승될 수 있었고, 이렇게 창작된 가사는 몇몇 친지의 손에서 벗어나 널리 대중의 문학이 될 수가 있었던 것이다.

5. 맺음말

이상에서 복선화음가류 가사 중 계녀형 작품인 <김씨계녀ᄉ>의 서술 구조를 살펴보고, 이를 전기형 작품인 <福善禍淫歌>와 비교함으로써 그 의미를 고찰하였다. 두 유형의 가사는 그 순차적 전개 방식과 서술방법 면에서 많은 차이를 보이고 있는데, 우선 계녀형 작품은 괴똥어미 이야기가 계녀 부분에 포함되는 액자구조를 이루고 있는 데 비해, 전기형 작품은 김부인 이야기와 괴똥어미 이야기가 나란히 연결돼 있는 병렬구조를 이루고 있다. 또한 계녀형 작품이 화자가 직접적으로 드러나는 요약과 논평, 상황묘사를 주로 사용하여 교술성이 두드러지는 반면, 전기형 작품은 화자가 드러나지 않고 간접적으로 제시하는 장면묘사를 주로 사용하여 서사성을 강화하고 있다.

이로써 복선화음가류 가사는 김부인의 일생이라는 일대기 가사와 계녀 가사, 괴똥어미의 일생이라는 인물 중심 가사가 작가의 의도에 따라 달리 복합되면서 다양한 서술방법을 구현하였고, 조선후기 서사 갈래의 융성과 함께 계녀형에서 전기형으로 서사성이 강화되는 방향의 변이가 이루어졌음을 알 수 있었다. 단 이 연구에서 복선화음가류 가사 전체를 검토하지 못하여 각 이본의 개별 특성이나 다른 유형의 가능성 등을 모두 밝히지 못한 것은 한계로 남는다. 이는 복선화음가류 가사 전체에 대한 정밀한 이본 연구를 통해 보완되어야 하리라고 본다.

참고 문헌

I. 자 료

<괴동뎐>. 한국정신문화연구원 소장.

<괴똥젼>. 사재동 교수 소장.

<괴똥젼>. 안재준씨 소장.

<괴똥젼>. 최영균씨 자당 口誦.사재동 교수 채록.

<김씨계녀ᄉ>. 임기중 편(1987). 『역대가사문학전집』 8. 동서문화원.

<복선화음>. 김동욱 편(1991). 羅孫本 『고소설자료총서』 27. 보경문화사.

<福善禍淫歌>. 권녕철 편(1979). 『규방가사 I』. 한국정신문화연구원.

<復善和淫歌>. 김영진씨 소장.

<복션화음가>. 김광현씨 소장.

<복선화음녹>. 임기중 편(1992). 『역대가사문학전집』 24. 여강출판사.

<복선화음록>. 사재동 교수 소장.
<紅閨勸獎歌>. 김준영 해설(1968). 『한국언어문학』 5. 한국언어문학회.

II. 논 저

권녕철(1980). 『규방가사연구』. 이우출판사.

김천혜(1990). 『소설구조의 이론』. 문학과 지성사.

김학성(1983). 「가사의 장르성격 재론」. 『한국시가문학연구』. 백영 정병욱선생환갑기념논총. 신구
　　문화사.

서영숙(1992). 「서사적 여성가사의 전개방식 연구」. 충남대 박사학위논문.

＿＿＿(1994). 「가사의 소설화방식 연구: <신가전>, <괴똥젼>, <쇽독각시젼>을 중심으로」. 『다
　　곡 이수봉박사정년기념 고소설연구논총』. 경인문화사.

이선애(1982). 「복선화음가 연구」. 『여성문제 연구』 11. 효성여대.

정하영(1987). 「심청전에 나타난 악인상」. 『국어국문학』 97. 국어국문학회.

조동일(1980). 『문학연구방법』. 지식산업사.

4 | <시골색씨 설은타령>의 작품구조와 의미

1. 머리말

<시골색씨 설은타령>[181]은 시부모를 모시고 사는 한 젊은 시골 색씨가 서울로 공부하러 간 임과의 나뉨에서 겪는 고통을 읊은 작품이다. 작품 속에 개화에 대응하는 시골 여성의 시각과 인식을 잘 드러내고 있어 개화기 여성가사의 대표작으로 거론돼 왔다.[182] <시골여자 섧은 사정> 등 여러 이본[183]이 있는 것으로 보아 당시 여성들에 의해 상당한 공감을 얻었고 많이 읽혔으리라고 추정된다.

<시골색씨 설은타령>은 각 계절에 따라 사건이 다르게 전개되면서, 작품내적 자아의 대응방식과 자연과의 관계 또한 변화하고 있어 유기적

---

181) 권녕철(1979: 112-117)에 실려 있는 자료를 대상으로 한다. 작자는 남씨부인(영해 원구), 필사자는 영해댁이라고 밝혀져 있을 뿐 작자, 필사자에 대한 구체적 언급이 없다. 앞으로 권녕철(1979)에 실려 있는 자료를 인용할 때 '규 I'이라는 약호와 인용 면수로 나타내기로 한다.

182) 이동영(1977)과 졸고(1985)에서 다루어진 바 있고, 조동일(1986: 111-112)에서도 간략히 소개하고 있다.

183) <시골여자 섧은 사정>은 이동영(1977: 143-148)에서 부분적으로 소개하고 고찰하고 있다. 작자는 경북 영덕군 태생의 영양 남씨로 되어 있다. <시골 색씨 설은 타령>보다 더 자세한 묘사로 되어 있는 듯하나, 전문 소개가 아니어서 비교할 수 없었다. 이외에 권씨부인(영해 경수당 종부)의 <시골여자 서른 사정>(이원주(1982: 143)에 제목만 나옴)이 이 작품의 이본일 것으로 생각되는데 확인하지 못했다.

인 구조로 형상화되어 있다. 그러므로 여기에서는 작품의 특성상 다음과 같은 점에 초점을 두고 작품을 분석하고자 한다.

　1) 시골색씨가 겪는 실제 상황이 자연 소재와 어떻게 연결되어 전개되며 그 의미는 무엇인가?

　2) 시부모와 임 사이에서 시골색씨가 겪는 내적 갈등과 외적 태도는 어떻게 나타나며 그것이 내포하는 의미는 무엇인가?

　이는 각기 작품의 순차적 구조와 갈등양상에 대한 의문으로서 이를 연계시켜 해결한 뒤에, 이 작품에 드러난 현실인식을 개화기 당시의 다른 여성가사와 비교해 봄으로써 그 문학사적 의의를 가늠해 보려고 한다.

2. 작품구조와 현실인식

작품 전편의 서사적 전개는 계절에 따라 다음과 같이 진행된다.

　ㄱ) 봄 : 여름에 오실 임을 기다리며 방황
　　　후원초당 봄이드니 마른잎에 속닙다고
　　　　～ 기다리기 어려워라 흐로이틀 사흘나흘
　ㄴ) 여름 : 임을 만났으나 이혼선고를 받고 좌절
　　　치전밧 울가지이 호박꼿 피엇스니
　　　　～ 죽어도 이집에서 스라도 이지배서
　ㄷ) 가을 : 임이 떠나고 난 후 깊어지는 설움
　　　총총세월 흘으는듯 가을바람 선듯부니
　　　　～ 밤직히는 저근촛불 밤시도록 쏘을쏘을
　ㄹ) 겨울 : 죽음을 생각하나 극복하고 임에게 최후의 하소연을 하리라고 결단
　　　산에도 눈이풀풀 들익도 눈이풀풀
　　　　～ 어서어서 봄이가고 명연여름 다시오면 첩첩함을 다푸리라

사람은 사물을 각기 자기 나름의 눈으로 본다. 이 눈은 객관적으로 고정된 장치가 아니라, '사람맘'과 '세상일'[184]의 변화에 대응하는 내적 태도에 따라 달리 결정되는 기구이다. 그러므로 한 사물이라 하더라도 보는 이나 상황에 따라 각기 달라질 수 있다. 색씨가 자연을 보는 눈 역시 마찬가지이다. 이 작품 내에서 자연이 자연 그 자체로 그치지 않는 이유가 여기에 있다. 계절의 변화에 잇따른 여러 자연 현상은 '임과의 나뉨'을 겪는 색씨의 마음의 눈을 투과하고 있다. 이제 그 관계를 차례대로 살펴보자.

ㄱ) 봄은 모든 만물이 생동하는 때이다. 그러나 색씨의 마음은 이와는 매우 대조적이다. 봄날의 즐겁고 아름다운 정경들이 색씨에게는 오히려 '마디마디 에이는' 곤혹적인 상황으로 여겨진다. 즉 자연과 색씨의 마음은 상당한 불일치 현상을 빚고 있다.

> 호기춘풍 범나비는 꽃을추즈 춤을추고
> 놉이공중 종달시는 비비재재 지저괴니
> 듯고보는 모든거시 가지가지 각색으로
> 인간여즈 약한간장 마디마디 에이는듯
> 스물두해 니봄처리 속절엄시 가련ᄒ니
> 잣틱세야 원천지가 이이이리 적믹하뇨 (규 I, 113)

정작 기다리는 임의 소식은 오지 않고 애먼 제비, 꾀꼬리, 범나비, 종달새들이 너무나 상반된 자신의 모습을 들여다보게 하기 때문이다. 그러나, 이러한 불일치는 생동하는 자연과 마찬가지로 시골색씨의 '젊은 청춘'도 끓어오르게 한다. 시골색씨 내면은 봄과 화합하고자 하나,

---

184) '사람맘'과 '세상일'은 작품 본문("스람맘과 세승일은 날로날로 달나가니 이더할 곳 어디메요 미드리 누구믜요"(규 I, 115)에 나오는 용어로서 흔히 거론되는 '가치관' 또는 '시대상황'으로 바꾸어 말할 수 있을 것이나, 작자의 용어 그대로 쓰는 것이 더욱 정확할 것 같아 그대로 사용하였다.

‘불합한 가정’과 ‘독수공방’의 처지가 이를 제어하기 때문에 불일치의 현상은 더욱 심각해지는 것이다. 이러한 상황에서 방황하는 색씨에게 시부모의 지엄한 훈계가 떨어진다. 시부모는 독수공방하는 며느리의 시름을 이해하기는커녕 “우리난 너의시절 책짐지고 절간가셔 두달석달 잇다와도 저른쑬 아니햇다.”(규 I, 113)고 하며 나무란다.

　이와 같은 시부모의 훈계는 전통적인 ‘사람맘’(규 I, 115)으로 대표된다. 즉 아내와 남편의 격리가 당연시되며, 여염집 여자가 함부로 나다녀서는 안된다는 생각이 시부모의 마음의 뿌리를 이루고 있다. 색씨는 이러한 훈계에 겉으로 따른다고 할지라도 내부에서는 그대로 받아들이지 못하고 상당한 반발과 갈등을 겪고 있다. 예를 들면,

　　　나의천싱 무슨죄로 여즈몸이 되엿던고
　　　주저안즈 울어볼가 울기조츠 즈유업늬
　　　불합한 이한가졍 싀집술이 괴로워라　(규 I, 113면)

라며 괴로워하는 것을 엿볼 수 있다. 이처럼 색씨는 전통적인 ‘사람맘’에 불만을 가지고 있으면서도 그에 대한 자신의 생각을 확고히 결정짓지 못한 채 자신의 신세를 한탄하는 상태에 머물러 있다.

　ㄴ) 여름이 오자 애타게 그리던 임이 돌아오나, 그 임은 자신이 기대하던 옛임이 아니다. 청천벽력과 같은 이혼 선고가 떨어진다. 이때 색씨는 자연을 자기화하여 바라본다. 자신의 마음과 같이 “여름하늘 야슴경의 달빗조츠”(규 I, 114면) 흐려 보인다. 즉 여름 하늘의 달빛이 흐릴 리는 없건만 색씨의 눈을 거쳐 흐려 보이는 것이다. 이 때 색씨는 ㄱ)과는 달리 전통적인 ‘사람맘’으로 자신을 감싸면서 임의 요구에 강한 반발을 한다.

　　　가라니 원통하다 이집써나 어더가노
　　　불경이부 가르침은 쎄에새겨 못잇겟네

죽어도 이집에서 스라도 이지배서 (규 I,115면)

ㄷ) 가을에 임이 떠나고 나자 자연과 색씨의 마음이 완전히 일치되
는 것을 볼 수 있다. 임이 다시 서울로 떠나고 난 후 "옛동손의 푸른잎
흔 초서리의 빗변ㅎ고 광풍이 나붓기며 이리저리 훗터"(규 I, 115면) 낸다.
이는 가을의 평범한 자연 현상이면서 동시에 설움에 젖어 방황하는 색
씨의 마음 자체이기도 하다. 색씨는 또한

> 느진가을 져황국아 누를위해 너피엇노
> 하날씃 외기럭이 짝을일코 너도우나 (규 I, 115면)

하며 '늦은가을 황국'과 '하늘끝 외기러기'에서 자신의 모습을 본다. 황
국과 외기러기는 임에게 버림을 받고 홀로 되었으나, 늘 임을 향하고 있
는 자신과 너무나 닮았기 때문이다. 이때 색씨는 떠나가는 임을 바라보
면서 새로운 것과 전통적인 것의 대립을 뚜렷이 인식한다. "임타신차 총
살갓치 신작로로 다라갓니 삼밧머리 홀노서서 멀니큰길 바라보니"(규 I,
115면)의 대조적 묘사가 그것이다. 임의 길의 '차 - 총살 - 신작로'는 색씨
에게는 모두 새롭고 낯선 것이다. 그에 비해 자신은 '삼밭'에 '홀로' 서
있다. 임을 전송하지도 못하는 채 삼밭에서 일을 하다 헝클어지고 초라
한 모습으로 임이 가는 모습을 바라다 볼 수밖에 없는 자신에게 큰 길
은 '멀리' 있을 뿐이다.

삼밭과 신작로의 차이는 바로 옛것과 새로운 것의 뚜렷한 차이를
드러내며, 한편 시골(자연)에 밀려들어오는 도시(문물)의 일면을 보여 준
다. 색씨는 이러한 대조적 인식 속에서 자기 바깥의 상황과 가치관이
급격하게 변하고 있으며 자신은 그것과 동떨어져 있음을 뼈저리게 자
각한다.

> ᄉ람맘과 세ᄉ일은 날로날로 달나가니
> 이ᄃ할곳 어디메요 미드리 누구민요 (규 I, 115면)

ㄹ) 겨울이 오면 자연은 색씨의 고통을 오히려 압도하는 요소로서 작용한다. 자신의 설움을 더욱 더 가중시키며 '몰인정한 모진 바람'이 살점을 에여 오자 고통의 해결 방법으로서 죽음을 생각한다. 이는 "감옥 갓흔 도장속이 깁히깁히 갓치여서 죄엄는 죄인노릇 자나쌔나 눈물이라"(규 I, 116)와 같이 자기를 속박하는 모든 요소에 대한 반발과 '사람이 기는 하나 사람노릇 한번 못한' 자신의 처지에 대한 뼈아픈 인식에서 비롯한다.

> 안희ᄃ여 남편에게 ᄉ랑ᄒ번 맛못보고
> 사라서 무엇ᄒ노 잇달도다 니신셰야
> 사람되여 이셰ᄉ의 ᄉ람노릇 못한거시
> 사라서 무엇ᄒ나 (규 I, 116면)

사멸의 계절과 죽음은 결코 우연이랄 수 없는 깊은 연관을 맺고 있다. 그러나 이 죽음은 자연의 섭리를 외면한 극한적 태도로서 겨울의 매서움 뒤에 다시 새 날이 온다는 사실을 묵과한 것이다. 색씨 역시 이 점을 결코 놓치지 않는다. 색씨는 자연의 모습을 있는 그대로 보는 것이 아니라 그 이면의 모습, 그리고 장차 다가 올 새로운 모습을 투과하는 예지를 가지고 있다. 온통 눈이 쌓인 삭막한 겨울 풍경 속에서 색씨는 이미 산과 들에 눈이 다 녹는 명년 여름을 그려내고 있다. 이는 죽음을 이겨내고 임에게 최후의 하소연을 하리라는 맵찬 결심으로 이어진다. 즉 색씨의 마음이 도리어 자연을 초월, 극복하고 있는 것이다.

이러한 결심은 사람맘과 세상일이 아무리 변한다 할지라도 사람의 근본을 이루고 있는 '사람됨'은 예나 지금이나 변함 없이 하나로 흐르고 있으며, 그래야 한다는 믿음에 의거한 것이다.

> 임도역시 사람이라 눈물잇는 님이시고
> 피잇는 님이시니 흐목숨은 못죽을듯
> 닉가슴을 슬펴시면 님가슴도 아플지라
> 닉셔름 아라시면 아니동정 못하리라 (규 I, 117면)

이리하여 색씨는 좌절하지 않고 다시금 임을 기다린다. 이 기다림은 예전의 그 기다림이 아니다. 예전의 것이 흔들림과 방황 속에서의 기다림이라면 이것은 그 모든 것을 극복하고 자기 나름의 생각을 확고히 한 가운데 취하는 기다림인 것이다.

시골색씨가 이러한 갈등을 극복해 낼 수 있게 한 힘은 바로 '사람됨, 사람노릇'이라는 근본정신의 자각이다. '사람됨, 사람노릇'은 사람이면 누구나 사람답게, 사람으로서의 구실을 다해야 하며 그래야 사회가 바로 된다는 생각이라고 할 수 있다. 이 정신은 예부터 지금까지, 시골이건 도시이건, '전통'이나 '개화'거나를 떠나 양극단을 관류하며 아우르는 근본 정신이며 옛것과 새로운 것에 대한 부정이면서 그것들을 포괄하는 참된 정신인 것이다.

여자를 죄인처럼 구속하고 참된 남녀간의 사랑을 제어하는 것이 결코 올바른 전통일 수 없으며, 시부모를 모시고 수년 동안 기다려 온 아내를 마음대로 버리는 것이 참된 개화일 수 없다. 그것은 모두 근본정신을 망각하고 그릇되게 굳어져 버린 폐단일 뿐이며, 성급히 겉만을 본뜬 허상일 뿐이다. 이 근본 정신을 살리는 것이 참된 전통을 세우는 것이며, 새로운 것의 무절제한 침투에 대해 자기를 보호하고 유지해 나갈 수 있는 길인 것이다. 그러므로 시골색씨는 '시골, 전통'의 입장에 서서 '사람됨, 사람노릇'에 대한 자각 아래 '도시, 개화'의 입장까지 이끌어 들이려는 주체적 태도를 취하게 되는 것이다.

지금까지 살펴 본 결과를 함께 정리해 보면 다음과 같다.

	자연과의 관계	갈등양상
봄	불일치	시부모(전통)와의 갈등
여름	자기화	임(개화)에 반발, 전통적 가치관으로 자신을 감쌈
가을	일치	변화에 대한 자기인식과 고민
겨울	압도·극복	가치관의 구속에 좌절, 사람 노릇의 욕구로 극복

여기에서 우선 시골색씨가 자연과 불일치 현상을 보이다 마침내 극복해 내는 것과, 전통에 반발을 보이다가 결국 '사람됨·사람노릇'의 정신에 입각해 극복해 내는 태도의 유사성에 주목이 간다. 색씨가 자연을 자기화하여 보는 것은 곧 시부모로 대표되는 전통적 가치관으로 자신을 감싸는 것과 밀접한 연관이 있는 것처럼 생각된다.

이에 색씨가 깊은 관계를 맺으며 노래하고 있는 자연은 시골, 곧 도시와 대립되는 시골색씨의 위치이며, 새것(개화)과 대립되는 옛것(전통)을 대변하는 것임을 알 수 있다. 새로운 것의 대두는 전통에 대한 위협일 뿐만 아니라, '시골 - 자연 - 자신' 모두에 대한 침해일 수 있다. 시골색씨에게 시골, 자연, 전통은 '새로운 것'과 대조되는 '옛것'으로 여겨지는 것이다. 곧 시골색씨가 겪는 갈등은 단순한 시부모와 임 사이에서의 차원을 넘어서서 몇 겹으로 복잡하게 얽혀 있음을 알 수 있다. 즉 시부모로 대표되는 옛것(전통)과 임에 의해 대표되는 새로운 것(개화) 사이에서의 갈등이며, 허물어져 가는 시골(자연)과 밀려들어오는 도시(문물) 사이에서 겪는 갈등인 것이다.

이렇게 몇 겹으로 얽혀 있는 대립관계를 자연스럽게 조화, 통일시키는 형상화의 방법에 이 작품의 독특함과 뛰어남이 있다. 즉 이 몇 겹의

대립을 '좌절 - 갈등발생 - 좌절 - 현세기대'라는 순차적 구조로 전개시
켜, 한편의 잘 짜여진 형식미를 갖추면서도 그 이야기가 완전히 종결된
것이 아니라, 새로운 차원에서 지속되리라는 독자의 기대 또한 이끌어
내고 있다는 점에서 문학적으로 높이 평가할만한 작품이다.

　이 작품에서의 무대는 철저하게 현실 그 자체이다. 작품 내적 자아
는 죽음 이후의 삶을 믿지 않는다. 즉 죽음 이후의 세계는 '무섭고 컴컴
한 길'이어서 죽기가 원통하다고 생각하고 있다. 그러므로 기필코 임에
게 최후의 하소연을 하여 현세에서 자신의 한을 풀리라는 결단을 하는
것이다. 이러한 방식으로 마무리된 작품의 작자(군)은 매우 현실주의적
이며 일원적인 세계관을 지니고 있는 것으로 생각된다. 즉 이들은 내세
에의 기대로 현실에 소극적인 태도를 갖지 않으며, 좌절로 삶을 포기하
지도 않으며, 현세에서 언젠가는 자신들의 기대가 성취되리라는 믿음을
지닌 적극적이고 긍정적인 자세를 갖고 있다고 볼 수 있다.

3. 문학사적 의의

　앞에서 <싀골색씨 설은타령>의 구조를 분석함으로써 작품 내적 자
아의 전통 또는 개화에 대한 입장을 살펴보았다. 여기에서는 이 작품 외
에 다른 개화기 여성가사에 나타나는 현실인식을 살펴봄으로써 <싀골
색씨 설은타령>의 경우와 비교해 본 뒤, <싀골색씨 설은타령>을 포함
한 개화기 여성가사의 문학사적 의의를 가늠해 보려고 한다.

　대부분의 여성가사가 작자와 창작 연도가 미상으로 되어 있어 개화
기 작품을 가려내기란 그리 쉽지 않다. 다만 그 내용 속에 나타나는 작
자의식과 시대상황으로 미루어 짐작할 수 있을 뿐이다. 또한 <싀골색씨
설은타령>과 같이 작품 전체가 치밀한 구조로 시대상황과 현실인식을

드러낸 작품 또한 그리 많지 않아 부분적 언급만을 고찰 대상으로 삼을
수밖에 없는 경우도 있다. 그렇다 하더라도 탄식가사, 유희가사[185] 등에
서 사대부 여성들이 당시 시대적 변모를 어떻게 인식했는가 하는 점은
충분히 엿볼 수 있다.

유희가사 중 <화전가>(규 I, 371-390면) 한 작품을 살펴보자. 이 작품
은 부녀자들이 화전놀이를 가서 꽃싸움을 즐긴 후에 각자 지어 온 가사
를 차례차례 낭송하는 것으로 되어 있다. 한 "정숙화용 고은모양"의 부
인은 다음과 같이 생각한 바를 나타내고 있다.

> 이몸을 비롯하사 우리네 여인네는
> 자포자기 너무하야 부녀가락 빈멸하니
> 애달울사 예의동방 금수나라 한을한다
> 남여체격 달라스나 마음조차 다르릿가
> 옛날에 태임태사 부인도덕 기록하사
> 태교로 길은아들 일대성군 되였으며
> 맹모에 삼천지교 벗임인들 모르릿가
> (중략)
> 만천하에 실노중생 바른길로 재도하면
> 부여자 미명으로 그아니 거룩한가 (규 I, 378면)

부인이 "예배하고 물러가니 찬성박수 진동한다"고 한다. 부인의 생
각에 좌중이 모두 감동, 동의했다는 것을 짐작할 수 있다. 부인은 "남여
체격 달라스나 마음조차 다르릿가" 하며 남녀의 정신적 평등을 주장하
고 흐트러진 도덕을 바로잡고 중생을 제도할 것을 주장하고 있는 것이
다. 한 배우지 못한 산촌 여성으로서 이렇게 커다란 뜻을 품고 있다는

---

185) 탄식가사, 유희가사란 명칭은 권녕철이 분류한 유형 중 '신변탄식류, 풍류소영류'
　　　에 해당하는 것으로 필자가 보다 쉽게 임의적으로 붙여 본 것이다.(권녕철 1980:
　　　31-32면 참조)

것이 놀랍기까지 하다.

그것은 그녀가 '옛것'을 준수하고 본받는 데서 비롯했으며, '남녀의 마음은 한가지'라는 의식에서 가능했던 것이다. 개화에 대한 구체적 인식은 드러나 있지 않지만 당시 어지러운 세태를 극복하는 길은 '성인의 옛 명교'를 닦는 길이며 그 속에 행복이 있다고 주장함으로써 '시골색씨'의 정신과 상통함을 보여준다.

이번에는 새댁들이 모여 척사대회를 즐긴 후 읊은 가사 <승리가>(규 I, 421-427면)를 살펴보기로 한다.

남편마즈 싱이스별 암흑속에 헤메이는
가련한 우리동지 조금도 비관말고
남여평등 이시디에 봉근잔재 숙청하고
문맹퇴치 하여가면 가진노력 다하여서
남성구속 밧지말면 문명한 활무더에
합심하여 노력하야 자여교육 빗니이면
이식주를 해결하고 도탄에 빠진조국
어굴한 원구한경 다시한번 자력갱생 (규 I, 421면)

여기에서 역시 부녀자의 힘으로 두탄에 빠진 조국을 구해야 한다고 주장하고 있나. 즉 '시십에 늘어와 남편을 생이별하고 가련하게 살고 있지만 그것을 비관만 할 것이 아니라 남녀평등 시대이니 만큼 남성에 구속받지 말고 노력해서 집안과 국가를 일으키자'는 내용으로 되어 있다. '남녀평등'과 '고법'이 서로 갈등을 일으키는 것이 아니라 고법을 떳떳하게 빛내는 동시에 남녀 평등의 정신을 살리는 새로운 태도를 갖고 있는 것을 볼 수 있다.

이러한 태도는 대부분의 개화기 여성가사에서 마찬가지로 확인된다. <동뉴상봉가>(규 I, 632-636면) 한 작품을 더 살펴보자. 이 작품은 "녀즈락

고 업신녀겨 무고히 흉을보니 분할시고 우리동뉴 녀즈힝지 싹가보시"라
고 하며 여자라고 남자에게 업신만 당할 것이 아니라 여자 행실을 닦아
보자면서 그 방법으로 여러 가지를 모색하다 다음과 같이 결론짓고 있다.

> 우리도 사람이라 사람일역 ㅎ여보시
> 부모님계 바든몸을 아모쪼록 줄길와서
> 어진부녀 되여보니 어진힝동 ㅎ즈셔라
> 동뉴셔로 경계ㅎ야 녈녀젼 니측편을
> 알들살들 비와셔라 아황녀황 틱임틱스
> 언어행동 구비구비 법을밧고 (규 I, 635-636면)

신학시대 여학생과 달리 구식만 지켜 숙맥이 되는 것을 한탄만 할
것이 아니라, 열녀편, 내측편 등을 알뜰히 배워 '사람일역'을 해야 할 것
을 강조하고 있다. 즉 "우리도 사람이라 사람일역 ㅎ여보시"라고 하여
시골의 여성도 남성 또는 신여성과 마찬가지로 '사람'이며 '사람노릇'을
해야 한다는 것이다. 이는 <싀골색씨 설은타령>에 나타나 있는 의식과
한가지이다. 새로운 것의 대두에 당황하거나 부러워하기보다는, 그로 인
해 '사람노릇'을 자각하게 되며 '옛것'을 배우고 되살리는 것으로 대응
의 방법을 삼고 있는 것이다.

이러한 의식은 이상택이 고찰한 <생조감구가>[186]와도 완전히 일치
한다. 즉 <생조감구가>에서는

> 오빅년 나린법을 인면슈심 아니거든
> 불셩이부 먹은마음 송빅갓치 구더스니
> 남의젼졍 아니해고 긔명문명 자랑말고
> 시셰를 보드라도 신구식을 조종하여

---

186) 이상택(1979: 220-242) 중 230면에서 재인용, 전문은 『이화여대 한국문화연구원논
   총』 15집(1970: 410-423)에 게재되어 있다.

> 본심을 조심ᄒ제 제인격 유려하면
> 부인애 유무식 계관일가

라고 개탄하며, '가장신식(家長新式), 구고완고(舅姑頑固)'의 사이에서 작자 자신은 불경이부의 전통적 가치관으로 굳게 다지고, 남편에게는 "시셰가 변천히도 구식너모 반디말고 신구식을 보아가며 힝신히라"고 요구하고 있는 것이다.

이상에서 볼 때 <싀골색씨 설은타령>과 이들 개화기 여성가사는 몇 가지 공통점을 가지고 있음을 알 수 있다. 첫째는 시골의 사대부 여성들이 개화라는 새로운 상황을 맞아서 거기에 빠져들거나 거부하기보다는, '여성도 사람'이라는 자각을 하게 된다는 점이다. 둘째로 개화기의 시대 상황은 사대부 여성들에게 대부분 비도덕적(부정적)으로 비치며 여기에서 가정과 국가를 살리는 것은 여성에게 달렸다고 한다. 셋째, 그 방법으로 '옛것(고법)'을 철저히 배우고 살림으로써, 여성도 '사람노릇'을 해야 한다는 점을 들고 있다.

개화기 여성가사가 이러한 공통 성향을 띠게 되는 이유는 그 작자층인 당시 사대부 여성들의 입장을 파악함으로써 이해될 수 있을 것이다. 즉 그들은 전봉석인 유교 이념으로 철저히 교육된 시골 여성으로서, 개화의 물결에 대한 위기와 전통의 구속에 대한 저항을 아울러 느끼며 갈등을 겪고 있는 동질적인 집단이라고 할 수 있다. 그러므로 그들은 '개화'와 '전통'을 슬기롭게 포용해내는 방법을 참된 옛것에서 찾고 있는 것이다.

이러한 개화기 여성가사의 인식과 태도는 개화기의 다른 문학 장르에 나타나는 인식, 태도와 비교해 볼 때 매우 독특한 것이라 할 수 있다. 지금까지의 개화기 문학에 나타난 외세에의 대응태도는 '개화 – 주체적 개화 – 반개화'[187)]로 크게 구별되어 왔는데, 개화기 여성가사는 이와는 별개로 '참된 전통의 회복'이라는 입장을 취하고 있기 때문이다. 이는 순수한 '시골 사대부 여성'의 입장에서 '반개화'를 지향하며 '개화'를 무조건적으로 거부하기보다는, 참된 전통에 입각하여 포용하고자 하는 태도이다. 그러므로 민중, 민족의 입장에서 '개화'를 지향하는 '주체적 개화'와 구별되며, '개화'를 야만시하고 거부하는 '반개화'와도 뚜렷한 차이가 있다.

이렇게 볼 때 <싀골색씨 셜은타령>을 비롯한 개화기 여성가사는 개화기 문학 연구에서 결코 소홀히 다룰 수 없는 독자적 위치를 지니고 있을 뿐만 아니라, 여성가사 자체 내의 흐름에서도 무시해 버릴 수 없는 의의를 보여준다 하겠다.

4. 맺음말

이로써 <싀골색씨 셜은타령>의 작품구조와 현실인식, 기타 개화기 여성가사의 문학사적 의의를 살펴보았다. <싀골색씨 셜은타령>은 개화기 다른 어느 작품보다도 절실하고 치밀하게 개화의 시대상황과 그로 인한 작품내적 자아의 갈등을 드러내고 있다. 겉으로 보기에는 단순한 '시부모 - 시골색씨 - 임(남편)' 사이의 갈등으로 여겨지지만, 그 갈등은 '전통과 개화', '시골과 도시'라는 복합적 대립구조로 이루어져 있고, 이것이 계절의 추이에 따라 순차적으로 전개된다는 것을 파악함으로써 작품 내면의 의미를 들여다 볼 수 있었다.

즉 작품 속의 시골색씨는 임으로 대표되는 '개화'의 대두와, 시부모

---

187) 조동일(1982: 135-173) 참조. 이에 의하면 신재효의 <괘씸한 서양되놈>은 '반개화', 독립신문의 애국·독립가는 '개화', 대한매일신보의 항일가는 '주체적 개화'의 입장으로 보고 있다.

로 대표되는 '전통' 사이에서 자신이 설 곳을 찾지 못한 채 방황하다가 마침내 '여자도 사람이며 사람노릇을 해야 한다'는 자각을 함으로써 임을 자기에게 이끌어 들이겠다는 결심을 하게 된다. 이 자각은 결코 전통에서의 이탈이나 개화로의 지향이 아니라, '참된 전통의 입장에 선 개화의 포용'이라고 할 수 있다. 이 점은 다른 개화기 여성가사 몇 편의 비교, 고찰에서 공통적인 의식으로 확인되었다.

한편 이러한 개화기 여성가사의 인식과 태도는 개화기 문학 전체 양상에서 독자적인 위치와 의의를 지니는 것으로 평가할 수 있다고 보았다. 다만 이러한 문학사적 의의는 폭넓은 논의를 거치지 못한 것이므로 수정, 보완의 여지가 있으리라고 생각한다.

참고 문헌

권녕철(1979). 『규방가사 I』. 한국정신문화연구원.

______(1980). 『규방가사연구』. 이우출판사.

박요순(1984). 『한국 시가의 신조명』. 탐구당.

서영숙(1985). 「개화기 규방가사의 한 연구: <싀골색씨 설은타령>을 중심으로」. 『어문연구』 14 집. 어문연구회.

이동영(1977). 『가사문학논고』. 형설출판사.

이상택(1979). 「개화기 서사가사 시고」. 『가사문학연구』. 정음사.

이원주(1982). 「가사의 독자」. 『조선후기의 언어와 문학』. 형설출판사.

조동일(1982). 「개화·구국기의 애국시가」. 『한국근대문학사론』. 한길사.

______(1986). 『한국문학통사』 4. 지식산업사.

5 | <신가전>의 전개방식과 여성의식

1. 머리말

<신가전>은 <옥환긔봉슈명쳔주>란 소설 작품 뒷부분에 수록되어 있는 총 501구의 장편 가사이다. 1977년 박요순 교수에 의해 처음 학계에 소개, 고찰되었고[188] 『한국문학통사』에서 "과부의 외딸이 고자 신랑을 만나 파멸한 내력을 삼인칭으로 서술"[189]한 작품으로 언급된 이후 별다른 주목을 받지 못했다. 이후 장정수, 필자, 서인석 등에 의해 이 작품의 서사적 특성과 독특한 서술 시점 등이 논의됨으로써 그 문학사적 위치가 새롭게 부각되기 시작하였다.[190]

<신가전>은 한 여자의 기구한 일생을 그 어머니와 여자 자신의 목소리를 통해 복합적으로 서술하고 있는 독특한 전개방식을 지니고 있다. 즉 가사이면서도 서사 갈래의 시점과 전개방식을 취하고 있어 소설에 근접하고 있는 작품이다.[191] <신가전>은 서사적 줄거리와 짜임새

---

188) 박요순, 「가사 신가전 고」, 『숭전어문학』 6, 숭전대, 1977.
189) 조동일, 『한국문학통사』 3, 지식산업사, 1984, 344면.
190) 장정수, 「서사가사특성연구」, 고려대 석사학위논문, 1989; 졸고, 「가사의 소설화
　　방식 연구: <신가전>, <괴똥전>, <쏙독각시전>을 중심으로」, 다곡 이수봉박사
　　정년기념 『고소설연구논총』. 경인문화사, 1994; 서인석, 「가사와 소설의 갈래 교
　　섭에 대한 연구: 소설사적 관심을 중심으로」, 서울대 박사학위논문, 1995.
191) <신가전>의 갈래에 대한 규정은 논자마다 다르다. 박요순은 '장편 서사시'로, 장

를 갖추고 있는 서사적 가사로서, 당대 여성들에게는 소설에서 맛볼 수 있는 흥미와 감동을 제공했다고 여겨진다. 이 작품이 다른 가사와 달리 <○○전>이라는 제목을 사용하고 있다든지, 소설의 뒷부분에 수록되어 있는 것도 이와 같은 이유에서였을 것이다.

한편 <신가전>은 그 전개방식뿐만 아니라 작품이 담고 있는 의식적 측면에서 상당한 문제작으로 꼽을만한 작품이다. 박요순은 <신가전>을 "이조여인들이 살고 간 의식과 삶의 단면을 작품을 통하여 구체적으로 보여줬다는 점"[192]에 의의를 두고, 작가가 의식했든 못했든 간에 여주인공의 비극적 일생을 그대로 보여 줌으로써 오늘의 우리에게 그 원인인 당시의 사회제도와 기존질서에 대한 저항의식을 생각하게 한다고 보고 있다.

이렇게 볼 때 <신가전>은 작품이 창작, 향유되었던 조선후기[193] 한 여성의 혼인에 얽힌 비극적 삶과 이에 대한 의식을 핍진하게 잘 드러내고 있어 이를 통해 당대 여성의 현실의식의 일면을 추출해 보는 것은 큰 의미가 있으리라고 생각된다. 이에 이 글에서는 기존 연구에 힘입어 <신가전>이 지니고 있는 서사적 전개방식과 작품의 내용에 나타난 여

정수는 '서사가사'로 보고 있는 데 비해, 서인석은 <신기전>을 비록 소설까지는 나아가지 못했다 해도 소설에 접근하고 있으며, 가사쪽에서 소설로 넘어오는 방향에서 1인칭 소설의 가능성을 보여주고 있다고 보고 있다. 서인석, 앞의 논문, 57-65면 참조. 이 논문은 <신가전>의 갈래에 대한 논의가 주 목적이 아니므로 일단 이 점에 대해서는 유보해 두기로 한다. 어쨌든 분명한 것은 <신가전>은 '가사'이며 그 속성에 있어서 '서사적' 특성을 보여주고 있다는 점이므로 '서사적 가사', '서사적 전개방식'이란 용어를 잠정적으로 쓰기로 한다.

192) 박요순, 앞의 논문, 12면.

193) 작품 본문 말미에 보면 "무인이월 초사일의 / 이닉몸 슘끈혀지니"라고 주인공이 별세한 연대가 나오고 "임진 원월 총총 전하노라"고 하여 제작 년대가 나온다. 박요순은 이로 미루어 이 작품이 1772년(영조 48년), 1832년(순조 32년), 1892년(고종 29년) 중의 하나일 것으로 추정하고 있다. 작품에 쓰여진 고어, 문체 등을 보아도 근대 이전에 창작되었을 것으로 생각된다.

성의식을 면밀히 살펴봄으로써 <신가전>의 문학적 가치를 가늠해 보고자 한다.[194]

2. 서사적 전개방식

<신가전>은 일반적인 가사가 "있었던 일을 확장적 문체로, 일회적, 평면적으로 서술"[195]하는 것과는 달리 작중 인물들의 이야기를 유기적인 구성에 의해 서술하는 서사적 전개방식을 갖추고 있다. 여기에서 전개방식이란 작품 내 서술자가 작중인물의 이야기를 서두에서 결말까지 전개해 나가는 방식으로서, 서술 시점과 방법, 작품의 구성 방식을 아우르는 용어로 사용하고자 한다.[196] 이 전개방식은 작가의 창작 의식이나 의도에 밀접하게 관련되는 것으로서 전개방식의 차이는 작가의식과 주제를 가늠할 수 있는 중요한 잣대가 된다고 볼 수 있다.

우선 작품에 나타난 전개방식을 살펴보기 위해 작품을 주요 장면의 변화에 따라 단락을 구분해 보면 다음과 같다.

1) 한림댁 부인이 유복녀로 태어난 외딸을 잘 키워냄.
2) 딸의 나이 십오세가 되자 좋은 사위감을 사방으로 구함.
3) 딸의 나이 십육세에 매파들의 감언에 속아 애통방골 고자에게 허혼함.
4) 갖은 혼수를 호화스럽고 유족하게 장만하고 혼례식 준비를 마친 뒤 사

---

194) 졸고, 앞의 논문에서 가사의 소설화 방식을 살피면서 <괴똥전>, <꼭독각시젼>과 함께 <신가전>의 서사적 전개 방식에 대해 살핀 바 있다. 여기에서는 이 논의를 토대로 <신가전>의 전개방식과의 관련 하에서 여성의식이 어떻게 표현되고 있는지에 초점을 맞추어 새롭게 논의하려고 한다.

195) 조동일, 「가사의 장르 규정」, 『어문학』 21, 한국어문학회, 1969.

196) 졸고, 「서사적 여성가사의 전개방식 연구」, 충남대 박사학위논문, 1992, 7면. 이 논문은 『한국 여성가사 연구』, 국학자료원, 1996에 수록하였다.

위를 기다림.
5) 초례청에 나타난 신랑의 괴이한 용모를 보고 한림댁이 쓰러지자 잔치가 엉망이 됨.
6) 밤이 되어 신방을 들여다보니 고자 신랑이 갖은 애를 다 쓰나 허사임.
7) 한림댁이 병이 들어 사위본 지 삼일만에 죽음.
8) 딸이 삼년상 후 승이 되기를 결심하고 삼년상을 치름.
9) 절에 가 머리를 깎고 불공을 닦다 나이 구십에 죽음.
10) 서술자가 청중들의 백년경조를 빎.

이 작품은 유복녀로 애지중지 키운 딸을 시집보내는 어머니, 한림댁 부인과 그 딸의 이야기이다. 작품의 시작은 아무런 갈등 없이 '안정'에서 시작한다. 하나밖에 없는 딸을 좋은 가문을 가려 시집보내는 것이 어머니의 유일한 희망이다(1-2단락). 고르고 골라 드디어 혼처를 정하고 혼인을 위한 온갖 준비를 다한다(3-4단락). 그러나 혼인날 괴이한 용모의 신랑이 등장하고, 게다가 고자임이 드러나자 '갈등'이 '발생'한다(5-6단락). 길고 오랜 '안정' 끝에 급작스레 닥쳐 온 '갈등'이기에 그 충격은 더할 나위 없이 크다. 결국 그 갈등을 이겨내지 못하고 아무런 '해결의 시도'도 하지 못한 채 어머니가 죽고 마는 '좌절'에 이른다(7단락). 딸은 '해결의 시도'로 중이 되는 길을 택하며(8단락), 불도를 닦다 구십을 나이로 죽는 '해결'에 이른다(9단락).

이렇게 볼 때 이 작품은 '안정 - 갈등발생 - 좌절 - 해결의 시도 - 해결'의 이야기 구조를 지니고 있다. 이는 대부분의 서사적 여성가사에 공통적으로 나타나는 구조적 특성이라고 할 수 있다.[197] 뿐만 아니라 이들 서사적 여성가사에 나타나는 또 하나의 공통점은 갈등의 발생이 주로 '혼인'을 기점으로 생겨난다는 점이다. 즉 혼인 전에는 안정된 삶을 살

---

197) 위 논문, 109면. 이러한 구조적 특성은 평민여성들이 주 담당층인 서사민요가 '좌절 - 해결의 시도 - 좌절 - 해결'로 이루어지는 것과 대조적인 양상을 보인다.

다가 혼인에 관련된 여러 가지 요인으로 인해 갈등이 발생한다는 점이다.[198] 이는 <신가전>이 한 여성의 혼인에 얽힌 비극적 이야기이면서, 한 여성의 이야기가 아닌 모든 여성의 이야기일 수 있음을 보여준다고 하겠다. 작품의 서술자는 이러한 한 여성의 이야기이면서 모든 여성의 이야기를 어떠한 시점으로 전개해나가고 있는지 살펴보기로 하자.

<신가전>은 언뜻 보기엔 대부분의 다른 가사들과 다름없이 일인칭 주인물 시점으로 서술된 것으로 생각된다. 하지만 엄밀하게 살펴보면 서술자와 작중인물이 분리되어 있는 일인칭 관찰자 시점의 작품임을 알 수 있다. 그러나 서술자가 작중 인물에 자신을 투사시켜 동일시하고 있기 때문에 일관성 있는 객관적 서술이 이루어지지 못하고 있다. 즉 이 작품은 일인칭 관찰자 시점의 서술이면서도 일인칭 주인물 시점의 서술처럼 여겨지게 하고 있다. 이 작품의 서술은 크게 두 부분으로 나뉘는데 전반부에서는 서술자가 한림댁 부인에게 자신을 동일시하고 있으며 부인이 죽은 이후인 후반부에서는 딸과 동일시하고 있다. 그러다가도 부분 부분 객관적 상황의 묘사가 필요할 때에는 다시 관찰자 시점의 객관적 위치로 돌아가기도 한다.

이러한 시점의 전이는 서술자가 가사 속에서 소설적 전개를 꾀하려 했던 데에서 온 혼돈이라고 생각되는데, 이 혼돈은 전혀 실수로 생각되지 않고 오히려 작품 자체의 독특한 효과를 이루어 내는 데 큰 몫을 맡고 있는 것으로 여겨진다. 즉 서술자는 다른 인물의 이야기를 서술해 나가면서, 마치 자신의 이야기를 하듯 이끌어 나감으로써 독자(청중)를 자

---

198) 졸고, 「여성일대기 가사의 구조적 특성과 의미」, 『어문학』 80, 한국어문학회, 2003 에서 서사적 여성가사가 대부분 여성들의 일대기로 되어 있고 이 일대기는 대부분 '출생 - 성장 - 혼인 - 고난 - (고난 해결)'의 순서로 되어 있음을 밝힌 바 있다. 여기에서 여성의 처지가 혼인 전과 혼인 후 급격하게 달라지는 것을 볼 수 있는데, 이는 여성들이 대체로 혼인 전의 곱고 귀하게 자라나던 삶에서 혼인 후 어렵고 고통스런 삶으로 전환되기 때문이라 여겨진다.

신의 이야기에 몰입시키고 있다. 이렇게 '나'로 서술되는 이야기는 독자(청중)와의 거리를 없애고 독자(청중)로 하여금 바로 그들 자신의 이야기인 것처럼 여기게 하는 힘을 지니고 있다. 한편 이따금 서술자 자신을 드러냄으로써 이야기가 지나치게 주관적으로 흐르는 것을 억제하고 짐짓 객관적 태도로 사건의 추이를 관망하기도 한다.

작품 속에서 어떻게 시점이 전이되고 복합되는지 살펴보기로 하자. 제 3자인 관찰자로서의 서술자의 존재가 확연히 드러나는 곳은 '서두'와 '결말' 부분이다. '서두'에서 서술자는 우선 가사의 관용어구인 "어와 스람들아 이닉말슴 들어보소"[199]라고 하여 독자(청중)의 반응을 유도하고 있다. 그러나 곧 "한님딕 마즈라가 유복무남 동녀쏠을 두고 / 셰샹업슨 지동녀로 금옥갓치 길러닉여"하며 관찰자 서술로 이야기를 시작하고 있다. '결말'에서도 이야기를 마친 후 "셰샹즈최 아조업시 인싱 이갓흐니 / 모드신 부인니 사치를 슝샹말고 / 뉴슌흐기 본심이니 열스의 물을가져 / 빅연경조 흐오소셔"라고 독자(청중)에게 훈계의 말을 하고 있다.

그러나 한림댁 부인이 딸의 사위를 구하는 데에서부터 혼례일 전날까지(2단락부터 4단락)는 예의 그 서술자의 목소리는 전혀 나타나지 않고 서술자가 한림댁 부인으로 바뀌어 일인칭 주인물 서술로 나타난다. 즉 한림댁 부인을 직접 서술자로 등장시켜 딸의 혼사가 무사히 치러지기를 기다리는 어머니의 내면 세계를 곡진하게 드러내고 있다.

> ㄱ) 말잘흐는 문쥭들과 눈치있는 방물할미
>   안팟즈로 단니면서 감언의스 디어닉들
>   닉본디 아녀지라 의심인들 업술손가
> ㄴ) 여류세월 무정흐여 쏠의나희 십육세라
>   디스롤 못정흐니 쥬야로 죄민흐다

---

199) 자료는 박요순의 논문이 실려 있는 논문집의 뒷부분(251-258면)에 부록으로 수록되어 있다. 인용 부분의 면수는 일일이 표기하지 않는다.

> 익통방골 고즈놈이 이소문 줌간듯고
> 지물을 협비ᄒ여 좌우로 통혼할제
> 말줄ᄒ는 미파들이 날마다 뫼야들제
>   (중략)
> 빅단으로 선이난양 눈의맛고 귀예든다
> 니ᄆ 옴 흡족ᄒ니 결단코 허락하즈
> 디ᄉ롤 완정ᄒ니 즐겁기 그지업다

ㄱ)은 한림댁이 중매의 말을 의심하는 대목이며 ㄴ)은 매파들의 성화에 한림댁이 혼인 허락을 결단하는 대목이다. 두 예에서처럼 객관적 상황을 서술하면서도 한림댁 부인인 '나'가 서술 주체가 되고 있음을 볼 수 있다. 그러나 ㄴ)에서는 "익통방골 고즈놈이 이소문 줌간듯고 / 지물을 협비ᄒ여 좌우로 통혼할제"와 같이 한림댁으로서는 알 수 없는 신랑의 정체가 서술되어 있어 본래의 서술자인 관찰자 시점이 은연중에 투영되고 있음을 알 수 있다.

5), 6)단락은 혼례식과 첫날밤 장면으로서 다시 관찰자 시점으로 돌아간다. 서술자는 아마도 이 부분을 객관적으로 보여줌으로써 주인물이 받은 충격과 슬픔이 결코 주인물 혼자만의 것이 아님을 나타내려고 하지 않았을까 한다. 즉 신랑이 초례청에 들어갈 때까지의 모습을 서술한 뒤 한림댁의 말을 대화지시문과 함께 직접화법으로 제시하고 있다.

> 한님딕 ᄒ는말이 어너거시 신낭이니
> 골나어든 니ᄉ회가 저디도록 괴약ᄒ고

이렇게 제3자의 입장에서 한림댁의 말을 그대로 옮김으로써 서술자는 주인물과의 거리를 가장 크게 두고 있다. 이는 앞 부분에서 서술자가 주인물에 몰입함으로써 청중이나 독자들로 하여금 동일시를 이루게 하던 것과 대조적인 태도라고 볼 수 있다. 청중이나 독자들은 이로 인해 서술자나 주인물의 시각에서가 아니라 객관적인 입장에서 혼례 장면을 판단할 수 있게 된다. 또한 한림댁뿐만 아니라 주변 사람들의 행동과 대화를 서술함으로써 당시의 장면을 종합적이며 다각도적으로 보여주고 있다.

> 일가친척 다라들러 말이면서
> 늘그니는 눈물코물 저무니난 우슴빗치
> 신부보고 신낭보니 신부폴즈 불샹ㅎ다
> 홍정이라 물너니며 업친물을 담을손가

즉 주변 사람들의 말을 직접 제시하며 친척들이 쓰러진 한림댁을 위로하는 장면을 보여 주고 있다. 그러나 이렇게 서술자가 주인물과 분리되어 객관적 입장에서 혼례 장면을 서술하다가도 다음과 같이 부분 부분 주인물과 서술자가 일치되는 듯한 곳이 나타나고 있다. 주인물과 서술자의 완전한 분리가 이 가사 서술자에겐 아주 어려운 것임을 보여 준다.

> 신부거동 잠간보니 칠보로 꾸민속의
> 표연이 도라안즈 얼굴이 초초하여
> 흐르나니 눈물이오 말못ㅎ난 벙어린체
> 압못보난 소경인체 닉손으로 쌤을치고
> 누구를 혼탄ㅎ리

즉 "신부거동 잠간보니"는 제3자로서의 서술자 입장에서 말하는 것이 분명한데 금세 "닉손으로 쌤을치고"하며 신부의 어머니인 나로 바뀌어 있는 것이다.

7), 8), 9)단락에서도 한림댁의 죽음과 딸이 숭이 되는 장면을 관찰자 시점으로 서술하면서 역시 일인칭 주인물 서술과 겹쳐지고 있다. 그 단적인 예가 딸이 중이 된 뒤 나이 구십이 되어 죽는 장면으로, 다음과 같

이 서술한 것이다.

> 션셩의계 공슈하고 주나씨나 아미타불
> 쳔호나이 구십이라 일조의 병이드러
> 무인이월 쵸ᄉ일의 이니몸 숨끈혀지니
> 치농의 입관ᄒ여 더운불의 츤직되니
> 슬프고 슬프도다

곧 자신의 죽음을 자신이 서술할 수 없음에도 불구하고, "이니몸 숨끈혀지니"라고 서술 상의 착종을 보이고 있는 것이다. 이러한 혼돈은 서술자가 작품을 소설과 같이 관찰자 시점에서 서술하려는 의도를 지니고 있기는 하나 가사 서술에 익숙한 나머지 가사에서 일반화되어 있는 주인물 시점을 벗어나기 어려웠기 때문이 아닌가 한다.

이상에서 살펴본 것처럼 <신가전>은 단일한 시점에 의해서 쓰여졌다고 보기 어렵다. 일인칭 관찰자 시점으로 씌어졌다고 하기엔 일인칭 주인물 시점이 주를 이루고, 일인칭 주인물 시점으로 씌어졌다고 하기엔 군데군데 드러나는 관찰자 시점의 서술을 부인할 수 없다. 결국 이 작품은 일인칭 관찰자 시점 안에 주인물 시점이 포함된, 복합 서술이라고 보는 것이 적절하리라 생각된다. 이러한 시점의 복합은 이 작품이 주인물 서술의 '가사'로서 관찰자 서술의 '소설'을 지향하고 있기 때문에 이루어진 결과라고 생각된다. '소설과 같은 긴장과 재미를 주는 가사'의 창작이 이 작품의 작자의 의도가 아니었을까. 그러기에 소설의 관찰자 서술을 짐짓 표방하면서도 시종 일인칭 주인물에 서술자를 동일시함으로써 '남의 이야기인데도 내이야기'인 것처럼 느끼게 하는 데 이 작품의 특별함이 있다.

이전의 율문으로서의 가사와 산문으로서의 소설은 각기 독자적이고 관습적인 서술방식을 지녀왔다. 자신의 경험을 있는 그대로 서술하던

일인칭 시점의 가사와 있을법한 타인의 경험을 허구적으로 구성하던 삼
인칭 시점의 소설은 이러한 서사적 가사를 통해 혼합되어 독특한 형태
를 이루게 되었다고 생각된다. 그리하여 종래의 가사나 소설과는 다른
재미와 공감을 부여하고 있는 것이다. 가사에서 이러한 형태의 작품이
생겨났다는 것은 가사가 더 이상 자신의 체험적 고백이라는 신변적 이
야기에만 머물러 있지 않고, 다양한 타인의 이야기의 허구적 구성으로
그 영역을 확장시키고 있음을 보여준다.[200]

  이렇게 볼 때 <신가전>은 가사가 소설을 닮고자 하는 과정 중에서
창작되었으며 가사체 소설이라는 새로운 갈래를 지향하고 있다고 볼 수
있다. 비록 본격적인 소설과는 큰 차이가 있지만 가사에 친숙한 독자들
에게는 소설과 같은 재미를 느끼는 데에는 부족함이 없었으리라고 생각
된다. 오히려 일인칭 서술 위주로 이야기를 이끌어 나감으로써 허무맹
랑한 남의 이야기가 아닌 바로 내 이야기라는 공감대 속에 작자와 독자
를 한데 묶을 수 있다는 점에 이 작품의 창작과 전승력이 존재할 수 있
었던 것이 아닌가 한다.

---

200) 서인석은 소설이 가사체를 활용한 이유로 율문 낭독의 용이성, 가사의 주정적 성
   격을 바탕으로 한 서술자나 인물의 내면 표출의 용이성을 지적한 바 있고, 박일
   용은 소설에서 율문체를 채택하는 것은 서술자의 서사세계에 대한 주관적 태도
   의 표현을 보다 자유롭게 하는 한편, 서술 대상을 장면 형태로 확장시켜 실감나
   게 표현하기 위해서라 추측하고 있다. 박일용은 또한 가사적 율문체에는 서술자
   의 정서적 반응 공간의 확대 측면이, 판소리적 율문체에는 장면화의 경향이 보
   다 집중화되어 나타난다고 보고 있다. 그런 측면에서 본다면 <신가전>은 가사
   체와 판소리체의 두가지 성격이 모두 나타난다고 볼 수 있다. <신가전>은 <유
   충렬전>이나 <구운몽>과 같이 기존 소설을 가사체로 변형하는 것과 달리 새
   롭게 창작되었다는 점에서도 의의가 있다. 서인석, 「가사와 소설의 갈래 교섭에
   대한 연구」, 서울대 박사학위논문, 1995와 박일용, 「<삼설기>에 나타난 율문적
   문체와 그 의미」, 『장르교섭과 고전시가』, 月印, 1999 참조.

3. 여성 현실에 대한 비판의식

이제 <신가전>의 독특한 전개방식에 나타난 여성의식을 작품의 내용을 살펴보면서 추출해 보기로 하자. <신가전>은 어머니와 딸이라는 두 여성의 일대기를 연속해 보여 줌으로써 잘못된 혼인제도로 인해 여성이 어떻게 파멸되어 가는가를 절실하게 드러내고 생각케 하는 작품이다. 이 작품을 통해 우리는 작가가 조선조 사회에서 여성이 당면해 있는 현실에 대해 문제의식과 비판의식을 지니고 있음을 엿볼 수 있다. 작품에 드러난 여성의식을 여러 가지로 나누어 볼 수 있겠으나 크게 네 가지, 즉 어머니와 딸의 연대의식, 불합리한 혼인제도에 대한 비판의식, 여성의 성적 현실에 대한 문제의식, 부당한 사회 규범에 대한 저항의식으로 집약할 수 있다. 이를 차례로 살펴보기로 하자.

3.1 어머니와 딸의 연대의식

앞 장에서 우리는 이 작품이 주로 일인칭 관찰자 시점으로 서술되어 있으나 사건의 전개에 따라 서술자가 어느 작중인물에 자신을 동일시하느냐에 따라 크게 두 부분으로 구분되고 있음을 보았다. 즉 서술자는 전반부에서는 신부의 어머니인 한림댁에, 후반부에서는 신부인 한림댁의 딸에 자신을 동일시하는 이중시점을 쓰고 있다. 이렇게 시점을 달리 하면서 복합적으로 서술하는 데에 배어 있는 작가의 의식은 무엇일까.

작품의 전반부는 딸의 혼인 전이고, 후반부는 딸의 혼인 후이다. 서술자가 전반부에서는 딸을 출가시키는 어머니의 입장에서, 후반부에서는 자신의 혼인으로 어머니를 여읜 딸의 입장에서 작품을 서술한 데에서 우리는 혼인의 파경이 어머니나 딸 어느 한 쪽만의 불행이 아니라 모두의 불행이며 어머니와 딸은 뗄레야 뗄 수 없는 운명적 공동체라는 강한 연대의식을 읽을 수 있다.

즉 작가는 이 작품을 통해 모든 여성의 현실, 특히 어머니와 딸의 현실을 함께 드러내고 이들의 연대를 강조하고 있다고 생각된다. 이는 조선 시대에 창작된 대부분의 소설이나 가사, 민요가 어머니와 딸의 관계보다는 시어머니와 며느리, 남편과 아내, 아버지와 딸 등의 관계를 주로 다루고 있다는 점에서 볼 때 매우 참신하고 획기적이라 할만하다.

조선 시대의 여성들은 혼인 후에는 출가외인으로서 어머니와 딸의 관계는 절연되지 않을 수 없었다. 그러나 실제로는 여성들이 출가해서도 늘 마음에 그리는 것이 어머니요, 언제나 마음에 놓이지 않는 것이 시집간 딸인 것이다. 그러므로 딸이 시집을 가서 행복하게 사느냐 그렇지 않느냐는 비단 딸의 문제만이 아니라 곧 어머니의 문제이기도 한 것이다. 이 작품에서 말하고자 하는 것이 바로 이것이며, 작품 속에서 어머니와 딸은 이 혼인으로 드러난 문제에 대해 공동으로 대처함으로써 작가의 이러한 의식을 충실히 반영하고 있는 것이다.

딸의 불행을 본 어머니의 심정을 나타내는 부분과 어머니의 죽음 이후 딸의 심정을 나타내는 부분을 인용해 보면 다음과 같다.

> 한심ᄒᆞ고 통분ᄒᆞ다 주먹얼 놉히들어
> 사슴을 두나리며 이니몸 몬져죽어
> 져런골 보지말자 일신을 부드치며
> 미를안고 잣바지니 (어머니)
>
> 삼연을 마친후의 ᄌᆞ수ᄒᆞ여 죽ᄌᆞᄒᆞ니
> 길너닌 유모ᄒᆞ고 다졍ᄒᆞᆫ 시비들이
> 밤낫즈로 지이ᄒᆞ니 죽을도리 젼혀업다
> 이목숨 진긔젼은 셰상이 괴로오니
> 출ᄒᆞ리 승이되시 (딸)

즉 혼인의 불행은 딸의 문제이지 어머니의 문제가 아님에도 불구하고 어머니는 이로 인해 마음의 병을 얻어 죽고 말았고, 딸은 이 혼인을 그대로 감수하는 것이 아니라 거부하고 중이 됨으로써 어머니와 뜻을 같이 한 것이라 볼 수 있다. 더구나 딸이 어머니의 삼년상을 다 치른 후에 어머니를 따라 죽으려다가 결국 중이 되어 나가는 것은 단순한 효의 차원을 넘어서서 딸과 어머니의 강한 사랑과 연대를 느끼게 한다.

③.2 불합리한 혼인제도에 대한 비판의식

이 작품의 중심 소재는 혼인이다. 혼인은 인류지대사로서 남성이나 여성이나 모두 삶에서 중요한 것으로 여겨졌지만 특히 여성은 혼인으로 인해 전체의 삶이 좌우된다는 점에서 가장 중요한 일로 간주되었다. 이 작품에서 주인물의 일대기 중 혼인 준비와 혼례 과정 등 혼인에 관련된 부분이 가장 큰 비중을 차지하고 있는 점은 이러한 현실을 반영하며 작가 역시 이러한 의식을 지니고 있음을 보여 준다.

그러기에 작품 속 어머니는 오직 딸의 행복한 혼인을 위해 전력을 다했으나, 고르고 골라 얻은 사위가 고자라는 데에서 모든 기대가 하루아침에 무너져 버리고 만다. 딸을 혼인시킨 후 삼일만에 어머니가 죽어 버린다는 것은 그만큼 어머니에게 있어 딸의 혼인이 중요한 것이었음을 나타내준다. 전반부의 혼수 장만, 혼례청 준비, 신방 치장 등에 대한 사설이 유난히 길게 지속되는 것 또한 딸의 혼인에 거는 어머니의 기대가 큰 것임을 보여주기 위한 의도적 장치라고 볼 수 있다. 이러한 긴 치레 사설은 판소리 또는 판소리계 소설에서 흔히 나타나고 있는데 이 점은 이 작품과 판소리(계 소설)과의 밀접한 관련을 시사해 준다.

이 부분을 인용하면 다음과 같다.

> 오간다락 치다라셔 혼슈롤 점검ᄒ니
> 각식비단 너여노코 금침부터 마련ᄒ여
> 초록공단 핫이불의 다홍더단 깃슐달고
> 남대단 듕차렵의 다홍유문 깃슐달고
> 보라더단 야른츠렵 송금단 깃슐달고
> ᄌ지쳔의 초록쳔의 고양나니 양쳔이불
> 명주누비 무명누비 홋이불도 가ᄌ있고

이렇듯 사건의 전개와는 자못 관련이 먼 듯한 혼수 품목을 굳이 길게 늘어놓은 이유가 무엇인가. 박요순은 이를 "전체적으로 볼 때는 인생무상, 즉 인간의 희노애락과 부귀영화도 '한줌의 재'로 화하고 만다는 작품의 주제의도로 봐서는, 이러한 나열의 기능이 결코 무의미한 것이 아님을 알 수 있다. (중략) 결국 위와 같은 작품의도의 강조를 위해서는 소위 세속적 의미의 부귀영화의 상징인 물질이 덧없는 것임을 자연히 강조하게 된 것이고, 그 효과를 위한 하나의 방법으로 계획된 이러한 대목들은 상당한 기능의 한 몫을 한 것이라고 볼만하다."201)고 하였다. 그는 또 혼수준비과정과 내용을 서술한 대목에서 의복, 패물, 즙물, 남녀노비, 지참금과 전답 등의 나열, 그리고 사치로운 혼례청과 신방상황 등도 모두 다 이러한 효과를 위한 에로 보고 있다.

그러나 작가가 다른 어느 대목보다도 혼례의 준비 과정과 혼인 장면에 가장 큰 비중을 두어 길게 서술한 것은 단순히 인생무상을 이야기하는 데에만 있다고 생각되지 않는다. 조선시대 여성의 일생에 있어서 혼인만큼 중요하고 큰 사건은 없다. 어떠한 가문에서 출생하여 어떻게 성장했느냐에 관계없이 여성의 대부분의 생을 좌우하는 것은 혼인에 달려있다고 볼 수 있다. 그런 만큼 <신가전>의 작가도 딸의 출생과 성장과정은 간단히 요약 서술하고 딸의 혼담에서부터 대화와 장면을 제시하

---

201) 박요순, 앞의 논문, 16-17면 참조.

며 자세히 서술하고 있는 것이다. 작가는 혼인 장면의 자세한 서술을 통해 혼인의 중요성을 강조하고 주인공의 혼인이 이러한 중요성에 걸맞게 모든 절차와 격식을 갖춰 이루어진 것임을 나타내고자 한 것이라 생각된다.

또한 과부인 어머니의 처지에서 딸을 남부럽지 않게 출가시키고자 하는 자존심과 딸이 시집가서 잘 살기를 바라는 어머니의 사랑과 기대가 이러한 혼인 치레 사설에 배어있다고 볼 수 있다. 그러나 이렇게 정성 들여 준비한 혼인이 의외의 상황에 의해 파경에 이른다는 설정은 그만큼 두 주인공에게 미친 피해와 고통이 심각하고 치명적인 것임을 강조하기 위한 것이라 볼 수 있다.

비정상적인 결혼─그것도 여성 스스로의 선택에 의한 것이 아니라, 제도적 모순 또는 남성의 강권에 의해 행해진 결합으로 인해 겪는 여성들의 수난과 고통에 대한 이야기는 조선후기 일부 작품에서 심각하게 다루어지고 있는 소재이다. <부녀가>와 같은 작품을 보면 방탕한 아버지의 술값으로 팔려서 시집가는 딸의 이야기가 나온다.

> 그무엇을 가릴손야 양반이나 상놈이나
> 지취거나 천냥쥬면 늬딸주지
> 그른져른 시월내져 칼혼지경 되얏구나
> 려옥으로 퓌가하고 즈물중이 망신부튼
> 칼혼으로 겹한마음 천양달나 하든딸을
> 빅양이다 허혼ᄒ야 된듯만듯 츌가하야[202]

뿐만 아니라 당시 '현실의 모순과 인민의 생활상의 문제를 예민하게 느끼고 심각하게 생각하는'[203] 양반 남성들에 의하여 쓰여진 서사 한시에

---

202) 권녕철 편, 『규방가사: 신변탄식류』, 효성여대 출판부, 1985, 122면.
203) 임형택 편역, 『이조시대 서사시』, 창작과비평사, 1992, 23면에서 인용.

서도 <신가전>과 비슷한 내용의 사정이 소개되고 있다. 정약용에 의해 쓰여진 <소경에게 시집간 여자>(道康瞽家婦詞)204)는 주정뱅이 아버지의 욕심으로 소경 판수에게 시집가 남편과 전실 자식에게 학대를 받다 도망가 중이 되었으나 남편의 고발로 관가에 잡혀가는 여자의 처지를 그 어머니와의 대화를 통해 소개하고 있다. 작자는 이 사실을 순조 3년인 1803년에 목격한 것으로 적고 있는 것으로 보아 당시 제 뜻과 상관없이 시집을 가 불행한 결혼 생활을 견뎌내지 못하는 여성들의 문제가 꽤 심각한 지경에 이르렀음을 알 수 있다.

　<신가전>의 작가는 작품 속에서 이러한 혼인의 파경을 그려냄으로써 조선 시대의 혼인 제도가 그 까다로운 절차와 엄격한 형식에도 불구하고 커다란 맹점을 지니고 있음을 말하고자 하는 것이다. 즉 혼인 당사자나 집안 간의 사전 인지 과정 없이 중매에 의해 형식적으로 이루어지는 혼사가 제대로 이루어질 수 없음을 단적으로 보여주는 것이다. 더구나 여자 집안이 지체가 높거나 재산이 많은 경우 중매인의 속임수로 인해 잘못된 혼인을 하는 경우가 많으며, 일단 사주를 주고받고 혼인을 하게 되면 잘못 되더라도 재가가 금지되어 있는 여자만 일방적인 피해를 입게 되는 것이다.205) 이 작품에서는 혼인 준비와 혼례 장면, 혼인이 파경을 맞게 되는 과정 등을 자세하고 비중 있게 서술함으로써 조선시대의 불합리한 혼인 제도를 비판하고 있는 것이다.

---

204) 임형택, 「다산시의 현실주의에 대한 재인식: <소경에게 시집간 여자>를 읽고」, 『창작과 비평』 62. 창작과비평사. 1988 겨울, 288-310면과 임형택 편역, 앞의 책, 196-220면에 실려 있다.
205) 민요에서도 이와 같은 소재를 다룬 노래가 보인다. 김재순, <강원도라 강소저>(『한국구비문학대계』 8-6, 1003면), 이혜순 외, 『한국고전여성작가 연구』, 태학사, 1999, 497-498면 참조.

3.3 여성의 성적 현실에 대한 문제의식

이 작품에서 혼인이 파경에 이른 단적인 이유는 신랑이 성불구자라는 데에 있다. 혼인 파탄의 이유가 신랑의 성불구로 되어 있다는 것 자체부터가 매우 파격적인 데다가 작가는 첫날밤의 장면을 거리낌없이 묘사해 고자 신랑을 비하하고 있다. 가사나 소설 모두 성에 대해서 말하는 것이 금기시되어 있었던 당시 여건으로 볼 때 이러한 작가의 태도는 아주 대담하고 과감하게 여겨진다. 어떤 면에서 보면 이러한 성에 대한 묘사가 청중이나 독자의 호기심과 흥미를 자아내기 위한 요소가 아닐까 하는 측면도 없지 않으나 이 작품에서는 성의 불구나 이로 인한 파탄이 아주 심각하게 다루어짐으로써 오히려 비극적 상황을 가중시키고 있는 것을 볼 수 있다. 그렇다면 이렇게 혼사의 장애 요소로 성문제를 들고 나온 작가의 의식은 당시 사회의 일반적 통념을 뛰어 넘는 대단히 일탈적인 것이라 하지 않을 수 없다.

게다가 고자 신랑이 첫날밤에 갖은 애를 쓰는 모습을 ‘엿보아’ 노골적으로 서술해 놓음으로써 더 이상 성이 은밀하게 비유적으로 묘사되어야 하는 금기의 대상일 수 없음을 보여 준다. 성은 참거나 감추어야 할 것이 아니라, 누리고 드러내야 하는 것이어야 한다는 작가의식이 배어 있는 것이다.

속속드리 껴입은것 츠례로 벗겨노코
못삼긴것 잘삼긴체 무정훈것 유정훈체
산영긔 되엿던지 휘두로 바라본다
시앗시 되엿던지 일신을 쏘집는다
달바출 가라던가 헐덕임도 헐덕인다
저혼ᄌ 익롤쓴돌 중쇠업손 미돌이요
고부러진 방아로다 밤새도록 익만쓰고

비지쌈 베흘이다 첫둘기 홰홰우니

　이렇게 신랑이 밤내 애만 쓰고 성공하지 못하는 모습을 길고 자세하게 묘사하는 것은 그로 인해 밤새 고통받았을 여성의 모습을 간접적으로 말해주는 것이라 할 수 있다. 그러나 정작 신부는 아무런 슬픔이나 원망도 표현하지 못하고 신부의 어머니가 대신 화병이 들어 죽게 된다. 또한 이 첫날밤 장면의 서술은 여성의 혼인에 있어서, 그리고 여성의 일생에 있어서 성이 얼마나 중요한 것임을 아울러 드러내기 위한 데에 작가의 서술 의도가 깔려 있다고 할 수 있다. 대부분의 여성들이 성 문제에 대해서는 함구하며, 참고 결혼 생활을 해 나가는 데 비해 이 작품의 서술자는 성불구의 문제를 드러내 말함으로써 여성도 성을 말할 수 있고 여성의 생에 있어서 성이 얼마나 중요한가를 강조하고 있는 것이다.
　삼년상을 마친 딸은 자살을 시도하나 여의치 않자 중이 되는 길을 택한다. 아무리 많은 재산도 실패한 혼인을 보상해 줄 수는 없다. 더욱 이 파혼의 이유가 남편의 성불능이라는 점은 당시 여성들에게 있어서 성적 현실이 얼마나 억압적이었던가를 역설적으로 보여 준다. <원한가>에서 어린 신부가 노인 신랑을 만난 서름을 하소연하고 있는 것도 이와 같은 맥락이라고 볼 수 있다. 그러나 <원한가>에시는 <신가진>과는 대조적으로 이를 자신의 운명으로 받아들이고 있어 당대 일반적인 여성의 의식을 대변하고 있다.

　　하날이 나를내여 저양반 모시라고
　　명상에 분부나려 철판에 일흠사겨
　　이집에 만냇스니 똑에든들 면할소냐
　　생각하면 자탄이라 수원수구 하잔말고
　　불쌍한 저늙은이 내어찌 잊을손고
　　다시마음 고쳐먹어 저노인 귀키보자

　　　　　　　　　　(중략)
　　　휘씰어 덮어두고 내배필 천성일세[206]

　　이에 비해 <신가전>의 어머니는 신랑을 쫓아내라고 유언하고, 딸
은 자살을 시도하다 여의치 않자 중이 되는 길을 택한다. 이는 행복한
생활을 영위하는데 있어 아무리 많은 재산도 명예도 체면도 정상적인
남녀간의 성적 결합에는 미칠 수 없음을 강조하는 것이라 볼 수 있다.
결국 이 작품을 통해 작가는 조선 시대 여성들이 놓여 있는 성적 현실
이 얼마나 억압되고 왜곡되어 있는지에 대한 문제의식을 드러내 보이고
있는 것이다.

3.4 부당한 사회규범에 대한 저항의식

　　대부분의 여성가사가 양반으로서의 지위와 체면을 과감히 떨쳐내지
못하고 자신들의 운명을 체념하고 받아들이는 데에 비해 <신가전>은
자신에게 주어진 운명을 과감하게 뿌리치고 스스로 자신의 길을 개척해
나가고 있다는 점에서도 주목된다. 양반 여성의 경우 어려서부터 사회
적 규범에 대한 교육을 철저하게 받아왔기 때문에 규범에서 벗어난 행
위를 마음대로 할 수가 없는 것이 일반적이다. 양반여성들의 문학인 여
성가사가 부당한 사회적 규범으로 인한 갈등을 해결하는 데 있어 대부
분 자신의 행위로 인해 끼쳐질, 부모, 시부모, 가문 등에 대한 누를 염려
하여 주체적인 결단을 내리지 못하는 것은 여기에서 비롯한다고 할 수
있다. <과부가>의 다음과 같은 대목은 양반 여성의 이러한 입장을 잘
대변해 준다.

---

206) 김문기, 『서민가사연구』, 형설출판사, 1983초・1985재, 291면.

삭발위승 ㅎㅈㅎ니 시집도 양반이오
내집도 품관이라 가문을 해아리니
중되기도 어려워라 아마도 모진인싱
못죽어 원수로다[207]

<신가전>은 이런 면에서 양반 여성가사의 현실 인식보다는 평민 여성의 노래인 서사민요의 현실인식에 더 가깝다. 평민 여성의 경우 어려서부터 고난과 좌절에 익숙해져 있을 뿐만 아니라 사회적 규범으로부터 비교적 자유로운 입장에 있기 때문에 자신의 의사나 행위를 결정하는 데 여러 가지 규범에 얽매이지 않고 적극적, 능동적으로 대처해 나가는 것을 볼 수 있다. 이러한 평민여성의 현실과 의식은 서사민요에 잘 드러나 있는데, 특히 <신가전>의 마지막 부분 주인물이 스님과 대화를 주고받으며 머리를 깎는 장면은 서사민요인 <중노래>[208]를 연상케 한다.

부당한 사회 규범에 대한 갈등의 해결 방법으로서 자살을 하거나 중이 되어 나가는 것은 일견 소극적이고 체념적인 방법으로 생각될 수 있다. 그러나 당시의 사회적 여건으로 볼 때 원하건 원하지 않건 한번 한 혼인에 대한 책임과 의무만이 있었던 여성에게 있어 이를 벗어버리고 일탈을 감행한다는 것은 대단한 용기와 결단이 없고서는 불가능한 것이다. 그러므로 <신가전>에서 주인물이 자신에게 주어진 현실을 받아들이지 않고 중이 되어 나가는 것은 여성에 대해 가하고 있는 부당한 사회적 규범에 대한 저항의식에서 비롯한 것이라 할 수 있다.

<신가전>은 이처럼 가사이면서도 여느 가사의 현실 인식을 훨씬

---

207) 권녕철, 앞의 책, 370면.
208) <중노래>는 시집간 여자가 시집식구들의 박대에 못 이겨 중이 되었다가 나중에 시집에 와 보니 시집식구들이 모두 죽어 있더라는 내용의 시집살이노래의 대표적 유형으로 졸고, 『시집살이노래연구』, 도서출판 박이정, 1966에 직접 채록한 자료(자료편 138-175면)를 싣고 작품 분석을 한 바 있다.

뛰어 넘고 있다. 이는 이미 그 전개방식에서 독특함을 이루어냈듯이 현실 인식의 측면에서도 종래의 틀을 깨뜨리고 있다. 매파들에 의해 조작되어 선도 보지 못한 채 거행되는 혼인제도, 싫건 좋건 이미 납채가 오갔으면 그 혼인을 따라야 하는 관습, 이러한 제도와 관습이 얼마나 불합리하고 부당한 것인가 하는 것을 신랑이 고자라는 파격적 소재를 통해 강조하고 있다. 그러나 성에 대한 이러한 진전된 인식에도 불구하고 주인물이 결국 중이 되어 일생을 마치고 만다는 결말은 <신가전>의 작자 내지 독자들이 바른 성의 영위를 위해 개가를 한다든가 하는 적극적 의식으로까지는 나아가지 못했음을 보여 준다. 그러기에는 사회 제도나 규범의 틀이 너무나 강하게 개인을 옥죄고 있었을 것이다.

사회 제도와 규범의 불합리함과 부당성을 인식하면서도 과감하게 그것을 깨뜨릴 수 없는 갈등과 모순, <신가전>은 바로 이로 인해 슬픈 일생을 마칠 수밖에 없었던 두 여성의 이야기인 것이다. 이 두 여성의 이야기는 결코 예사롭지 않은 인물들의 이야기이지만, 여러 가지 요인으로 인해 행복한 결혼 생활을 누릴 수 없었던 당시 대부분의 여성들의 이야기라고 할 수 있다.

4. 맺음말

이상에서 <신가전>의 서사적 전개방식과 여성현실에 대한 비판의식을 살펴 보았다. 그 결과 <신가전>은 여성들에 대한 사회적 억압은 점점 가중되고 반면에 여성들의 인식은 차츰 높아져 가던 시기에 여성들이 겪을 수밖에 없었던 갈등과 고민을 여성 스스로가 여성의 시각으로 서술한 작품으로서, 기존의 가사나 소설에서 찾아보기 어려운 독특한 전개방식과 현실인식을 지니고 있음을 밝힐 수 있었다. 즉 <신가전>은 가사로서 소설을 지향하여 일인칭 관찰자 시점과 주인물 시점을 복합한 전개방식을 지닌 서사적 가사로서, '가사체 소설'이라고 부를 만한 새로운 갈래를 지향하여 작가와 독자의 공감대를 확장하고 있다는 점에서 그 의의가 높다.

또한 <신가전>은 당시의 현실에서는 파격적이라고 할 만큼 비판적이고 진보적인 여성의식을 드러내고 있는 점도 주목할 만하다. 이는 특히 어머니와 딸의 연대의식, 불합리한 혼인제도에 대한 비판의식, 여성의 성적 현실에 대한 문제의식, 부당한 사회규범에 대한 저항의식으로 집약해 볼 수 있다. 이는 <신가전>을 서술한 한 작가의 의식을 넘어서서 당대를 살았던 많은 여성들의 의식을 대변한다고 생각된다. <신가전>에 나타난 서사적 전개방식과 여성의식은 당시 평민들에 의해 향유된 많은 서사민요, 판소리(계 소설)와 영향을 주고받으면서 독특한 형태로 가다듬어 이루어졌으리라고 생각된다.

<신가전>이 지니고 있는 이러한 전개방식과 여성의식은 이후 근대문학이 지향하고 있는 다양한 서술방식과 불합리한 현실에 대한 비판의식과 맞닿아 있다는 점에서 근대문학의 형성에 밑거름이 된 것으로 평가할 수 있을 것이다.

참고 문헌

권녕철 편. 『규방가사: 신변탄식류』. 효성여대 출판부. 1985.

김문기. 『서민가사연구』. 형설출판사. 1983초, 1985재.

박요순. 「가사 <신가전>고」. 『숭전어문학』 6. 숭전대. 1977.

박일용. 「<삼설기>에 나타난 율문적 문체와 그 의미. 『장르교섭과 고전시가』. 月印. 1999.

서영숙. 「서사적 여성가사의 전개방식 연구」. 충남대 박사학위논문. 1992.

______. 「가사의 소설화 방식 연구: <신가전>, <괴똥젼>, <쏙독각시젼>을 중심으로」. 다곡 이
     수봉박사 정년기념 『고소설연구논총』. 경인문화사. 1994.

______. 『한국여성가사 연구』. 국학자료원. 1996.

______. 『시집살이노래연구』. 도서출판 박이정. 1996.

______. 「여성일대기 가사의 구조적 특성과 의미」. 『어문학』 80. 한국어문학회. 2003.

서인석. 「가사와 소설의 갈래 교섭에 대한 연구」. 서울대 박사학위논문. 1995.

이혜순 외. 『한국고전여성작가 연구』. 태학사. 1999.

임형택. 「다산시의 현실주의에 대한 재인식: <소경에게 시집간 여자>를 읽고」. 『창작과 비평』
     62. 창작과비평사. 1988 겨울.

임형택 편역. 『이조시대 서사시』. 창작과비평사. 1992.

장정수. 「서사가사 특성연구」. 고려대 석사학위논문. 1989.

조동일. 『한국문학통사』 3. 지식산업사. 1984.

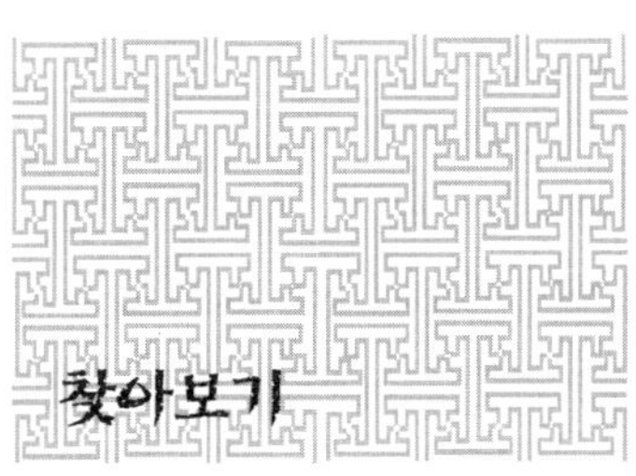

서 영 숙(徐永淑)

1958년 전남 곡성 출생
인하대학교 국어교육과 졸업
한국정신문화연구원 부설 한국학대학원 (문학석사)
충남대학교 국어국문학과 박사과정 수료 (문학박사)
충남대, 충북대, 단국대, 경기대 등에서 강의
조선대학교 국어국문학과 BK21 계약교수 역임
현재 전남대학교 호남문화연구소 전임연구원으로 재직 중

주요논저
『시집살이노래 연구』(도서출판 박이정, 1996)
『한국 여성가사 연구』(국학자료원, 1996)
『우리 민요의 세계』(도서출판 역락, 2002)
「서사적 여성가사의 전개방식 연구」 외 여러 편

조선후기 가사의 동향과 모색

인 쇄   2003년 12월 26일
발 행   2003년 12월 31일
저 자   서 영 숙
펴낸이   이 대 현
편 집   장 은 미
펴낸곳   도서출판 **역락** / 서울 성동구 성수2가 3동 301-80
        (주)지시코 별관 3층(우133-835)
전 화   3409-2058(대표) 3409-2060(편집부) FAX 3409-2059
이메일   yk3888@kornet.net / youkrack@hanmail.net
등 록   1999년 4월 19일 제2-2803호

정가 15,000원
ISBN 89-5556-253-5-93810
* 잘못된 책은 교환해 드립니다.